聚焦社会主义核心价值观

中國傳統故事百篇

中国民间文艺家协会　编

人民出版社

ZHONGGUO CHUANTONG
GUSHI BAIPIAN

序

故事点亮心灵

每个人都在故事中长大，都是从爷爷奶奶、爸爸妈妈、老师阿姨讲述的故事里认识世界、长大成人、走向社会的。作为人类对自身历史的一种记忆方式，故事记录和传播着一定社会的文化传统和价值观念，引导着社会性格的形成，构建着一定社会的文化形态。

中国是一个故事的国度，有着浩如烟海、灿若繁星的民间故事。故事，不仅给人以知识，也给人以智慧；不仅给人以力量，也给人以启迪；不仅传播着社会价值理念，也构建着美好的精神家园。故事，以潜移默化、润物无声的感染力告诉我们如何对待他人，如何对待国家和社会，如何维系社会的公共生活，如何调节人与人的关系。每个优秀的故事都包含着道德规范和价值观念，故事里那些亘古绵延的人类智慧至今仍散发出人文精神光芒。我们的祖先曾经讲着“女娲补天”的故事开创了华夏民族的创世纪元；伟大领袖毛泽东讲着脍炙人口的“愚公移山”的故事，带领着中国人民推翻了“三座大山”；改革开放，我们又讲着春天的故事，跨入了豪迈的新时代。一个伟大的民族不能没有故事，一个强大的国家不能没有故事，一个复兴的时代不能没有故事。

在五千年文明的历史长河里，我们的祖先为我们留下了数以万计的脍炙人口的故事，历经一代一代中国人口口相传、生生不息，其中许多故事经过时间和空间的打磨洗礼，如从良莠并生、瑕瑜互见的矿山中披沙拣金，不断地沉淀下来，成为厚重的文化经典和文化遗产，在中华民族的发展进步中塑造着民族精神、价值观念、思维方式、审美标准、科学素养和文明风尚。今天，社会正处在大转型、大变革的历史时期，为应对民间故事面临流失的危机与传统道德规范和价值观念遭遇的挑战，我们与广大网民一起从中国口头文学遗产数据库中遴选出传统优秀故事一百篇，将这些曾经点亮我们民族心灵，指引我们前行的精彩故事进行整理汇编。从中我们惊喜地发现，这些来自远古的民间智慧所承载的道德观念与道德规范，已超越时空的局限，至今仍具有久远宝贵的社会价值。正像列宁所说的，人类社会存在着数百年来人们就知道的、数千年来在一切处世格言上反复谈到的、起码的公共生活规范。像《精卫填海》表现出的不屈不挠的执着与信念；《大禹治水》所彰显出的舍己为民的坚韧与气概；《神农尝百草》体现出的敢为人先的探索精神与实践；《鲁班的故事》折射出的实践出真知的启迪；《牛郎织女的传说》所流露出的永恒不变的人间真情……至今听起来仍散发着迷人的魅力，澎湃着感人的生命张力。这一个个令人回味无穷的故事，广泛而深刻地影响着一代代中国人的思想和行为，塑造着以爱国主义为核心、以“修身齐家治国平天下”为代表的民族精神，并不断内化为民族的文化基因，以江河汇海之势凝聚成强大的社会主义核心价值观。古老的故事历久弥新，是我们精神的支撑和心灵的慰藉，从故事中汲取营养，丰富的不仅是情感，更是对祖国和人民的热爱。

凡是集萃人类生命体验的优秀智慧都永远不会衰老。一个充满故事的人生必定是一个辉煌的人生；一个充满故事的民族必定是一个充满希望的民族；一个充满故事的国家必定是一个繁荣富强的国家。让我们用古老的故事聚焦当代中国人的价值观，用精彩的故事点亮今日中国人的心灵，用迷人的故事演绎出动人的中国梦。

罗　杨

目　录

神话篇

传 说 篇

故 事 篇

笑 话 篇

神话篇

ZHONGGUO CHUANTONG GUSHI BAIPIAN

创世纪

彝　族

从前，天和地是生在一起的，到处黑黢黢，分不出白天和黑夜来。天上有个天神叫尔体古子，地下有个地神叫待补阿尔。尔体古子被天压得很不舒服，生起病来；待补阿尔被天压得也睡不着觉。尔体古子派一个神去找先生算一下是怎么回事。神找到高山顶上，没有找到先生；找到半山腰，也没有找到先生；最后找到山底下，才找到一个叫比都甲里的先生。比都甲里拿出一本书翻开来看，翻了一篇、两篇、三篇，他都不开口，翻了十篇才说话，让尔体古子把天隔做天，地隔做地，天和地隔开了，他的病才好得了。尔体古子就依先生说的，抬了九十九坛酒，杀了九十九头牛，请来一个叫古莫阿尔的，帮他用金子、银子打成四根柱头，又让一个叫使惹顶里的神拿去，分东、南、西、北四方，把天顶住。这样，天就变成天，地也变成地了。尔体古子的病也好了，待补阿尔也觉得舒服了。

天和地隔开以后，地上没有水，也没有树木花草，使惹顶里问天神怎么办。尔体古子派了一个叫阿俄索补的，把树种子、草种子拿来地下撒起，又在天上开了九个海朝地下灌，才有了树木、草草和清水。从此以后，地上的人才能过日子了。

天上有个叫阿牛古子古的，把七个太阳、七个月亮一齐挂在空中，地上的庄稼被晒死，树木、草草、清水都被晒干，人们就不能生存了。有个女人叫勃莫里日，看到七个太阳、七个月亮把世间害得这样惨，又没有办法，拍掌打脚地大哭大喊：“完啰！完啰！”气得要发疯了。

这时候，空中飞来一只老鹰，飞到勃莫里日头上转了三转，落下三滴血、三根毛，一齐落到她的怀里。勃莫里日觉得很奇怪，去请个先生给她算一下吉利不吉利。先生扳着指头一算：“哦！你家侧边有一家白人，他有一条白牛，把白牛杀了你就会生下支格阿尔来。”勃莫里日气得要死，生着气就走了。一天，她坐在房屋楼上，看见隔壁真有一条白牛，就去跟那家白人商量，杀了白牛。过了七个月，她真的生下个儿子，真怪！是从磕膝头上生出来的。她就照先生说的，给儿子取名支格阿尔。只是支格阿尔不吃奶，也不吃饭，一天到黑地哭。怎么办？勃莫里日气得受不了，把儿子丢进一个石洞里。支格阿尔没有死，因为石洞里有个龙神，他饿了就吃龙奶。这样，他一天一天长大了。

支格阿尔看到天上七个太阳、七个月亮，把地上晒焦了，人们遭了殃，心里很着急。他是个射箭能手，就拿起弓箭走上高山，爬上一棵又高又大的杉树顶。他先射太阳，射中六个，留下一个；接着射月亮，射中六个，也留下一个。这时候，太阳、月亮躲起来了，到处又黑黢黢的，九天九夜不见天亮。支格阿尔杀了一条牛，拿一腿肉去给太阳，拿一腿肉去给月亮，喊太阳当妹妹管白天，月亮当哥哥管晚上，都说好了，才重新得到天亮。支格阿尔又拿来一只公鸡，定出一个时间，对太阳说：“早晨公鸡叫才天亮，你那个时候才能出来。”又对月亮说：“晚上公鸡叫才天黑，你那个时候才能出来。”支格阿尔把太阳、月亮这样规定好了，从此以后，才分出了白天和黑夜。

阿此古且家里有三个儿子。有一天，他们拉起黄牛到阿干地台耕地，耕到一个大黑石头旁边天就黑了。第二天，又把牛拉到那里去耕地，一看，头天耕的地好像没有耕过一样，三兄弟不晓得是咋回事，又把地耕了。耕到大黑石头边上，天黑了，他们商量说今晚上不回家，在这里守一夜，看是啥子人来把地翻还原的。到半夜，看见一个白头发女人，赶起一群猪在耕过的地里乱拱、乱滚，三兄弟气慌了，一齐跑出去逮着那个女人。老大说：“拉来杀了。”老二说：“把她捆起打一顿。”老三说：“打也不要打，杀也不要杀，好好地问一问。”这个女人叫阿此莫俄土果。她说：“老三说的对，杀也不要杀我，打也不要打我，我是天上派下来的。天神尔体古子说，大年初三那天，洪水滔天，天翻地覆，人世间变成九龙海，耕地没有用处了。”三兄弟半信不信的，问她怎么办？她说：“老大修一间铁房子住，洪水滔天你落地；老二修一间土房子住，洪水滔天你落地；老三修一间木房子住，把所有的家什搬进屋，洪水滔天你滔天。”这样，三兄弟把白头发女人放了。

到了大年初三，洪水滔天了，地上成了大海，老大、老二都被洪水淹死了。只有老三住的木房子在水上漂了三七二十一天，洪水下降了，才落到一座高山上，他把漂到面前的牲畜捞了起来，还救起雀儿和蛇。雀儿带有一点火种，他就捞些草草、囤包烧起个火堆，火烟冒到天上。

天神尔体古子有个女儿，长得着实美貌。这一天，天神尔体古子看见人间还有火烟，对女儿说：“洪水滔天已经二十一天了，你下去看一看是咋回事。”女儿下去看了，欢欢喜喜跑回来：“爹，地下还有人！”天神听了着实不喜欢。女儿很担心的样子：“世间只剩下他一个人，没得搭伴儿的，又没得粮食种子，日子怎么过？”天神说：“不管他。”女儿说：“我下去陪他，好传下子孙后代。”天神气得拦不住，叨也枉自，就给女儿出难题：“你跟他成亲，先要做个事情。”女儿问是啥事情，天神说：“喊他把烧过的灰搓成九拃[1]长的一根绳子拿来，我就答应。”女儿下去给老三说了。老三正伤心找不到一个说话的人，看见天神女儿情愿嫁给他，喜欢死了，就拿谷草搓成九拃长的绳子，放在簸箕里烧成灰，还好好地像一根绳子样。姑娘端起簸箕回到天上，把绳子给爹看，尔体古子要拦也拦不住了。

姑娘和老三成婚以后，生下三个儿子都是哑巴，着实奇怪，又上天去问：“爹，咋个我家三个儿子都是哑巴？”尔体古子还在生气，怎么问他也不说。女儿劝来劝去，最后他才说：“你家背后有一窝竹子，里头有三根笋子。把三根笋子砍来烧爆，就各说各的话了。”

女儿回家来，把三个哑巴儿子喊在火塘边坐起，又把三根笋子砍来，烧爆，三个哑巴吓得跳起来，都说话了。老大伍乌子沙变成藏族，老二伍乌兰牙变成彝族，老三伍乌给子变成汉族。三兄弟分了家，分地的时候，各自做起记号：藏族栽些木桩桩；彝

---

① 拃，量词，指手张开时大拇指与中指（或小拇指）两端间的距离。

族捆些草草；汉族埋石头，砌石坎坎。后来，茅坡被烧了，草草和木桩全都烧焦完，分不出界线来，只有汉族的记号还在。从那个时候起，藏族和彝族都住在高山，种山地，汉族住在平坝河谷，种水田。

就是这样，我们各个民族都是一个爹妈生下的。

| 点 评 |

这是一则历史悠久的创世故事，也是至今仍在口头说唱的最古老的文学。人类最本原的问题，民族中最重要的历史事件，祖祖辈辈最不能忘却的记忆，都包含在这类说唱的故事里面。这是彝族版的后羿射日和洪水神话故事，反映了彝族祖先在人类文明进程中所作出的伟大贡献。故事的结尾点出："我们各个民族都是一个爹妈生下的。"各民族血脉相连，同根同源，这是各民族和睦相处、共同发展的基础。

■ 万建中

ZHONGGUO CHUANTONG
GUSHI BAIPIAN

开天辟地

白　族

从前，有弟兄俩，一个叫盘古，一个叫盘生。他们每天都去山里砍柴，砍回来又到街市上去卖。一天，盘古在街上遇着一个叫妙庄王的算命先生，他便请妙庄王算了算命。妙庄王对他说："从你的命里来看，你砍柴不如去钓鱼。"

盘古说："我也喜欢钓鱼，但是不知到什么地方、哪天去钓好呢？"

妙庄王说："钓鱼要到金沙江边，八月初三那天，太阳出来的时候就去。"

妙庄王还嘱咐他说："钓鱼的时候，不要钓第一条，也不要钓第二条，要专钓那条红鱼。"

盘古又问："钓回来能不能把它煮了吃呢？"

妙庄王说："你千万不要把它煮了吃！要到街上去卖，也不要随便就把它卖掉。人家要零买，你就说要整卖；人家要整买，你就说要零卖。谁把价钱出到三百六，你就把鱼卖给他！"

原来那条红鱼就是龙王的三太子，被盘古钓去以后，龙王非常着急，每天到街上去寻找，好容易才找到了那个卖鱼的人。龙王生怕卖鱼的把红鱼割开卖，很快地添钱，最后添到三百六，终于把这条红鱼买到手了。龙王心里觉得很奇怪，他想：怎么这个卖鱼的偏偏钓了这条红鱼呢？一定是有人教他的！他便问盘古说："是谁叫你钓红鱼的？"

盘古说："是算命先生妙庄王。"

龙王想，妙庄王怎么这样神机妙算？我也去找他算算吧。龙王找到了妙庄王，问道："先生，请你算一下，今年的雨点是怎么下法？"

妙庄王屈屈手指，便说："城内两点，城外三点。"

龙王想：雨要怎么样下，完全由我。你说城内两点，城外三点，我偏偏要在城内下三点，在城外下两点，看你怎么样。

谁知，龙王这么一做，大雨一直下了七年。天连水，水连天，造成了很大的灾难，结果天崩了，地也裂了。从此，天地没有了，人类没有了，日月也没有了，天下变成了黑洞洞的。

没有天，没有地，一直延续了好几年。好几年之后，盘古、盘生才又出来。盘古对盘生说："阿弟，我来变天，谁来变地？"

盘生说："阿哥，你变天，我来变地好了！"

于是，弟兄俩一个去变天，一个去变地。天从东北方变起，地从西南方变起。盘古在鼠年变成了天，盘生在牛年变成了地。

他们变出来的天和地还不完整。天在西南方不圆满，地在东北方还有缺陷。盘古、盘生都非常忧虑。天天盘算如何补满天，如何填平地。后来，他们终于想出了一个法子：天不满，用云来补；地不平，用水来填。从此，天圆满，地也平了。可是，盘生变的地，比盘古变的天大。怎么办呢？后来还是盘生想出了个法子。盘生对盘古说："我的地和你的天不配，我把地缩小一点好了。"

盘古很赞同弟弟的法子，盘生就用缩地法把他的地缩小了。

这一缩，地面上就出现了许多皱纹。这些皱纹便是大地上的山。

天地修成以后，盘古、盘生就死了。盘古死时，身长足有一丈八尺。他横躺在观音寺里，头朝东，脚朝西，眼有碗大，嘴有盆大，十分魁伟。说也奇怪，观音叫他怎样，他就怎样。观音的手指到哪里，他就变到哪里。他的左眼变成太阳，右眼变成月亮。睁开眼睛是白天，闭上眼睛就是黑夜。小牙齿变成星星，大牙齿变成了石头，睫毛变成了竹，嘴巴变成了村庄，汗毛变成了草，头发变成了树木，小肠变成了小河，大肠变成了大河，肺变成了大海，肝变成了湖泊，鼻子变成了笔架山，心变成了启明星，气变成了风，油变成了云彩，肉变成了土，骨头变成了大岩石，手指脚趾变成了飞禽走兽。两手两脚变成四座大山：左手变鸡足山，右手变无量山，左脚变点苍山，右脚变老君山。筋变成了道路，手指甲变成屋顶上的瓦片。这时，洪水把地面上的东西冲得光光的，只有观音留下的两个兄妹，观音把他们藏在金鼓里，不知被洪水冲到哪里去了。观音到四下找这两兄妹，走了九十九天、九十九夜，越过了九十九座大山、九十九条大河。东边找到汉阳口，西边找到胡三国，北边找到雷音寺，南边找到普陀岩，最后在洱海才找着他们。可是他们藏在金鼓里，金鼓漂浮在水面上，没有法子把他们打捞上来。

正在无法可想的时候，鸭子来了，老鹰也来了。它们都愿意出力帮助。于是，鸭子凫在水面上推，老鹰也展翅来帮忙，费了很大的力，才把金鼓捞了上来。

金鼓虽然捞上来了，可是这兄妹藏在金鼓里面还是不能出来。后来观音又去请啄木鸟，把顶子大帽许给它戴，请它啄开金鼓。啄木鸟答应了。不料，啄木鸟啄起来声音很大，观音生怕它把兄妹吓死，不让它再啄，顶子大帽也就白送给它了。现在，啄木鸟头上的红缨就是那一次观音送的。

金鼓啄不开，观音又去请老鼠来帮助。

老鼠请来了，它说："我愿意咬开金鼓，可是你得给我'衣禄'呀！"

观音说："只要你把金鼓咬开，就把五谷分给你。"

老鼠答应了，咬呀咬，最后终于把金鼓咬开了。于是，观音就把五谷分给它。所以，现在老鼠才到处吃人的粮食。

金鼓咬开了，两兄妹出来了，可是他们的身子却连在一起不能分开。观音只好去请燕子帮忙，并且说，只要它把兄妹分开，就准许它住人们的房子。燕子答应了，它用那比刀子还快的翅膀把两兄妹割开了。从此，燕子就和其他的鸟不同了，可以住在人们的屋檐下。

这两兄妹，男的叫赵玉配，女的叫郃三妹。观音要他们两人结为夫妻。兄妹听了观音的话，急得哭了起来。两人对观音说："我们是兄妹，怎么能做夫妻！"

观音说："现在世上只有你们二人，你们成为夫妻，就能生儿育女，繁衍后代。"

观音苦劝，两人就是不依。观音叫他们一个到东山烧香，一个到西山烧香。不一会儿，两山的香烟便徐徐会合。观音指着会合到一起的香烟，说："你们看，这兆头证明你们可以结为夫妻。"

可是，两人还是不答应。观音又叫他们各拿一根小木棒，双方一齐往河里丢。两根小木棒一丢到河里，很快就变成两条美丽的金鱼，在水中游来游去。

观音对他们说："河里的那两条金鱼，一条是公的，一条是母的。我看你们还有什么话说。"

可是，两人还是不答应。观音又说："你们一人搬一扇磨盘，从山顶滚到山箐里。如果两扇磨盘合在一起，你们就得成为夫妻。"兄妹没有办法，只好各搬一扇磨盘，从山顶滚到山下。结果，磨盘合起来了，两兄妹没有话说，只好答应结为夫妻。

两人结婚了。没有房子，用栗树的枝叶搭成喜房；没有主婚人，就请松树来做主婚人；没有媒人，就请梅树做媒人；没有交杯的，就请桃树来交杯。

至今，白族人在结婚的时候，习惯在喜房里挂栗树叶，门前种松树，交杯时用桃花，据说就是由此来的。

结婚那天，还请了许多雀鸟来帮忙，梅花雀做提调，鸽子待客，乌鸦挑水，喜鹊做饭，作子板昭（一种鸟）做厨子，家雀招待茶水。兄妹结婚以后，十个月，就生下一个狗皮口袋。口袋里有十个儿子。后来十个儿子又各生了十个孙子，成了百家。从此，他们各立一姓。这就是"百家姓"的由来。

杨国政　讲　　述

李星华、杨亮才　记录整理

点　评

开天辟地的故事在汉族古代典籍中早有记载，很多伟人也用过这个典故。但是，这个白族的故事中的盘古、盘生，并不是难以高攀的巨人，而是兄弟俩一个变天、一个变地。故事解释了为什么地上有高山，为什么会有太阳月亮，为什么会有大河、海洋、湖泊，以至于草木石头。解释虽然稚朴，但却很有神话特点。

本故事虽然名叫开天辟地，但是把人类早年的婚姻以及人和动物的亲密关系，比如鸟雀帮忙招待婚礼的客人、十个儿子成家立业的趣味性话题，还有百家姓的形成等等都编织在一个故事之中，兼具知识性和故事性，在白族中很出名。

■ 刘晔原

ZHONGGUO CHUANTONG GUSHI BAIPIAN

女娲的传说

女娲造人

相传，天地混沌之际，陆地上还没有人类，人的始祖女娲生活在海里。她住在水晶宫殿，常去东海龙王宫中做客，常与水中鱼鳖虾蟹一起玩耍。

一日，女娲游到了水面上眺望，看到一片长着妖桃艳李的土地，她就爬了上来。女娲上了陆地，被美丽的景致迷住了，这是她在水中见不到的世界，因而想要看个够。她越走越远，不知不觉地走进了茂密的森林中，迷了路。女娲急了，为找返回水中的路，不知绕了多少弯子，不知走了多长时间。走来走去，走得腿也累了，肚也饿了，她只好坐下来休息一会儿，然后又采摘树上的野果充饥。

女娲吃了几个果子，感到味道香甜，十分可口，就尽兴地摘了许多果子，大吃大嚼起来。她大饱口福，连返归大海的念头也打消了，索性就在森林里住了下来。但是，当时的大地混沌未开，时明时暗。并且，明时炎热，暗时寒冷，女娲很不习惯。可是，聪明的女娲没过多久，就摸索出了一种抵御天气变化的方法：热时她钻进深邃的山洞，冷时就用树枝树叶盖上身体。这样，总算克服了初来乍到时的困难。

过了些时候，陆地上的狼虫虎豹知道来了新的伙伴，相继来女娲山洞拜访，女娲用山果招待这些客人，相处得比较和谐。但是，久而久之，狼虫虎豹以为女娲柔弱好欺，就来抢她的食物，还想伤害女娲，屡屡向她进犯。女娲对这些来犯者也不示弱，她使出水中练就的功夫，张嘴用力一吹，即将野兽们吹得东倒西歪；甩起她的长尾巴，就打得野兽们骨折筋断，使来犯者逃之夭夭。女娲保护了她的食物和自身的安全。

就这样，女娲生活了一段时间，逐渐感到了孤单。她看到，别的动物一来就是一伙，而世间却只有她一人，与凶猛的野兽搏斗也没有一个相助的同类，因而她产生了造人的想法。于是，女娲在山洞四周，挖了一大堆黄土泥，按照自己的模样捏起来了。她捏了九天九夜，一共捏了九十九个小人人，最后还剩了一块泥，不够捏人了，她就搓了五十个泥橛橛，随便安在了小人人的中间。

女娲造人的工程完工了。她把捏好的泥人立在了她的洞口，好似两排卫士守护着她。以后，无论什么猛兽来了，也都望而生畏，再也不敢侵犯女娲的住所了。

女娲捏成的泥人，吸天地之灵气，久而久之，却都变成了真人，身上多一块泥橛橛的成了男子，其余的成了女子。男子五十个，女子四十九个，共九十九人。他们都是女娲的儿女，也就是人类的先辈。

因此说，人类始祖是女的，“先有女来后有男”。

女娲补天

相传，女娲的子女们在大地上生活得十分美满。突然有一天，狂风大作，传来一声巨响，天空霎时间就暗了下来，接着地也崩开了一个大口子，突突地往上冒黑水。女娲的子女们遭到灭顶之灾，哭声震山。女娲听到声响，赶快跑出山洞。她向天上一望，大叫“不好”。原来天网的西北角破了，撑天柱已被风刮倒。地上砸了一道裂缝，淫水漫滥，淹没山林，吞噬生灵，大地遭了劫难。

女娲大声叫喊，让她的子女们赶快回洞，但无回音，都不见了踪影。她已知子女们生还的希望没有了。女娲为了拯救地上的生灵，苦思冥想，足足想了九天九夜，终于想出了一个办法：她搬出洞里的石釜，挖出洞里的“洋油干”，放在釜里，又取出洞中圣火点燃，炼起五色石来，以补天网。女娲炼石，须经七七四十九天才能炼出一炉，她炼了九九八十一炉，五色石堆了一大堆。然后她把五色石铺在地上，上面用藤绊相连，形同天网一般，用此来填补了天的缺口。

女娲用五色石补了天网，但还得找撑天的柱。于是女娲又回到水中，向大鳖求援，请它用鳖盖把天网顶起来。

哪知，大鳖不但不理睬女娲的请求，还狠狠地大骂起来：

“女娲听着，你不安于水中的世界而另辟天地，你是水晶宫的叛逆，俺老鳖正要讨伐你哩！”

女娲还想对大鳖解释，但见大鳖已经举起大爪向她扑来。女娲无法说服大鳖，只得应战。彼此鏖战了四十九个回合，女娲终于打败大鳌。大鳌正欲逃跑，女娲手疾眼快，一手将大鳌四条腿砍下。大鳌痛得口喊饶命，苦苦哀求。女娲才将鳌爪砍下，分别接在腿臼上。这样一来鳌的腿爪短了许多，但还是保留了它的性命。然后，女娲扛起四条巨大的鳌腿，又回到了陆地。

女娲用四条巨大的鳌腿将天网撑了起来，大地又恢复了平静，天盖着地，地撑着天。因此说，“先有地，后有天。”

女娲炼石的“釜”，如同今日的锅。支锅的三块大石头，如今还在平定县古贝村放着；三块石头之间是一个大坑，传说是圣火烧的痕迹。女娲炼成五色石的石碴，随手堆在坑的两旁，形成了两座大山。在东的叫东浮山，在西的叫西浮山。浮山上的石头多有气孔，质地极轻，可浮在水面，因而得名为“浮山”。相传，大地被淫水吞没时，只有此山浮在水面，女娲炼石的工程没有受到阻碍。后代为了纪念女娲补天的功绩，在浮山修筑了“娲皇庙”，年年香火不断。

| 点　评 |

女娲的传说是中国著名的古代神话。它分为女娲捏黄土造人、炼五彩石补天等部分，其中前两个都已经进入中国人的文化积淀。“女娲捏黄土造人，先有女来后有男”形象地表达了中国远古时期“只知有母，不知有父”的婚姻状态，具有文化史的认识价值。而女娲炼石补天、断鳌足立四极的情节更突出了女性在远古时期对于人类的贡献，是母系氏族社会的活化石。在今天，各地尚有女娲庙，供奉这位创建人类的老祖母。《女娲的传说》

情节丰富，她与猛兽的搏斗，与自然灾害的搏斗，对子女的保护都表现了人类的大爱。故事中，突出了远古时期的荒凉、艰苦，更体现了女娲能够战胜自然恶劣环境、能够顶天立地的能力，从而表达了中华民族战胜一切困难的不屈精神。

■ 刘晔原

女娲住山洞、穿树叶，抵御严寒酷暑；教民众如何抵御灾害，如何战胜磨难，如何发展自己。高度之智慧，推进古代文明之进步；博大之勇气，孕育一个优秀之民族。发明家女娲“炼石补天”拯救地球之精神承传到今天，意义深远！赞曰：壮哉，三皇之上崇女娲！美哉，人类之母伟女娲！圣哉，人文始祖尊女娲！光悬日月，功垂万世，福泽九州，顶立天地！

■ 胡本先

ZHONGGUO CHUANTONG GUSHI BAIPIAN

精卫填海

太阳神炎帝，有一个女儿，名叫女娃，是他最钟爱的女儿。

有一天，女娃驾着一只小船，到东海去游玩，不幸海上起了大风，像山一样的海浪把小船打翻，女娃就淹死在海里，永远回不来了。炎帝固然痛念他的女儿，但却不能用医药来使她死而复生，只好独自悲伤罢了。

女娃不甘心死去，她的灵魂变成一只小鸟，名叫“精卫”。精卫长着花脑袋、白嘴壳、红脚爪，形状有点像乌鸦，住在北方的发鸠山上。她恨无情的大海夺去自己年轻的生命，因此她常常从发鸠山衔一粒石子，或是一段小树枝，展翅高飞，一直飞到东海。她在波涛汹涌的海面上飞翔着，把石子或树枝投下去，想把大海填平。

大海奔腾着，咆哮着，露出雪亮亮的牙齿，凶恶地嘲笑她：“小鸟儿，算了罢！你这工作就算干一百万年，也休想把大海填平！”精卫在高空答复大海：“哪怕是干上一千万年，一万万年，干到宇宙的终尽，世界的末日，我也要把你填平！”

“你为什么恨我这样深呢？”

“因为你夺去我年轻的生命，将来还会有许多年轻无辜的生命，被你无情地夺去。”

“傻鸟儿，那么你就干吧！干吧！”大海哈哈地大笑了。

精卫在高空悲啸着：“我要干的！我要干的！我要无休止地干下去的！你这叫人愤恨的大海啊，总有一天我会把你填成平地！”

她飞翔着，啸叫着，离开大海，又飞回发鸠山去，把发鸠山上的石子和树枝衔来投进大海。她往复飞翔，从不休息，直到今天，她还在做着这种工作。

袁珂整理

（原载于《山海经·北次三经》）

| 点 评 |

精卫填海是中国古代著名的神话故事，它那不屈的精神，在当代具有很强的生命力。古代诗人陶渊明已经在自己著名的诗里用过，广为流传。在当代，精卫填海的不屈精神鼓舞着人们奋力拼搏。上海世博会的开幕式就是以精卫填海的故事编出的舞蹈，鼓舞人心。2013年最流行的相声《满腹经纶》也以这个故事为核心。这说明精卫填海的古代故事在当代仍然很有生命力。

故事把大海拟人化，有表情，有牙齿，有语言。精卫的语言有很强的爱护生命的意识。这一个著名的典故，具有知识性。虽然情节比较简单，但它的主题具有永久的意义。

■ 刘晔原

精卫，面对东海的咆哮，没有退缩，没有畏惧，而是化悲鸣为力量，矢志不移，常叼“发鸠山”上的树枝和石块，用来填塞东海。这则凄美的传说淋漓地表现了中华民族的骨之坚硬和血之奔腾。骨之坚硬，即面对咆哮的东海，不畏艰难，“以堙于东海”之坚决意志；血之奔腾，即把悲鸣化为力量，坚持不懈，“常衔西山之木石”之拼搏精神。坚决的意志和拼搏的精神，正是中华民族能够战胜一个又一个困难，不断前行的秘诀之一。“人无精神不立，国无精神不强。”精卫填海作为中华民族精神的一种象征，曾经激励了无数中华儿女，今天仍然在激励着我们不畏艰难、勇往直前，为自己生活的幸福和中华民族的美好未来而努力奋斗。

■ 程江河

ZHONGGUO CHUANTONG GUSHI BAIPIAN

嫦娥奔月

羿由于得罪了天帝，不能上天，也连带妻子受累。果然，有一天，嫦娥向她的丈夫说："别的我都不怨怪你，只怨你不该这么鲁莽，射死了天帝的儿子，让我俩都贬做了凡人。你知道，做了人是会死的呀！死了以后，就得到地下的幽都去，和那些黑色的鬼魂住在一起，过那惨愁黯淡的生活，这是多么可怕呀！"

"是呀！"羿闷闷地回答说，"我也不想到幽都去，可是，那又有什么法子可想呢？"

嫦娥想了一想，说："听说在昆仑山，住着一个神人，名叫西王母。"

"对，昆仑山有个西王母。"

"西王母那儿，藏有不死的灵药。"

"对呀！"羿高兴地说，"西王母藏有不死药，吃了可以叫人长生不死，我怎么先前一点也没有想到呢？好，明天我马上就去，去向西王母求不死药。"

"去吧，我等待着你如愿以偿，平安地回来。"嫦娥说。

于是羿就准备了一点简单的行装，带了些干粮，背上弓箭，骑上白马，在第二天早晨，当太阳初升的时候，便向昆仑山进发了。

昆仑山，是西方的一座大山，黄帝的帝都就在这里，西王母也住在这里。它的下面，环绕着弱水的深渊。这弱水，一片鸟毛掉在上面，都会沉没，更不用说是乘船载人了。它的外面，还有一座燃烧着大火的炎火之山包围着，山上的大火昼夜不息，无论什么东西一碰到它就会燃烧。这大水和大火的重围，谁还能突破呢？所以，虽然传说西王母藏有不死的良药，却始终没有一个人能得到这宝贵的东西。

羿来到昆仑山脚下，靠了他射日除害的剩余神力和不屈的意志，居然通过了水火的包围，攀登上了山顶，看见了好几丈高的大稻子和守门的开明兽。这地方的高度，据说有一万一千里一百一十四步二尺六寸。要不是羿，谁也不要想到达这个地方。

羿到了昆仑山顶，要不了多久，就会见到他辛苦寻访的西王母。

西王母，原是西方的一个怪神，她长着豹子的尾巴，老虎的牙齿，头发乱蓬蓬地披着，头上戴了一只玉胜，善于啸叫，掌管瘟疫和刑罚。她住在山顶的岩洞里，有三只红脑袋、黑眼睛、力大善飞的硕大青鸟，经常轮流到山野去找寻食物来供给她。就是这个西王母，她有不死的良药。她掌管瘟疫刑罚，可以随时夺取人类的生命；既然可以夺取人类的生命，当然也就可以赐予人类生命。所以，大家都传说不死的良药在西王母那里。

羿把来意向西王母说明了之后，西王母对于羿的不幸遭遇，非常同情，就慷慨地给了他一包足够两人吃的不死药，并且告诉他说：“这药，是从不死树上采下的不死果炼制而成的。不死树三千年开一次花，六千年结一次果。果子很少。我的全部剩下的药物都在这里了。如果一个人吃了这么多药，还有升天成神的希望。你拿回去好好保藏着，不要丢掉了。”

“谢谢您！我一定记住您的话。”羿说。

经过了万水千山的跋涉，羿终于带着不死药，高高兴兴地回到家里。他一回家，就把不死药交给妻子保管着，准备择一个节日，大家同吃。

他并不想再上天，因为天上的情形并不比人间好，只要不到地狱去，他就很满意了。可是他的妻子嫦娥却不和他一般设想。她想，她原本是天上的女神，如今上不了天，全是受了丈夫的连累，照理他该还她一个女神才是。况且，他在爱情上，又对她有过不忠实。灵药既然除了长生，更有使人升天成神的妙用，即使自己自私一点，吃下丈夫的一份，也不算怎么亏欠他……想来想去，她就打定主意，不再等待什么节日，趁着羿不在家的一个晚上，把那包药取出来，一齐吞下肚子去。

奇事果然在这时候发生了，嫦娥渐渐觉得她的身子轻飘飘的，脚和地面脱离开来，终于不由自主地飘出了窗口。

外面是夜晚的蓝天，灰白的郊野，天上有一轮圆圆的皓月，被一些金色的小星星簇拥着。

嫦娥一直飘升上去……

但是到哪里去呢？她思考着：假如到天府，定会被天上的众神嘲笑，说她是背弃丈夫的妻子。看来只有到月宫里去，暂时躲藏一下，较为稳妥。打定主意，她就一直奔向月宫去。

她到了月宫。月宫里出奇冷清，却是她先前一点也没有预料到的。这里除了一只白兔、一只蟾蜍、一株桂树而外，什么也没有。直到许多年以后，才又添了一个“学仙有过”、罚到月宫里来砍桂树的吴刚。吴刚砍伐这五百丈高的桂树，桂树和他闹别扭，创口随砍随合，一直砍不倒它。

这景象使她很灰心失望，但是既然已经来了，只得住下再说。可是越住下去，越觉得寂寞，不习惯。她开始想起家庭的乐趣，丈夫的好处。假如自己宽宏大量一点，不这么心眼窄小，两人分吃了不死药，大家都永生在世上，岂不胜过冷清清地一个人在这月宫里做神仙吗？她懊悔，又想回到下方去，向丈夫承认自己的错失，请他原谅。但是，药已经吃下肚去，这种愿望便只能是空想。从此她就只好永远住在月宫里，再也下不来了。

那天晚上，羿从外面回来，发觉他的妻子不见了，桌子上却放着不死之药的空包。羿明白了这是怎么回事。愤怒、失望、悲哀……好像是一条条毒蛇，纠缠着他的心灵。

他闭紧了嘴唇，怔怔地望着窗外，在这星月麦辉的天空，他的妻子已经离开了他，单独寻找她幸福的乐园去了……

袁珂整理

（原载于《淮南子·览冥篇》）

点评

一个美丽传说，一个神奇故事，一个美好梦想，表达了百姓的良好心愿。公平、正义、平等、幸福，这是普通老百姓简单的追求。一个神话人物，一个飞天故事，寄托着老百姓的美好追求。中华民族是一个伟大的民族，是一个富于创造精神的民族。上天神舟揽月，下洋蛟龙捉鳖，建成小康社会，实现中华民族伟大复兴的中国梦，中国人民正在把古老的传说、神奇的故事一个一个地变为现实。相信有中国共产党的正确领导，有勤劳勇敢的中国人民，中华儿女一定会把神奇的故事一个又一个的变成现实！

■ 欧阳永孝

ZHONGGUO CHUANTONG GUSHI BAIPIAN

夸父追日

从前的灵宝县不是今天的这个名字，叫做桃林，又叫桃林县。桃林县西有座夸父山，这里一直流传着“夸父追日”的故事。

上古时候，我国北方高高的载天山上，住着一个巨人族叫夸父族。这个部族的头人夸父，身高无比，力大无穷，有不平凡的意志。

那时候，世界上很荒凉，毒蛇猛兽横行。夸父为了本部族的人们能活下去，每天跟洪水猛兽搏斗。夸父率领本族的男女，在斗争中取得了一次又一次胜利。夸父把捉到的凶恶的黄蛇绑在自己的两只耳朵上，抓在手里，高兴得哈哈大笑。

有一年，天大旱。火一样的太阳晒焦了地上的庄稼，晒干了河里的流水，使人热得难受，实在无法生活。夸父就立下雄心壮志，发誓要赶上太阳，把太阳捉住，让它听从人们的使唤。

一天，太阳刚刚从海上升起，夸父就从东海边上迈开大步去追赶它。夸父身高力大，一迈步，震得大地直摇晃。他一脚踏下去，就在浙江临海县的复釜山上，留下一个长长的巨人脚印。太阳在空中飞快地转，夸父在地上疾风一样地追。中午，夸父追赶太阳来到湖南沅陵县一带，他跑得又饿又累，就停下来用三块石头支起锅来做饭。他吃完饭，见太阳已经偏西了，就赶紧迈开大步又追了上去。后来，这三块支锅石就成了辰州东面的三座大山。

太阳快落山了，夸父离太阳越来越近。到了甘肃东部的泾川县，他停下来歇一会儿，把鞋里的土块、石子往外一倒，就成了一座小山。现在人们叫它“振履堆”。夸父跨过一座座高山，穿过一条条大河，在禺谷眼看快要追上太阳了，这时，他心里别提多高兴了。当他伸手就要捉住太阳的工夫，突然，感到头昏眼花，竟渴得晕过去了。他醒来时，太阳早已不见了。他站起来走到东南方的黄河边，伏下身子，猛喝黄河里的水，黄河水被他喝干了，又喝渭河里的水。谁知道，渭河里的水也被他喝干了，还是不解渴。这时，他又打算去山西雁门山一带，去喝大泽里的水，可是，夸父实在太累太渴了，当他走到华山以东、灵宝以西不远的地方，身体再也支持不住，就倒下去死了。夸父死后，他的身体变成了一座大山。这就是现在灵宝县西三十五里灵湖峪和池峪中间的夸父山。夸父死时扔下的手杖，也变成了一片五彩云霞一样的桃林。桃林的地势险要，后来人们就把这里叫做“桃林寨”。

夸父死了，他的后代子孙就居住在夸父山下，生儿育女，传业后世。夸父的子孙居住的村子，就是今天夸父山下的“夸父营”。

许顺湛、丹　书、李庆红、张振犁　搜集整理

点　评

夸父山和桃林寨，不过是神话故事留给现实的地名，但却印

证了夸父追日这个神话故事存在的价值。夸父追日，是上古先民在懵然无知的世界面前，渴望战胜自然，彰显人类勇气和雄心壮志的纯真情感流露。就如愚公移山，道理是一样的。虽说结局迥异，后者是喜剧，而前者无疑是一个悲壮的故事。

其实，这并不是夸父追日神话故事的全部。夸父逐日，追求光明，虽说自不量力，就如飞蛾赴火，但却体现了顽强不息、勇于献身、追求光明的人类崇高价值观。无疑，这也是我们中华民族几千年来不倦地追求的核心价值之一。

■ 柯贞成

神农尝百草

上古时候，人们不知道种庄稼，只是靠打猎、捕鱼、吃野果过日子。那时有个聪明人，饿肚子了，正想出外打獐猪鹿兔，不料下了大暴雨，没法出去。这个聪明人饿得实在难受，就在洞外野草丛中摘草种子煮着吃。吃了几大把，肚子还真就不饿哩！他把这事告诉大伙，大伙也就摘野草种子来吃，还就真的管用。后来，大家就把这几样好吃的野草种子叫做“粮食”；那个聪明人，被人尊称为“神农”。

一天，神农因为贪吃粮食太多，肚子胀得像大鼓。他想：这野草既能治饿病，难道就不能治胀病吗？他就去找野草和野果子吃，来治胀病。他七吃八吃，后来给他找到了山楂果和萝卜子治消了饱胀。有一次，他头疼睡不着觉，又去找野果子吃，看到合欢树（又称夜合树）对生的叶片，白天张开，夜里合拢。他就想喽，我的眼睛要是能像这树叶一样，白天睁开看东西，夜里就合起来睡觉，那多好呢！他动手砍一块合欢树皮熬水喝，这还真的睡着觉哩！

后来，神农要是觉得身体哪里不舒服，就去尝草治病，还把能治病的草告诉大家，他尝了几百种草，为自己和别人治好了许多疾病。传说神农头上还长只神角，要是尝到毒草，觉得肚子里难受，他就低下头把神角朝地里一插，马上就可以解毒。此后，神农尝百草的传说就流传开来了。

陈玮君　搜集整理

点　评

在上古神话中，神农是中华民族的创世神之一，他同时又是农业和医药之神。神农身先士卒，尝草治病，发现了采药治病的方式。中草药学是中华民族独特的文化创造，这则神话故事叙述了神农创建中草药学的神奇本领和伟大功绩。中华民族的富强是肇始于这些先祖们的创造发明。

■ 万建中

神农为炎黄子嗣康乐和绵延不绝而生生不息，默默付出无私奉献勇于牺牲的行为，给予后人的恩德，着实让世人景仰崇拜追慕。因此，人们也永远不会忘记他！当年，他尝百草，事农桑，人们是否能够想象得出他所经历的，那苦涩，那艰难，那危险，那处境，那损伤，那汗水，那心血，那毅力，那信念，还有那喜悦；缺一不可。而历尽苦难却是常人难以承受的！在当代、在现实中类似神农氏人物，不乏其人，无须枚举。我断定：中华美德的传承会世代不息，大放光彩。对此，大家理应讴歌，大赞特赞其精神！

■ 季洪琪

ZHONGGUO CHUANTONG GUSHI BAIPIAN

大舜耕田

从前山里住着一户人家。母亲为人懦弱。儿子大舜，脾性暴躁，年近四十，还未婚配。母子相依度日。

大舜耕田，母亲送饭，都要遭到儿子的打骂，不是怪她送早了，就是怪她送迟了。每次送饭，他的母亲都提心吊胆。一天，大舜在一块大田里犁田，突然犁出了一个秏子窝，窝里有八九个娇嫩的小秏子，闭着眼睛，在犁乱了的大草窝里滚来滚去。大舜不但不伤害它们，反而起了怜惜之心，于是停着牛，搁住犁，坐在田坎上吸起烟来，看着那群秏子。一会儿来了两只大秏子，一只把嫩秏子卷成一坨，另一只咬住这只大秏子的尾巴，艰难地把一坨秏子拖走了。大舜看得呆了，心想，秏子这样小的动物，是这样有感情，这样心疼自己的儿女，母亲把我拉扯大，花了多少心血啊！母亲送饭或早或迟，都要遭到我打骂，我连秏子都不如啊！他越想越伤心，竟流出泪水来。他想，我现在知错就改，也不枉披了张人皮。

不多时，母亲送饭来了，他忙停住牛，面带笑容老远地去接，他仓促中，没有放下打牛的条子：哪知母亲被儿子打怕了，看见儿子拿着条子老远向自己走来，吓得回头就跑，大舜怕母亲跌倒，就大声喊着，快步追去要扶住母亲。母亲看见儿子吼着追来，更是慌张，一失足滚在岩下丧了命。大舜见慈母已死，悲痛至极，扑在母亲身上，放声大哭。

他安葬了母亲，为了表达自己对母亲的追悔，他请了个技艺精湛的雕匠，雕了母亲的像。每天出工收工，都背着“母亲”；吃饭时，先舀一碗献给“母亲”，以示孝敬。

挞谷季节，大舜忙着收割，就把“母亲”背起放在晒谷场上，手里拿着扒扒，头上戴着草帽，就像母亲生前看谷吆鸟的样子。一天，忽然天上起满了乌云，霎时雷打得遍震，紧接着就是倾盆大雨。大舜正在忙活着，见天色骤变，急忙跑到晒坝。先抢谷子，还是先背“母亲”？他想，没有母亲就没有我，哪有先抢谷子的道理！他背起“母亲”就往家跑。当他把“母亲”安放在家里又来抢谷子时，一会儿天就晴了。太阳把刚才打湿的谷子重新晒干了，原来是雷公菩萨来试大舜的心。雷公菩萨亲见大舜先抢“母亲”，感到他真有孝心，所以没有打他。大舜死后，人们传颂着大舜耕田的事迹，都说大舜知错能改，仍然算是个孝子。

| 点　评 |

大舜耕田是古代教化类书籍《孝子传》里必备的故事，而且通常因其所属年代的古远而位列首位，是真正家喻户晓的劝善事例。这故事里的许多情节，早在先秦文献中就有记载，后代更是添加了不少与生活息息相关的细节，比如尧王访贤夺牛被大舜阻止，表现了大舜仁爱之心泽及禽兽，由此推理对于人类的仁爱肯定有过之而无不及。这样的细节还有很多，比如说大舜用两头牛耕田，尧王问哪头快，舜王总说一样快，因为怕那头慢的牛听到后会伤心，等等之类。其实，这是古人歌颂仁君的一个常用叙事手段，商汤、周文王等都有类似的传说，它超越等级、超越地域、超越时代，是属于全民族的一种艺术传统。

■ 陈泳超

大舜看到老鼠救子的母子深情，深深触动了他内心最脆弱的神经，醒悟虽然有点迟，但是亡羊补牢，不算太晚。古人云："知错就改，善莫大焉。"改过是对自己行为的积极修正，所以是值得赞扬的事。有了过错，却不思改过，那就是错上加错。春秋战国时期楚庄王听从下臣的纳谏，发愤图强，成为春秋五霸之一。商纣王不听群臣意见，一错再错，滥杀无辜，导致了商朝灭亡。"人无完人，金无足赤。"每个人都有缺点，但如果你勇于改正自己的缺点，那么缺点就会变成优点，那你就能变成一个有爱心、有抱负、心胸宽广、能成大事之人。

■ 彭新结

大禹治水

古时候，大地上是一片洪水，人们无法生活。禹带了他的好友应龙，四处去治水。

禹看到洪水泛滥危害百姓，就和应龙带领人们到处开山劈岭，为河水寻找出路。当禹开凿龙门山的时候，有一天，偶然到了一个大岩洞里。岩洞深得很，越走越黑暗，到后来简直寸步难行了，禹只得退出来，重新打了火把进去。

进去不多久，便看见前面有一个东西闪闪发光。后来那发光的东西把整个岩洞都照亮了。仔细一看，原来是一条大黑蛇，约有十来丈长，头上生有角，嘴里衔着一颗夜明珠，在前面给禹照路。

禹就丢了火把，跟着大蛇走。走了好一会儿，到了一个光明而开阔的地方，似乎是一个殿堂，有一些穿黑衣服的人，簇拥着一个人脸蛇身的神，坐在殿堂的中央。禹一看这神的形状，心里就明白了八九分，便问他："你莫非就是华胥氏的儿子伏羲吗?"

"对啊!"人脸蛇身的神说，"我就是那九河神女华胥氏的儿子伏羲啊。"

他们两人一谈起来，都感觉很是亲切。伏羲幼年时候吃过洪水的亏，对于治水的禹所做的伟大工作非常钦佩，愿意尽他的力量帮忙，于是便从怀里掏出一块玉交给禹，这是一种形状像竹片的玉器，有一尺二寸长，说是拿了这东西去，就可以度量天地。禹后来果然把它带在身边，平定了水患。

龙门山原是一座大山，它和吕梁山的山脉连接着，挡住了黄河的去路，黄河的水到这里流不过去，只好回头往上流，水神趁势推波助澜，造成洪水的泛滥，以至于把上游的孟门山都淹没了。

禹从积石山（在青海）疏导黄河到这里，就用他的神力把龙门山劈开，使它分跨在黄河的东西两岸，让河水从悬崖峭壁间奔流而下。

它之所以取名叫“龙门”，据说是因为江海的鱼每到暮春季节，都要会合在这座山的山崖下面，举行跳高比赛，跳过去的便能成为龙升天，跳不过去的只好碰一鼻子灰仍旧做鱼。又说，到龙门下面来举行跳高比赛的，只是鲤鱼，虽然成千上万地从大川小河逆流而上来到这里，可是一年当中能够登上龙门的不过七十二条。一登龙门，就有云和雨来追随着它，并且还有天火从后面来烧掉它的尾巴，使它彻底变成一条龙，不留一点鲤鱼的痕迹，天公替登龙门的鲤鱼可说是设想得很周到了。

禹治理洪水，曾经三次到桐柏山（在河南省桐柏县西南），可是那地方总是刮大风，打大雷，石头啸叫，使治水的工程简直没法实施。

禹知道是妖怪作怪，便召集天下群神，叫他们想办法除妖。桐柏山和附近各山的山神恐怕祸事连累到自己头上，都跑来跪着向禹磕头，请禹饶命。禹疑心他们包庇妖怪，便把他们当中几个特别狡猾的如鸿蒙氏、商章氏、兜卢氏、犁娄氏等拘囚起来，加以审问。果然问出实情，原来在淮水和涡水之间，的确躲藏着一个叫“无支那”的水怪，禹就马上派人去把这妖怪擒拿了来。

大禹治水，由高山到平川，由秦岭到冀州，由太行山到嵩山，到处开河治水，留下许多足迹。上党一带的潞城、平顺之间，有一座山就叫“禹王山”，相传是禹开通河道时，把挡住水流的一座山搬在这里。人们为了纪念大禹治水，就把这座山称为“禹王山”。

申双鱼 采 录

点 评

大禹治水的神话传说，早在西周就已深入人心，《诗经·大雅·文王有声》就说：“丰水东注，维禹之绩。”他的事迹在中华大地到处流传，而且大多与各地特殊的地理环境和人文因素相联系。这个故事显然流传于中原地带，它并没有表现我们熟知的三过家门而不入之类的情节，却更多地驰骋幻想，非但出现了伏羲、应龙等正面形象，还出现了山神妖怪之类的负面形象，甚至还有鲤鱼跳龙门这类童话式的插曲，在充分显示大禹治水复杂艰难的同时，也平添了多姿多彩的艺术魅力，使这一艰苦的伟业绽放出人定胜天的乐观主义精神，在多如牛毛的大禹故事中，显得比较轻松愉悦。

■ 陈泳超

《大禹治水》是大家耳熟能详的古代汉族神话传说故事，在中华文明发展史上起重要作用。在治水过程中，大禹依靠艰苦奋斗、因势利导、科学治水、以人为本的理念，克服种种困难，终于取得了治水的胜利。后人尊他为“禹神”，我们整个中国也被称为“禹域”，大禹治水的精神也成为中华民族精神的源头和象征。大禹治水讲究的是智慧，大刀阔斧，改“堵”为“疏”，拓宽峡口，让洪水能更快地通过。故事中大禹劈开龙门山的做法就体现了这一点。当今社会无须像大禹那样治水，但却迫切需要大禹治水这种实事求是、科学创新的精神，我们应该通过实际行动弘扬大禹治水的精神，为中华民族的进一步复兴而努力。

■ 刘　英

愚公移山

ZHONGGUO CHUANTONG GUSHI BAIPIAN

太行、王屋两座大山，方圆有七百里，高达万丈，本来位于冀州的南面，河阳① 的北部。

山北有一位老人，名叫愚公，快九十岁了，他家住在山的正对面。他感到山北交通阻塞，来回得绕道儿，很不方便，就将全家人召集在一起商量说："我和你们一起用全力把这两座大山搬掉，开辟一条通往豫州南部、直达汉水的大道，能行吗？"全家人异口同声地表示赞成。

只有他的妻子表示怀疑，对他说："凭您这点力气，连魁父那样的小山也平不了，又怎么能把太行、王屋这两座大山平掉呢？再说，挖出来的泥土、石块，又往哪里放呢？"

大家你一言我一语地说："把那些挖出来的泥土、石块，一部分扔到渤海的边上，一部分扔到隐土的北面去。"

于是，愚公就带领了子孙中能挑担子的三个人，凿石头，挖土块，用畚箕和箩筐把泥土石块运到渤海边上去。他的邻居京城氏的寡妇，有一个遗腹子，才七八岁，也蹦蹦跳跳地来帮忙。他

① 河阳：古地名，故城在今河南孟县西面。

们从冬天到夏天，才能往返运一次。

河曲有个名叫智叟的老人，他见愚公率子孙挖山不止，便来取笑并劝阻愚公说：“你真是太愚蠢了，像你这样大把年纪，这么点力气，恐怕连山上的一根茅草也拔不动，还能把这些泥土石块怎么样呢？”

北山愚公长长地叹了一口气说：“我看你这个人太顽固了，顽固得简直不开窍，还不如那寡妇和小孩哩。虽然我死了，还有我的儿子在呀！儿子又生孙子，孙子又生儿子，儿子又生儿子，儿子又生孙子，子子孙孙，无穷尽的啊！可山是不会再增高了，挖一点，少一点，何愁挖不平呢！”河曲智叟被说得没话可说了。

山神听到愚公的这番话，害怕愚公再不停地挖下去，就把这件事原原本本地报告了天帝。天帝被愚公的精神所感动，就派大力士夸娥氏的两个儿子，背起这两座大山，一座放在朔方的东部，一座放在雍州的南部，从此以后，从冀州的南部到汉水的南岸，便没有高山阻隔了。

白　木　译

（原载于《列子·汤问》）

点　评

《愚公移山》是一篇古老的神话色彩比较浓厚的民间寓言，最早记载于《列子·汤问》。这里发表的是白话译文。

《愚公移山》的故事，阐明了一个真理：群众是真正的英雄，人民大众的智慧和力量是无穷无尽的，不管什么时候，不管什么事，只要依靠群众，大家齐心合力，就没有克服不了的困难。相信群众，相信自己的力量，这是人民群众在长期的生产、生活的实践中得出的经验。

《愚公移山》以鲜明生动的对比手法，通过两个虚拟人物愚公和智叟的对话、行动的对照，既现实，又浪漫，主题鲜明，热情歌颂了大智大勇、埋头苦干的愚公；同时又讽刺了鼠目寸光、成事不足、败事有余的智叟，点明了"愚公不愚，智叟不智"的深刻含义。它篇幅简短，语言生动，言简意赅，首尾呼应，浑然一体，最后，以神话结尾，充分表达了人民群众对劳动、对愚公伟大精神的歌颂，这不仅使故事更加完美，也增强了故事的艺术感染力。

■ 杨亮才

人是需要有点精神的。每一个中国人，都需要、都必须要有点精神。这种精神就是中国精神。愚公移山精神是中国精神之一。它同夸父追日、精卫填海、铁杵磨成针一样，都是传统的中国精神。愚公移山，改造中国。数千年来，这种精神，一直鼓舞着中国人努力地改造着中国。大山莫道真如铁，而今奋力从头挖。过去，我们靠愚公移山精神，推翻了压在中国人民头上的三座大山。今天，我们要用愚公移山精神，挖掉横亘在改革道路上的一座座大山。今后，我们还要用愚公移山精神，挖掉横亘在复兴中华大道上的一座座大山。精神，是一种理想，一种信念，是威力无比的力量源泉。愚公移山精神，贵在持之以恒。只要愚公精神永放光芒，世界大同，共产主义，都终将会实现。

■ 奚仁德

ZHONGGUO CHUANTONG
GUSHI BAIPIAN

河神娶妻

战国时，魏文侯派西门豹出任邺城令。他一到任，便四处察访民情。

一天，西门豹私访来到漳河南岸的永乐埔(当时的码头集镇，今河南省安阳县丰乐镇)，见这里田地荒芜，镇上许多人家的门窗都用土坯垒了起来，感到奇怪。找人询问原因，都是摇摇头，不愿答话。西门豹很是纳闷儿。

他在镇子里走了一遭，出来碰上一个正在割草的老汉，便凑了过去，说："老大伯，趁趁火。"说着拿出自己的长杆子烟袋吸了起来。他们拉了一阵子呱，西门豹问："老大伯，这里田地荒芜，不少人家封门闭户是咋回事呀?"老汉叹了口气，看看四下没人，才向西门豹讲了河神娶妻的事。

原来这地方有个风俗，就是每年要从镇上选出一个姑娘，六月二十四日这天，让她坐上纸扎的彩船，送进漳河，嫁给河神为妻。如若不这样办，传说河神就要发大水，冲毁田地，淹死百姓。谁来办这个事呢？就是镇里的巫婆和各行各业的社首。巫婆共有三个，百姓称她们大神头、二神头、三神头。每年麦收以后，神头和社首们便向百姓派粮派款，准备为河神娶妻。然后，他们便到有姑娘的人家，挨门挨户挑选，说是挑选，不过是走走过场，其实他们心中早打定了主意。谁家给他们送了银两，他们就说那家姑娘长得不俊，或说有这样那样的毛病，河神不愿意要，故意不选中。挑来挑去，年年给河神送的都是没钱行贿的穷苦人家的女子。儿女是娘身上的肉，谁家的亲生骨肉愿往河里投呢？有姑娘的穷苦人家，都怕女儿被选中了，只好封门闭户，逃往外乡。

西门豹听罢，点了点头，又问："老大伯，今年河神还要娶妻吗？"

"娶——！"老人低下了头，暗暗流泪，"现在不是六月中旬嘛，钱也收啦，人也选啦。苦命的姑娘独个住在一间小屋里，要梳洗打扮，斋戒七天，单等二十四日一到……"老汉说到这里，泣不成声地哭了起来。原来他说的苦命的姑娘就是他的孙女。

西门豹问明了情况，决心破除这种陋俗。临走，他对老汉说："老大伯，河神娶妻那天，我也要来为那苦命的姑娘送行啊！"

六月二十四日这天，四面八方的人群齐来观看河神娶妻。一只纸扎的彩船，放在漳河岸边，待到午时，便要把选来的女子送入水中。

约莫到了巳时，忽听有人报道："西门大人来给河神贺喜啦！"

这下可把那些神头、社首们高兴坏啦！他们知道百姓吃够了河神娶妻的苦，只是敢怒而不敢言；怕一旦被戳破骗局，不好收场。西门大人这一来就好啦，当官的也来贺喜，哪个还敢说三道四！于是忙派人在河边搭起凉棚，摆上桌椅，准备好茶水，恭候西门大人驾到。

不一会儿，西门豹带着一队人马，抬着整猪整羊来了，神头、社首们一齐叩头迎接。

西门豹坐在凉棚底下，看着神头、社首们说道："今天河神娶妻，我特来进贡贺喜。但不知你们挑选的女子长得咋样？叫过来瞧瞧吧！"神头、社首们不敢怠慢，忙招呼人把选定的女子领了过来。西门豹一看，摇了摇头，说："这姑娘长得不俊哪！我给河神另选了一个，比这个长得好，换换送去行不行啊？"神头、社首们个个点头哈腰，连声说："行！行！"西门豹叹了口气，又说："看来咱们的话都好说，可不知河神愿意不愿意呀！谁去跟河神商量商量呢？"

一听说要跟河神商量，神头、社首们都瞪了眼，谁也不敢吭声。

西门豹看他们都不说话，喊道："大神头，委屈你走一趟吧！"大神头还在发愣，两名武士上去扯胳膊拉腿，"扑通"一声，扔进河里。

停了一会儿，西门豹说："咋不见大神头回来呀？这河神的话还怪难说哩！二神头，麻烦你再去催催！"两名武士又把二神头扔进河里。

又停了一会儿，西门豹说："大神头、二神头都不回来，三神头，你……"西门豹还没把话说完，三神头知道轮着他啦，"扑通"往地上一跪："我的大老爷呀，你就饶了我这条命吧！那都是假的呀……"

社首们一看露了底，一个个趴在地上磕响头，苦苦哀求饶命。这时，只见割草的那个老汉满面热泪，从人群中走出来，拉着他的孙女，一齐跪在西门豹面前，拜谢救命之恩。百姓们也都跪下给西门豹叩头。

破除了河神娶妻的陋俗，西门豹没收了神头、社首们骗取的钱财，资助百姓引漳河水，修了十二道水渠，发展农业生产。逃往外乡的百姓听说后，也都陆续返回家园，过上了安居乐业的太平日子。

张泰安、张鸿孝　讲　述

张楚北　记录整理

点　评

天灾人祸时有发生，故事中的“神头”“社首”，串通勾结，趁机发财，巧立名目，欺诈勒索无所不用，使得田地荒芜，乡人离散，奇怪的是，地方官员视而不见，听之任之。百姓说不知官府是慵懒不作为呢，还是吃了“神头”们“贡品”而手软，总之都忍气吞声敢怒不敢言，只有西门豹一上任，即微服私访，亲察民情，充分掌握第一手真实材料，并迅速坚决果断地惩办元凶，又兴修水利助农桑，使荒芜冷寞的山野又生机勃发起来。历史证明，忠于职守、勤于政务的好官如西门豹们，理当受到百姓们的爱戴和尊敬。凡是颂扬好官、清官的故事，都会永久活在人民心中。

■ 刘昌有

仓颉造字

这算得上是很老的故事了。

相传仓颉在黄帝手下当官。那辰光，当官的可不显威风，和平常人一样，只是分工不同。黄帝分派他专门管理圈里牲口的数目、屯里食物的多少。仓颉这人挺聪明，做事又尽力尽心，很快熟悉了所管的牲口和食物，心里都有了谱，难得出差错。可慢慢的，牲口、食物的储藏在逐渐增加，光凭脑袋记不住了。当时又没有文字，更没有纸和笔。怎么办呢？仓颉犯难了。

仓颉整日整夜地想办法，先是在绳子上打结，用各种不同颜色的绳子，表示各种不同的牲口、食物，用绳子打的结代表每个数目。但时间一长，就不奏效了。这增加的数目在绳子上打个结很便当，而减少数目时，在绳子上解个结就麻烦了。仓颉又想到了在绳子上打圈圈，在圈子里挂上各式各样的贝壳，来替代他所管的东西。增加了就添一个贝壳，减少了就去掉一个贝壳。这法子挺管用，一连用了好几年。

黄帝见仓颉这样能干，叫他管的事情越来越多，年年祭祀的次数，回回狩猎的分配，部落人丁的增减，也统统叫仓颉管。仓颉又犯愁了，凭着添绳子、挂贝壳已不抵事了。怎么才能不出差错呢？

这天，他参加集体狩猎，走到一个三岔路口时，几个老人为往哪条路走争辩起来。一个老人坚持要往东，说有羚羊；一个老人要往北，说前面不远可以追到鹿群；一个老人偏要往西，说有两只老虎，不及时打死，就会错过了机会。仓颉一问，原来他们都是看着地下野兽的脚印才认定的。仓颉心中猛然一喜：既然一个脚印代表一种野兽，我为什么不能用一种符号来表示我所管的东西呢？他高兴地拔腿奔回家，开始创造各种符号来表示各种事情和物品。果然，把事情管理得头头是道。

黄帝知道后，大加赞赏，命令仓颉到各个部落去传授这种方法。渐渐地，这些符号的用法，全推广开了。就这样，形成了文字。

仓颉造了字，黄帝器重他，人人称赞他，他的名声越来越大。仓颉头脑就有点发热了，眼睛慢慢向上移，什么人也看不起，造的字也马虎起来。

这话传到黄帝耳朵里，黄帝很恼火。他眼里容不得一个臣子变坏。怎么叫仓颉认识到自己的错误呢？黄帝召来了身边最年长的老人商量。这老人长长的胡子打了一百二十多个结，表示他已是一百二十多岁的人了。老人沉吟了一会儿，独自去找仓颉了。

仓颉正在教各个部落的人识字，老人默默地坐在最后，和别人一样认真地听着。仓颉讲完，别人都散去了。唯独这个老人不走，还坐在老地方。仓颉有点好奇，上前问他为什么不走。

老人说："仓颉啊，你造的字已经家喻户晓，可我人老眼花，有几个字至今还糊涂着呢，你肯不肯再教教我？"

仓颉看这么大年纪的老人，都这样尊重他，很高兴，催他快说。

老人说：“你造的‘马’字，‘驴’字，‘骡’字，都有四条腿吧？而牛也有四条腿，你造出来的‘牛’字怎么没有四条腿，只剩下一条尾巴呢？相反，鱼儿没有四条腿，只有一条尾巴，你造的‘鱼’字怎么多了四条腿，而没有尾巴呢？”

仓颉一听，心里有点慌了：自己原先造“鱼”字时，是写成“牛”样的，造“牛”字时，是写成“鱼”样的。都怪自己粗心大意，竟然教颠倒了。

老人又接着说：“你造的‘重’字，是说有千里之遥，应该念出远门的‘出’字，而你却教人念成重量的‘重’字。反过来，两座山合在一起的‘出’字，本该为重量的‘重’字，你倒教成了出远门的‘出’字。这几个字真叫我难以琢磨，只好来请教你了。”

这时仓颉羞得无地自容，深知自己因为骄傲铸成了大错。这些字已经教给各个部落，传遍了天下，改都改不了。他连忙跪下，痛哭流涕地表示忏悔。

老人拉着仓颉的手，诚挚地说：“仓颉啊，你创造了文字，使我们老一代的经验能记录下去，传下去，你做了件大好事，世世代代的人都会记住你的。你可不能骄傲自大啊！”

从此以后，仓颉每造一个字，总要将字义反复推敲，还先拿去征求人们的意见，一点也不敢粗心。大家都说好，才定下来，然后逐渐传到每个部落去。

吕鸿男　讲　　述

吴林森、方　范　搜集整理

点 评

《仓颉造字》的故事是我国古代汉族传说之一，故事讲述了远古年代仓颉发明汉字的缘由及来历。看完这个故事，我们为先祖仓颉的勤劳智慧感到骄傲，为他爱国敬业、诚信友善的奉献精神感到自豪。当然事实上，书写中华五千年文明的汉字并不是仓颉一人发明，她是炎黄子孙在生生不息的辛勤劳作中共同创造的文明成果。但不可否认的是仓颉在这个过程中发挥了重要作用。歌曲《中国娃》唱得好:“最爱写的字是先生教的方块字，横平竖直堂堂正正做人要像她”；玖月奇迹的《中国美》《中国范儿》唱得好:“字也美画也美字里行间中国心最美，真草隶篆凤在舞，笔墨纸砚龙在飞”；“真草隶篆写着那中国范儿，唐诗宋词诵出了中国范儿”。为仓颉造字点赞！

■ 裴 平

上古仓颉结绳记事，后发明象形文字，成为中华最古老汉字的始祖，被尊为“造字圣人”。人类文明始自文字，而古汉语是华夏文明的根基。现在电子技术发达，很多人却提笔忘字，即使写出来，也全无字形灵动美感。更有人推崇西方文化，对古汉字嗤之以鼻。诚然，西方文化有其先进性，应学其精华，但也不能摒弃自己古老的文明。汉字是世界上最古老最丰富的文字之一，我们呼唤传统文化的回归，那是整个民族文明的渊源和底蕴。我们喜看汉字听写大会上那一张张稚气未脱却充满虔诚的脸，那是对汉字“其律声韵动听，其义博大精深”之美的尊崇，是对古老文明的传承与弘扬。《仓颉造字》常讲常新，是对于古汉语文脉的寻根溯源，也是流淌于基因血液里的家国情怀。

■ 于国平

蔡伦造纸

汉代的蔡伦出生在贫苦人家，从小就缺吃少喝，经常饿得前胸贴着后背。父母以为，与其全家一起饿死，倒不如让他留条活命，于是就将这个心肝宝贝卖给了人贩子。人贩子是个黑心烂肝的家伙，他为了捞钱发财，竟将小蔡伦阉割了，高价卖到皇宫里去做了太监。

小蔡伦痛不欲生，天天啼哭。有个老太监发现了，问他为什么伤心。

“这样男不像男，女不像女；人不像人，鬼不像鬼；活着有什么意思，我只想死。”蔡伦泣不成声地回答。

老太监是过来人，自然同病相怜，便好言相劝说：“从前，有个叫司马迁的，很有学问，前程似锦。可是，因为替别人打抱不平，惹恼了皇帝，也被阉割，就像从天堂下到了地狱，他更是觉得生不如死。可是又想：白白死去，岂不是糟蹋了这一肚子的学问？倒不如发愤写书，给后代留下一笔精神财富。于是，他便广泛搜集资料，日日夜夜著述，终于完成了千古不朽的《史记》。”

蔡伦一听，哭脸变成了笑脸：“我知道司马迁，也很钦佩他，连做梦都在读他的《史记》哩，可哪里找得到啊！”

“想读书就好！”老太监非常高兴，说，“远在天边，近在眼前，皇宫里的藏节多得很哩。”他转身扛来了一大捆竹简，用手指着它，又说：“你就学习学习司马迁，好好读读他的《史记》吧。”

蔡伦认真苦读，如醉如痴。同时又不禁想道：一部《史记》就是一大捆竹简，可见用它写、读、运、藏都非常困难，除了皇帝、高官，平民百姓是很难沾上边的。为了改变这种状况，蔡伦试着将竹简加宽、削薄，以求减轻它的重量，增加它的容量。可是，八字还没有一撇，它就裂了、碎了。此路不通啊！

蔡伦没有就此止步。他全神投入，茶不思饭不想，日夜琢磨。一天，他面对着正在磨面的石磨出起神来：把麦粒磨成面，然后既可做成很大的馍馍，又可摊成薄薄的饼子。那么，对于竹简，是否也可以这么处理呢？他试着将竹简装进磨眼，只听“嘶嘶啦啦”直响，却怎么也没有磨碎，更没有成粉——又失败了！

蔡伦仍不甘心，他又把竹节和破布、旧渔网等放在石臼中，挥舂用力，一下，两下，三下……坚持舂个不停，终于成了渣、成了粉。然后泡在水里，水面上便立刻形成一层薄膜，真的像是薄薄的煎饼。轻轻揭下来，贴在墙上，晾干，再在上边试着写字，只觉非常光滑流畅，而且转眼间墨迹就干，和竹简相比，简直是一个天上，一个地下。这就是蔡伦在一千八百多年前所造的纸。他为人类的文明进步作出了不朽贡献。

| 点 评 |

《蔡伦造纸》这个小故事，故事性很强，“一波三折”式地再现了蔡伦从坎坷走向成功的历程，读来耐人寻味。反观这个故事，其中的一句“蔡伦认真苦读，如醉如痴。同时又不禁想道：一部《史记》就是一大捆竹简，可见用它写、读、运、藏都非常困难，除了皇帝、高官，平民百姓是很难沾上边的”，令人回味。试想，如果蔡伦没有“平民百姓是很难沾上边的”这样一种“公共精神”，也就不会有接下来的一系列“造纸动作”。现如今国家全面深化改革，改革离不开创造，创造离不开无数个人的“智”造。要激活每个人的“智”造动力，就要着重培育劳动者“蔡伦式”的“公共精神”，如此，在平凡的劳动中，才可能产生无限的推动改革大业的“智”造灵感。

■ 李艳龙

毕昇发明活字版

相传，宋代的毕昇，在入学的那天，看到老师先是对着“大成至圣先师孔子”的牌位，恭恭敬敬作了三个揖，然后，转过身来打开一个里三层外三层的纸包，拿出一本书来，对大家说：“这是圣人留下的经典《论语》，我要传授给你们。不过，一口吃不成胖子，要慢慢来。”随即将一张大纸贴在墙上，领读上边写的一句话：“子曰：学而时习之……”并且嘱咐：“比着葫芦画瓢，把每个字都照写下来吧。直到写完，就也各有一本圣人经典了。”

毕昇倒吸一口凉气，不由咕哝出声来：“那不是要抄到猴年马月吗？抄下一本书真难！”

“难也得抄呀，历朝历代都是如此嘛！”老师声严色厉地教训毕昇。

毕昇初学乍练，又因为受气而胡思乱想，不仅抄写得歪歪扭扭，缺撇少捺，而且还把圣人的话也错写成了“子曰：时而学习之……”

“差之毫厘，谬之千里。这样对待圣人，大错特错。我不要这样的学生，你给我出去！”

毕昇气恨交加，却又恋恋不舍，不禁一步一回头，打量从此永别的学屋、老师和同学……无意间，他看到自己沿路留下的脚印，心里不禁一动：如果抄写书也能像它一样只需轻轻过上一道，便可留下印记，该多好啊！

毕昇横下心来，改学木匠。师傅抓得严，管得紧，要求徒弟心无二用，不准打野。毕昇尽管总放心不下上学时的情景和那行明显的脚印，但却不敢丝毫放松师傅让做的活路，于是，只好趁别人熟睡的机会，半夜起床，偷偷试着在木板上刻字。不管是三伏天汗流浃背，还是数九寒天冻得直哆嗦，他总是连续不断地刻了毁，毁了又刻，坚持，坚持，再坚持，终于刻出了像模像样的圣人语录：“子曰：学而时习之……”

人们知道了，纷纷来看，个个说好。可是，却也有一个人提出新的想法：“它比抄书虽然便当多了，可也有不足啊。如果能改一成不变为一成万变，岂不更好。”

说着容易，做起来难啊！毕昇的思想转不过弯来，吞吞吐吐地说出了自己从脚印所受的启示和不断摸索的情况。不禁叹了口长气，诉苦道：“我走到这一步，简直脱了几层皮啊！”

“那就更不该到此为止了。”那人又进一步发挥说，“脚印只是一个模样，但鞋子却可换着穿嘛。例如‘子曰’和‘孟子曰’，就有两个字是相同的，为什么不可以使它们‘通用’起来呢？”

毕昇受到了新的启示，又开始了新的摸索：先是把大板锯成一个个小方块，并且在上边刻出一个个的字，然后再根据需要把它们拼拢而成这样那样的语句，这就是“活字版”了。

| 点 评 |

千年前，毕昇发明了活字印刷术，加速了文化传播。五百年前，德国人古登堡发明了铅活字印刷术，主宰了世界印刷业。几十年前，中国人王选的汉字激光照排系统，被誉为“汉字印刷术的第二次发明”。如今的数字印刷技术不仅解放了大批高强度、有毒害的拣字工，印刷效率提高也使得信息传播突飞猛进。从中，我们能够清晰地看到一条社会科技发展的脉络：印刷从木活字、陶活字、铅活字到电脑字库（也是活字）——后人总是踩着前人的肩膀升级的。就如高铁时代忘不了蒸汽机的发明者一样，信息时代的人会铭记“活”的毕昇。

■ 商 俊

传说篇

ZHONGGUO CHUANTONG GUSHI BAIPIAN

牛郎织女的传说

牛郎排行老二，连个名字也没有，人们都习惯叫他老二。他爹娘死得早，跟着哥哥嫂子过日子。说起老二平时受的那个罪，可就没法说了。

耕地是老二的，种地是老二的，就是打扫院子劈柴挑水这些活，也是老二干。吃的是剩饭，住的是牛棚，唯一能和老二做个伴的，就是那头老黄牛。老二和黄牛几乎是寸步不离，时间长了，人们就把老二喊成了牛郎。牛郎人老实心地也好，牛耕地干活，他都舍不得打一鞭子，到地头就让牛歇歇喘喘。为了防备牛冬天没草料，牛郎就在夏天晌午头干活回来，背着筐到高粱地里割一大篮子草，晒起来。

这样割啊割啊，一夏天就备置了两大垛干草。到了冬天，牛郎就把这些草用铡刀铡碎，再放在大缸里淘上几遍，喂黄牛。天天夜里，牛郎都要起来几回给牛添几遍草。庄上人见牛郎对黄牛照料得那么好，就开玩笑说："牛郎，你干脆就和老黄牛一块过一辈吧。"牛郎听了笑一笑，也不往心里去，照旧对黄牛好。过了几年，老大听了媳妇的话，提出来分家，分就分呗，牛郎没别的啥要求，只提出来把老黄牛分给他。家分完了，牛郎只分到了一头老黄牛，一辆破牛车，一口小锅，一间牛棚。牛郎不生气也不难过，没有饭吃，他就套上车，和黄牛一起去讨饭，一路上牛郎就把心里的话说给黄牛听，黄牛不会说话，听了就点点头，或者就叫上两声，每逢这时牛郎心里就热乎乎的。在庄上讨饭，家家都给的不少，干粮呀，稀粥啊，都有。要了饭，牛郎总是先让黄牛吃，等牛吃饱了，他才去吃。傍黑，牛郎和黄牛又一起说着话回家去。这样过了三四年，牛郎三十岁了，那黄牛也一天一天地见老。忽然一天，老黄牛趴在地上，起不来了。牛郎急坏了，又拉又抬，还是弄不动老黄牛。就见老黄牛眼里流出了泪，它忽地张口说话了，老黄牛说："牛郎啊，我就要死了。我死后你千万把我的皮剥下来放好，你多咱[①]上哪儿去的时候，把皮放在车上，我就会带你去。"说完眼一合死了。牛郎哭得死去活来，他把牛皮剥下晾晒好，又挖了个大坑，把牛身子整个地埋掉了。没有了老黄牛，牛郎更孤单了，眼见得他身子一天比一天瘦。这样过了有两个月，一天夜里老黄牛来给牛郎托梦了。它说："牛郎啊牛郎，你可要记着，明天吃完饭跟着我到天上散散心去。天河里有群洗澡的仙女，山跟前那些衣裳上有个放红兜兜的，那个有红兜兜的衣服就是你媳妇的，命里该跟你过日子，长得最俊、心地也好，到时你把她的衣服藏起来，她就跟着你到人间来。"牛郎一会儿醒了，想想梦里的事，跟真的一样，他就想，老黄牛不会坑自己，到天亮就按它说的办一次吧。第二天吃过早饭，他把破车拾掇出来，又把牛皮放在车子上，把鞭子拿在手里，喊一

① 多咱，方言，意为"何时""什么时候"。

声“驾!”就见那车飞快地跑起来。跑着跑着，就听老黄牛的声音在他耳边喊：“牛郎，闭上眼。”牛郎顺从地合上眼，就觉着那车子忽地一下子升起来，他耳旁的风呜呜地响。这样待了好大一会儿，车子就慢下来。老黄牛又对牛郎说：“到地方了，牛郎，你睁开眼吧。”牛郎一睁眼，哎呀，这不上天来了吗？就见那一座座的高山，像美女的身材那么好看；一道一道的河，像绿绸子似的曲曲弯弯。河里的水蓝莹莹的，哗啦哗啦不紧不慢地流。牛郎正瞪着眼睛看，就听得前面一座山后有撩水声和说笑声。他仔细一看，呀，在那山跟前摆着六七堆花裙子，靠左边的那堆上面放着个红兜兜。牛郎就按黄牛的吩咐，跑过去，把那堆有红兜兜的衣服抱起来，藏在破牛车上，就躲在山的另一边。一会就听仙女们说：“大姐二姐，咱们赶快回去吧，时间长了让咱娘知道了，又该罚咱了。”仙女们一齐说：“好，走吧!”就哗啦哗啦地游着水上岸来了。

到末了，只剩下七仙女还泡在水里舍不得上来。姊妹六个穿上衣服，招呼七仙女说：“七妹，你也快一点啊，俺们先回去了。”七仙女答应一声，众姐妹就说笑着，嘻嘻哈哈地飞走了。七仙女洗啊洗啊，又洗了半天，才穿着个裤头从水里恋恋不舍地爬上来，走到放衣服的地方，一见没了衣服，吓了一大跳，四处寻找，一眼看见了牛郎，也顾不得害羞，就大声地喊：“喂，那人，你见我的衣裳了吗？”牛郎刚要回答，老黄牛的魂灵就赶忙在牛郎耳边说：“别吱声，你只管往前走，也别往后看。”牛郎就按老黄牛的吩咐赶着车子往前走，七仙女猜出藏衣服的那人就是牛郎，也就在后面撵，边撵边央求着牛郎停下来，可这时牛郎也当不了家，那牛车带着七仙女走，七仙女追多快，它就跑多快。眼看快出天界了，七仙女急了，她一用功夫，“噌”的一声跳到牛郎前头，拦住了去路，就听她说：“好人，你还我衣服吧！只要你给了我衣服，你说什么我都答应你。”

牛郎看七仙女急成那个样子，就不顾耳旁老黄牛的劝阻，从车里拿出了那件花裙子和红兜兜，低着头说：“俺不是存心拿你的衣服，是俺死去的老黄牛显灵说你的心地好，能跟俺过日子，俺才去拿的。”七仙女一看牛郎憨憨厚厚的，是个老实人，就起了爱慕之心，隔着云海向人间一看，男耕女织，鸡鸣狗叫，炊烟腾腾的，人们的日子也怪幸福，远比在天上整天织布强多了，就动了下凡的心。她接过裙子，穿好衣服，没说别的，坐在牛郎的车子上，就跟着牛郎一起到人间来了。

自从七仙女来到人间，牛郎就像换了一个人似的，别提多勤快了。他们夫妻二人在村外一座荒山旁搭了一间茅草屋，住了下来。开出山四周的荒地，全都种上庄稼，晚上七仙女就关上门织绸罗缎匹。不上两年，日子就过得富富腾腾的。第三个年头又添了个胖娃娃，又聪明又伶俐。又过了一年，又生了个胖小子，夫妻俩恩恩爱爱，拉扯着两个小孩子，小日子真是比蜜还甜。到了第六个年头上，天上的王母娘娘寻找七仙女找到人间来了。那天牛郎正在地里干活，王母娘娘在天上看准了七仙女的住处，一按云头降下来，一把扯住正在奶孩子的七仙女，把她孩子往旁边一推，带着七仙女就走了，任凭七仙女再喊再哀求都不顶事了。

七仙女刚走，牛郎就回来了。他一见两个孩子正哇哇地大哭，就急忙追问咋回事，大孩子告诉他一个老太婆把娘抓上天去了。牛郎气得说不出话来，他来不及往外拾掇破牛车，就抓出两个篮子，把牛皮铺上，两个孩子一边盛一个，挑在肩上，喊一声："老黄牛啊，你再帮帮我，带我去追七仙女吧。"就听"呜"的一声，牛郎和两个孩子一下子飞起来，直奔天上飞去。不一会就看见了王母娘娘正抓着七仙女在前面飞。牛郎就喊："娘子，等等我。"这一喊可坏了，王母娘娘扭头一看，哎呀，牛郎追来了，她情急之下，拔出头上的簪子，"嘶啦"，在后面划了一道子，接着就见那水"哗"地涌过来，转眼间一道天河横在牛郎面前，再也过不去了。牛郎和两个孩子隔着河呼叫了半天，没办法，才又回到人间。

再说七仙女被押回天宫后，又被罚整天织布，日子长了她想念丈夫和孩子啊，就再三再四地向王母娘娘求情，后来王母娘娘没法了，才答应每年七月初七牛郎和七仙女相会一次。

| 点　评 |

这是被称为中国"四大民间传说"之一的牛郎织女故事，它的故事情节家喻户晓，其中反映的男耕女织、儿孙满堂的生活场景，是中国传统社会普通百姓的最高理想。此外，这个故事还反映了牛郎虽然遭受家庭虐待，但并不抱怨，依然热爱劳动，尤其是对劳动伙伴老黄牛的细心照料和感情交流，象征性地表现了农民对劳动本身的热爱与感情，也是其中最具人性力量的部分。而这样的热爱是一定会有回报的，所以老牛会指示他到天界获得妻子。当然，在过去的社会里，这样最简单的人生追求还是会遭到不可抗拒的外力阻挠，但即便是来自天界的惩罚，也会被人间真诚质朴的情怀和品质所感染，于是有了七夕相会的法外开恩。

■ 陈泳超

爱情是人类永恒的美与力量。来自天庭的织女，与作为凡夫俗子的牛郎结合，本身就说明爱情是一种超越世俗观念和世俗等级制度的美好存在。王母娘娘的百般阻挠，不但没能阻止这一对有情人终成眷属，反而成了他们彼此之间验证对方对爱情忠贞度的试金石。波涛汹涌的天河看似拉开了两人在空间上的距离，实则使两颗相爱的心贴得更近。鹊桥，与其说是喜鹊在牛郎织女的爱情感召下成人之美的结果，不如说是牛郎织女同心协力用执着、坚贞和忠诚搭建起来的一座成功之桥、胜利之桥、团圆之桥！正所谓：不经历风雨，怎么见彩虹？这个流传千古的浪漫故事告诉我们：美好的事物总是要经过一番波折才会被我们拥有。

■ 徐生坛

白蛇的传说

保和堂

许仙和白娘娘从姑苏逃到镇江，在五条街上开了间保和堂药店，夫妻二人过得恩恩爱爱、甜甜蜜蜜。

这时，镇江正闹瘟疫，一个传一个，害病的面黄肌瘦，没精打采，躺在床上的，倒在路边的，到处都是。

一天，许仙愁眉苦脸地跟白娘娘说："外面闹瘟疫，正要药用，店里药不多了，怎么办？"

白娘娘想了想，说："草药，我倒认识哩！外头药既然一时难进，不如明天起，我到山上去采，店里有了药也好解救百姓。"

许仙说："山上野兽多，你可要当心啊！"

白娘娘点点头。

第二天，到了五更三点，白娘娘背了一只药篓子出去了。到哪里去采药呢？镇江西门外三十里有一座高山，叫"嵌船山"，又叫"百草山"。传说当年这里一片汪洋，岛上住些人家，终日阴气沉沉，蛇蝎横行，百姓苦得不得了。百草仙子装了一船草药，来救受苦受难的百姓，不想半路上遇到狂风把船刮翻了，变成了一座山。至今这山还像座底朝天的船，山上长了百样草药。

白娘娘驾了白云飞到百草山，满山百草直是点头，奇香异味一个劲往鼻子里钻。白娘娘站在百草丛中，很快采集了一篓子草药。

打这天起，保和堂药店里的药又多了起来，什么龙胆草、金银花、杜仲、黄柏，堆得像一座座小山。白娘娘和许仙在店门口，又摆了一口圆桌面大小的水缸，泡了满满一缸草药，不要钱，治好了不少穷苦百姓的疾病，救活了不少人的性命。

俗话说："好事传千里。"镇江到处很快传开了："保和堂的药灵、人好。"这么一来，百姓个个都朝保和堂跑了。哪晓得，这件事触犯了金山寺的长老禅师法海和尚。

这天，到了五更三点，白娘娘药篓一背，又去采草药了。许仙刚刚送走白娘娘，关好门，只听见外头"笃笃笃"，传来一阵木鱼的声音，这声音越来越响，大清早听得人心烦。许仙把门一开，只见一个圆头胖脑、白净净的老和尚盘膝坐在门口，脚前放了面盆大的木鱼，闭着眼睛直敲哩！

许仙是个软心肠的人，笑笑说："老禅师，大清早的化什么缘？"

法海摇摇头。

"老禅师，既不化缘，有什么事吧？"

法海慢慢睁开眼，一双贼眼直转，转到许仙的脸上，说："老僧看你脸有妖气！"

许仙吓了一跳，急忙问："老禅师，此话怎讲？"

"此处不是谈话处，明日到金山寺找我法海！"法海说着站了起来，两眼露着凶光，压低嗓门，声音像蚊虫一样："这话上不能告诉父母，下不能告诉妻子儿女，不然可要五雷击顶啊！”

法海说完，敲着木鱼向金山寺方向走去。

五月端午

第二天，许仙从金山寺回来之后，一直闷闷不乐，终日愁眉苦脸。本来恩恩爱爱的夫妻，如今总是离汤离水。

五月端午到了，家家门上插艾草，人人喝点雄黄酒，避避蛇虫。

小青青根基差，白娘娘叫她躲进了深山。

中午，许仙死缠硬拉，一定要白娘娘陪他吃雄黄酒。为什么呢？那日，法海跟他说白娘娘是妖怪。开始，许仙怎么也不相信，但法海一口咬定白娘娘是白蛇。说端午节要她喝雄黄酒，一定不肯喝；她要是喝了，就会现出蛇形来。许仙一直把这话憋在肚里，疑疑惑惑，刚好今天是端午节，他想试试。

白娘娘晓得许仙硬拉她喝雄黄酒，是法海用的“雄黄计”，就不肯喝。许仙一看这不是应了法海的话吗？脸朝下一沉，说：“你我既是真夫妻，你就喝！”

这一说，白娘娘尴尬了。不喝吧，要中法海的计；喝吧，自己要现形。怎么办？她笑了笑，勉勉强强喝了半杯。许仙一望白娘娘真喝了雄黄酒，也就不把法海的话放在心里了。

白娘娘喝下了半杯雄黄酒，心里着实难过了，像刀绞一般。她跟许仙说：“相公，今天我头有点儿昏。”

“那你就先在床上躺躺吧！”

白娘娘随手放下白罗纱的蚊帐，脸朝床里，睡觉了。今天，许仙心里高兴，连日来的疑团解了。他想，这些和尚真是疑神疑鬼，抬是搬非，要是听了他的话，我们夫妻不是不和睦了吗？他左一杯，右一杯，喝得差不多了，也想上床休息。他把半边帐子一掀，只见一条白蛇挂在帐沿下。许仙一吓，“咚”地一倒，死过去了。

午时一过，白娘娘雄黄酒性过了，一看许仙死了，晓得是被自己现形吓的，哭得死去活来，恩爱的夫妻能不伤心吗？

这时，小青青躲过午时也回来了。

白娘娘跟小青青说：“如今要救许郎的性命，只有到峨眉山上去盗仙草了，就是不晓得能不能回头？现在拜托妹妹一件事，许郎请你看守，我七天不回头，恐怕就死在那了……”

白娘娘说着说着，眼泪簌簌地往下淌。

小青青说：“姐姐，你就放心好了，我一定等你回来。”

盗仙草

白娘娘驾了白云，越过了九十九座山，跨过了九十九条河，飞到了峨眉山。

山顶上，白鹤仙子和鹿童仙子，正看守住灵芝草哩！

白娘娘变成一条小白蛇，“吱——”地一下蹿进了仙草丛中。

这时，白鹤仙子和鹿童仙子看看山上，草不动，树不摇，鸦雀无声，一切如常，就转回仙洞了。

白娘娘一望，机会来了，看来许郎有救了。她“咝咝”地向灵芝草游去。这灵芝草能起死回生呢！她一下摘了两棵，含在嘴里（怕许仙吃一棵灵芝草不行哩），刚要走，不想鹿童仙子又出来察看了。白娘娘连忙又躲进仙草丛中，屏住气，不敢喘。鹿童仙子一望，灵芝草少了两棵，这还得了，就在四处八方找了起来，一下发现了白娘娘。两下打了起来，白娘娘虚晃了一下，正想溜，只听见头顶上“呱”的一声尖叫，飞来了白鹤仙子，白娘娘一吓，跌倒在地。白鹤仙子张开两个爪子朝白娘娘身上一抓，伸着长长的尖嘴，正要叼。

“徒儿，休动!”

原来，南极仙翁从洞里出来了。他叫白娘娘站起来，问她为何盗仙草？白娘娘两眼泪哗哗的，说她已经怀孕六个月了。再说，许仙死去了六天，时间不能再耽搁了。她把情况一说，南极仙翁十分同情，随即叫白鹤仙子送她回镇江，今天不到，许仙就救不活了。

白娘娘伏在白鹤身上，转眼飞到镇江五条街保和堂。

小青青正在哭哩！姐姐七天不到，怕死在峨眉山了。她收拾收拾正准备走。

“小青青，小青青，我来了!”

白娘娘飞进窗子，站到小青青面前。

这时，许仙的命是十分剩下了一厘，只有一口游气了。白娘娘连忙弄阴阳水，把灵芝草一泡，想朝许仙嘴里灌。哪晓得许仙牙关紧咬，好不容易才撬开牙关，仙水“咕”地下肚了。只听见五脏在“咕咚、咕咚”地响动，不到一时三刻工夫，许仙头微微抬了一下，嘴一张，呼哧呼哧出气了。

许仙慢慢睁开双眼，一看白娘娘和小青青围住他，他一把拉住白娘娘的手，说：“娘子，娘子，我现在在哪里？”

白娘娘一看许仙醒了，喉咙里像塞了什么东西，眼泪滴滴答答直落，一颗一颗晶莹莹的泪珠，洒在许仙脸上。

水漫金山

许仙刚刚病好，又给法海花言巧语骗上金山寺，藏在法座背后。

这下可急坏了白娘娘。

小青青跺着脚，说："姐姐，法海欺人太甚！走，我们上山跟他要人，如若不给，就杀他个鸡犬不留！"

白娘娘一想，事到如今，也只有上门要人了。不过还是先礼后兵的好。她齐眉扎起白绫包巾，上穿白绫短袄，下扎八幅罗裙，带着小青青，一路出了镇江西门。

转眼到了江边，只见白浪滔滔的长江中有一个小岛，小岛上上下下全是庙宇，隔江望去，香火腾腾，那就是金山禅寺。

白娘娘脱下一只花鞋，朝江里一抛，江上立即漂起一只五花彩篷的木船，白娘娘站在船头点篙，小青青站在后梢摇橹。

小船迎着浪头向前，来到金山寺门前。法海站在金山顶上，手执禅杖。他心怀鬼胎，早叫小和尚把寺门关得像个铁桶似的。

白娘娘看见法海，火从八处冒：你法海三番五次破坏我夫妻恩爱，今天又逼许郎修行！她本想狠狠地骂他一顿，解解心头之火，一想还是先礼后兵为好，便客客气气地双手一揖，说："长老，我和许仙是结发夫妻，如今我已怀孕六个月，家中无人照料，看在我们夫妻面上，请放他回家……"

白娘娘好说歹说，法海总是一声不吭，头高高地昂起，站在山上。过了半天，指着白娘娘，恶狠狠地骂道：“你这个孽畜，本是深山一个妖精，怎好和许仙成婚？这里是佛门圣地，怎容你胡闹？阿弥陀佛……”

小青青一听，这是什么话！气得两眼直冒金星，没容法海话讲完，抢上一步，大声骂道：“这里是什么佛门圣地？放着经书不念，拆散人家夫妻，真是狗咬老鼠——多管闲事！今日，如若不把许仙交还我姐姐，我小青青定要剁下你这颗头！”

法海气急败坏，提起袈裟，把禅杖举了举，露出真容，嚎了起来：“阿弥陀佛，你们这两条蛇精，胆敢胡言乱语，兴风作浪，可不要怪我法海！”

白娘娘肺都气炸了，她站在船头，对着东、西、南、北各方合手一拜，说道：“各路龙王师兄，我白娘娘和许仙真诚相爱，只因法海一直从中挑拨破坏，威逼许仙修行，拆散我夫妻。今天不为别事，只求夫妻团聚，请各位师兄帮忙。”说完面对四方恭恭敬敬地叩了四个响头。

这时，只见天上乌云滚滚，狂风四起，白浪滔天，看着看着江水哗哗直涨；东海的水，南海的水，西海的水，一股脑儿都往这里猛涌了。法海一看，情况不妙，金山寺一下被淹了半截子。他连忙把风火袈裟披上山头，只顾他的金山寺，不顾镇江全城的黎民百姓了。

这时，有个小和尚躲在门缝里往外一望，吓慌了神：只见东边白浪滔滔的江面上，一排排扁担大的潮虾一蹦一跳，搠起来总有丈把高，吓得他舌头伸出来缩不进去；他再朝西边白浪滔滔的江面一望，一队队的圆桌面大小的龟精鳖怪，尾巴一皱，头一伸都碰到金山寺门边儿了，吓得他心里“咚咚”地直敲鼓；他再向南边白浪滔滔的江面一望，一个个磨盘大的蚌壳上，站着手舞刀剑的标致美貌女子，看得他目瞪口呆；他再朝北边白浪滔滔的江面一望，一团团的螃蟹八只爪子，七手八脚，横着身子直往金山寺上爬，吓得小和尚嘴里直骂法海：“这个老和尚啊！无缘无故地拆散人家夫妻，太平庵不住，偏要住心焦寺。这下好，人家找上门来了，你是身穿蓑衣来救火——引火烧自身，活该!”嘴里骂着，连滚带爬，直往后山上溜。

这时，四海的水，汇聚到一起，一浪高似一浪，如同山呼海啸，向着金山寺涌去……

李志中、韩世如 讲 述
郭维庚、康新民 采 录

| 点 评 |

《白蛇的传说》俗称《白蛇传》，和《牛郎织女》《孟姜女哭长城》《梁山伯与祝英台》并称我国著名四大民间传说。《保和堂》《五月端午》《盗仙草》《水漫金山》是这个故事的重要章节。白蛇传所塑造的白娘子、许仙、法海和小青等人物形象，表达了广大人民对人性解放的渴望，是中华民族宝贵的精神文化遗产。传说中所保留的大量古代传统习俗，使其成为中国汉族民俗文化信息最为丰富的口头遗产之一。明清以来，白蛇传成为故事、歌谣、宝卷、小说、话本、曲艺、戏曲以及电影、电视、动漫、舞蹈、连环画等各种文艺形式的经典题材，其影响不断扩大，不仅流传全国、家喻户晓，更远播日本、朝鲜、越南、印度等许多国家。

不同于常见的大团圆式结局，《白蛇的传说》是一个具有浓厚神话色彩的反封建的爱情悲剧，极大地丰富了中国民间文艺的宝库。其中的白娘子是中国艺术长廊中一个重要的典型形象。传说所反映出的南宋以来不同时期的主要社会思想、信仰与价值观及民族深层心理，有重要的历史价值。在弘扬民族优秀传统文化的今天，了解我国民间文化的立场和价值观，小白蛇的传说，无疑是生动形象的教科书。

■ 牛亚慧

ZHONGGUO CHUANTONG GUSHI BAIPIAN

孟姜女哭长城

秦始皇修长城，闹得普天下老百姓鸡犬不宁。相传河南杞县许家庄有一对新婚夫妻，男的叫范杞梁，女的叫孟姜女。小两口结婚后恩恩爱爱，日子过得像蜜一样甜。可惜好景不长，没过几天，范杞梁就被官府征往北方去修长城（当地人叫边墙）。命令一下，范杞梁哪敢不去，小两口愁得没法，二人抱头大哭一场，就忍痛分手了。

日转月也转，光阴快如箭。范杞梁一去就是几个月，像石沉大海，一点音讯也没有。孟姜女一人在家，白天吃饭不甜，晚上睡觉不香，重重心事也没有个人说。就这样，慢慢觉着衣裳宽了，镯子也松了。

又过了一月俩月，仨月五个月，转眼到了十月里。天气一天天冷了，草上的露水都变成了白霜。这时候，东家西家，左邻右舍，拆拆、洗洗，缝缝、补补，都赶着给去修边墙的亲人送寒衣。

户大人多，有兄弟有哥的，送衣裳都是男的去。范杞梁单根独苗，没有兄弟姐妹，况且父母又年老体弱，哪有力气去送寒衣？孟姜女一则怜惜公婆，二则思念丈夫，便拿定主意，要亲自给丈夫去送寒衣。

孟姜女动身前打扮打扮，带好棉衣、干粮，临走时拜别公婆，喊一声“爹”，叫一声“娘”，哭着说：“我要找到范杞梁，一对夫妻好回乡；我要找不到范公子，任死不见爹和娘！”

孟姜女出门走了七八里，就觉着腰酸腿痛，上气不接下气。她心想，像这样一步一挪，几千里路程啥时才能走到啊！想到这里，孟姜女不由得就哭了起来。她想着哭着，哭着走着，不知不觉走到了一块云彩上。原来是神人搭救她哩。

孟姜女坐在云彩上，只听见风声“呼呼”直响，不多一会儿，就来到了长城边。她睁开眼一看，修长城的工地上，就像蚂蚁行雨一般。民伕们一个个破衣烂鞋，面黄肌瘦。长城上下，死的人成堆，秦兵正拉着往城墙里面埋。孟姜女一见，吓得脸色煞白，不由得心惊肉跳。她赶紧向民伕们打听丈夫的消息，问了好几个人，都说不知道。她的心里又收紧了，生怕有啥意外。最后向一个抬石头的人打听：“大哥，你可知道在这里修城墙的有个叫范杞梁的吗？”抬石头的民伕低下头想了想说：“早先，是有个叫范杞梁的。不过，多天以前，他累死后就埋在这边墙里了。”

真是腊月里打响雷，六月里下苦霜。孟姜女一听，当时一句话也说不出来了。她两腿一软，眼前一黑，“扑通”一声瘫在地上，拉起围裙把脸一蒙，号啕大哭起来。孟姜女哭了第一声，长城上的砖瓦乱往下落；孟姜女哭了第二声，整个长城都乱摇晃；孟姜女哭了第三声，只听“哗啦啦”一声，城墙塌了几十丈。孟姜女哭着，城墙塌着，哭得悲痛，就塌得快、塌得多，顷刻之间，竟哭塌了几百里。长城一塌，露出了白花花的死人骨头。孟姜女知道这里边就有自己丈夫的骨头，也顾不得害怕了。她把中指咬破，往骨头上挨个滴血，滴着说着：“要是杞梁，血就渍湮；不是杞梁，血不变样！”孟姜女说着哭着，哭着说着，滴着血，掉着泪，走一处，又一处，最后总算找到了自己丈夫的尸骨。她抱起尸骨大哭三天，直哭得天昏地暗，日月无光。

孟姜女哭塌边墙的事，传到了秦朝皇宫里，秦始皇马上命令满朝文武大臣一齐出动，不光要止住孟姜女再哭倒长城，还要把她杀掉。

说话之间，就把孟姜女带到了金銮殿上。秦始皇一见，大吃一惊。哎哟，这是哪里的仙女下凡了吧？我那三宫六院、七十二妃，哪有像她这样美貌的！这时，秦始皇的杀人之心早变成了欢喜之情。他对孟姜女说：“小女子，你是哪州哪县的，姓甚名谁，为啥哭倒边墙？快快讲来！”孟姜女一见这个死对头，就狠狠地说：“俺家住河南杞县城南十里许家庄。爹姓许，娘姓孟，干娘姓姜，我就叫许孟姜。我的丈夫范杞梁，被你逼来修边墙，累死了。”一边说着，一边又痛哭起来。

秦始皇说：“起来吧，别哭啦，我赐你无罪。快快埋罢范杞梁，给我做偏房，荣华富贵尽你享！”

孟姜女心想：我恨不得咬你几口才解恨，谁肯给你做偏房！不过，当着秦始皇的面，孟姜女的心里早拿定了主意。当时她就说：“要我做偏房也不难，必须依我三桩大事才行！”秦始皇一听，见她破了口，心里美滋滋的，毫不在意地说：“说吧，漫说三桩，就是千桩我也可以答应你！”

孟姜女说：“要用玉石棺材盛殓我丈夫的尸骨，埋到你家风水宝地九龙口，不能葬在黄沙岗!”秦始皇点了点头说:“这好讲!”

“第二桩，文武百官披麻戴重孝，你也得跟着灵柩拄哀杖!”秦始皇听了，瞪起眼睛为难了好半天，心想，俗话说强扭的瓜不甜，还是硬着头皮答应下来:“拄哀杖也无妨!”

“第三桩，还要在江边，用绫罗绸缎给我缚一架彩秋，让我打秋解愁肠。”当时，秦始皇都一一答应了。

安葬范杞梁的日子到了，真是玉石棺材盛殓尸骨，朝廷皇帝拄哀杖，文武百官披麻戴孝。孟姜女的两桩心愿都实现了，眼看彩秋也缚好了。孟姜女趁着好晴天，来到江边上。她抬头看看天，低头看看地，又静静地望了一会儿江水。随后，她登上彩秋，用尽平生力气往上荡。一次荡起来，先望望千里以外的爹娘；二次荡起来，再望望生她养她的故乡许家庄；孟姜女第三次荡起来以后，两手一松，就跳进了江中央。

孟宪明 搜 集

| 点 评 |

孟姜女的故事也是中国传统四大民间故事之一，它具有反抗暴政、坚守爱情的双重意义，尤其是反抗暴政，常常提到长城脚下的白骨，实际上是反对强制的劳役。孟姜女新婚不久范杞梁被捉走，活生生地拆散了一对夫妻。这一情节表现了暴力政权的反人性，同时，孟姜女对范杞梁不离不弃，不远千里给丈夫送去过冬的衣裳，想不到丈夫已经死去，哭塌长城，让孟姜女看到了丈夫的尸骨，留下了悲怆的孟姜女哭倒长城的故事。本故事经过民间歌曲的反复吟唱，流传大江南北，表达了下层人民要求过上正常安定生活的基本诉求，也表现了妻子对于丈夫的忠贞。

■ 刘晔原

《孟姜女哭长城》的故事，流传久远、家喻户晓。其中最叫人感动的是孟姜女对爱情的忠贞，不辞辛苦，千里寻夫，尤其体现出爱情的纯洁。当今时过境迁，花花世界，变故易常。在反腐中看到，权色交易中持权行腐的色情勾当，无疑早把自家的钟情连同党规一并抛弃了。在寻常百姓家，又有多少人家为了官司、购房、两地分居、见异思迁、红杏出墙等等，闹得妻离子散。多少悲欢离合的故事浮现世间，但真正能让人们敬仰和不忘的，还应像孟姜女故事中的贞情。

■ 毛长生

ZHONGGUO CHUANTONG GUSHI BAIPIAN

梁山伯与祝英台

扣子钉了二百多

祝英台打扮成个漂亮的公子，出门上路了。在路上，她遇着了也到南学读书的梁山伯，二人结拜成弟兄。说起来，梁山伯大祝英台几岁，称为哥哥。祝英台在家里排行第九，自称九弟。从此，两个形影不离，好得就跟一个人一样。

在学堂里，梁山伯、祝英台同铺同被褥睡一床。祝英台天天晚上睡觉总不脱衣裳。梁山伯觉得奇怪，问："九弟咋穿着衣裳过夜！"英台说："解不完扣子。"

"谁给你缝这种衣裳？钉这多扣子？"

祝英台笑笑说："我家一个巧嫂嫂，扣子钉了二百多，一解解到大天亮，一扣扣到太阳落。一脱衣裳，就没工夫读书了。"

英台辞学

古时候，都是私学，学堂里挂着孔夫子像。学生娃进进出出，都要给孔圣人行礼。师娘常常陪先生在学堂里教书，她是有心人。她看祝英台每次作揖跟别人不一样。男子有劲，腿是硬邦的；女子体弱，作揖时腿杆是软的。师娘疑心她是个姑娘。

这天，过端午节。学生给先生送节礼。先生答谢学生，按祖上传下的老规矩，也要留学生喝雄黄酒。师娘有意劝英台多喝几杯，英台醉了。师娘扶她上床，脱掉她的鞋子，解了她的裹脚，露出三寸金莲。英台酒醒后，发现裹脚不是先前自己缠的样子，吓了一大跳。

那时，男的和女的不能一同走路，更不能对面说话，祝英台呢，不但在男学堂读书，还和男学生一床同铺，万一张扬出去，哪还有脸见人！第二天，她就向先生请假，要回家看望父母。师娘心里明白，就在先生面前帮她说好话，让她早日动身。

祝英台在南学读书已经三年了，梁山伯听说九弟就要动身回家，赶忙帮她拿行李，二人高高兴兴出了学堂。梁山伯送祝英台，背着包袱走在前面，祝英台走在后面。

他二人边走边说话。路边人家的黄狗看见生人，“汪汪汪”叫了起来。祝英台说：“走罢一岗又一岗，路边黄狗‘汪汪汪’，前面咬的男子汉，后面咬的女姣莲。”

山伯说：“兄弟发昏了。我俩都是男的，哪有女的？管他岗不岗，汪不汪，只管你早日转回乡。”

他俩走在塘边，英台又说：“上一坡，下一坡，塘里看见一群鹅。前头公鹅‘嘎嘎’叫，后头母鹅叫哥哥。山伯哥，你等着我，等着九弟缠小脚。”

山伯说：“快赶路吧！管它白鹅不白鹅，小脚不小脚，只管我二人出南学。”

他俩走到一个山洼里，祝英台说："上一个坡，下一个洼，洼里一地好庄稼。高的是苞谷，矮的是棉花，不高不低是芝麻，芝麻地里带西瓜，扯青藤，开黄花，结个瓜，碗口大，黑籽红瓤甜沙沙。有心摘个山伯尝，怕你吃到了滋味连根拔！"

梁山伯听不懂祝英台在胡念些什么，只催祝英台赶路。祝英台恨他太诚实了："过罢一岭又一岭，岭上一座新堆的坟。新坟里头是墓神[①]，墓神里头睡死人。我的山伯哥，你比死人还死十分。"

山伯说："九弟呀，我俩这么好，你不该骂我。"

他俩到了河边，坐在沙滩上歇脚。祝英台对梁山伯说："家中有个小妹妹，长的就像我祝九弟，粉白的脸，双眼皮，个子不高也不低，山伯哥哥若要娶，早日上门来说媒。"

梁山伯说："我与九弟这样好，当然愿意和你对亲戚。等送你走了，回学堂向先生请罢假，早日上门来说媒。"

祝英台听梁山伯答应到她家，心里喜欢，就说："这太好了，你快去借根竹竿来，探探河里水哪深哪浅，我好过河。"

梁山伯转身走了，祝英台赶忙解了裹脚，三步两步蹚过河去。等梁山伯借了竹竿来，她向梁山伯喊："谢谢你帮忙，望你早日到我家提亲。"

英台定亲

梁山伯向先生请了假，离开南学，没有回家，独自一人到祝

① 墓神：即棺材。

家庄来了。他在祝英台家门口，正好遇着了她嫂子。他问："你家有个祝九弟吗?""我家只有祝九妹，没有祝九弟。"祝英台在绣楼上听见梁山伯说话，又女扮男装下楼来了。梁山伯一见祝英台，高兴地说："这不是祝九弟吗?"

嫂子在婆母面前言三道四："我说姑娘家不能出门，硬要女扮男装去上学堂。这下好了，现世现报，女婿找上门来了。"祝英台的妈不信，悄悄扒在雕花窗上一瞄，肺都气炸了，赶忙去找祝员外，祝员外说："家丑不可外扬，等那人走了，我自有主张。"

梁山伯刚走，祝员外就喊祝英台到后堂，说："女儿已不小了，男大当婚，女大当嫁，我已经将你许配给马秀才了。马家书香门第，有钱有势，你过去不会受罪。"祝英台说："女儿岁数还小，应该留在父母身边，过几年再找婆家吧。"

祝员外哪会允许呀！他大发脾气："今后再不准女扮男装下楼乱走，要吃要喝，丫环送上楼来。若不听话，叫你知道家法的厉害!"

第二天，马家就过礼了。马员外坐着轿子，马秀才骑着高头大马，一路吆吆喝喝走着，好不气派。祝员外一见客厅上摆得满是彩礼，高兴得没法说，当下就给马家定了接亲的日期。

梁山伯听说祝家有个女儿许配了马家，不知是咋回事，第三天，便与媒人一起，也赶到祝家来了。

祝英台已经不敢下楼与山伯说话了，她只在绣楼窗口喊："山伯哥，你为啥这晚才来提亲？爹爹已将我许配给马家了。"说着蒙脸哭了起来。梁山伯一看，和他烧香结拜的祝九弟，原来是个黄花姑娘，就是祝九妹。他这才明白了。想起三个年头同床铺不脱衣裳，他哭了起来：“九弟呀，早知你是女裙钗，我俩死在南学不回来；早知你是女裙钗，我俩死在南学不回来。”

英台跳坟

梁山伯回到家里，回味着祝英台在路上对他说的那些含含糊糊的影子话，恨自己太笨了，为啥就解不开那些影子话的意思？如今只能吃后悔药了。他又气又恨，又恼又怒，一下子病倒在床上。治相思病没有灵丹妙药，不几天山伯就死了。临断气，他交代了一句话：“我的坟要埋在马家河的大路边上，我要见祝英台最后一面。”

祝英台听说梁山伯死了，整天在绣楼上啼哭。马家迎亲的大轿到了门上，她哭得死活不上轿。爹妈都来劝她。她说：“要我上轿不难，必得依我两条。”

“哪两条？”

“第一，我要给梁山伯戴孝；第二，花轿到了马家河，我要下轿拜坟。”

祝员外不敢做主，就和马秀才商量。马秀才怕祝英台硬是不嫁，要给他丢丑，就勉强答应了。

祝英台头戴白花，脚踩白鞋，穿白衣，套白裙，上了花轿。花轿抬到马家河边，在梁山伯墓前落下，祝英台下轿拜坟。头一拜，天上起乌云；第二拜，地上刮怪风；第三拜，“轰隆隆”一个炸雷，梁山伯坟墓闪开一道宽宽的裂缝，祝英台冷不防跳进了坟墓。马秀才急忙上前去拽，只拽回一只白鞋，眼睁睁看着祝英台进土，再不出来了。

马秀才气哭了。他咋不气呢？马家接，马家抬，马家只落得一只鞋！方圆几十里，名誉难听。当下他就用手扒。他气得不吃饭，不喝水，一个劲地扒。肚子饿了，他就紧紧腰带。扒呀，紧呀，腰越紧越细，头和屁股越来越大，终于晕倒在地上，变成了蚂蚁。所以，蚂蚁的腰至今还那么细。

梁祝团圆

梁山伯和祝英台一辈子未成亲，他俩死后又重新投胎，来到阳世，梁山伯姓魏，叫魏奎元；祝英台姓蓝，叫蓝玉莲。两个在蓝桥上相好。只为父母阻拦，又不能成亲，蓝玉莲脱只绣鞋放在桥边，魏奎元摘下帽子挂在桥上，一男一女又双双跳河死了。到第三代，祝英台投胎是玉堂春，梁山伯投胎是王三公子。“苏三爬堂”这天晚上，两个才算团圆了。

葛朝南　讲　述

李征康　记　录

| 点　评 |

梁祝的故事是中国四大民间故事之一，经过戏曲、电影、歌曲、乐曲的反复传播已经家喻户晓。由于表现梁祝爱情的电影已经走出国门，本故事又具有“中国罗密欧与朱丽叶故事”的美名。其中女孩应当受教育的男女平等观念，女孩的聪明能干都通过祝英台的形象表现出来。同时，梁山伯和祝英台的爱情故事突破了金钱、地位等世俗因素，纯洁得让人羡慕。因为这是中国最著名的爱情故事，在当前具有某种金钱至上、出卖情感的环境下，梁祝的故事获得了更深层的意义。

■ 刘晔原

ZHONGGUO CHUANTONG GUSHI BAIPIAN

天鹅仙女

满 族

传说在很久很久以前，天上住着三个美貌的仙女，她们是同胞姐妹。老大叫恩固伦，老二叫正固伦，老三叫佛库伦。三个仙女都看够了那天上的宫殿和彩云，没有地方可玩，想找个地方玩一玩。到什么地方去呢？她们早就听说地上果勒敏珊延阿林[①]山上有个天池，池水像镜子一样清澈透明，池周围飞禽走兽，树木花草样样都有。怎么才能从天上下来呢？三仙女佛库伦聪明伶俐，她用采来的白云做羽毛，用披上羽毛的胳膊当翅膀，摇身变成一只雪白的天鹅。两个姐姐也学着她的样儿，从天上飞下来，落在了果勒敏珊延阿林山上的天池旁边。

三个天鹅仙女下凡来，正赶巧被三个猎人看到了。这三个猎人是同胞三兄弟，老大二十岁，老二十八岁，老三十六岁。兄弟三人都能射猎、斗兽，他们整年在果勒敏珊延阿林山里钻来钻去，靠打猎为生。

兄弟三个朝天鹅落地的地方奔去，追到天池边上，见三只天鹅变成了三个美貌天仙，脱下衣服“扑通”“扑通”，跳进天池水

---

① 果勒敏珊延阿林：满语，长白山。

里。立时把三个兄弟惊呆了：长这么大还没有见过这么漂亮的姑娘呢！老大说："让她们给咱们做媳妇该有多好啊！"老二说："就怕人家不干。"别看老三小，心眼最灵，他说："咱们把她们的衣裳偷偷拿走，她们回不去天，就得留在地上。"老大、老二觉得老三说的办法好，就一起悄悄来到天池旁边，将三个姑娘的衣服拿走了。

三个仙女在天池里洗澡，边洗边玩，越玩越乐，等到日头快落山了，大姐恩固伦说："咱们该回去了。"正固伦、佛库伦说："走吧！"可上岸一看，衣服不见了。三个仙女急得哭了起来。正在这时候，兄弟三个走到姐妹三个跟前，老大把自己身上的兽皮衣服脱下来，披在恩固伦身上；老二把自己的兽皮衣服脱下来，披在正固伦身上；老三把自己的兽皮衣服脱下来，披在佛库伦身上。

三个兄弟领着三个姐妹离开了天池，在大森林中架起干柴，烧烤野鹿、野牛、野猪的肉。再拿出石刀把烤熟的肉拉成小块块，请三个姐妹吃。吃完，老大扯着大姐，老二扯着二姐，老三扯着三妹，各自进了自己的小马架子。

三个姐妹在天上，从来没穿过这么暖和的兽皮衣服，从来没吃过这么香的烤肉，更没有过丈夫的恩爱。她们舍不得这人间的生活，干脆不走了。

三个姐妹在人间一年，学会了钻火、烤肉、缝皮衣，又都生了一个大胖小子。她们和丈夫相亲相爱，过得很美满。

一晃又过了两年，一天，大姐对两个妹妹说："天上一天地上一年，咱们已经出来三天了，哪天让玉帝知道了，就要受到天规惩罚。趁时间不算长，快回去吧！”

两个妹妹也觉得不回去不行了，弄不好丈夫、孩子也得受连带。三个姐妹找出了丈夫收藏起来的衣裳穿在身上，胳膊一抬，两脚起空了。地上的三个孩子，都两岁多一点，刚会答话，见三只天鹅在头顶来回飞，一齐扎撒①着小手，说：“鹅，鹅！”

兄弟三人打猎回来，不见了妻子，只听孩子说：“鹅，鹅飞走了！”一找衣服也没有了，知道三个仙女回天上去了，就对孩子说：“那鹅，就是你们的娘，知道吗？”

传说满族人管母亲叫鹅娘，就是从这儿起始的。后来受到汉族人称呼母亲为“妈妈”的影响，叫成了“讷讷”。

兄弟三人的妻子走后，三个孩子渐渐长大了。后来这三个孩子顺松花江走到与牡丹江汇合的地方，觉得那里宽敞，就定居下来。后来兄弟三人的后代家口越来越多，三支人分开，各支都有了自己的姓，三支人分为三姓。因此这地方就叫做“三姓”②了。

三个仙女回到天上，吃饭不香，喝水不甜，日夜想念人间的生活；可又不敢把真情流露出来，只好藏在心里。就这么过了九百九十九天，正赶上王母娘娘开蟠桃会，天兵天将们把守不严，姐妹三个一合计，无论如何也得到人间看一看，就是看上一眼，也免得这样牵肠挂肚。

姐妹仨还是采天上的白云做羽毛，变成三只天鹅飞了下来，落在果勒敏珊延阿林山上。她们找丈夫、找孩子，都不见了。她

---

① 扎撒：张撒变音，即摊开。

② 三姓：今黑龙江省依兰县，在佳木斯西南。

们在人间时夏天住的小马架子，没有了影儿；冬天掘的避风寒的地窨子，也早已填满了泥土。姐妹仨不禁落下泪来，边哭边沿着松花江往下飞。冷不丁发现在一处密林中有个百十户人家聚居的部落。一打听，才知道这地方叫三姓，正是她们姐妹三人的后代。天上九百九十九天，地上九百九十九年，不但她们的丈夫早已不在人世，儿子也早就死去了，已不知传了多少代了。三姐妹见三姓人虽然像自己的丈夫一样勇敢，却不像三兄弟那样和睦相处。他们生性好斗，常互相抡刀动棒，打得头破血流。仗越打越凶，仇越记越深。

怎么才能让他们不打仗呢？三姐妹很着急。一边往回飞，一边想，不知不觉飞到了天池边。她们脱去外衣，跳进天池里，一边想着心事，一边洗起来。

正洗着，三仙女见天边飞来一只喜鹊，飞到天池上空，将嘴里衔着的东西吐在她的衣服上。她本来已经不想在水中多待了，就游着上了岸。见衣服袖上放着一枚熟透了的红果，大得出奇，红得透亮。她在山上待过三年，还没有见过这样的果子，捡起来含在嘴里，准备穿好衣服等大姐、二姐上岸给她们看。谁知红果一含进嘴里，“哧溜”一下从嗓子眼滑进肚子里去了。

大姐、二姐穿好衣服要回天上了，三仙女身子发沉，说什么也飞不起来。大姐、二姐知道她是误吃红果怀了孕，劝她不要着急，等生完孩子再来接她。说完后先飞走了。

三仙女留在人间，渴了喝天池水，饿了捕野兽、采野果，冷了点篝火，一过过了十二个月，生下一个浓眉大眼的孩子。这孩子下生就会说话，不一会儿就满地跑，过了不几天，竟和十七八岁的小伙子长得一般高大，非常英俊了。三仙女见孩子这么快就长大了，心想这一定是天意。她知道人间最贵重的是金子，就说：“孩子，你就姓爱新觉罗[①]吧。”她又望望眼前的布库里山，说：“你的名字就叫布库里雍顺吧。”她想起正在成天打仗的三姓人，又说：“天生你，是要你停止械斗，平息战乱，统领人民过安定日子，你懂吗？”

爱新觉罗·布库里雍顺点点头，三仙女指着松花江说：“孩子，你就顺这条江下去吧！”说完，她变成一只天鹅飞走了。

爱新觉罗·布库里雍顺砍下天池旁的小树做成筏子，折下柳树枝叶盘成套圈戴在头上，然后跳上筏子，盘膝端坐上面，顺着山口进了松花江。小筏子穿过九十九道弯，闯过九十九道滩，经过九十九天的漂流，来到了三姓地方。

小筏子搁浅了，岸边一个汲水的姑娘看见他，跑回村子，告诉了村里的人们。大家争着来看，见他头戴柳枝围成的圈，盘膝端坐在筏子上，那模样很像一尊天神，便问：“你从哪儿来的？”布库里雍顺一指江上头，说：“从上边来的。”大家寻思是说他从天上来的，布库里雍顺想起讷讷嘱咐的话，就势说：“我是天女生的天童，来管理你们的。”大家见他英俊魁伟，确实与众不同，就相信了他的话。布库里雍顺又指着汲水的姑娘说：“是她先看见我的，我就到她家去了。”大家把他让进了姑娘家，姑娘的父母听说布库里雍顺还没成家，就把姑娘许给了他。几位穆昆达[②]

① 爱新觉罗：满语，金子。
② 穆昆达：满语，族长。

也认为这样合适，就做了主婚人，当天举行了婚礼。他们将猪在祖先前领了牲，在院子里架起火堆，全村的人都来上礼，通宵唱歌跳舞，从此以后再不打仗了。

布库里雍顺在三姓地方居住下来，劝大家和好。各家之间发生纠纷经他排解，大家都和和乐乐，都拥戴他，推举他为部落长。他带领三姓地方的人们，建立了鄂多哩城。

布库里雍顺就是满族的祖先，他的传说也一直流传到今天。①

李成田 讲 述

张其卓、董 明 记录整理

点 评

此故事又称为“天鹅处女型”故事。这一类型的故事很古老，晋代干宝《搜神记》卷十四中的《毛衣女》，写于1500年。按钟敬文先生的观点，《毛衣女》“不但在文献的时代观上，占着极早的位置，从故事的情节看来，也是‘最原形的’，至少是‘接近原形的’”。《敦煌零拾》七《搜神记》一卷（甲子岁朝春上虞罗氏刊印本，1924年）中的唐代《田昆仑》，比晋代干宝的《毛衣女》在情节、人物形象和语言等方面都有明显发展，篇幅达2400余字，比仅89字的《毛衣女》大得多。但这则故事追加了一个“和

① 这篇传说和满文老档及《清史稿》记载相同，但它当然是口头流传下来的。

谐”主题。仙女的后代分成三支，相互争斗，互相仇恨。后来，在仙女儿子布库里雍顺的帮助下，各支之间消除了矛盾，其乐融融。布库里雍顺就是满族的祖先。

■ 万建中

《天鹅仙女》的故事很美、很神奇，它让我们穿越到了一个远古年代，了解了满族这个少数民族的起源与发展。其内容与汉族《牛郎织女的传说》有些相似，从这一点也能看出我国56个民族本来就同根同源、血脉相连。故事生动有趣，特别是其中对满族人称呼母亲为“鹅娘”来历的演绎很有意思，让人记忆深刻。其实，中华民族也像世界各民族一样，充满了浪漫和想象。在这块960万平方公里的土地上，吟诵着许许多多优美的传说，劳动人民世代相传，在故事中寄托着理想，表达着深情。三个漂亮的仙女，冲破天庭礼教的束缚，来到她们向往的美丽人间，与凡人相夫教子，繁衍子孙。

■ 裴　平

甘罗的传说

战国时期，秦国宰相甘茂，公正廉明，深受百姓的爱戴。可秦王听了奸臣的坏话，故意找茬儿要杀甘茂。满朝文武纷纷跪下求情，恳求赦免老宰相。秦王不好推托，就说："看在众卿的面子上，饶你不死。不过，死罪虽免，处罚难饶，限你三天以内，送上两个公鸡下的蛋和一盏晚上点起来最亮的灯。如不能照办，罪加一等。"其实，秦王还是想治老宰相的罪，故意出了这样的难题。

老宰相说："谢万岁不斩之恩。"就起身退出宫廷，长吁短叹地回家了。

眨眼间，三天的期限已经过了两天。老宰相饭不吃，茶不饮，愁眉不展，唉声叹气。两天的工夫，头发全愁白了。

他的小外孙甘罗①，见姥爷唉声叹气，就缠着问为嘛愁成这个样子？甘茂说："小孩子家，懂得什么，一边玩去吧。"甘罗说："您不是常说'有志不在年高'吗？姥爷，您就说说嘛，俺准给您出个主意。"老宰相经不住甘罗的纠缠，就把秦王出的难题，

① 甘罗：战国末期下蔡（今安徽凤台县）人，历史上被称为神童。秦左丞相甘茂之孙，十二岁做秦相吕不韦家臣。

从头至尾讲了一遍。末了，他又说："你小小年纪，能办得了这样的事?"

甘罗想了一会儿，就说："姥爷，这有什么难处，赶明儿，我替你上朝回复秦王。"老宰相说："胡扯！你想去送死吗?"甘罗不急不躁，附在姥爷耳朵上叽咕了一阵子。老宰相说："好孩子，事已如此，那就这样试试看吧。"

第二天，甘罗代替姥爷上朝，到了金銮宝殿，秦王问："你是何人?"

甘罗答道："甘茂的外孙甘罗叩见万岁。"

秦王问："你姥爷为何不来?"

甘罗答道："在家里生孩子。"

"一派胡言！男人怎么能生孩子?"秦王生气了。

甘罗接过话，说："男人不能生孩子，那么公鸡怎么能下蛋呢?"

秦王被甘罗说了个愣，一时无言以对。停了一霎，秦王又说："那盏最亮的灯拿来了吗?"

甘罗说："这灯要在晚上才好送过来。"

秦王叫甘罗暂时回去，到晚上带灯来见。到了晚上，甘罗空着手到王宫来了。秦王问："最亮的灯在哪里?"

甘罗指指天上的一轮明月说："万岁，这就是俺给您送来的最亮的灯。"

秦王生气地说："那是月亮，怎么说它是灯？欺骗寡人，该当何罪!"

"回万岁，这是天灯，它照耀整个大地，六合之内无处不明。

大王威镇四海，德配天地，只有这盏灯，才能使秦国国土到处是明亮的。万岁要最亮的灯，我看没有比它再亮的了。”

甘罗的这番回答，把秦王说笑了，就不经意地说：“这孩子真够个相国的材料。”

“谢万岁封赏。”甘罗赶忙跪下磕头。

秦王后悔自己不该说这样的话。君王口中无戏言，只得任甘罗为相。但是，小小年纪，怎么能掌管国家大事？便派在宰相吕不韦手下，做了辅臣，很少上朝议事。

有一天，秦王又提出了个问题：什么高？什么低？什么东？什么西？要满朝文武对答。回答得好，加官晋爵；回答得不好，就撤职查办，贬为庶民。那个说甘茂坏话的奸臣，升官心切，就找到甘罗，问他该怎么回答。甘罗想：想铲除这个国贼，正愁找不到机会哩，这回他自己找上门来了。于是就对那个奸臣说：“老大人，这很好回答，‘茄子高，萝卜低，冬瓜东，西瓜西’嘛。”这个奸贼就是逢迎拍马爬上去的，他一肚子青苔屎，狗屁不通。他认为甘罗说得对，就记在心里。

第二天，群臣来到金銮宝殿，那个奸臣抢先把甘罗说的那套话向秦王说了，秦王一听，就生了气，说：“你身为国家大臣，却说了几句小孩语，真是地地道道的庸才！要你何用？”秦王要撤他的职，贬为庶民。这么一来，那个奸臣没招了，忙说：“万岁，这是辅相甘罗说的。”秦王就把甘罗传上金銮宝殿，问：“茄子、萝卜、冬瓜、西瓜，这些话出自你口？”

甘罗说：“万岁，这是什么话？臣从来没说过这样的话。”

秦王说：“你能回答我提出的那个问题吗？”

甘罗随口答道："君王高，臣子低，文官东，武官西。"

秦王听了点头称赞，满朝文武也都暗暗佩服。甘罗又说："万岁，这位老大人的回答，是恣意侮辱圣明，谩骂满朝文武，还要嫁祸于人，其罪当斩！"

"再说得明白些。"秦王命令道。

"他把大王比作茄子，把文武百官比作人们常说的'憨瓜'，还要加害为臣，难道不该斩首示众吗？请万岁裁夺。"甘罗添油加醋，众文武大臣也趁热打铁，把这个奸臣所作所为全都抖搂出来。秦王听了勃然大怒，就下令把这个奸臣斩了。

秦元刚　讲　　述

张士哲　记录整理

点　评

甘罗的传说在民间流传甚广。故事讲述，战国时期，秦国的宰相甘茂公正廉明，而秦王轻信奸臣坏话，找茬儿要杀甘茂。在文武大臣的求情下，秦王表示，死罪虽免，处罚难饶。限甘茂三日内送上公鸡下的蛋和一盏晚上点起最亮的灯。甘罗替姥爷上朝，一一解答难题，奸臣最后被斩。

甘罗十二岁为宰相的故事，在民间广为流传，作为启发儿童智慧的故事，很有教育意义。

■ 陶立璠

中国历代少年出英才，甘罗就是其中一个，机灵聪明，足智多谋，十二岁当秦国宰相，曾出使赵国，为秦国要回五座城池。他死后，在洞庭湖一代，民间许多百姓都崇拜甘罗，逢初一、十五都要祭拜。少年强，则中国强。我们的年轻一代，从小就要励志成才，好好学习，报效祖国。

■ 甘　勋

花木兰的传说

保定往西八十里，完县城有座木兰庙。庙里有块大理石碑，人们叫它“木兰碑”。一年年，一代代，人们用手摸来摸去，摸得瓦亮瓦亮，像一面大镜子。老人们说，你站到木兰碑前照一照，能望见方圆十里八村，在最晴朗的天气里，还能望见保定府呢！只要你往这一来，人们会给你讲一长串花木兰的故事。

传说，花木兰女扮男装一投军，就在完县西山岗子上瞭敌放哨。一天深夜，天黑得像锅底，人们劳累了一天，正在呼噜呼噜地睡大觉，花木兰冒着寒风，在荒凉的山岗子上转来转去，瞪大两眼，支棱耳朵，察看敌人的动静。忽地听见传来几声“啾啾”的鸟叫声，花木兰从小就是一个机灵鬼，于是趴下来仔细地听了起来。一会儿，随着鸟叫声，又扑扑地飞来一大群小鸟。木兰放哨，可跟别人不一样，不光机灵，还满肚子心眼呢，她心里想：这深更半夜，为啥会有鸟叫呢！

木兰跑下山岗，把这件事告诉伙伴。

“方才您听到啥没有？”

“几声鸟叫，没啥事！”

正说话间，呼啦啦又飞过一群鸟来。木兰断定有紧急情况，急忙跑下山岗，给元帅报信。

元帅得到木兰送来的情报，大吃一惊，断定是敌人偷营，才惊动了山那边的飞鸟。急忙调兵遣将，把偷营的敌人团团围住，没有一个逃掉，连偷营的敌军头目也给生擒了。

木兰立了头功，元帅看她机灵能干，高兴得了不得，马上提拔她当了将军。木兰当了将军，接连打了几次胜仗，敌人不服气，派了大批人马攻打完县城。那天，木兰骑着战马，到营地查看。路上，一位白发苍苍的老奶奶拦住了马："将军，将军，替俺报仇，俺的一家子都叫贼兵杀死了。"木兰跳下了马，扶起了老奶奶。

又走了一程，见一位白发苍苍的老爷爷拦住了马："将军，将军，替俺报仇，俺的一家子叫贼兵杀死了。"木兰跳下马，扶起了老爷爷。

木兰刚上马，又听见一个小孩在哇哇地哭，木兰跳下马，抱起了小泪人。木兰问："你爹呢？"

"叫贼兵杀了！"

"你娘哩？"

"叫贼兵抢走了！"

好心的木兰将军，领着爷爷，扶着奶奶，抱着孩子，回到了大营。一打听，才知道他们村子三百口人，被杀被抢得只剩三口人了。

这天元帅点兵："敌军北犯，谁去应敌！"

"小将愿往，报国仇，雪民恨，杀不完贼子，誓不回营。"

木兰接到元帅军令，率领众将士，跨上战马，和敌人一场血战。战了三天三夜，全歼了贼寇，生擒了贼王，木兰为国为民又立了大功。木兰杀敌作战的地方，血流成河，叫血洋村。后来叫的时间长了，叫成“显阳”了，也就是现在的完县显阳村了。老人们传说，敌人只要听到花将军的名字，就得倒退四十里。再凶的敌人，谁也休想碰碰显阳村，说是木兰将军在那挡着呢！

完县城有个莲花坑，花是红的，叶是绿的，谁看见谁喜欢。传说木兰当了将军立了大功，还照样牵着马，到坑边饮马。有一回，下了一场大雨，将军打完仗回来，没歇脚，就去饮马了。

谁知莲花坑边太湿，将军一不小心，把一只靴子给陷进去了，拔呀，拔了半天，怎么也拔不出来，这会儿跑过来一个伙伴，用力一拉，哎哟，这可坏了，将军的靴子给陷进泥里，木兰将军的一只女子小脚露了出来。伙伴大为吃惊，这个身经百战、勇猛杀敌、立了十二大功的英雄原来是个姑娘。

一传十，十传百，一传传到元帅的耳朵里。众伙伴、乡亲恳求元帅，木兰将军才留到完县城。

传说，木兰将军死后，就埋在莲花坑边的莲花丛中，有两个大水坑，一个叫马蹄坑，一个叫靴子印，是当年木兰饮马的地方。木兰坟就在中间，传说每年发大水，水涨多高，坟就涨多高，一点也淹不着，乡亲们想念木兰将军，就在完县城修了座木兰庙。每年四月初八是完县木兰庙会，可热闹啦。方圆几十里都有这个习俗：“四月初八，闺女回娘家。”家家户户牵着毛驴接闺女来赶木兰庙会，到庙里看看木兰将军，讲讲木兰将军爱国爱民的故事。

肖钦鉴　搜集整理

点 评

花木兰代父从军，好像是偶然之事，但也是在必然之中。花木兰首先有一股强烈的爱国心，天下兴亡，匹夫有责。国家有难，舍我其谁。花木兰从军，不是滥竽充数，而是一马当先，奋勇杀敌。花木兰疼父亲年事已高，代父尽责。说明花木兰，既尽国责，又尽孝道。花木兰是一个时代巾帼英雄，留下万古传唱。我们必须以花木兰为榜样，在国家需要的时候，义无反顾，直奔沙场。这才是中华的好儿女。

■ 袁 表

ZHONGGUO CHUANTONG
GUSHI BAIPIAN

黄道婆的故事

距离现在约摸七百多年前，上海春申江（即黄浦江）附近，乌泥泾（今龙华乡华泾）一带有一个童养媳姓黄，因为从小死了爹娘，呒没[1]名字，村上人都叫她黄小姑。

讲起黄小姑做童养媳，生活可实在苦啊！春天，小姑一时勿能落早起[2]，婆阿妈[3]就扯耳朵、揪头发。夏天，小姑想去树荫下透透气，婆阿妈一棒子把她赶下水田里。秋天，小姑想把单衣翻成夹衣，婆阿妈却把一捆稻草塞到她手里，恶狠狠地说："先搓绳，慢翻衣，等到落雪来得及。"冬天，落雪了，小姑见婆阿妈穿起新棉衣，也想把自己夹衣翻棉衣，婆阿妈却拿出几箩筐棉花对她说："落雪不及烊雪[4]冷，先剥棉花再翻衣。"过了几天，雪烊了，小姑想总算可以翻棉衣了，谁知婆阿妈脸一板，眼一弹："嗨！烊雪不如出太阳，再翻棉衣无用场。"黄小姑只好挨冻受饿剥棉籽，十只手指冻疮烂得像蜂窝。一年做到头，说人不像人，

---

① 呒没：方言，"没有"的意思。
② 勿能落早起：未能早起，早上起床晚了。
③ 婆阿妈：婆婆。
④ 烊雪：烊，方言，融化。烊雪，化雪。

说鬼像三分。

可是，事情还没这样简单。这时正遇上朝廷招雇官妓，地保见小姑已长大成人，便同她婆母商定身价。这消息给隔壁三婶婶晓得了，偷偷地指点小姑，还是早想出路为好。

一天，小姑趁着婆阿妈外出未归，就逃离虎口，来到了黄浦江边。只见江水翻滚，白浪滔天，天色就要黑下来了。可是，眼前没有摆渡船，后面有人追来，这可怎么办？这时幸亏开来一艘过路客船，帮她摆渡到江对岸。

天黑下来了，小姑心想，到啥地方去过夜呢？忽然，附近传来“嘀笃、嘀笃”的声音，小姑顺着声音寻过去，见有一座道院，山门还半掩着。她趁势钻了进去，走到佛殿大门口，见有一位老师太在敲磬诵经。她不敢惊动老师太，轻手轻脚走到供桌边坐了下来。老师太念完经，回到佛像前跪拜祈祷，突然看到睡着一个人，吓了一跳，想啥人敢在黑夜闯进道院？再仔细一看，是个小姑娘，老师太这才定了心，轻轻把她叫醒。老师太是个好人，非常同情小姑的遭遇，就把她收留下来。从此，这道院里又多了一位道女，大家叫她黄道姑。

冬去春来，黄道姑的心总不能平静下来，她想，离开婆家只隔条黄浦江，万一给婆家晓得了，非但自己又要吃苦，还要连累人家，那怎么办？

一天，道院里来了一位四十来岁的妇女，黄道姑匆匆躲进了禅房。可是不到半炷香的工夫，老师太叫人把她从禅房领到住院，拜见新来的那位师姨。黄道姑这时才知道，这位师姨是从海南岛崖州到此探亲的。黄道姑听师姨谈论海南风光，听出了神。

她想，原来天下还有这么好的地方！特别听说崖州盛产棉花、棉布，又看见师姨穿的一身衣衫，的确同本地棉布不同。她想起自己当初用手剥棉籽，剥得脱指甲的情景，很想去看看崖州百姓是怎样种棉织布的。盘算着要是去崖州，既可避开婆阿妈的追寻，又能学到种棉织布的本领，那该有多好啊！她把这个想法向师姨提了出来，就得到了她的同意。于是选了个好日子，黄道姑跟随师姨奔向崖州。

黄道姑来到崖州一看，确是另有一番天地。她以师姨道观为家，很快就和当地黎家姐妹结下了友情，和她们一起种棉、摘棉、轧棉、纺纱、染色、织布。黎家姐妹织出的五彩缤纷的“黎锦”花被，她更是爱不释手。后来还同姐妹们共同研究改进纺织技术……

黄道姑在崖州一住就是三十多年，一个孤苦伶仃的小姑娘，变成鬓发斑白的老婆婆了。一年春天，她在地里种棉花，突然有人叫了声：“黄道婆，你看呀！天上那些鸟儿飞得多整齐呀！”黄道婆抬头一看，见一群大雁结队向北飞去，顿时勾起了她思乡之情。可恨南宋朝廷腐败无能，兵荒马乱，害得我远离乡井，唉，树高千丈，叶落归根！现在我该回去看看家乡了。她打定主意，告别了黎族姐妹，回故乡来了。

半路上，黄道婆得知，元世祖已设立了“江南木棉提举司”，征收棉布，松江一带已广种棉花。她回到乌泥泾，还认得几条老路，幸喜隔壁三婶婶还在，不过人们都叫她“三阿婆”了。三阿婆见黄道婆回来，免不了畅叙旧情。三阿婆说：“小姑啊！你想想，就算起早贪黑用手剥棉籽也来不及，布怎会织得多呢！官府只晓得要布收税，哪管百姓死活。”黄道婆听了，就同她这样长那样短地商量如何改进轧棉纺纱的事情来了。

三阿婆的老男人① 是个木匠，黄道婆就请他来帮忙，一商量，决定先改进轧棉籽的办法。崖州轧棉籽是用两根细长铁棍转动的，黄道婆画出图样，老木匠按图加工起来了。

三天以后，黄道婆来寻老木匠，见一部木制手摇轧棉车已经做好，两人手摇，一人下棉籽，功效既高，剥得又干净、又省力(后来改进为一人手摇车)。黄道婆又动脑筋，把原来一尺来长的弹棉花的竹弓，改成四尺多长的木制绳弦大弓。她又大胆设想，把原来一只锭子的手摇纺纱车，改制成为三只锭子的脚踏纺纱车。经过多次试验，又从三锭加到五锭。工具改进后，黄道婆又在织布技术上加以改进，结果织出了“错纱”“配色”“提花”等五光十色的棉布和“乌泥泾被”，很快就传遍了松江一带。人们到处唱起了：“黄婆婆，黄婆婆，教我纱，教我布，两只筒子两匹布。”

胡志新　搜集整理

点　评

故事讲述黄道婆原是童养媳，受尽婆阿妈的虐待。后出家为尼，到了海南崖州，向海南黎族姐妹学习纺织。晚年回到家乡，

---

① 男人：丈夫。

教人纺织，并发明脱棉籽手摇车、改进弹棉花竹弓、纺车，织出“错纱”“配色”“提花”等棉布，饮誉江南一带。

黄道婆实有其人，据说是宋末元初知名的棉纺织家。她的家乡松江人民感念她的恩德，在元顺帝至元二年（1336），为她立祠，岁时享祀。后因战乱，祠被毁。上海豫园内，有清咸丰时作为布业公所的跂织亭，供奉黄道婆为始祖。在黄道婆的故乡乌泥泾，至今还传诵着：“黄婆婆，黄婆婆，教我纱，教我布，两只筒子两匹布”的民谣。

■ 陶立璠

黄道婆是中国古代纺织史上芳名永存的一位科学技术革新家，她研制的三个纺锭的脚踏纺车，被视为当时世界上最先进的纺织工具，也有力地证明了我国古代棉纺织技术在世界上的领先地位，黄道婆开拓了我国棉纺织业的广阔天地，为棉布衣衫在华夏大地的普及，为百姓送去温暖和美化生活作出了无私的贡献。她无愧于是劳动人民勤劳聪慧的女儿。

■ 甘　勋

扁鹊的故事

扁鹊，姓秦，名越人，是河北任丘县人，生于公元前五百多年的春秋战国时期。扁鹊是别人对他的尊称，意思是他经常深入民间给百姓治病，到处都有他的足迹，像喜鹊一样给大家带来福音。

扁鹊早年跟当时著名的医生长桑君学医，学成后便周游各国给百姓治病，除在河北行医外，还到山西、陕西等地，深受广大黎民的欢迎。他为人热情、医术高明，尤其擅长望诊和切脉，是当代有名的医学家。

有一次，他走到齐国，当他朝见齐桓侯的时候，利用望诊，发现齐桓侯有了病。于是他对齐桓侯说："君侯，你的气色不好，皮肤里有了病，若不治就会越来越厉害。"齐桓侯这时还觉不出自己患病，漫不经心地摇了摇头说："我没有病，身体很好。"扁鹊走后，齐桓侯对他的大臣说："这个医生，没病找病，总爱拿病吓唬人。"

五天以后，扁鹊又见到齐桓侯，对他仔细看了看说："君侯的病，已经进到血液里了，若不快治，病情还会向里发展。"齐桓侯当时仍感觉不到病的痛苦，当然不信这一套，心里很不高兴，没有答理扁鹊。

又过了五天，扁鹊郑重地对齐桓侯说："君侯，你的病已进入内脏，如再不治疗，就不能治愈了，有性命危险哪!" 齐桓侯听了，更是不高兴，忙叫左右的侍臣把他撵走。

后来又过了五天，扁鹊又去看望齐桓侯，但这次见到齐桓侯后，他什么也没说就走了，齐桓侯感到很奇怪，忙叫人把扁鹊追回来问他："你为什么见了君侯不说话就走呢?" 扁鹊回答说："君侯刚患病时，疾病在皮肤，可用烫熨法来治疗，随着疾病由皮肤进到血液中，还可以用针石法来治疗，后来疾病由血液进入内脏，这时还可用酒醪法治疗，现在君侯的病已进入骨髓，我却无法治疗了，所以连忙躲开。" 过了不长时间，齐桓侯果然身得重病，连忙派人四处寻找扁鹊，但扁鹊却无影无踪了，不久齐桓侯便死了。这说明扁鹊不仅擅长望诊，而且还主张患病后要早发现、早治疗。

还有一次，扁鹊行医到虢国，听到虢国的太子突然死亡的消息，感到很奇怪，连忙赶到皇宫，对死亡的太子进行验尸。他摸了摸太子的脉，还微微跳动，呼吸也没有完全停止，身上还有点热气，故断定虢太子没有真死，是患了"尸厥症"，立即扎针进行治疗，不长时间就清醒过来，在座的人，无不为扁鹊的医术高明而惊奇，称他是起死回生的"神医"。西汉文学家和史学家司马迁在《史记》中记载："至今天下言脉者，由扁鹊也。"

扁鹊常常深入民间治病，医术高明，在百姓中威望极高，但却受到上层势力太医令的嫉妒。秦国太医令李醯，知道自己不如扁鹊的医术和威望，怕扁鹊到秦国后影响自己的地位，心中非常害怕，暗派坏人把扁鹊刺死，于是这位受人尊敬的医生便离开了人世。后人为了纪念他，还修了许多假设的庙宇和陵墓，表达自己的心意。鸡泽县三陵村过去还有扁鹊庙。

扁鹊在为百姓治病的过程中，积累了很多宝贵经验，编写了《扁鹊内经》等医书，但由于历史条件的限制，当时没有很好保存下来，可惜失传了。

徐子昌　讲　述

潘明君　记录整理

点　评

《扁鹊的故事》屡读不厌，在于故事说明的道理。扁鹊给齐桓公看病，但桓公讳疾忌医。病在皮肤不治，在血液不治，在内脏不治，到了骨髓，扁鹊为了保命不得不逃走了，而桓公只有一命呜呼了。我们不要总指望起死回生，不要老惦记妙手回春，也不要讳疾忌医，而要直面人生、直面不足、直面自己，敢于认识自己、认识自己的疾病、认识自己的缺点、认识自己的人生轨迹。人的一生，只有正视自己，敢于疗伤、医病、悔悟、改过，这样才会有健康的体魄，这样才会有幸福的未来，这样才会有完美的人生。特别能警醒涉世未深的小青年，不良行为、一般违法和犯罪之间没有不可逾越的鸿沟，也特别能提示为官和负责部门工作的人，管人、管事、管物、管钱都要洁身自好。

■ 赖雨春

ZHONGGUO CHUANTONG
GUSHI BAIPIAN

神医马阿訇

回　族

从前，桂林有个商人白老爷，膝下无儿，只有一个女儿名叫珠珠，年方十八，才貌双全。这一天，白老爷突然对家里人宣布：三天之后，要把珠珠嫁给本城最有钱的海老爷，他要在海老爷那里得到一笔十分丰厚的彩礼。

大家一听，都怔住了。因为城里城外谁不知道，海老爷这个老家伙是个麻脸，歪嘴，驼背，跛脚，而且已经有了两个妻子。大家心里明白，这哪里是什么好亲事。但只因海老爷有钱又有势，谁也不敢反对，只有丫环悄悄地去告诉了珠珠。

珠珠一听，便号啕大哭起来，突然间又破涕哈哈大笑，还手舞足蹈地胡言乱语……

全家人都惊慌起来，说珠珠疯了。刚才还满脸堆笑的白老爷也变得满脸愁云，急忙叫一个小子去请神医马阿訇。

这马阿訇是个远近闻名的老中医，他不但医术高明，而且心地善良。但是这一次，马阿訇医治珠珠的疯病，却被难住了。他老半天诊不出珠珠的脉象，最后，只好开了几味不关痛痒的当归、熟地之类的补药。白老爷看了，也觉得无济于事，但吃药总比不吃好，就拿了药方叫人去抓药。珠珠见父亲走开了，急忙将一张字条递给马阿訇。字条上写着：我原没有病，也没有疯，因不愿意嫁给海老爷装的病。去年圣纪节[①]，我去女寺[②]做礼拜，曾与满拉[③] 哥黄清有过婚约。您是最仁慈的阿訇，千万请您想法子，成全我和黄清的姻缘。

马阿訇看完字条，心里才明白过来。他很同情珠珠的遭遇，答应设法撮合他们的婚事。他出了白府的门，对白老爷摇了摇头，不说能治，也不说不能治，装出十分为难的模样，走了。

第二天，一个年轻郎中来到白老爷家，对白老爷说："白老爷，昨天满城都在传说，你女儿的病连马阿訇都治不了。不瞒你说，我倒能治好你女儿的病。"白老爷打量了一下这个英俊的年轻郎中，觉得很有点医生的派头。他正为女儿的病着急。俗话说"病急乱投医"，他二话没说，就把郎中带进了后房，去给珠珠看病。

珠珠听说又有郎中来了，正要装病，定睛一看，原来这郎中不是别人，正是她朝思暮想的黄清，心里好生欢喜。她伸手让黄清拿了脉，也不再装疯了。黄清把一些干菊花交给珠珠说："小姐，只要用我这一帖'桃疱'（逃跑）方汤药，以后我再补一盒'陈菁'（成亲）丸，病就会好透啦！"转身又对白老爷说："小姐的病是由心慌意乱引起的，需要多多静养，恢复经血。我看府上也太嘈杂热闹，浊气太重了，怕会引发疯病，最好让她到清真寺

① 圣纪节：伊斯兰教三大节日之一。以伊斯兰教历 3 月 12 日为穆罕默德诞生纪念日。

② 女寺：一般大些的清真寺里，都有专供妇女做礼拜的殿堂，称作女寺。

③ 满拉：阿拉伯语，跟阿訇学习经文的学生。

里去静养几天……”说完话，接过封包钱就走了。

白老爷听了郎中的话，觉得有理，又怕女儿疯病加重，赚不到海老爷的一大笔彩礼，就立刻派人送女儿去清真寺调养。他又怕出岔子，还专门派了一个小子去看守珠珠。为了不让这小子夜里打瞌睡，他又打发人到马阿訇那里去要了一帖夜醒方。马阿訇早已料定了这一着，就立刻开了个好方子。

黄清见珠珠搬出了白老爷府，忙遵照马阿訇的计谋，暗里张罗了一顶轿子。夜里，守夜的小子吃了马阿訇的“夜醒方”，一眨眼就打起瞌睡来。

黄清把珠珠接出清真寺后，双双远走高飞了。马阿訇还赶去为他们主持了婚礼，祝福他俩：“真主保佑你们往后的日子，一天比一天美满！”

第二天，白老爷得知女儿不翼而飞，立刻派人四处搜寻，才知道是跟随黄清一起私奔了，气得他三天吃不下饭，口里不住地骂：“人吃鬼偷去了！”心里怀疑是马阿訇施了计谋。他正要找马阿訇查问，忽听外面风传马阿訇要来找白老爷评理，说是白老爷家的小姐无病装病，坏了他神医的名声。又传说海老爷要拿他白老爷到衙门里去问罪。白老爷左思右想，生怕马阿訇倒打一棍，让自己罪上加罪，只好把黄连苦水往肚子里咽。神医马阿訇就这样成全了这对年轻人的婚事。

点　评

《神医马阿訇》是回族民间传颂的一部善有善报、恶有恶报的爱情喜剧。它喜意盎然，热情充沛，洋溢着浓郁的浪漫气息和喜剧氛围。两个有情人终成眷属，是他们所代表的以人为本价值观念的胜利，这纯粹、美好的爱情，是与封建伦理和法度等古老的恶习恶俗相对立的，表现了自由的爱情与封建家长势力之间的尖锐矛盾冲突。真正的爱情，使他们变得勇敢而无畏。马阿訇的介入和干预，帮助两位有情人喜结连理。感动人心的力量，是马阿訇的真诚，一个人在真心诚意帮助别人的时候，一定是最圣洁的。所以，马阿訇为两位有情人积极奔走，那就是反抗封建礼教婚姻，对自由爱情的向往和追求的写照。

■ 王鹏华

ZHONGGUO CHUANTONG
GUSHI BAIPIAN

苏武牧羊的故事

汉朝的时候，苏武被皇上选中，派他到匈奴国去当使臣。

谁知，苏武到了匈奴国，见到匈奴王后，没等他说明来意，那匈奴王便把脸一变，叫人把他关押起来。

苏武被匈奴王押在王宫里住了些日子，一天，匈奴王叫人把他找去，对他说，只要他同意做他的驸马爷，不再回汉宫，就给他自由。

苏武一听叫他叛国，把头一扬，冷冷一笑道：“苏武不是软骨头，至死不叛国！”

匈奴王一听，便怒气冲冲地说：“好吧，你不愿做驸马，就去当牧羊人吧！”便叫他赶上一百只羊，到冰天雪地的北海去放羊。

匈奴王给了苏武一百只羊，每只羊的脖子上都挂着一个牌牌，牌牌上记着羊原来的重量。每隔四天，匈奴王便打发人来称一次羊的分量，点一点羊的数量。羊的分量少一斤，就打苏武四大板子；羊的数量少一只，就打苏武四十大板子……

苏武本是中原人，他在家时不光没放过羊，连羊也没摸过。如今，来到这冰天雪地的北海，风像刀子割，雪如弹子打，加上身上穿得单薄，冻得浑身直打哆嗦。

这天早上，苏武赶上羊一出栏，那群羊饿得便撒开蹄子四处跑开了，刹那间羊群便没了影。

苏武见羊群跑散了，一时间心里犯了难。他越想越生气，越思越悲伤，心想：我一个堂堂正正的大汉国的使臣，一下子变成了放羊的“犯人”，在这北海边上要住没住处，要吃没吃食，要穿缺穿的。说是放羊，其实连只羊也不如，如今这群羊全都跑没了，这顿死打是脱不了的。活着受罪，还不如跳进这北海去死了清闲。

苏武想到这里，急步走到北海边，正要跃身往水中跳时，忽听从背后的山顶上传来一阵尖利的叫声，他惊愣愣地回头一看，一个又高又大的母猩猩像刮风一样朝他跑来，那母猩猩跑到苏武跟前，握着苏武的手，就往山上的山洞里跑去……

苏武跟着母猩猩来到山洞后，那母猩猩又仰起脖子大叫了三声，从四面八方召来了一群小猩猩。母猩猩“唧唧呀呀”地对小猩猩们叫了一阵，那些小猩猩便跑出山洞，漫山遍野地四处寻找起苏武跑散了的羊，不大一会儿，便一只不少地找回来了。

打那，苏武便在母猩猩的山洞里安家住下来。白天，苏武和母猩猩一块儿放羊，小猩猩们漫山为他摘野果、捉野兔充饥；夜晚，苏武把身子往猩猩群中一倒，便和猩猩们睡在一起。

从此，苏武不光有吃有喝，也不冷了。

一晃十年过去了，苏武在这冰天雪地的北海边，不但没饿死冻死，而且活得很健壮。

不久，汉武帝派兵打败了匈奴王，匈奴王又重新和汉朝和好了。苏武也被从北海找回来，回到了别离已久的汉宫和家人团聚了。

苏武不怕艰难困苦，不贪色，不贪财，不畏权势，至死不背叛国家，不背叛人民的美德，至今还在群众中流传着呢。

侯成臻　讲　　述
旭　光　记录整理

点　评

苏武是我国历史上一位伟大的爱国主义者。作为使者，他尽忠守节，在被匈奴扣押的19年中，他饮雪吞毡，受尽折磨。面对匈奴的威逼利诱，面对北海恶劣的自然环境，他始终怀抱代表出使的旌节，坚贞不屈。苏武忠于祖国，表现出了大义凛然的爱国情怀和崇高的民族气节。他因不辱使命而闻名于世，而苏武牧羊的故事也千古流传。时至今日，依然有很强的教育意义。他的故事告诉我们，不管走到哪里，都要心系祖国，以祖国的利益为重。“富贵不能淫，贫贱不能移，威武不能屈”，因为祖国就是我们的根。

■ 于国平

鲁班的故事

赵州桥

赵州有两座石桥，一座在城南，一座在城西，城南的大石桥是鲁班修的，城西的小石桥是鲁班的妹妹鲁姜修的。

鲁班和他的妹妹周游天下，到了赵州。远远就看见赵州城黄澄澄的城墙了，走到近处，却见一条白茫茫的洨河拦住去路。河边上挤了很多人，粜谷的，卖草的，运盐的，贩枣的，往作坊里送棉花的，赶庙会卖布的，挑着担子，拉着毛驴，推着车子，一齐吵吵嚷嚷，争着要渡河进城。河水流得很急，只有两只小船摆来摆去，半天也渡不过几个人。有人等得不耐烦，就骂起来了。鲁班看了，就问："你们怎么不在河上修座桥呢？"问了几个人，都说："渡河十里宽，洄沙多又深，迎遍天下客，没有巧匠人。"鲁班和鲁姜看看河水地势，就发心给赵州人修两座桥。

鲁姜走到哪里总是听见人夸奖她哥哥多巧多能，心里很不服气，这回要跟鲁班比赛一下，就说修桥两个人分开来修，一人修一座，看谁先修好。天黑开工，鸡叫收工，谁到鸡叫还完不成，就算输了。这么说好了，就分头准备起来。鲁班修城南的一座，鲁姜修城西的一座。

鲁姜到了城西，聚集聚集材料，急急忙忙就动手。才半夜工夫，就把桥修好了。她心想这回一定把哥哥比下去了，倒要看看哥哥这会儿做到个什么样子，就偷偷跑到城南来。谁知到了那里，河还是河，水还是水，连个桥影子都没有，鲁班也不在河边，不知道跑到哪里去了。她正在纳闷，远远看见南边太行山上下来一个人，赶着一大群绵羊，窜窜跳跳往这边来了。走到近处，一看，那人正是她哥哥，他赶的哪里是一群羊啊，赶的是一块块雪白细润的石头。鲁姜一看这些石头，心里就凉了。这是多好的石头啊，这要造起一座桥来该多结实，多好看啊，拿自己修的桥跟它比，哪比得过啊！她想，一定要有两手盖过他的，念头一转，就急忙回到城西，在桥栏杆上细细地刻起花来。刻了一会儿，桥栏杆都刻遍了，牛郎织女、丹凤朝阳，还有数不清的奇花异草……鲁姜看看，心里又得意起来。她沉不住气，又跑到城南来看鲁班。鲁班这时把桥也快修完了，只差桥头还有两块石头没有铺好。她一看，着了急，就尖起嗓子学了两声鸡叫。她这一叫，引得村前村后的鸡也都急急忙忙一齐叫唤起来。鲁班听见鸡叫，赶忙把两块石头往下放，桥也算修成了。

这两座桥，一大一小。鲁班修的大刀阔斧，气势雄壮，叫做大石桥；鲁姜修的精雕细琢，玲珑秀气，叫小石桥。直到现在，赵州一带的姑娘挑枕头绣花鞋的时候，母亲们还说："去吧！到西门外小石桥栏杆上抄几个好花样来！"

赵州一夜修起了大石桥，修得还说不出有多么结实，多么好看。第二天，这事就轰动了远近各州城府县，连住在蓬莱岛上的八洞神仙都听到了消息。神仙里张果老是个好事的人，听说有这件事，就牵上他的乌云盖顶的毛驴，驴背上褡裢里，左边装了日头，右边装了月亮；又邀上柴王，推上金瓦银把的独轮车，车上载着四大名山，游游荡荡，就来到了赵州。到了桥边，张果老高声问道："这桥是谁修的啊？"鲁班正在桥边察看桥栏桥洞，听见有人问，就回答："这桥是我修的，怎么啦？有什么不好吗？"张果老指指毛驴小车，说："我们过桥，它吃得住吗？"鲁班一听，哈哈大笑，说："大骡子大马只管过，还在乎这一头毛驴、一驾车？不妨事，走你的！"张果老、柴王爷微微一笑，推车赶驴上桥。他们才上去，桥就直晃晃，眼看要塌；鲁班一看不好，连忙跑到桥下双手把桥托住，这才把桥保住。桥身桥基经过这一压，不但没有损坏，倒更加牢实了；只是南边桥头被压得向西扭了一丈多远。所以，直到现在，赵州桥上还有七八个驴蹄印子，那是张果老留的；三尺多长一道车沟，那是柴王爷推车轧出来的；桥底下还有鲁班的两个手印。早年间卖年画的时候，还有鲁班爷托桥的画卖呢。

张果老过了桥，回头看看鲁班，说："可惜了你这双眼睛哟！"鲁班觉得有眼不识人，越想越惭愧，便把自己一只眼睛用手挖了，放在桥边，悄悄地走了。后来马王爷打从赵州桥过，看见了，就把眼睛拾起来，安在自己额上。鲁班是木匠的祖师爷，所以现在木匠做活，到平准吊线的时候也都用一只眼睛。而后人塑马王爷的像，就给塑了三只眼。

鲁班给赵州人造了大石桥，后代的人感念不忘，直到现在，放牛的孩子还在唱：

赵州石桥什么人修？
什么人骑驴桥头过，压得桥头往西扭？
什么人推车桥上走，车轮子碾了一道沟？
赵州石桥鲁班修，
张果老骑驴桥头过，压得桥头往西扭；
柴王爷推车桥上走，车轮子碾了一道沟。

平　水、徐德表、蒲洪杰、陈增康　搜　集
汪曾祺　整　理

卢沟桥的狮子

相传卢沟桥是鲁班修的。

卢沟桥有两排石栏杆，每根石栏杆上都有石狮子。有大狮子，有小狮子，有趴着的，有卧着的，有背着的，有抱着的，还有骑在脖子上的、钻在肚下的。一个狮子一个样，每根栏杆上都有，到底有多少个，谁也数不清。

传说，有一次，新来了一个宛平县令，他听说卢沟桥上的狮子数不清，很不服气，心想，天下哪有这种事。

这天，他把守城兵都叫了来说："都说卢沟桥的狮子数不清，我今天就派你们去数狮子，你们数清了有赏。可有一件，你们数的数，必须都得对上，对不上不算。"

守城兵得了令，就都到了卢沟桥头。他们排着队，一个挨一个，从桥栏杆面前走过，走一步数一下，他们各数各的，来回走了两遍，到头来，一报数，一个人一个数，就没有相同的。他们报告了县令。县令说：“不行。还得回去数。”守城兵就又回到卢沟桥头，重新数了起来。

这回数得比上两次还仔细，一连数了三遍，到桥头一报数，还是不一样。县令的胡子都气撅了，把士兵们狠狠骂了一顿。

守城兵不服气地说：“老爷不信，您去数数看。”

县令心想，数就数，你们等着，我数清了再和你们算账。

他坐了轿子，上了桥头。下轿以后，先从桥头向西数，再从桥西向东数。数了一遍下来，再数第二遍。数完两遍，数没对上，又数第三遍。第三遍又是一个数，又数第四遍。不管他数多少遍，这数目就没有一回是同样的。他累得满头大汗，腰痛腿酸，再也数不下去了，坐着轿子就回来了。

到了晚上，他想：真怪，这狮子怎么会数不清呢？莫非它们长了腿，会走动？想到这里，他便爬起来，又上了卢沟桥。

这时，正是半夜子时，四处静悄悄，只有卢沟河水，哗哗地响。县令轻轻地走到桥上，只见这些狮子正在戏耍：有的从栏杆上下来，东窜西窜，有的从这个栏杆跳到那个栏杆，有的小狮子，在大狮子身上来回爬滚。县令看到这里，猛地叫了起来：“好哇，原来你们是活的！”

他这一叫，不打紧，狮子马上回到自己的地方，一动也不动了。

原来这些狮子，是当年鲁班修桥时留下的。鲁班把那汉白玉的石头像赶羊似的赶了来，做成了桥栏杆，又在每个桥栏杆上刻下了各种各样的石狮子，刻完以后，挨个搂头给了一锤子，这样，它们便都活了起来，可是有一样，不能离开这座桥。

所以，北京人有句老话叫“卢沟桥的狮子数不清”。

唐天然　搜　集

点　评

鲁班是能工巧匠的“箭垛式人物”，赵州桥的故事是鲁班故事中最为著名的，它不仅解释了赵州桥这一伟大工程的渊源所自，并且故事中充满了高尚的情操和生动的趣味。故事设置的鲁班兄妹，是为了解决民生困难而自愿造桥的，显示出为民解忧、急公好义的品德。而整个造桥过程充满民间情趣，兄妹俩比试技艺、神仙来测试工程结果以及最后鲁班的惭愧等，都表现出天外有天、艺无止境的朴素真理。故事最后的盘歌问答，也是与之相伴相生、传颂久远的民间歌谣，二者配合流传、相得益彰。

■ 陈泳超

《赵州桥》是著名工匠祖师鲁班传说中的一则。它讲述的是鲁班作为工匠多巧多能、精益求精、富于创造精神的超强能力。赵州桥本身实有其桥，设计的巧妙、修建的坚固使它成为中国古代名桥之一。各种民间小调和戏曲都有对它的歌颂。而本故事以鲁班和妹妹互相比巧为情节，突出了妹妹虽然有能力但是总有一些争强好胜，比不得哥哥大气、正直。对于人物性格褒贬在其中。赵州桥共有两座，突出的是鲁班所修的石桥的坚固，以传统神话中的八仙故事为陪衬，夸张表现赵州石桥经得住四大名山的重量，经得住神仙的故意刁难，成为建筑史上的佳话。对于妹妹的小桥则突出了妹妹的女性特点，玲珑秀气，雕刻精美，其中有牛郎织女、丹凤朝阳、奇花异草，在突出工匠之神鲁班的基调之上，也对妹妹的灵巧加以肯定。故事本身就是和谐、务实、精益求精的实践。

■ 刘晔原

丁郎刻木

丁郎爸死的那会儿，丁郎还不大。丁郎就由他娘一手抚养大。家里没有一个男人，就没了顶梁柱，他娘只晓得让自家的娃吃饱穿暖，没想到可把丁郎惯成了忤逆，稍微有点儿不顺心就把他娘连打带骂。

丁郎慢慢地长大了，能攥杠把子[①]了。每天早上天没亮，丁郎就吆喝着牛去耕地。丁郎娘在屋里忙着抹桌扫地喂猪煮饭，连针扎的工夫都没有，煮好的饭自己顾不上吃一口，匆匆忙忙地给丁郎送饭去。丁郎耕地的地方在高山上，丁郎娘把饭提来的时候，已经走得箩儿簸箕的了。这丁郎像田禾苗苗似的正在蹿行子，饭量大，刚吃完饭打转个身又饿了。他看着他娘提着饭来了，已经鼻子眼里都是气，不是说送得迟了，就是饭凉了，总要在鸡蛋里头拆嫩骨，把他娘打上一顿。

丁郎娘提着饭罐子，掉着眼泪，一瘸一拐地往回走。她想到了死。这样天天送饭，次次挨打，啥时候才能完结。可她若死

---

① 杠把子：“二牛抬扛”耕作法中，“杠”中间向后延伸、便于农夫手扶以掌控方向的部分。这种民间传统耕作技术，耕地时一人牵牛，一人扶杠耕地，也可不用牵牛，一人即可耕作。

了，丁郎就成了孤儿了，就会受人欺负，没娘的娃儿难活！还是忍着，他总有懂事的一天。

有一天，丁郎已经把地快耕完了，他把牛插下，吸上一锅烟，缓一口气。这时飞来了一只花花鹰儿，带着食飞到了鸟窝里，鸟窝里一窝小花花鹰儿都大张着嘴，“嗷，嗷，嗷”叫，大花花鹰儿把嘴里的食滤出来，每个小花花鹰儿口里给一点。丁郎看得出神：我娘喂我，我的口张得像花花鹰儿似的等我娘来喂，我娘像大花花鹰儿，“啊”地把嘴里的食都滤给我，她一口都舍不得吃！可我天天打我娘，我是忤逆啊！

这时，丁郎娘送饭来了。丁郎一看，就赶紧跑过去接着他娘，向他娘赔罪。可他竟忘了把手里赶牛的鞭子给放下，而是提着鞭子向他娘跑去。他娘一看，完了：以往都是把饭送到地里才打，今儿是赶到半路上来打，这回是非把我打死不可了。丁郎娘害怕极了，发了狠心，把头往路边的桑树上一碰，碰死了。

丁郎这回是哭得昏天黑地的，心里后悔万分。一天耕地回到家，冰锅冷灶，叫天天高得很，叫地地大得很，到深夜还翻来覆去睡不着，更加想念他娘。他就把他娘碰死的那棵桑树砍了，刻了个他母亲的像。这样，每天耕地之前先在母亲像前点上香，供上饭，然后说：“娘，你歇着，我耕地去了！”耕地回来，杠头[①]一丢，就是问娘：“娘，我回来了，你渴吗？你饿吗？”日

① 杠头：“二牛抬杠”耕作法中，二牛肩上所抬之杠。不耕地时可以拆卸下来。耕地时缚于牛肩。

头出来了，他把娘背到外面晒太阳；月亮上来了，他背娘出来望月亮。

丁郎的孝心惊动了上天，上天决定试一下丁郎的孝心，到底是真是假。这天，丁郎给娘做好饭，给猪鸡喂了吃喝，把粮食晒到了院子里，再把他娘背出来晒太阳，在天热的时候才上山耕地，以往他娘活着的时候，这时已耕了半块地了。他刚走到地里，连杠头都没从肩膀上放下，晒得好好的太阳没了，转脸的工夫一场恶风暴雨来了，丁郎丢下牛和杠头拼命往回跑，当他火急火燎地跑回家时，院子里的粮食已经漂起来了。他赶忙把他娘抱进屋里，边给他娘换衣、擦脸上的水，边赔不是："都是儿不好，让娘受罪了！"等到他把娘安顿好，再出门看院里的粮食的时候，粮食还是他刚晒下的样子，丁郎给弄糊涂了：刚才不是发白雨了吗？他到院里抬头一看，日头暖烘烘地晒着，他赶紧跑进屋里，他简直不敢相信自己的眼睛：供奉的娘已经活了，正向他微笑呢！

丁郎的孝心感天动地，在"二十四孝"中被排在了第二孝。

郭当世　讲　述
郭　辉　记　录

点　评

这是中国传统二十四孝中的故事，民间广为流传。故事讲述丁郎从小丧父，母亲含辛茹苦将他抚养成人。成年后的丁郎虽然很勤劳，吆牛耕地，但母亲送饭迟了，就将母亲打一顿。直到有一天丁郎看到老鹰哺育幼鹰的情景，想到娘的恩情，倍感惭愧。娘死后，用桑木刻母亲的像天天供奉，此事感动上天，竟让他的母亲复活了。

这是一则孝行故事，很具教育意义。

■ 陶立璠

ZHONGGUO CHUANTONG
GUSHI BAIPIAN

越王剑

春秋时期，吴国先打败了越国，越王勾践负辱在吴，卧薪尝胆，终于取得了吴王的信任，被放回越国。勾践牢记教训，一面继续讨好吴王，贡奉古木修筑姑苏台，选送绝代佳人西施给吴王，巧施美人计；一方面富国强兵，暗自铸造精良兵器。勾践为使自己有一把盖世无双的宝剑，特意挑选了当时最好的工匠郑勤来为他铸造。郑勤和他的儿子郑刚凝聚平生心血，整整用了七七四十九天时间，终于锻铸出一对雌雄剑。那天深夜，郑勤按照越王的吩咐，刻好“越王勾践自作用剑”八个字后，便对他儿子说：“我明日早朝，将雌剑献给越王，此去必然凶多吉少，性命难保，或许连你也要受到株连，你赶快带着这把雄剑，连夜投奔楚国去吧。”说完父子俩抱头痛哭，洒泪而别。

翌日早朝，越王勾践传郑勤献剑。郑勤递上剑，越王将剑拔出剑鞘，只见光芒四射，耀眼夺目，越王顿时喜形于色，众大臣也赞不绝口。勾践为了炫耀一番，手执宝剑，对着十八般兵器，初试锋芒，果然削铁如泥，锋利无比。越王得意之余，心想：郑勤若再造出如此好剑，我勾践岂能称雄于世？想到此，他陡然声色俱厉，命武士将郑勤推出午门斩了，并通缉全国捉拿郑刚。郑刚听说父亲被越王杀害，悲痛欲绝，又见到处有通缉自己的告示，感到身佩宝剑易于暴露，只好将宝剑埋藏在雁荡山中，并乔装打扮成一渔女，日夜兼程逃出越国，只身投奔楚国去了。

郑刚来到楚国后，把从小随父亲学到的冶炼手艺，精心传授给楚人。很快使楚国的冶炼业得到发展和提高，与越齐名不相上下。郑刚从而为楚王所赏识，被封为冶炼吏。这时，楚国进一步广征役卒，大造精良兵器，一时国威大振。之后，楚王亲率数十万大军去讨伐越国。楚军英勇善战，只杀得越兵丢盔弃甲，抱头鼠窜，很快就攻破越都，直逼王宫。越王见大势已去，只好用那把雌剑自刎而死。恰巧楚王一步走来，连忙从地上捡起了越王剑。楚王久闻此剑盖世无双，真是梦寐以求，本想留作自用，但又觉得它已不是吉利之物，便灵机一动，把它赏给了一位立了战功的武官。后来，这位武官病亡，越王剑就成了他的殉葬品。

再说郑刚定居楚国后，虽然被楚王封为冶炼吏，但他怕再引起杀身之祸，一直到死，都没敢透露自己的身世，更闭口不谈铸造雌雄剑之事。所以，那柄被埋藏在雁荡山中的雄剑，一直下落不明。现在，那把刻有“越王勾践自作用剑”的雌剑，终被人们从江陵的一座楚墓中发掘出来，成为举世闻名的珍贵文物。

点　评

青铜剑主要出现于商周时期，既可用于防身，同时也是佩带者身份等级和地位的象征。1965年冬，在湖北省荆州市发现了一座楚国贵族墓，在墓中出土了刻有两行鸟篆铭文的“越王”“自作(乍)用剑"的"越王剑"。之后，围绕宝剑的归属、制作材料、技艺、工匠等展开了学术之争。越王勾践与剑的故事在《拾遗记》《吴越春秋》《越绝书》等书中均有记载，民间传说也为数不少。本篇故事中郑勤和他的儿子郑刚用七七四十九天打造雌雄宝剑以及后来的种种境遇也是一个版本。这个故事用极其简练的话语说明了这个宝剑的来龙去脉，形象生动地回答了争论不休的几个问题，使读者为经历 2500 多年至今依然灿烂光华的宝剑惊诧不已，同时也为我国久远精湛冶炼技术，为郑勤和他的儿子郑刚的生存智慧获得启迪。一把越王剑，千载悲壮歌。故事读后，学习历史，敬畏贤达，珍惜遗产，爱我中华的文化情怀油然而生。

■ 常祥霖

范蠡和西施

传说勾践灭了吴国，在大摆庆功酒的那天夜里，功劳很大的范蠡，悄悄地带了西施，偷偷出齐门，坐上早就等在那里的阿得大叔的小木船，穿过护城河，转了一个圈子，直向太湖而去。他们到了太湖北边的五里湖边，见这里风景优美，山清水秀，就搭了几间草房子，隐姓埋名住了下来。住了几天，西施与阿得大叔商量，想重操旧业，纺纱织布。范蠡知道了，笑笑说："昨天的君王妃子，今天又做了农家女。"西施说："坐吃山空，我们总得活下去。"范蠡却不以为然，笑着说："我能使越国富强，灭掉吴国，还怕没有办法养活三口之家？"他要西施尽管放心。每天早晨傍晚，总是伴着西施，在五里湖边走走，看看野景散散心。慢慢地，西施脸上增加了红润，心痛病也不大发了。有时，他们走上小土坡，到野花丛里坐坐。西施高兴的时候，便摆动宽袖，翩翩起舞。据说过路人常常看到西施自然轻盈的舞姿，正如仙子下凡一般，这个地方后来叫做仙女墩。

西施对范蠡说："总要有些事情做做，现在闲着也闷得慌。"范蠡点点头说："那我们就来酿酒，开一个小酒店吧！"

五里湖边的小酒店办起来了，生意十分兴旺。范蠡懂得酿酒，他用野花的香料做酒引子。用太湖甜水酿造，酒香扑鼻，酒味醇厚，到这里来喝过酒的，一个个都竖起大拇指夸赞好酒。没有多久，五里湖边这家小酒店就远近闻名了。

可是好景不长，一天，有个喝酒常客告诉范蠡说，勾践杀掉了大将文种，现在正派人到处寻找逃走的范蠡和西施。阿得大叔听到这样说，愁得坐立不安。西施也整天愁眉不展，心惊肉跳，怕范蠡被人抓走。范蠡却一点也不惊慌，宽慰阿得大叔和西施说："鸟在笼中，尚且能夺门高飞，何况已在山林！天地大得很，何愁没有安身之处。"第二天，小酒店就关了门，他们把酿好的酒，全部倒在太湖里，从此，太湖水可以闻到一阵阵酒香味。范蠡要阿得大叔留在家里，他自己带西施来到宜兴一带，改名叫陶朱公。

西施在宜兴丁独山住了一些时候，但总忘不了五里湖边的山光水色，说那里的鲜鱼活虾，也比别处的更加鲜美可口。于是，他们又回到了五里湖边。

一天吃过晚饭，西施说："回来一年多了，得想法做点生意弄点钱。"范蠡笑笑，对西施说："钱有的是，就怕你花不掉。"他说着一手拉住阿得大叔，一手拉住西施，来到一个大池塘边，说钱就在这池塘里。他拾起一块泥团，往湖心掷过去，只听得"泼辣辣"一声，月光里，好几条尺把长的鱼蹿得老高。"我计算过了，这个池塘里的鱼，至少可以收二十担，还不够我们一年吃用吗？"原来范蠡早就在水草边捞了鱼子，在几个池塘里养了鱼。

第二年，范蠡就和当地老百姓一起筑堤围塘养鱼。最早养的是鲤鱼，鲤鱼名字好听，肉质鲜美，西施也最喜欢吃。范蠡赚了很多钱，他又把大桩钱财散给穷苦的老百姓。

这年春夏之交，西施又发了一次心脏病，她忧忧郁郁，面对太湖风光，更是触景生情。有一次，他俩来到东乡的一个池塘边，那里绿柳垂杨，景色迷人。西施听几个渔人在树底下聊天。有一个说："勾践夫人太残忍，连那些歌女也都被她沉到江中淹死了！"西施听后当场昏了过去，醒来后，长长地吐了三口气（后人称这个池塘为三叹塘）。范蠡扶住西施，回到家里，她仍然感伤万分，泪流满面，没有多久，这个才貌双全的女子就死了。她死后，就葬在三叹塘那里。

范蠡睹物伤情，就到太湖中的马迹山去，后来死在马迹山。阿得大叔根据范蠡死前的嘱咐，把他的尸体埋葬在马迹山的杜圻洲。

范蠡和西施居住过的五里湖边，后来修建了风光旖旎的"蠡园"，就因范蠡而得名；鼋头渚的"陶朱阁"，也是为纪念范蠡、西施而修建的。

点 评

范蠡是我国著名历史人物。文韬武略，与勾践一道"卧薪尝胆"，苦心戮力，成就越王霸业；先知先觉，急流勇退，不贪恋功名；精通商道，富甲天下又乐善好施。西施则是我国古代四大美女之一，既能深明大义、献身救国，又能不慕富贵、忠贞爱情。所以，范蠡和西施的故事就愈发曲折精彩、美丽动人，他们是我国古代英雄美女最完美的组合，他们泛舟五湖过着自由自在幸福生活的美好结局和美丽传说，总能引起人们片片遐想和无限神往。

■ 杨伟东

卞和献玉

两千多年前，芜湖县大荆山下住着一个樵夫卞和。他上无父母，下无兄弟，孤身一人靠打柴为生。

卞和的隔壁住着楚国的大夫子阳，子阳因为看不惯朝政，隐姓埋名躲到这风景如画的荆山来。连卞和也不知道他做过十多年的朝廷大官。子阳的棋艺十分高超精湛，卞和便拜他做老师，一有空就跟他学弈。日子长了，不仅棋艺大大提高，就连谈吐举止也受了子阳的很大影响。

荆山上怪石嶙峋，古树参天，萝藤爬满断崖，藓苔长满石壁，环境幽静，气魄雄伟，是人迹不常到的地方。山上时有仙鹤飞来，或栖于松间，或独步崖头。卞和也只顾打柴，从不去惊扰它们，有时还小心避开。

一次，卞和正在打柴，却听见一只仙鹤发出了凄厉的叫声，好像在呼喊救命。卞和跑过去一看，竟是一条五尺多长的赤练蛇死死地缠住了仙鹤，仙鹤无法挣脱，哀叫不已。卞和看准那赤练蛇的七寸子，一柴刀下去，只见赤练蛇痛苦地一抖身子，从仙鹤的身上掉落地上。

仙鹤脱险了，围着卞和飞来飞去，啼叫不已，好像有很多感激的话要说。

过了几天，卞和又上山打柴。经过打死赤练蛇的地方时，发现两个白发老者坐在一块大石头上下棋，神情专注，正杀得难解难分。卞和便踮着脚走到老者身边，默默地偷着看。两个老者发现有人，一齐放下棋子，拉着卞和就要他下。卞和本来就有棋瘾，又推不过，就下了起来。出手四五子，卞和就觉得老者的棋路与子阳很不相同，格调不凡，便认真思考起来，想了半天刚要出子，两个老者竟不见了，手里拿的棋子也没有了。卞和四下瞧瞧，什么也没有发现。转身正要走，只见刚才坐的那块大石头，闪闪发光，晶莹可爱。卞和用手摸摸，滑润无比，像玉一样。

回到家里，就请教老师子阳。子阳听了，便让卞和陪他上山看看。二人来到山上，但见这石头晶莹发光，油中透亮，里面还有个“影子”，好像是“核”。子阳高兴得直跺拐杖，告诉卞和说：“这是一块璞玉，只要凿开，里面有一块美玉。这样的美玉，价值连城，一定要献给国家，当作国宝。”说着，就让卞和把它抱回家。

卞和十分敬重子阳，他决计为国献宝。第二日，卞和就带了干粮，抱着璞玉高高兴兴地向京城走去。

当时楚国正是楚厉王在位。这位国君十分糊涂昏聩。一听说有人献玉，立即令卞和进殿。可一看卞和衣帽破旧，双脚沾泥，像个樵夫打扮，心中不悦，这样的穷汉能有什么美玉，说不定是个江湖骗子，来骗一顿美酒佳肴。便沉下脸，问道：“你叫什么名字，家住哪里？拿着这块大石头来见孤王，用意何在？”

卞和不慌不忙地说：“大王，臣民乃芜湖县荆山樵子卞和，只因得了一块美玉，要献给国家，以振国威。”

楚厉王微微一阵冷笑，把龙案一拍，说：“大胆刁民！你分明拿着一块石头，却胡说是块美玉，欺骗孤王，来人，将这刁民拖下去削去一足，以儆天下大胆妄为之徒！”

卞和被削去一足，痛恨厉王目不识宝，艰难地在路上行了月余，才回到家中，抱着璞玉哭了一场。

不久，卞和听说厉王死了，新国君武王接了位，便又想献玉。可是，老师子阳死了，没人赈济，已经穷得衣不遮体，蓬头垢面，像个要饭的花子。但他为了那块玉，还是下决心来到了京城。

武王比厉王更加专横，且疑心很重。卞和到了大殿之上，武王一看就火了，这样的要饭花子怎会献玉？连声喝道：“赶出去！赶出去！”

卞和把前次献玉的事述说一遍，武王好像想起了什么，可再看看卞和这落魄的样子，又看看他手里抱着那块“石头”，更是怒不可遏，喝道：“好个刁民，竟然敢拿着石头冒充美玉，欺骗父王，又来哄骗孤家。来人！拖下去把他那一足也削了！”

两次献玉不仅没有献成，反而被削去两足，卞和伤心透了。瘫在家里，抱着璞玉，啼哭不已。

卞和正伤心地哭着，和他下棋的两个白头老者进来了，一人手里拿着一只血淋淋的足。卞和一看，那正是被厉王和武王削去的自己的两足啊！

两个老者也不和卞和说话，将他按住，把那血淋淋的两只足接了上去。卞和顿觉两条腿上热乎乎的，不由得往起一站，竟是和原来一模一样。他高兴极了，转身就要拜谢两个老者，可已经不见了。他出门一看，只见两只仙鹤，向那远远的天边飞去。

过了些日子，武王又死了，文王接了位。这一回，卞和摸不清文王到底是个什么样的国君，决定不再干傻事了。可心中仍然非常痛苦，为那美玉伤心呢！时常抱着璞玉大哭不已。

文王比前两位国君开明得多。他听说卞和常常抱着“石头”在家里哭，又听说他的两只足又重新给别人安上了，心里非常奇怪。便传下旨令，让卞和带着“石头”进京。

这一回，果然不大一样。卞和一进大殿，文王便赐了座位，又问了关于那“石头”的一些情况，还很温和地听了卞和的回答。

为了识别真假，文王便令人喊来了工匠，刨去外面一层以后，果然得到了一块从未见过的稀世美玉。文王立即召集文武大臣，把这块美玉拿给大家传看。谁也没有见过这么好的玉，大臣们赞叹不已，都说大王洪福齐天，楚国才得了这么个“镇国之宝”。文王很高兴，给卞和封了个“云阳侯”。可是当宣他上殿谢恩时，卞和已经趁机不辞而别，仍回山里打柴去了。他一生虽说没有做官，但他为国献玉的精神比美玉还高洁，永为世人称赞。

点　评

在茫茫的人类历史，要论执着与忠诚，谁人能比卞和！为了把真正美玉献给国家，他被削去一足，再削去一足，却执着不改，坚贞不动摇。经得起苦痛，耐得住不公，只要一颗心向着真理矢志不渝，谁能摧毁他！卞和可以不去献玉，他完全可以把玉留给自己做垫脚石，这样，他不仅可以保持双足完好，而且足底还很舒服；他也可以效仿屈原，抱着美玉唱着离歌，跳进江里以表达自己的委屈和抗议。但是卞和却不，他以极其悲壮的方式近乎一根筋地完成了自己的夙愿。当文王封了卞和“云阳侯”，宣他上殿谢恩时，卞和却不辞而别。他献玉不是为了升官发财，其实卞和自己就是一块美玉。

■ 黄圣凤

这则故事有几个亮点。其一，对同一事物如故事中的“石头”，樵夫卞和能从表象看到实质为“璞玉”，而楚厉王、楚武王只从表象看到“表象”，则判为“石头”。在这“是非、对错”面前要真实平等，只能由事实说话。其二，位尊权重并不等于“占有知识、握有真理”，越是位尊权重，越应倾听民意心声，才不会制造“苦果”。其三，物化的宝贝是“物宝”，人才是“活宝”，大多“物宝”由“活宝”创造。尊重“活宝”与崇拜“物宝”，是智慧与愚蠢的区别之一。其四，“有功不居功”，乐于清贫、不慕富贵的“卞和”们，是德才兼备者。以上是能使故事传颂久远的原因之一吧。

■ 刘昌有

ZHONGGUO CHUANTONG GUSHI BAIPIAN

还镯救人

明朝时，有个读书人名叫罗一峰，带着书童赴京赶考，途中发现路费没带足，非常着急。这时，书童对他说："相公不必犯愁，我自有办法!"罗一峰奇怪地问道："眼下是人生地不熟，借贷无门，你有何办法呢?"书童神秘地说道："四天前，我们不是在一户人家寄宿过一夜吗？那天晚上，我在门口捡到一枚金镯，咱们把它典当了，路费不就绰绰有余吗?"罗一峰听罢气得顿时骂道："你这蠢材，怎么不早说呀!"书童还以为主人怪他讲迟了，忙赔笑说："现在讲也不晚!"罗一峰道："我们怎能典当他人的财物，快送回去!"书童叫苦道："相公，我们离开那里已有四天的路程，再送回去得花多少时间啊！如今考期临近，倘若误了相公的京试，那……"听了书童的一番言语，罗一峰也迟疑起来：是啊，赶考是不能延误的大事，那就待返程时再还失主吧！可他转念又一想：不行！人家丢失了如此贵重之物，一定万分着急，万一发生什么意外之事，岂不害了人家吗？想到这里，他急忙对书童说："拾到金镯当时没有归还已是错误，而今再不送回去，那就错上加错了，走，我亲自送去。"

罗一峰与书童又走了四天，回到那户人家。户主见他回来，甚为惊诧，忙问为何去而复返。罗一峰取出金镯，言道：“家奴缺少教育，拾镯未即归还，此事乃小生有责。现将原物奉上，并向先生赔罪。”主人闻言欣喜若狂，忙道：“相公来得正好，不然我家要出乱子啊！”

原来，那枚金镯是他家主妇梳洗时放在脸盆里的，因忘了收捡，被丫头端盆倒水时泼到门外。主妇找不着金镯，便怀疑是丫头偷的，把丫头打得遍体鳞伤。丫头受了冤枉，气得几次去寻死。后来，主人又怀疑妻子把金镯当信物送给他人，辱骂不止。妻子委屈，也气得吵着要上吊。一家人闹得日夜不安。

今日主人见罗一峰送还金镯，自然是愁云尽散，不胜感激。从此，罗一峰步行数百里“还镯救人”的美德佳话，就在民间流传起来。

点　评

一代伟人周恩来就把“说老实话，办老实事，做老实人”当作为人处世的一个规范和准则。胡锦涛同志在“八荣八耻”中提到“以诚实守信为荣、以见利忘义为耻”。诚信是送人玫瑰手有余香，诚信是中华民族自古以来代代相传永远提倡的美德。《还镯救人》中的读书人罗一峰缺少路费，折返会耽误人生大事进京赶考，但还是决定去把金镯还给失主。其宣扬的价值观是：诚信为做人之本，以诚待人，就救了两人两命。故事虽然没说罗一峰讲诚信给自己带来多大好处，但是至少他救了两条人命。选择诚信，付出的是真心实意，收获的是信誉和友情。我们可能如罗一峰一样，有时会暂时失去一些眼前利益，但我们得到的将是人生的完美、心灵的安宁、众人的信任和公道的收获。

■ 胡晓梅

孔子拜师

一天，孔子和众弟子乘坐马车到一个地方去讲学，见前面有一个六七岁的小孩在路上堆土玩，子贡便大喝一声，正要赶车轧过去，可是那个孩子把路一挡，高声叫道："站住，前有城池在这儿，过不去了，你们退回去绕道走吧！"

子贡赶紧停住车，没好气地大声嚷道："你这顽童休得胡闹，这是孔夫子的车，快放过去！"

"不管谁也得讲道理，我来问你们：到底是城躲车呢还是车躲城？"小孩有板有眼地说。

大家被问得张口结舌，子贡又气又急正要发作，这时孔子从车上走下来忙拦住说："小孩讲得在理，你们不要乱来。"

说着，孔子走上前对小孩搭躬施礼道："神童在上，老夫有礼了。我们有要事在身，万望高抬贵手，借个路让我们过去吧！"

小孩问道："你们有什么要事呀？"

"周游列国呀。"

"那周游列国又是做啥呀？"

"讲学传道啊。"

"讲学传道就得有一套本事和才学，那你知道些什么呀？"

孔子回答道："不是老夫夸口，上至天文，下至地理，什么事我都略知一二。"

小孩又问："那你知道自己的眉毛有多少根吗？"

孔子说道："眉毛本人又看不见，怎么能知道呢？"

小孩眼珠一转，接着问："嫌看不见，那天上的星星看得见，你知道有多少颗吗？"

"天上的星星浩如烟海，那又如何数得过来呢？"孔夫子为难地说。

小孩笑着说道："呵，你又嫌多，那日头就有一个，早晨像冰盘，晌午赛玉环，我来问你，什么时候近什么时间远？"

孔子想了半天还是回答不上来，便诚恳地对那个小孩说："本人才疏学浅，以上事情确实不知，愿拜你为师，望多指教。"说着，磕头便拜。

后来孔子以此事教导众弟子说："不要强不知以为知，要知之为知之，不知为不知，莫忘三人行必有我师焉。"

| 点 评 |

孔子德高望重，受人尊敬，路遇顽童不让道，非但不生气，还有礼有节与之协商，足见孔子平易近人之处；小童顽皮聪明，向孔子提出匪夷所思又句句在理的问题，孔子能答则答、不能就谦虚请教，即所谓"知之为知之，不知为不知"，这是孔子治学严谨的一面；孔子见小孩能提出看似简单然则深奥的问题，便磕拜为师，即"三人行必有我师焉"，这是孔子虚心好学的表现。

正因为孔子有了超乎常人的谦虚、平易、好学、严谨等高尚品质和品格，孔子才变得伟大而被人们称之为“圣人”。知识是无限的，而人的时间和精力却有限。我们在某方面或某领域有长处，而在他方面或他领域即会有短处或不足。如能相互学习，取长补短，我们即会进步，也才会变得强大。

■ 胡纯茂

满腹经纶、声名显赫的孔子却拜七岁孩童为老师，其谦逊、实事求是的态度让后人肃然起敬，也说明了孔子所说的“三人行必有我师焉”“知之为知之，不知为不知”不是一句空话，他说到做到。在我们中华民族伟大复兴的长期建设中，就是需要这种求真务实、不耻下问的精神，深入乡村，深入群众，学习人民群众朴实生动的语言，学习人民群众淡然超脱的处世风格，学习人民群众通俗易懂的无限智慧，拜他们为老师，甘当群众的学生，汲取精华，完善充实自己，成为一个既“接天线”，又接地气，为社会做贡献的人。

■ 彭新结

颜回拾金不昧

颜回是孔子的弟子，他家里很穷，常常连买笔墨纸砚的钱都没有。就这样，颜回还是坚持用功读书，从不懈怠。可是因为他穷，同学们丢了东西总疑心是他偷的，后来还有人把自己的怀疑告诉了孔子。

孔子听说颜回偷东西，心里半信半疑。为了弄个明白，一天他就带了几个学生到颜回家去，明着说是去拜望老人，实际是查看去了。

颜回的母亲和妻子都是忠厚老实的妇女，妻子十分贤惠，人长得也很俊气，见丈夫的老师和同学来了，又是喜又是愁。喜的是老师和同学难得来家，愁的是家里什么也拿不出来，可怎么待客呢！俗话说“急中生智”，她心眼一转，提个筐子出门去了。一出门，就狠了狠心，忍痛把乌黑油亮的头发剪下来一大绺，到了街上把头发卖了，用卖得的钱买了一点儿酒肉，就回家来啦。

晌午，颜回给老师和同学端饭吃，忽然见到又有酒又有肉，他一阵高兴，心想这回可对得起老师和同学了。可是他一转念，心里可就疑惑了：自家穷得没有隔夜粮，又无亲朋可以借贷，哪里有钱买这酒肉呢？越想越觉得解不开，莫不是妻子不规矩吗？

越想他越难受，有心马上问问，又怕问起来引起争吵，叫老师听着不好。他只得先把酒肉端给老师和同学们去吃，一面却小声对妻子说了句气话："等客人走了，咱们再算账吧！"妻子摸不着头脑，只是觉得丈夫话中有话，她心里很不好过。

孔子和他的几个弟子，见颜回端出酒肉来，都你看我，我看你，互相递着眼色，意思是说：你看，颜回果不其然是偷东西了，要不，哪儿来的钱买酒肉呢！颜回见这光景，心里一阵难受。

孔子是一个很讲"礼"的人，据说谁家请他吃饭，不把桌子放正，他不入座；肉不切成四方块，他不吃。颜回家里的日子那么穷，他的母亲和妻子哪里知道那么多的"礼"呀，就没有把肉切成四方块，只切成一大块一大块的。孔子见了这碗肉，认为这是颜回对他不尊重，又加上他这次来就是为了查看颜回的，正好颜回家买了酒肉，他认为这是被他抓住把柄，就马上生起气来，大声质问颜回："你买酒肉的钱是从哪里来的？"颜回正为酒肉的事心里不痛快，经孔子这一问，更是什么话也说不出来了。孔子见颜回这个样子，越发怀疑了，一迭连声地责怪颜回，而且说："今后你再不要叫我老师，我也不要你这样的弟子了。"当时连饭也不吃，就气冲冲地领着几个学生走了。

颜回忍住气把老师和同学送走，转回屋就追问他妻子，那买酒肉的钱是怎么来的？他妻子气得说不上话来，眼泪簌簌地往下掉。她又慢慢地打开了头发让颜回看，颜回一看，他妻子少了一大绺头发，心下一愣，才觉得自己太冤枉妻子了。他母亲见到这般光景也气极了，就指着颜回骂起来，还要颜回跪下赔礼。颜回跪下，对他妻子把好话说了一大堆，他妻子才露出笑脸，让他快去对老师和同学说个明白。颜回也想到是老师没弄清楚，就急忙起身出门追赶孔子去了。

孔子和他的几个学生，一肚子不高兴，正走得不起劲，听后面老远有人喊，一听，原来是颜回。孔子也没叫学生停下来，只从怀中掏出一串钱扔在地上，又折了根树椏枝在地面上划了几个字："天赐颜回一串钱。"那几个学生问："老师，这是为了什么呀？"孔子说："我还要试试颜回的心哩！我们回头看看，他见到这串钱怎么办吧。"

颜回只顾往前看，没留神让那串钱给绊了一跤，他爬起来，看到是一串钱，又看到一行字，认得那是老师写的，心里就全明白了。平日间他不爱掉眼泪，可现在忍不住流泪了，他心想：唉，我颜回再穷也不捡这不明不白的钱啊！想着，擦了擦眼泪，顺手抹去了孔子划的字，又在旁边划了几个字："颜回虽穷有志气，非礼不取半分文。"写罢，又往前赶去了。

孔子和他的几个学生把眼前的事看得一清二楚，那几个学生要去接颜回，孔子说："等等，得问问他买酒的钱是从哪里来的？"

等颜回气喘吁吁地追上了孔子，孔子还是带搭不理，直到颜回把妻子为了款待老师和同学剪了头发卖掉买酒的事一五一十告诉了孔子，孔子才感到自己的确太冤枉颜回了，觉得实在对不起弟子颜回，也有负于颜回的妻子和母亲的一片好心。他上前拉着颜回的手说："你还是跟我去读书吧！"

颜回仍然跟着孔子读书去了。

李家宽　搜集整理

点　评

《颜回拾金不昧》是一则人物传说故事。颜回是孔子的大弟子，十四岁拜孔子为师，此后终生师事之，是孔子最得意的门生。在孔门诸弟子中，孔子对他称赞最多，不仅赞其“好学”，而且还以“仁人”相许。历代文人学士对他也无不推尊有加。汉代“罢黜百家，独尊儒术”，以颜回配享孔子、祀以太牢。这则故事则以“拾金不昧”称赞颜回。故事讲述颜回家里很穷，常常连买笔墨纸砚的钱都没有。就这样，颜回还是坚持用功读书，从不懈怠。可是因为他穷，同学们丢了东西总疑心是他偷的，还有人把自己的怀疑告诉了孔子。孔子听说后半信半疑。按现在的话说就去家访，没想到颜回的妻子剪了头发换钱，为孔子准备饭菜，却引起孔子的疑心。在颜回追赶孔子的路上，孔子故意丢弃一串钱，颜回则分文不取。证明颜回“贫贱不移”之精神。

■ 陶立播

一卷《离骚》山鬼哭

玉笥山位于汨罗江北岸，山上风景优美，在这里有很多有关屈原的遗迹，如桃花洞、绣花墩、望爷墩、濯缨桥、骚坛旧址等，传说屈原曾于骚坛写作《离骚》。

有一天，屈原写作《离骚》以后，自己就大声吟诵起来。正吟诵间，只听得野外有几个人竟幽咽地哭泣起来。他连忙放下手中书简，走出门庭一看，果真有几个人趴在荒野的坟堆上哭呢！屈原问他们："众父老们，家住哪里？姓甚名谁？"

那群痛哭的人听见有人问，连忙抬起头来，答道："三闾大夫，我们这些人早就离开阳世啦！"

"哦？"屈原一惊，"难道你们都是阴间的鬼吗？"

"是啊，三闾大夫！我们都是阴间的人了。"

"那么，你们是遭什么冤枉死的吗？"屈原说，"有冤的话，只管对我诉说，我替你们申冤。"

"不是的，三闾大夫！"鬼们说，"我们是听见你写的《离骚》，那颗爱国的心把我们感动了！想想我们自己，真枉做了一辈子人，所以就不由得哭了起来。"

"啊，原来是这么回事呀！"屈原感慨地说，"败坏楚国的并不是你们，但愿你们的子子孙孙，都能热爱自己的国家就好了。”

屈原说完了，那群山鬼一个也不见了。所以后人有诗云：“芳草写孤忠，一卷《离骚》山鬼哭。”

徐伯青　搜集整理

点　评

屈原是我国古代伟大的爱国诗人。他一生忧国忧民，因不能实现自己的抱负，最后满怀悲愤的心情，投汨罗江而死。屈原著作很多，主要有《离骚》《天问》《九歌》《九章》等。《离骚》是其代表作。它强烈地表达了诗人的爱国情怀，成为千古绝唱。人们出于对他的尊敬、同情和怀念，编织了许多歌颂他的故事，《一卷〈离骚〉山鬼哭》就是其中的一篇。故事通过屈原与山鬼的对话，高度评价了屈原的创作成就。李白也说：“屈平辞赋悬日月。”动天地、泣鬼神、悬明月，没有比这评价更高的了。可见屈原作品对后世影响之大。

■ 杨亮才

曹操的故事

ZHONGGUO CHUANTONG GUSHI BAIPIAN

义 门

常言说：义马易得，义兄难求。一天，曹阿瞒沿着弯弯的涡河，出去访名师义友。他朝下游一直走了五十里，到了一个集镇。这个镇街临涡河水，背靠一条交通大道。镇虽不大，人烟密集，在街门口出出进进多是一些生意人。曹阿瞒正欲进街，只见一个挺胸凸肚、光着脊梁的年轻汉子，用“土车子”（一种小车）推着四个打场的大石磙，想进街门，和一个赶牛车的老汉吵了起来；他们都争着先进那门，各不相让。

那赶车的黑老汉扬鞭大喊：“东京到西京，大车走当中！小车让大车，这是老古理，我这是大车。”

那推车的年轻人也瞪着眼大喊：“雍州到梁州，轻车躲重车；你虽是大车，我却是重车。”

二人相争，各持一端，互不相让。那赶车黑老汉一急，挥起牛鞭，叭！叭！在那两头花牛屁股上连抽两鞭，咕隆隆，那大车便闯进了街门。那年轻的推车汉，也急了，脖子脸憋得通红，放下“土车子”，蹿过去扯住牛车后横木，一使劲儿，又把那辆大车连同两头花牛，一同拖出门来；转身又把“土车子”上的大石磙，用双腋窝各夹一只，一连两趟，砰砰砰砰！并排立在街门中间，堵住大车前进的路。那赶车黑老汉挥起鞭子，叭叭叭叭！连抽几鞭，打得那四个大石磙，骨碌碌滚到街旁。

围观的人惊得目瞪口呆，齐声喝起彩来。

阿瞒站在一旁，也不禁大声称赞道：“真乃力士、神鞭也！”他忙分开众人，走过去，询问那人的姓名。那推车青年说：“俺姓许，名都，家有小弟许褚，还有八十岁老母，要俺从百里开外的石磙山，推石磙来此镇贩卖，养活他们。”

那赶车老汉气而不答，胡子一扭，挥车想走。阿瞒又向前施礼说：“老人家，你何必跟我们青年人一样见识！您真乃神鞭，我辈愿拜你老人家为师！”

只见那赶车老人，怒色稍消，鞭子一扬，催着花牛驾车骨碌碌地走了。

曹阿瞒慷慨解囊，送给那个青年二十两银子，说：“因进街门延误了你卖石磙的时间，我愿送二十两纹银，孝敬伯母。”那青年感激不已，遂拜曹阿瞒为义兄。

此镇，后来被称为“义门镇”，直到今天仍称为“义门”。

考华佗

三国时候，曹操不光智勇双全，还精通医学。他一心访名医，为将士看病。结果，找了上百名，他都看不中。

有一年秋天，曹操左臂生疔，疼痛难忍，立刻派人觅高手诊治。巧呢！这天，华佗正在相府附近行医，曹操的家人见了，赶忙回禀。曹操大喜，吩咐快请华佗。

华佗刚进门，曹操忙从里屋迎了出来，将华佗接入客厅，以上等名茶招待。曹操喝了一口茶，本当直接求医，继而一想，且慢，听说华佗很有才学，但不知是真是假？不妨先来试试。于是，曹操微微一笑说："久仰先生大名！老夫有幸，得见君颜，欲求一教！"

华佗面带笑容，谦和地说："过奖，过奖，丞相有何吩咐，鄙人理当效力！"

曹操说："先生是个名医，不在豪门享受荣华富贵，而到处奔波，饱受风霜之苦！老夫委实不解，先生肯赐教否？"

华佗乐呵呵地说："但愿人皆健，何愁我独贫！"

曹操一听，惊叹不已，连连称道："先生风格高尚，佩服，佩服！"嘴上这么说，心里盘算好主意：对，出个谜语难他！于是，曹操眼珠一转："先生，昨日小儿出了个谜语，让我猜，我一时猜不明，不妨写来，请您赐教！"曹操信手挥毫，唰唰唰，写出十六句谜语。

胸中荷花，西湖秋英；
晴空夜明，初入其境；
长生不老，永远康宁；
老娘获利，警惕家人；
五除三十，假满而归；
胸怀大略，军师难混；

接骨医生，老实忠诚；
无能缺技，药店关门。

华佗看后，明白这是曹操故意考他，含笑答道："鄙人略懂《本草》，这上面的话，全是暗语：胸中荷花，指'穿心莲'；西湖秋英，指'杭菊花'；晴空夜明，指'满天星'；初入其境，指'生地'；长生不老，指'万年青'；永远康宁，指'千年健'；老娘获利，指'益母草'；警惕家人，指'防已'；五除三十，指'商陆'；假满而归，指'当归'；胸怀大略，指'远志'；军师难混，指'苦参'；接骨医生，指'续断'；老实忠诚，指'厚朴'；无能缺技，指'白术'；药店关门，指'没药'。"

曹操一听华佗句句说得在行，道破他的药谜，乐得眉飞色舞，欣喜若狂，拍手赞赏道："奇才也！"说完，即命人摆上丰盛的酒宴。酒过三巡，菜过五味，曹操想收留华佗，眉头一皱，计上心来，要考华佗的文才，乘着酒兴说："先生，酒逢知己千杯少，老夫有幸，请先生以中药名，即席吟诗一首，可否？"

华佗早料曹操会来这一手，略加思索，便说："鄙人遵命！敢请丞相起头？"

曹操兴致正浓，略一思索，诗就出了口：

士为知己者用，女为悦己者容，
薄酒会宴医疾，安知国非有翁。

华佗品味这首诗，知道曹操想重用他，心想，你对我真心，我对你实意。不假思索，便以中药名，吟诗一首：

秋菊花开遍地黄，一回雨霜一茴香，
扶童去取国公酒，醉到天南星大光。

华佗吟完，曹操佩服得五体投地，手捻长须，仰天大笑：“哈哈！先生风格高尚，医学渊博，才华盖世，老夫钦佩！”曹操这才走到华佗面前，脱掉上衣，重施一礼：“先生，老夫三日前偶染小疾，请您诊治！”

华佗一抬眼，呀，原来是怪疔，惊讶地说：“呀！您背上果真是怪疔，若再延三日，鄙人无能为力了！”华佗随即从瓶里倒出一些麻药，撒在曹操左背患处，予以麻醉，然后用小刀将疔切除，再敷上药。不一会儿，曹操背上疔疮已愈。曹操乐得嘴都笑歪了，视华佗为上宾，五天一大宴，三天一小宴，亲自把盏，热情款待，把华佗留下来，左右相使。

点 评

曹操自古被称为“枭雄”，多以狡猾、奸诈的形象出现，但是，他的智慧、义气、爱惜人才等也被人们所称赞，他的故事也广泛流传。《曹操的故事——义门》形象地展现两个极具性格特征的普通百姓形象。曹操一方面极度欣赏老人的“神鞭”，又敬重年轻人孝道，而将吵闹的双方分开了，并且给了许都银两，反映出了曹操的重情重义。“义气”是永久的话题，此故事反映了百姓对曹操的重义气的赞赏，正所谓“两人一般心，无钱堪买金；一人一般心，有钱难买针”。人与人之间的相知相交并不是为了利益、奔着大富大贵去的，不能见利忘义，而应讲道义、讲和气，只有讲情义，共和睦，生活才能长远。

■ 王锦强

ZHONGGUO CHUANTONG
GUSHI BAIPIAN

刘伯温的故事

朱元璋率领的红巾军，从凤阳出发，攻克了金陵，旗开得胜，威风凛凛。进军江浙又获节节胜利，取金华，定括苍，更是振奋人心。朱大将军为创建大业，壮志满怀，派人盖起了礼贤馆，叫人贴出了招贤榜。浦江宋濂，丽水叶琛，龙泉章溢，都被引到了婺江。

朱元璋欢欢喜喜，设宴迎贤，大营内外热热闹闹，灯火辉煌。席上，金华火腿喷喷香，兰溪鲤鱼活鲜鲜，绍兴老酒绿汪汪。宴间，宋濂站起来说："大将军，我们仨才疏学浅，恐怕帮不了大忙。还有一个好友，名叫刘伯温，他上懂天文，下知地理，满腹文章，才学过人。将军如愿意，可派人聘他来，共辅大业，建国安邦。"

朱元璋一听又惊又喜，忙说："你、你快讲，刘贤士今在何方？"

宋濂见朱元璋求贤若渴，便说："刘伯温今在青田九都南田。"

朱元璋"嗯"了一声，也说："刘伯温今在青田九都南田！"

叶琛说："到九都要过三十六渡水，七十二座岗。"

朱元璋"啊"了一声，跟着说："到九都要过三十六渡水，七十二座岗。"

章溢说："你要诚心去聘，黄铜不值钱，黄金不论两！"

朱元璋"唔"了一声，点点头说："你要诚心去聘，黄金不值钱，黄铜不论两！"

宋濂三人轻轻地发了笑，朱元璋知道自己说错了，脸红得像块猪肝，慌忙举起酒杯说："来来来，痛饮几杯吧！"

朱元璋要派人去请刘伯温了，大营里外忙得团团转，丝库取绸缎，银库包白银。绸缎量了一千尺，白银称了一千两，朱元璋马上派人送到南田去。那送礼的人翻过了七十二座岗，涉过了三十六条水，走啊走，走了七天七夜，好容易才找到南田，寻到刘伯温。

这一天，刘伯温正在家里看书，见来了几个生人，还挑着许多东西，便问道："你们要做什么？"送礼的人笑笑，说明了来意。刘伯温听后，摇摇头，礼物一点不收，话语一句不讲，只顾自个儿走出门，装着是砍柴放羊，上山去了。送礼的人怏怏不乐地回到婺江，把去请刘伯温的情形一说，朱元璋大失所望。他想，莫不是嫌我太小气吗？于是，便叫人再加绸缎一千尺，再加白银一千两，火速送往南田。

哪知道，这一回啊，送礼的人刚到南田村口，刘伯温就知道了。他关了门，离开村庄，爬上后山岗，看起了风光。那些送礼人便追出了村，爬上后山岗，总算又找到了刘伯温。一看是前些天来过的原班人马，刘伯温就笑笑说："请你们告诉大将军，我伯温什么财物也不要，只讨他白纸一张！"话才说完，刘伯温就自个儿走下山岗。

送礼人回到婺江对朱大将军说后，朱元璋从黑夜想到天明，也猜不透刘伯温要白纸是啥名堂。“真是个怪人，白银不要，要白纸一张！”朱元璋左思右想还是摸不着底，只好糊里糊涂地对送礼人说：“好吧，就送给他白纸一张！”

白纸一张，四四方方，送到南田，刘伯温果然收下，当下就动身来婺江。

哈哈，一张白纸胜过绸千尺，胜过银千两，请到了刘伯温，朱元璋乐了，看看灯，灯在跳；看看火，火更旺。

朱元璋在礼贤馆会见刘伯温。刘伯温对朱元璋说：“将军送我银两、绸缎，小才不敢无功受奖；讨来白纸一张，奉还草书几行。”刘伯温果真送上白纸黑字一张，朱元璋接过一看，大吃一惊，原来那上面写着有关时务的十八条妙计，一条条清清楚楚，有根有据，全都说在理上。看啊看，朱元璋瞪大了眼睛，张大了嘴巴，站起来，一巴掌拍在茶碗上，连声说：“想不到啊想不到，刘贤士真是一片衷肠！”礼贤馆可热闹了，刘伯温只是笑笑，朱元璋心里甜滋滋的，像注满了蜂蜜。

一天，朱元璋正在吃麦饼，只咬了一口，远远看见刘伯温走来，就放下不吃了。他想，人家都说刘伯温同诸葛亮一样会神机妙算，今天倒要试试，于是拿起一只碗扣在麦饼上。刘伯温走到身边，朱元璋就指着那碗说：“刘贤士啊刘贤士，你说碗下是啥么事？”

刘伯温摇摇头说：“恐怕猜不中吧！”

朱元璋便说：“猜不中也不要紧！”

刘伯温看了一眼，便说：“将军要我说，我便说，我看那，又像日又像月，好似金龙咬个缺。”

朱元璋笑笑，看已被猜中，进而又说：“刘贤士真是神机妙算，就请算一算我的命吧！”

刘伯温也笑笑说：“将军要我当个算命测字先生，那我就开言了，请将军快写个字来！”

朱元璋不知是真是假，果然用手蘸着茶水，在桌上写了个“凤”字。

刘伯温知道朱元璋还在试探自己，便皱了皱眉头，闭上双目，像算命测字人一样念了起来：“凤是凡间鸟，百鸟都朝阳。凤阳凤阳，帝王之乡，凤阳凤阳，不是建都地方。”刘伯温每念一句，朱元璋的眼睛都瞪大三分，头颈往上伸一伸。原来凤阳是安徽的一个县名，朱元璋出生在凤阳，一心想打回凤阳建都。他好生奇怪，怎么自己的心思都会被猜出来呢？可朱元璋却故意说：“刘贤士说得有理，只是，地上的小蛇难成龙，山中的猢狲不敢称王，我没有想过要建都凤阳啊！”

刘伯温知晓将军有意包藏，也认真地说：“那是我白白糟蹋了将军白纸一张！”

朱元璋一听，连忙说：“好好，胆大骑白马，心大管天下，刘贤士志存高远，必成大业。”

从此，朱元璋重用了刘伯温，刘伯温也尽心竭力辅佐朱元璋。文武结合，果真建国定邦，保全了一段大明王朝太平盛世的历史。

点　评

《刘伯温的故事》家喻户晓，是典型的帝王与贤士的故事，这让我们不禁想起了《三顾茅庐》。它反映了朱元璋为创建大业而求贤若渴、礼贤下士的精神，为了让刘伯温来协助自己，朱元璋不断地满足刘伯温的需求，直到刘伯温答应为止。同时，也反映了刘伯温不屑于物质利益、心系天下的情怀，面对银两绸缎无动于衷却是要书写的白纸，可见他的高风亮节。当然，也表明了国家的兴旺昌盛不仅需要贤能的臣子、有才干的帝王，还需要臣子与帝王的完美配合、相互间的信任。这也表达了老百姓对刘伯温高风亮节的赞赏和对政通人和、稳定安康的精神寄托。

■ 王锦强

中国自古以来就有“知人善任，礼贤下士”的传统，历史上建功立业的恢弘故事中“大略”与“雄才”往往相互成就。楚汉之争，项羽败退垓下，陷入“四面楚歌”的绝境；而刘邦善用在某些方面富有专长的张良、萧何、韩信等人，从而建立了汉王朝。故事中的朱元璋、刘伯温、宋濂也是如此。社会的本质是人，无论是开创一个朝代的辉煌霸业，还是取得一项事业的长足发展，还是实现一个民族的伟大复兴，都需要人才作为驱动。在整个世界范围内，取得长远发展的国家有一个共同的规律，即优先实施人才资本积累战略。在今天，中国梦的实现更加需要从主要依靠“人口红利”转到主要依靠“人才红利”上来，需要广泛吸纳各方面的人才奉献智慧与力量。

■ 张　朔

清不过包公

包公是个铁面无私的清官，真是做到了王子犯法，与民同罪。那年，老包铡了不认前妻的驸马陈世美，皇上怀恨，借个名儿便把包公削职为民。就这，皇上还不解恨。当天，皇上把大太监和小太监召到皇宫，耳朵咬耳朵商议一阵。末了，两个太监对皇上如此这般一说，说得皇上点头微笑，吩咐照办，事成大大有赏。

包公削了职，京城大栈小店，都受了皇家嘱咐，不准留包公过夜；包公只好收拾收拾，就当日动身。包公为官清正，如今两袖清风，雇不起车马，由老家人包兴挑着行李，自己跟在后面安步当车，却没有料到太监跟在后面盯梢哩。

时当六月暑天，包公一出京城，上路没有多远，便汗流浃背。走了半日，汗淌了几桶。这会儿走到一座山下，包公热得不行，口渴得要命。可是这里前不巴村，后不着店，既无池，也无井，只有一块瓜地。青葱葱的瓜藤上开了黄黄的花，西瓜结得溜圆。包公咂咂嘴，周围又没人，为了解渴，就摘下个西瓜，放在膝盖上，用拳头“嘭嘭”两下砸开，就和老家人大口大口地吃了，他们一气儿吃了两个大瓜。两个像鬼样的太监早看在眼里，大太监对小太监说："古来君子是'瓜田不纳履，李下不整冠'。包黑子偷瓜吃，还能算是清官吗？逮他去见皇上！"

正要动手，却见包公正掏出几个铜钱，放在瓜藤上，抹抹嘴上路了。两个太监无可奈何地摆摆手："吃瓜给钱，那有啥说的。"

傍晚，包公栖息在小镇一家小客栈，两个太监也盯着跟进去。包公囊资不丰，就叫了素菜米饭。哪知这客栈小，米不是上熟，一碗里尽是稻谷；包公只得边吃边拣，一桌拐子上堆的尽是谷粒。这又让两个太监给看在眼里，小太监对大太监说："糟蹋粮食遭雷打，捉他去，好为皇上出气！"

正说着，又见包公抓起谷粒，一粒一粒放在嘴里嗑去稻壳，吃了米粒，真是"盘中之餐，一粒未废"。这有啥说的，鸡蛋里挑骨头也挑不出来，大太监与小太监，只好大眼瞪小眼。

走着走着，就快到淮河边上，眼看包公就要到家了！两个太监还未抓到包公的把柄，怎好向皇上交差呢？于是，又嘀嘀咕咕地商量了一个计策：大小太监连夜从小路急行，赶到包公前面，在淮河边上坐等，单等包公一到，他们一个拉腿，一个推背，把包公推到一堆脏东西上。他们以为这样，包公准会到淮河里去洗手，淮河里有人淘米洗菜，就安他个沾污河水的罪名。这真是啥坏点子都想到了。

哪知包公手弄脏后，叹口气爬起来，正想到河里去洗，瞥眼一看，河边小媳妇、大姑娘，淘米的淘米，洗菜的洗菜，提水的提水。他怔了怔，心想：这一洗手，不坏了人家吃用水吗？于是包公走到河边，用干净的左手掬水含到嘴里，然后又离开水边，到坡上吐出水来冲洗。两个太监看着，一点儿办法也没有。心想：包黑子真是天下难有双的铁清官，就跟他一万年，也找不到他的脏点。只好垂头丧气地回去回复皇命。

这事一传出来，老百姓就说：毒不过皇上，奸不过太监，清不过包公。

黎邦农　搜集整理

| 点　评 |

读了《清不过包公》的故事，令人掩卷沉思，更为包公大公无私的精神肃然起敬。包公无畏，皇帝的女婿犯了法敢斩，这是何等的勇气。皇帝将包公削职为民，仍不放过，派太监暗中监视，想抓包公的把柄，治罪于他。然而，令太监失望的是，包公严于律己，在皇帝处处为难之情况下，却没有干出一件出格事，最终连太监也不由感叹：清不过包公。包公无畏，为民除害，铁面无私，他的力量正因为来于他爱民如命，同时，他为官毫无私念，打铁自己硬，真可谓心底无私天地宽。所以，包公品德亿人传颂，永存不腐。如今，我们共产党的干部如何做官，不需太多的说教，包公就是楷模。

■ 王锦芳

ZHONGGUO CHUANTONG GUSHI BAIPIAN

李白和汪伦

桃花潭，在安徽省南部青弋江的上游（今泾县水车公社境内），是个风景优美的地方。这里，一直流传着这么一个感人的故事：

唐朝时候，桃花潭边，有一个出身贫寒的青年人，名叫汪伦。汪伦家贫读不起书，但很爱听诗书；每次到田里干活，经过村头的私塾，见老先生讲诗书，总是悄悄地在窗边听一会儿。当时，诗人李白已名扬天下，汪伦很喜爱他的诗。他常常想：要是我能亲眼见到李先生一面，那该是多么幸福啊！

这一年春天，李白从宣城的敬亭山下来到泾县城边的水西。当时，水西是泾县的风景胜地：翠竹亭亭掩古塔，泉水潺潺绕寺前。李白很喜欢这个地方，在此玩赏了数日，作了不少诗，还恋恋不想离开。

李白来到水西，不知怎么被汪伦知道了。他非常高兴，驾一叶小舟，顺着青弋江的碧波来到了水西。他上了岸，一眼就看到一个风流儒雅的文士，站在古寺前观赏烟霞，浏览风光。他从旁边一个游客口中得知，这人就是李白。他欣喜地走上前去，倒身就拜："先生，久仰了！"

李白吃了一惊，定睛一看，原来是个布衣打扮、素不相识的俊俏后生，他眨眨眼，想了想说："年轻人，你找错人了吧？"

"没有，"汪伦咧开嘴笑了，"我找的就是你，李青莲先生。"

"哦，找我有什么事？"李白含笑问道，他觉得这青年人很有趣。

汪伦又打了一躬，说："我叫汪伦。听说先生喜欢饮酒吟诗，今特来奉告，有一个好去处，不知先生可愿前往？"

李白一听，正中下怀，急忙问道："在什么地方？快告诉我。"

汪伦指着闪闪发光的青弋江，说："在这条江的上流，我就住在那里；那里有一个桃花潭，岸上有十里桃花、万家酒店。"

"真的？"李白到泾县数日，还不曾听说有这么个好地方，于是他怀疑地问道："果真有'十里桃花，万家酒店'？"

"千真万确。"汪伦点点头，"不知先生可想去游一游？"

李白从汪伦那诚实的眼神中看出，这个青年人绝不会撒谎，于是欣然应道："去，我一定去！"

"那好。先生，请上船吧。"

就这样，青弋江的流水，把李白送到了桃花潭边。

当时，桃花潭边是很荒凉的。二人弃船上岸，李白抬头看去，哪里有什么"十里桃花，万家酒店"！但见潭水悠悠，野渡舟横。岸上只有一树桃花，孤零零地开着，桃花树边，有一个茅店，门前屋檐下，一根细竹竿斜挑着一面杏黄色的酒旗，在春风中哗啦啦地飘舞。

李白万万没想到这就是汪伦说的桃花潭。正想找他问个明白，汪伦却含笑不语，拉他进了小酒店，拣了个座位坐下，向店家要了一壶陈窖老酒，几碟山鲜野味，汪伦这才举起酒杯对李白说：“先生，山野荒村，无甚招待，千万莫要见怪。”

李白也端起酒杯，呷了一口，疑惑地问：“这就是你说的桃花潭？”

汪伦笑道：“是啊，这就是桃花潭。”

“你骗了我，”李白放下酒杯不悦地站了起来，“哪里有什么‘十里桃花，万家酒店’？”

“有啊。”汪伦依然微笑道，“我们刚才经过的地方，叫十里边山，这小店门前的那棵桃花，不是‘十里桃花’吗？”

“那‘万家酒店’呢？”李白又问道。

“先生，你看，”汪伦指着窗外那面迎风飞舞的酒旗说，“喏，那不写得清清楚楚。”

李白朝那酒旗瞅了一眼，上面果真写了“万家酒店”四个大字——原来酒店主人姓万。

李白这才恍然大悟，“扑哧”一声，刚进口的酒喷了一地，他连连点头，“原来如此！”

汪伦这才把心底话儿全掏了出来：“先生，我是个山野鲁莽之人，平时很喜欢你的诗，也很想见你一面。这次听说你到了水西，一心想请先生到寒舍做客，又怕先生嫌我们家贫，不肯光临，因此想了这么个主意。晚生该死，欺骗了先生，请先生宽恕！”说罢，纳头便拜。

李白顿时被汪伦的一片真心实意感动了，他双手扶起汪伦，深情地说：“你要早说明，我也会来的。我很喜欢你，我俩交个朋友吧。”

汪伦万万没想到这位闻名天下的大诗人，会同自己这样一个布衣平民交朋友，他激动地拉住李白的手，热泪滚滚而下，滴落在李白的衣袖上……

就这样，李白在桃花潭住了十多日，受到汪伦和村人的热情款待。李白临走那天，汪伦恋恋不舍，唱着山歌为他送行。他很感动，诗兴大发，口占一首绝句《赠汪伦》：

李白乘舟将欲行，
忽闻岸上踏歌声。
桃花潭水深千尺，
不及汪伦送我情。

李白的船远了，他回过头来，看见汪伦还站在岸边，朝他不住地挥手，挥手……

凤　群　搜集整理

点　评

李白是一代名流，汪伦则是平民百姓。然而，由于汪伦对诗人的敬仰和热情，加之李白的谦逊好学和亲民情怀，使他们结为好友。李白住船回归时，汪伦等乡间农民在岸上多里奔跑相送，更令李白激动不已。于是诗人感情喷胸而出，作出了《赠汪伦》

的著名诗句。如今，我们的文艺工作者，也要多向诗人李白学习，深入农村，多与农民交朋友，并创作一批具有乡土气息的作品，使文艺能真正为人民服务。

■袁 表

《赠汪伦》这首诗道明了李白与汪伦深深的兄弟之情，使人感到非常温暖。一个名冠天下的名士与一个山村穷书生称兄道弟、亲密无间、论诗唱歌，可见李白礼贤下士、爱才如命的人格和对朋友赤诚相见的宽阔胸襟。有道是“君子之交淡如水，小人之交甘若醴”。像这样踏歌送行、现场作诗才是真正的君子之交。纯洁的友谊，不仅需要一颗真诚滚烫的心，而且需要像大山、江海一样的胸怀！

■彭新结

望仙台

ZHONGGUO CHUANTONG
GUSHI BAIPIAN

安徽当涂县城东门口，有个偌大的土堆子，名叫“望仙台”，其实，它是诗人贾岛① 的墓。为什么又叫“望仙台”呢？有这么一段传说故事。

贾岛是唐朝一个著名的诗人，也是个苦命的诗人。年轻时，应了几次考，结果是名落孙山。祖上留下的几个钱也花光了，生计困难，就削发为僧。半路出家，不忘作诗，经常逗留长安，吃饭行路都作诗，真是入迷了。一天，在街上行走，作得了两句诗：“鸟宿池边树，僧推月下门。”又想改作“僧敲”，究竟是“推”字妥帖，还是“敲”字稳当？当下不能决定。于是一边走路，一边用手做“推”和“敲”的姿势，路上行人都感到惊讶。当时韩愈为京兆尹，恰值他的车驾外出。贾岛一门心思只顾“推敲”，不觉冲撞了韩愈的车驾，左右捉住贾岛。贾岛据实说：“回

---

① 贾岛（779—843），唐代诗人，字阆仙（一作浪仙），范阳（今河北涿县）人。年轻时，落发为僧，名“无本”；后还俗，屡举进士不第。曾任长江主簿，人称贾长江。他的诗喜欢描写荒凉枯寂之境，颇多寒苦之辞。以五言律诗见长。注重词句锤炼，刻意求工。“推敲”的典故，就是由他的诗句“僧敲（推）月下门”而来的。著有《长江集》。

京兆尹大人的话，我正在吟诗，吟到‘鸟宿池边树，僧推月下门’，‘推’‘敲’二字未定，集中精神揣摩，不知回避大人的车驾，请谅!”

韩愈说:“原来是这样，我不怪你。”

韩愈思索一会儿，说:“我看，还是‘敲’字好!”

韩愈一向喜爱诗文，诗文写得也极好。和贾岛初次见面，一见如故，便邀他登车。从此，经常谈诗论文，遂结为莫逆。在韩愈的影响和帮助下，贾岛竟还俗啦!

贾岛作诗是“两句三年得，一吟双泪流”，作得不快，气魄也不大。在和韩愈的交往中，读了李白的诗，佩服李白才气豪放，诗又多又好，十分崇敬李白，就暗暗下了决心，要到江南亲自为李白扫墓。但直到晚年丢官在家，他才有机缘来实现这一宿愿。

可是，贾岛这时已六十多岁了，他的儿子和侄女都加以阻拦。

儿子说:“爹，你还当二十大几，路上谁人服侍你?”

侄女说:“上万里的路，年轻人也能走老了。”

贾岛这人，像他作诗那样，不怕苦，不怕难，一立下志，十条牯牛也拉不回来。他晓得自己家住北方范阳，路是不近啊，可是他已琢磨好了，于是对家人说:“儿呲不要阻，侄呲不要拦，为敬诗仙下江南，岛死无所憾。儿呲不要忧，侄呲不用愁，一支拐杖路三千，谁要伴我是累赘。”

看来，这老夫子是“吃了秤砣铁了心”。家人没有办法，只得替他筹办行李盘缠。贾岛看着家人忙得团团转，他笑笑，摆摆手说："儿吔不要筹，侄吔不用办，带了行李压死驴，带了驴子累煞我。"

这一下，可把儿子惹火了，蹦跳起来说："爹，你这也不叫收拾，那也不叫准备，江南影子还未见到，你就怕要抛尸原野啦！"

这老头品品味儿，还是不急不火地说："我会吟诗，还会点医道，走到哪，吟到哪；遇有病人，我就医治，还能冻着我，还能饿着我？"

家人听他这一说，才把心放到肚里，让他走了。在路上，无病人，他就吟诗给人听；有病人，他就替人治病。

按照乡俗来说，听唱的听了后，总要谢唱的。有的送茶食，有的奉了酒，有的还送银钱。众人说："先生，你给我们吟唱，耽误了工夫呀，收下吧！"

可是，不管众人怎么说，不管大家送什么，贾岛是只吃，不装、不带，一份礼物不收，他说："我要是图财爱物，可不出来吟诗唱诗。"

于是向众人一拱手，重又踏上遥遥的路。走了一里又一里，过了一村又一村。

按照乡俗来说，病人好了，总要谢郎中的。有的送茶食，有的奉了酒，有的还送银钱。众人说："先生，你替我们治好了病，这是大恩，我们表示点意思。"

可是，无论众人怎么说，不管大家送什么，贾岛还是只吃，不装、不带，连一份礼物也不收。他说："我要是图财爱物，可不出来看病。"

于是，向众人一拱手，又踏上漫漫的路。走了一山又一山，过了一水又一水。路是越走越少，贾岛的年纪却越来越大。又是春天，到处柳绿花红，莺飞燕舞，田野里人欢马叫。贾岛向路人问道："这里，离江南还有多远？"

一个小伙子答道："远咧，至少还有五千多里。"

贾岛听了，不急也不愁，说道："不远，不远。我有诗来会吟唱，我懂医道会瞧病；不怕刮风下雨日头晒，走到哪里吟到哪里，走到哪里瞧到哪里。怕啥呢？"

听了他吟诗后，众人送他。贾岛摆摆手说："宁舍一碗金，不舍一天春。别耽误你们大家的活，也别耽误了我的路程。请你们送我头驴子，让我好上路。"

众人说："没有再比这容易的了。"

于是，驴子牵来了。贾岛骑上驴子上路了。漫漫的路啊，他得悠悠地行，走了一山又一山，过了一村又一村。

病人医好后，众人送他。贾岛拒绝说："别啦，一寸光阴一寸金，寸金难买寸光阴。你们别耽误自己的活计，也别耽误我的路程。请给两个船钱，好让我赶路。"

众人说："没有比这更容易的了。"

于是，贾岛上了船。行了一水又一水，过了一城又一城。

风霜染白了贾岛的头发，烈日给贾岛脸上增添了皱纹。常言说得好："火要空心，人要实心"，"有志者事竟成"。七十岁高龄的贾岛，终于来到了太平府，贾岛一高兴，就叫道："李谪仙，我明日就可以看到你的墓了。拿酒来。"

店家安排了酒菜，贾岛就开怀畅饮起来了。上了年纪的人，加上旅途辛劳，又多喝了几杯，夜里受了点风寒。第二天醒来，觉得头重脚轻，四肢不灵，不思饮食。贾岛强行起了床，打起精神离开了店家。人们听说，贾岛慕李白之名，来访李白的墓，在途中行了四年六个月，现已是白发苍苍，如大江的浪花一样，很多人佩服他的精神，赶来旅栈看他。可是他已扶着竹杖，径直地向大青山走去，有些人也跟着追去。

贾岛走着走着，忽然觉得两腿不听使唤，再也挪不动了。这时，人们围上来了。贾岛问道："离大青山还有多远？"

"还有十里！"

这时，贾岛头脑一嗡，把十里听成十步，叹了一口气说："多不争气呵，十步比万里还难走哇！"（后来，这地方便叫"十步埠"，一来二去叫白了，便成十里埠）眼看着不行了，贾岛便吩咐说："我本来想葬到大青山，伴着谪仙，好早晚向他讨教诗窍，谁知少一步都不行，何况还少十步，真是天不助我，就让我在这里望着他吧！"说罢，闭目逝去。人们遵从他的吩咐，就把他葬在这里，把他的坟起个名字叫"望仙台"。所以当地人说："青山葬谪仙，背江立阆仙。"

黎邦农　搜集整理

点　评

中国曾是诗的国度，唐代成为榜样，民间至今爱好吟诵唐诗，也崇拜诗人。苦吟诗人贾岛的"推敲"名语和他的故事都很有名。故事的中心是诠释了“执着”的追求精神，他的远行可以说是真正的无畏和乐观，类似今天的“裸游”。沿途不贪不惧，路在脚下；一路乐民便民，有诗有歌有医术，达观坚韧。虽然最后差了十里未能如愿，但是坚韧和执着已经留在民间口碑中。故事风趣，语言朴素上口，地方特色突出，民间本色好故事！

■ 原　野

ZHONGGUO CHUANTONG GUSHI BAIPIAN

杜康造酒刘伶醉

在一个村里，有这么个酒店，门口挂着一个酒幌，上边写着："喝上三碗醉三年，不醉三年不要钱。"这个卖酒的是谁呢，口气这么大？他的名字叫杜康。

说来也怪，有一个非常爱喝酒的人，他名字叫刘伶。这一天，他从酒店门前路过，一看那酒幌就来了气，心想：什么好酒，一醉醉三年，我进去看看。他刚刚进屋，杜康急忙迎上前来问道："喝酒来啦？"刘伶气呼呼地说："废话，不喝酒难道上你这儿来喝茶？"杜康笑呵呵地说："火气还不小，你喝多少？"刘伶冷着脸说："先来三碗尝尝。"杜康一听，说："客官，喝三碗可要醉三年呢，还是少来点吧！"刘伶气呼呼地说："喝死我愿意，喝酒我给钱，关你啥事？"杜康一听，说："好样的，你喝三碗吧，喝完三碗你就走，我三年以后再去你家要钱。"说完就端给了刘伶三碗酒。刘伶也没管那套，端起来"咕嘟咕嘟"地一仰脖就喝进肚去了，喝完把碗一扔。杜康说："快回家吧，等三年以后我去要酒钱。"刘伶看了看杜康，一转身真就回家了。

回到家里，刘伶一头倒在了炕上。媳妇一见这样，就问："怎么了，闹病啦？"刘伶说："没有，我喝了杜康三碗酒，就觉着有点困。”说完话，他就躺在炕上睡过去了，一直睡了多少天也没醒过来。

转眼过了三年。这一天，杜康背着钱褡子找上门来说：“这是刘伶家吗?”刘伶媳妇见外边有人说话，说道：“是呀，快到屋里坐。”杜康进屋一看刘伶还睡着呢，便来到炕边推了推刘伶，说：“兄弟起来吧，三年都过去了，我要钱来了。”刘伶躺在炕上蒙蒙眬眬地说：“什么？三年，真到三年了吗?”他媳妇说：“那还有假，三年都多啦。”刘伶这才爬起来翻身说道：“好酒，果然是好酒。”杜康接过话来说：“既然是好酒，那就给钱吧。”刘伶听见说话人是杜康，急忙拉住他的手说：“哎呀，我的好兄弟，你的酒太好了，我还要喝。”杜康说：“算了吧，三年前喝的酒你还没给钱呢。”刘伶这才想起，急忙拿出钱来，如数还清了酒账。

杜康收完钱后，说：“这回行了，你说吧，这次你要喝多少都行。”刘伶说：“好，来吧!”

他这回可就喝开了，你看他左一碗，右一碗，一口气一连喝了一百零八碗。他媳妇一看，哎呀，这不是完了吗？她知道这酒真就一碗醉一年呐，这一百零八碗就得醉一百零八年呢，可抓瞎了，这可怎么办啊？这时候杜康说话了：“嫂子，我看你也和他一样，多喝点和他一块睡吧，要不然将来姑娘儿子们都死在你前边，那可就没人管你啦。”刘伶媳妇一听也对，喝就喝吧，她也喝了几十碗，不一会儿，两口子就全都睡着了。

杜康一见两口子都睡过去了，便找来了他们的姑娘儿子商量说：“你们二老这一睡就得一百零八年，将来你们都要死在他们前边，不如趁着现在，你们就把他们老两口子埋了，也省得以后麻烦。至于一百多年后，我想会有人来救他们的。”孩子们一听这也是个理，就和杜康一起，把父母双双埋进地里，还立下了一个墓碑。上面写着：刘伶之墓。

转眼一百多年过去了。这一天，杜康溜溜达达地来到了刘伶的坟上，拿锹把土挖开，打开棺材，推了推刘伶说：“兄弟，快起来吧，又该还账了。”睡在棺材里的刘伶，这一下睡了一百多年，酒劲也真过了，听见有人喊，急忙翻身起来，一看是杜康，就说：“兄弟，这回可不给你钱了，这一百零八年就这么快？”杜康说：“果真是一百零八年了。”刘伶说：“算了吧，你唬人。”说着话一看，哎，我怎么还在棺材里呢？再一看老婆也在棺材里。这时候，他老婆也醒过来了。两口子爬出来以后，杜康说：“你们回去打听打听，要是够了一百零八年，你们就拿钱给我；要是不够，你们就不用给钱。去吧。”刘伶一想也对，就和媳妇回家了。

来到家里一看，早已面目皆非，院里出来了一个白发苍苍的老人。刘伶见出来人了，走上前去深施一礼说：“老先生，这可是刘伶的家吗？”老人说：“是啊，是刘伶的家，他是我的祖太爷，早已经死了一百多年了，我这还是小时候听我爷爷说的呢。”刘伶一听完了，心想这可去找谁要钱呢，怎么和孩子们张嘴呢？最后就跟媳妇合计说：“算了吧，咱们的重孙子都比咱们老了，这个家咱怎么待？酒钱咱又还不上，干脆咱俩还回去就真死了吧。”媳妇一看也没有法子，只好走这一条道了，又来到了坟上。夫妻二人也没啥可恋心的事，双双撞在石碑上。本来应该什么也不知道了，可刘伶却觉着有人在他后背拍了一掌。回头一看是杜康，刘伶说：“我们两口子还不起你的酒钱，双双都撞死了，怎么你还不算完？”这时杜康哈哈一笑，说：“你两口子回头看看就明白了。”刘伶回头一看，哎哟，原来他和他媳妇二人的尸体都躺在了墓碑下。

杜康引着刘伶和他媳妇飘飘摇摇地脚踏祥云走了。从这以后，杜康就成了酒神，被造酒人供奉为师祖。而刘伶呢，也变成了酒仙，所以民间才流传着这么一句佳话，就是“杜康造酒刘伶醉”。

点 评

刘伶喝了杜康三碗酒一醉三年，后来和妻子喝了一百零八碗、醉了一百零八年。一百零八年后，自己的家乡早已物是人非，而刘伶也还不上杜康那一百零八碗酒钱了，刘伶夫妻撞死后，杜康出现了，与他们一起羽化登仙，杜康成了酒神，而刘伶也成了品酒之神。我国是世界上最早酿酒的国家，也是酒文化的发源地，源远流长的中华五千年可以说就是酒的上下五千年。酒，从某种程度上来说就是我国古代劳动人民智慧的结晶，《杜康造酒刘伶醉》这个故事反映了我国古代劳动人民酿酒技术的高超和无比的智慧水平。

■ 姚良正

柳宗元除蟒

传说很久以前，每到八月十五中秋节时子夜时分，就有一座天桥从河西那边伸过潇水河面，搭在大西门码头，两盏灯笼把大西门码头照得雪亮。人走上这座天桥，就可以上天成仙。于是，每年到了这一天，许多善男信女就沐浴斋戒，梳妆打扮，登上天桥去成仙。

那一年，柳宗元被贬，来到永州任司马。听到老百姓的这种传说后，心里很怀疑，哪有这样的怪事，决定探个究竟。就在这一年的八月十五，柳宗元吃了晚饭，来到大西门码头。这时，明月从东山升起，把个永州城照得像白天一样。只见大西门人山人海，好不热闹，男女老少，穿红戴绿，熙熙攘攘，好像赶庙会一般。柳宗元很随和地与百姓们谈着话，问他们往年成仙的人后来有无音讯。百姓说，只见有人上去，却不见哪个下来，也不曾听说哪个有过音讯。说话间，子夜时辰已到，人们向着河西指指点点，柳宗元顺着人们手指的方向一看，只见对河的小山上，一道天桥突然直伸而来，连接在大西门河边，两盏灯笼高挂桥顶，闪闪发光。这时，有些人便踏上桥头，往上面走去。柳宗元伫立一旁，仔细观察，只见连着“天桥”的那一头，是一条大蟒蛇，“天桥”是从蟒蛇的口中伸出来的，肯定是蛇的信子，两盏灯笼那是蛇的眼睛了。这哪里是什么“天桥”，分明是这条恶蛇在作孽作怪。他看在眼里，恨在心头，决定要为百姓除掉这一大害。为了不惊动恶蛇，他赶忙叫随从回法华寺拿来一把大弓箭，对准蟒蛇的亮眼一箭射去。蟒蛇大叫一声，顿时地动山摇，它缩回信子，“天桥”断了。蟒蛇瞎了左眼，伤了右眼，现出原形，滚滚爬爬，逃进了树林。百姓看得真切，这才知道上了当，往日已经“成仙”的那些人的亲属，禁不住号啕大哭起来。

柳宗元知道蟒蛇虽然瞎了一只眼，但还没有死，估计它还会出来求药治眼，便连夜通告了永州城内所有药铺，对瞎眼人前来买药的都要严加注意，只许给它毒药。果然不出所料，第二天上午，一家药铺里走进一个老头，手拄拐杖，蒙了左眼，要买眼药。药铺老板见了，想起柳司马的嘱咐，知道这老头定是那蟒蛇所变，便照着柳司马的话做了。老头拿着药，回到河西的树林里，急忙把药往眼睛里抹，这一抹，痛得它满地打滚，把那些碗口粗的大树滚倒一大片，逃到了一个山洞里，右眼很快也瞎了，不久就死了。

后来，有人从这个岩洞边路过，老远就闻到一股臭气，直冲鼻孔，原来这是蟒蛇的尸体腐烂了。人们还从这个岩洞里搜出来好多铜扣子银扣子，这是被蟒蛇吃掉的人衣服上的。谁也不知这蟒蛇吞害了多少人的性命。

从此以后，永州太平了，人人都感激柳司马为民除害的大恩大德。

点 评

柳宗元是“唐宋八大家”之一，他不仅文采出色，而且能够心系百姓，为民造福。老百姓将蟒蛇吐信误认为是成仙的天桥，因而有许多人葬身蟒蛇肚中。柳宗元仔细观察，当机立断，用箭射中蟒蛇，并最后与永州城内百姓一起用智慧除掉了蟒蛇，挽救了不知多少百姓的性命。当我们碰到这种情况时也应该学习柳宗元的这种细心观察、关爱百姓、为民除害的精神品质，碰到类似的情况时也应该当机果决，将祸患斩草除根，以免后患无穷，来保护一方百姓的和平与安宁。

■ 姚良正

ZHONGGUO CHUANTONG GUSHI BAIPIAN

白公堤

那一年，杭州大旱，一旱旱了九九八十一天。西湖旁边的几千亩农田，地皮都干裂了口，稻禾枯黄，像火烧过一样。老百姓天天到衙门里去请求大老爷：赶快放西湖水，救救农田。可是，那些官府大老爷，只知整天在西湖上寻欢作乐，却一直不理不睬。

有一天，百姓们又熙熙攘攘地赶到衙门里来，要求大老爷放西湖水，有的喊："青天大老爷，赶快放西湖水，救救农田吧！"有的喊："大老爷，再不放西湖水，我们百姓都活不下去啦！"闹得那位大老爷睡也睡不安，吃也吃不香，只好亲自到衙门口，怒气冲冲地对百姓说：

"谁说放西湖水？把西湖水放了，那湖里的鱼龙就没有地方栖息啦！"

这时，只见人群中走出一个长着五绺长须的老汉，不慌不忙地反问道："鱼龙与百姓的性命相比，哪一个要紧？"

大老爷一听，又气呼呼地说：

"谁说放西湖水？把西湖水放了，那菱角就不能生长了！"

老汉冷冷地一笑，又反问道：

“菱角与稻米相比，哪一种重要？”

大老爷一听，更加气急败坏：

“谁说放西湖水？放了西湖水，对皇上洪福不利！”其实，这位大老爷想说的是对自己的官运不利，怕说得太露骨了，触犯众怒，就把当今皇上抬了出来，吓唬吓唬老百姓。

谁知那老汉一听这话，更生气了，他理直气壮地反问道：

“皇上与百姓相比，哪一个要紧？假如没有百姓种稻谷给他吃，做衣服给他穿，他还当得成皇帝吗？”

周围的百姓们，听了大老爷的话，条条无理，早想大骂他一顿；现在听了这位老汉的话，驳得句句有力，都高兴得跳了起来：“他说得对！他说得有理啊！”

大老爷早已气得浑身发抖：“你，你是哪一个？胆敢当众顶撞老爷，煽动百姓！”

那老汉又微微一笑，说：“问我哪一个？我就是白居易！”

大老爷一听，原来新上任的白居易到了。这老头儿，当今皇上也怕他三分，不好硬顶，连忙打躬作揖地说：“原来是新任的刺史白大人到啦！下官有失远迎，当面谢罪。请，请到衙内休息一下。”

老百姓听说这老汉就是白居易，有的还读过他关心百姓的诗篇，都说：“白居易来做我们的父母官，我们的农田有救了！”

果然，第二天，碧绿绿的西湖水，哗哗地流进了附近的农田，干枯的稻禾，像喝上了甘露，“唰”地一下子直起了腰。百姓们望着哗哗的湖水，流进自己的农田，兴奋得掉下眼泪来。

后来，白居易又访问了附近农家，在钱塘门外，修了一条堤，造了一座石涵闸，把湖水贮蓄起来。他又恐怕后代的地方官不了解堤坝对人民的利害关系，亲自写了篇《钱塘湖石记》（当时西湖又叫钱塘湖）刻在石碑上，详细写明堤坝的用处，以及蓄水、放水和保护堤坝的方法。

百姓都围拢来看这块石碑。当看到上面写着：放一寸湖水能够灌溉多少顷田时，大家都为白居易深知百姓疾苦，精密设计了这个水利工程，感动得热泪滚滚。大家纷纷议论，觉得这大老爷不错，要为他向朝廷请功。白居易一听到这个消息，急忙阻止，还沉痛地做了一首诗。

税重多贫户，
农饥足旱田；
唯留一湖水，
与汝救凶年。

白居易在杭州做刺史，对这一湖水，平时管理得可严啦。

有一次，白居易去游湖。看到南面的湖边上，有人在挑土填湖，建造亭台楼阁，白居易就传问是哪一家造的？当差的回来说："这是衙内二爷的老丈人在造一座花园！"

白居易就把二爷的老丈人传来，说："西湖，是百姓的西湖，你一个人为什么要占用？现在，罚你开田一百亩。"

那位二爷的老丈人没办法，晓得刺史说一不二，只好雇了一批百姓，挖了一百亩湖泥。

又有一次，白居易从白沙堤上散步回来，看见有人从山上砍了两株树，背回来当柴烧。白居易就对那人说：“山上的树砍光了，山泥就会流到西湖里去，积聚起来，那怎么行？罚你补种十株树！”那人就只好到山上去补种了十株树。从此，再也没有人敢占湖造屋，上山砍树了。这样，白居易在杭州三年，把西湖整治得水绿山青，使老百姓能够安居乐业。

可是，白居易的所作所为，也得罪了那些鱼肉百姓的官吏们。他们把白居易看作眼中钉，偷偷地把他写的《醉后狂言》等诗篇，加油添醋地送到皇帝面前去告发他。皇帝一看，这还了得，就把他贬到其他地方做官去了。

白居易要离开杭州了，手下佣人把他剩余的俸钱装好箱子，准备带走。白居易看见了，说：“把它存到库里吧，今后治理西湖好用！”

白居易要离开杭州了，杭州的老百姓，心里好不难过。他们打听好白居易上路的日子，纷纷提了酒壶，托了糕点，站在西湖边来送别。

百姓们在西湖边等啊等啊，没听到鸣锣喝道的声音，也没看到抬着满箱金银、满筐绸缎的行列，只见白居易从天竺山骑着马缓缓而来，后面两个佣人抬着两块天竺石跟随着。一路走来，一路与百姓们话别。百姓们跪着拦住白居易，许多人都哭了。

白居易看了，心中十分感动。当即在马上吟了一首诗，大意是说：我在杭州三年，惭愧没有什么功绩，只不过是脱不了诗人的习气，做了十多首诗歌，临走还带走了两块天竺山的石头，这怕也有伤清白吧！

白居易离开杭州后，杭州百姓一直亲切地称他为“白舍人”。

有的人画了他的像，供在家里；有的人把他的诗抄写了贴在墙上。白居易在西湖修的堤，早已经没了。但是，千百年来，杭州人一直把原来的一条白沙堤，叫作“白公堤”，来纪念这位关心民瘼的诗人！

| 点　评 |

白公堤又称白堤，相传是白居易任杭州刺史时带领百姓筑造的，旱时灌溉农田、涝时纾解水患，是古代士人为官时关心民瘼的体现，某种程度上是公共工程的一种历史缩影，其中蕴含着自西周时代传下来的最古老的民本思想。杭州还有后来者苏轼为官时留下的苏堤。为官的士人多有“修身齐家治国平天下”的理想抱负。鉴于传统中国社会的治理藩篱，关心民生疾苦是衡量官员人文情怀和治理成效的重要标准，至于现代治理理念下的“服务意识”，很大程度上则付之阙如。时代所限，我们当然不能苛求古人。

■ 凌国华

惠民巷的故事

杭州上城地区，有一条小巷，叫惠民巷。北宋以前叫巾子巷。惠民巷的由来，还和苏东坡有关呢！

那是在北宋元祐五年的事。当时苏东坡又到杭州任太守，可是一到杭州，就遇到雨水不调，荒年歉收，加之时疫流行，杭州城大街小巷，到处可见求医的穷苦百姓。

且说杭州当时有个大富翁叫金百万，生得五短身材，獐头鼠目，为人刻薄吝啬。他瞅准了疫病蔓延的时机，赶着在巾子巷口开了个药铺，明为济病，实际上是想大发横财。但贫苦人家买不起他的药，许多人只好在家呻吟等死。金百万眼看药铺生意清淡，眉头一皱，又生一计：吩咐仆人贴出一张告示，说是“为怜贫救人，本铺可以凭保赊药，月息三成”。这一招果然有效，一些贫苦的人，就赶来赊药了。

苏东坡得到时疫蔓延的禀报，急忙骑马到市南坊实地察看。老百姓见是苏太守来了，知道他为官清正，纷纷上前拦住喊道：“苏太守，我们没钱看病，您老救救我们吧！”

苏东坡下马步入人群，逐一探问。当他经过巾子巷口，看到药铺前的告示以后，气得大胡子都翘了起来。

回到衙里，苏东坡将他所见的情况说给妻子王润之听。王润之说：“夫君，这种疾病不知属于何类？”

苏东坡说：“属于湿性，和前些年在黄州所见到的一样。”

王润之说：“那不是可以用‘圣散子’来治吗？”

苏东坡点点头：“药是对症，价也不高，只是杭州人口众多……”

王润之说：“把我的首饰拿去变卖，可以凑足黄金五十两。先开个药坊，施舍‘圣散子’；再去找参寥高僧请教。你看如何？”

苏东坡想了想，觉得也只能这样，说：“这样，全杭州城的百姓都要感谢夫人的。”

王夫人所说的参寥，是苏东坡一个诗友，精通医道。这天，苏东坡去找他商量。一见面，参寥就说：“我已知苏公要来了。”

“你如何知道的？”苏东坡问道。

“昨晚我梦见一块巾子包着一些金子。”

“这梦怎解？”

“巾者长也，金者贵也，想是一个长长的贵人要来了。”

原来苏东坡不但有一撮大胡子，而且最明显的特征，是个子较高，被人称为苏长公；他的几位挚友也有叫他苏长子的。

苏东坡听后淡淡一笑说：“今日是没有心思和高僧开玩笑了！”接着，他说出了新近时疫蔓延，想办个药局施舍“圣散子”的事，只是深恐财力不济。

参寥想了想，说：“待老僧且去跑一趟，向金百万化化缘看。”

这边，金百万采取赊药的办法之后，引得不少赤贫病人上了当。他面对着赊药加息的借据，正窃窃自喜，忽见一老僧进来，打着稽首，口中喃喃念道：

“老僧参寥，为苏公东坡施舍‘圣散子’之药，特来化缘，望金翁为济贫救病，捐助纹银千两。”

金百万听到要他捐助偌大一笔舍药银子，连忙捂住耳朵，并吩咐仆人将参寥撵出家门。参寥边走边说：“积功德，免病灾；损阴德，有飞祸！”金百万狠狠地朝参寥背后吐了口唾沫。忽然觉得天旋地转，忙叫仆人搀扶。——原来他自己也染上了时疫。

为了早日痊愈，金百万请了个姓钱的医生来看。哪晓得钱医生也看不好他的病。

这一天，他正在床上呻吟，有人告诉他：苏太守在巾子巷开设个惠民药局，向穷苦百姓施舍“圣散子”，十分灵验。他便要仆人到药局去把药方取来。

仆人说：“老爷，这‘圣散子’是成药。药方是苏太守秘藏的，什么人也不传。听说，这药方是苏太守从他的同乡好友——四川峨眉山巢无修那里得来的。苏太守曾对天发誓，绝不另传他人。”

金百万听了，心里顿时七上八下，便对仆人说：“那就给我去撮几服成药来吧！”

仆人跑到巾子巷惠民药局，拨开取药的人群，挤到前面，大声说：“我要买十服‘圣散子’治病。”

药房管事人说：“我们这里只管施舍，不卖药。”

仆人又说：“那就施舍给我几服吧。”

管事人说：“苏太守立的规矩，舍药前先要问明病情。再则，此药只舍给穷苦人，不舍给有钱富翁。看你的样子，不像是没钱撮药的……”

仆人的脸一下子红了，只好实说："这药是我家主人金百万要的。就给七服吧，你行行好。不然，我回去实在交不了差。"

管事的还没碰上过财主老爷求舍药的事，就向医官禀报。医官根据苏东坡事先的关照，问明了病情以后，说："凡有钱的人求施药，每要一服，须先捐助药局一百两银子。"

仆人回来向金百万一说，金百万想，钱医生给我开的最贵重的药，也不过五十文一帖，这不是明明在敲竹杠吗！但转念一想，只要能救命，也就顾不得银子了。

金百万吃了七服药后，出了许多汗，热度退了不少，感到"圣散子"确实灵验。他就要仆人再拿银子到惠民药局去换"圣散子"，并关照说："先问问清楚，再服几服能痊愈；银钱不够，再回来取。"

仆人再次来到惠民药局，将情况说明。这时，苏东坡和参寥正在惠民药局监制"圣散子"。得知以后，便对那仆人说："此药对时疫三服见效。你家老爷已服七服，尚未痊愈，定是意不专、心不诚之故。"

仆人忙申辩说："这次我家老爷确是诚心服药，最近也没有行什么不善之事。"

苏东坡恼怒了，大声地说："不得如此狡辩！去告诉你家主人，为何规定穷苦老百姓赊药要加息三成？为何无礼撵走化缘高僧？这些就是不善之事！不善之事，生于不善之念；不善之念，必产生不善之症。若要病除，一要铲除不善之念，速将贫苦百姓的赊药借据当众焚毁。二要按章再捐银子，愈捐得多，病就愈好得快。否则，病势加重，必死无疑！"

金百万得到仆人的禀报以后，为了救命，不得不件件照办。医官收到银子以后，请示苏东坡。苏东坡说：“有不少病人，远从江干或下城赶来，很不方便。赶快将这些银子配成药，在众安桥和江干各找一处简易房子，设个施药点，也叫‘惠民药局’吧！”

这样一来，杭州城就有了三个“惠民药局”了。许多患病的穷苦人，靠了苏东坡施舍的“圣散子”，得以痊愈。据说，前后救活了好几千人。

因为巾子巷的惠民药局最大，开设得又最早，人们便把巾子巷改称为“惠民巷”了。这也是群众对太守苏东坡为民造福的一种纪念。

| 点　评 |

大诗人、政治家苏东坡惠民的故事很多，这篇是很典型的。

灾荒瘟疫，是老百姓最大的灾难，尤其是瘟疫，顷刻夺人性命，此时对医生、药商的良心是最大的检验，也是对当政者的能力考验。苏东坡人在职责在，能让夫人当首饰开药局，找朋友助药方，可谓是尽心尽力。故事中最动人的是对善良的肯定和讴歌，对“恶意敛财”的无良药商的鞭挞，在瘟疫之时加利息害穷人，人人恨之又无奈，因为医药人人离不开，如果药业以金钱第一为宗旨，民间的苦难立现。这个故事警示意义太大了，在今天看病难、医药业经济效益第一的现状下，谁能如苏东坡这般“惠民”呢！

■ 原　野

吴道子画“嘉陵”

唐朝天宝年间，唐玄宗因为安史之乱，曾一度逃往四川。后来回到长安，他十分想念流亡期间途经千里嘉陵的一路风光。于是，他下了一道圣旨：命令著名画家吴道子，重返巴蜀，把千里嘉陵的奇丽风光，描绘出来。

叫画家出门旅游写生，潜心作画，吴道子自然高兴。再说他前两年随皇上逃往四川的时候，一路上的嘉陵山水早在他心中酝酿多次了，只是当时兵荒马乱，颠沛流离，哪有心思作画？如今圣上有旨，这不正合他的心意吗？当下就叫人备鞍牵马，即日上路，他走秦川、翻秦岭，然后顺江而下。

这天，吴道子来到秦陇襟带的咽喉，水陆两运的集散地——白水江。这里，上有来自河州、狄道、秦州的马帮、驼队，下有来自重庆、合川、广元溯江而上的船只。街上几十家店铺，生意兴隆，商贾如云，土特产堆积如山。在长安书斋的画家吴道子，猛一下见到这么多马帮、驼队、船只，人群中有高亢、浑厚的陇地口音，又有诙谐幽默的下江川腔。更叫人激动的是，这条源于秦岭嘉陵谷的山溪，汇流到这里竟成为“江”；而千里嘉陵，又唯独上游这段“江”，水清碧蓝，故曰“白水江”，与下行三十华里相会的西牛江，水色截然不同。画家吴道子一时高兴，便走进一家酒铺，买了些酒吃，然后带上画笔，登高作画。

上得山来，只见四周山势奇峻，峰峦突兀，崖石重叠，色调清晰，心中大喜，马上取出五色调盘，展绢作画。他运笔如行云，立意有诗境，画花花吐蕊，画鸟鸟有声；山山岭岭，层林尽染，水泉江河，浪卷波滚。真是拈之即来，得心应手。半天工夫，“千里嘉陵山水图”首卷告成。吴道子是画家又是诗人，这会儿他胸中激情满怀，多年宿愿，今日得以施展，为此他兴奋不已，于是端起五色调盘，顺手一泼，脚下当即浮起一团五色祥云，久久纡绕于山，数月不散……

画家完成了“千里嘉陵山水图”的巨幅长卷，回到长安，受到唐玄宗及满朝文武的称赞。从此，便获得了“一代画仙”的美称。

那五彩祥云笼罩的山上，天长日久，长出了一种“五花石”。这种石头，色彩柔美，光亮如玉，容易雕刻，造型最佳，下江川客专门买这种石头，运往四川进行加工。到宋朝，大文人苏轼就买得一件五花石雕成的案头玉器。雕刻工艺，十分精美，就其石质来说，也是别处少见之物。他问起这石头的来源，卖者告诉他：这是“仇池国”的五花石。苏轼一时诗兴大作，便写下了《仇池石》这篇著名诗篇。苏轼说这石头“秀色如蛾绿，冷气压三伏”。石头不但质细、色柔，而且幽光闪闪，放在案头给人一种清凉爽快的感觉。能叫人兴奋得睡不着觉，再好看的东西也比不上它。

| 点 评 |

这篇故事写画家故事，文人气很重，像一篇优美的散文，讴歌的是白水江的好风光，可想而知原故事性要点应是“画仙”的调色盘形成五彩祥云和五花石的神奇。现在的故事虽然弱化了故事，却增加了知识，具有文化人的可读性。尤其是在努力恢复山清水秀、爱护自然生态的今天，那些以迅速发财而毒化了环境的企业和追求政绩而污染江河的人都读一读吧！你的孩子也能有白水江入画的幸福吗？

■ 原 野

唐伯虎让路

唐伯虎是天下有名的才子，琴棋书画，样样精通。不管走到哪里，看见一件新鲜事儿，便以此为题，吟诗作对。

在一个风和日暖、鸟语花香、阳春三月的下午，正在陈伯阳家作客的唐伯虎，邀约伯阳到郊外游玩。行至半路，见前面一片非常茂密的竹林，林中楼阁隐约可见。唐伯虎沉思片刻，说："伯阳，我们作对取乐，谁输了晚上罚酒吧！"陈伯阳说："好！前面不远就有酒店，以行至酒店为限，对不上者，就罚酒喝。"唐伯虎点头同意，马上出了上联："眼前一簇竹林，谁家庄子？"陈伯阳听后，认为此对不难，但一琢磨，觉得又不那么容易。因为，联中的"庄子"既是一个人名，又是一本书名，他埋着头，边走边想，不知不觉就到了酒店门前。陈伯阳说："伯虎，进店喝酒吧！"他们两人刚一坐下，伯阳猛然抬头看见墙壁上书有"杜康传艺，太白遗风"两行洒洒落落的大字，他一把拉着唐伯虎的手说："我对上了！你听：壁上两行文字，哪个汉书？"唐伯虎举杯点头称赞："妙哉，妙哉！"

酒后，两人出店继续前行，忽然，在前行的路上，有三位农夫正在蹬车车水，拦住了他们的去路，唐伯虎看见水车旋转，流水哗哗，正想以此为题，吟诗作对，哪知那三位农夫中有一位早认出了唐伯虎，他笑着说：“解元公，你是天下有名的才子，我出个对子，你对上了，我们马上停止车水，抬车让路，如若对不上，就请绕道前行。”唐伯虎微微一笑说：“请教。”农夫说：“水车车水水随车，车停水止。”非常自信的唐伯虎，将手中纸扇几摇，笑着说：“风扇扇风风出扇，扇动风生。”三位农夫，笑语盈盈，赞不绝口。急忙跳下车来，抬开水车，让他们二人前行。

唐伯虎和陈伯阳，一路谈笑风生，观赏田园风光。忽然，行至一坝冬水田的田埂上时，对面来了一位老头，挑着一担河泥迎面走来，由于田埂太窄，必须要一方让路，另一方才能通行，否则，双方都不能前行。唐伯虎正想以此为题作对，要老头让路。可是，还未等唐伯虎开口，老头抢先说：“秀才，我挑这河泥又脏又臭，弄脏了你们的衣服多不好呀！”

唐伯虎说：“怎么办呢？”

老头问：“你们说怎么办呢？”

陈伯阳接着说：“我看还是像刚才那样，作对让路，对不上来的就让路。”

老头说：“那好，我出个对子，你们对上了，我挑起担子倒行五百步，退到岔路口让你们前行；如若你们对不上来，那又怎么办呢？”

陈伯阳把后路一看说：“倒退五里，到岔路口让大伯前行。”

唐伯虎说：“请大伯出对。”

老头指着自己挑的担子说：“一担重泥拦子路。”

唐伯虎望着陈伯阳，陈伯阳盯着唐伯虎，愣了好一阵子，都对不上来，陈伯阳说："伯虎，我们还是后退让路吧！"

唐伯虎把后路一看，想了想说："后退不难，可是那水车能轻易让路吗？我们还是脱靴下田，让大伯挑泥前行为妙。"唐伯虎带头脱下便靴，高挽裤脚，跳下水田。后来，老头才知道下田让路的是唐伯虎。

这是一个隐字对，"重泥"隐"仲尼"，即孔丘。"子路"是孔子的学生，意思是说，老师难住了学生。

两年后，唐伯虎在一次外出私访时，见一位官老爷坐船观景，为风景所迷，叫纤夫早早回船。夕阳西下，纤夫们说说笑笑回船了。唐伯虎见此情景，脱口吟出"两岸纤夫笑颜回"。他说的"纤夫"是隐的"庆父"这个坏蛋，"颜回"是孔子的得意门生。后来，他非常高兴地去找到了那位挑河泥的大伯，说："我对上来了，'两岸纤夫笑颜回'。"老头非常高兴地说："对得好，对得好！这点小事你都这样认真，你真不愧为天下有名的才子呀！"

| 点　评 |

唐伯虎作为有名的天下才子，却没有恃才傲物的怪毛病，遇到劳动人民谦虚恭敬，非常友善。更值得称道的是，他有一种知之为知之、不知为不知的精神，一时间对不上去的对子，回去认真思考，绝不敷衍了事，又显现了一种敬业精神。故事给我们的启示，一是本事再大也不能翘尾巴，要友善待人；二是事情再小也不能马虎应付，要认真敬业。

■ 徐爱民

ZHONGGUO CHUANTONG GUSHI BAIPIAN

顾恺之的传说

顾恺之是无锡人，生于一千六百年前的东晋，是我国很有名气的大画家。他擅长画人物，尤其喜欢画女人、女神，特别善于点睛。为啥？这是有缘故的。

据说，顾恺之一出世，妈妈就死了，一直由奶奶抚养。顾恺之小时候生得虎头虎脑，十分可爱，因此大家叫他“小虎子”。

有一天，小虎子正白相[①]得高兴，忽听姆妈[②]一声，一个小伙伴一边喊一边向着自己姆妈跑去。姆妈迎上前来，抱起儿子这边吻，那边亲。小虎子看着、看着，心里想：姆妈多好啊，人家都有姆妈，而我的姆妈呢？想到这里，小鼻子一酸，拔起小腿就往家里奔去。

顾恺之的父亲是当时朝廷官员，因不满朝政，弃官在家写诗作词，又做爷[③]来又做娘。

这时小虎子急急匆匆来到爷身旁，哭丧着脸说：“爹爹，我要姆妈，我要姆妈……”他父亲一听，伤心地抱起儿子说：“小

① 白相：方言，即玩、游戏。

② 姆妈：方言，指母亲。

③ 爷：方言，指父亲。

虎子，你姆妈到很远很远的外婆家去了。”爷怕小虎子难过，说了句谎话骗骗他。小虎子却追根究底地问：“姆妈啥个时光回家?”爷只得含糊其辞说：“大约个把月吧。”

于是小虎子扳着手指头一天一天数着，眼巴巴三十天。这天，小虎子没有等到天亮就一骨碌爬下床，呆呆守在大门口。等着等着，快到中午了，可是姆妈还没有回来。

小虎子急得哭了，哭声惊动了爷，他走过来抱起小虎子，心痛地说：“小虎子，我告诉你姆妈的事，可是你勿要哭。”说着就把妈妈生下他后就死去的经过讲给他听，小虎子伤心得昏了过去。

从此，小虎子勿白相也勿笑，只是缠着爷，要爷讲妈妈的脸形、身材、长相……他日也问，夜也问，问个不断头。爷被儿子思娘的精神感动了，总是有问必答，从勿厌烦。为了使儿子能听懂并能记牢，就编了顺口溜。小虎子问娘面貌，就回答他：

樱桃小口鹅蛋脸，
凤凰眼睛眉毛一条线。
两手齐膝指头尖，
两只小脚像金莲。
勿胖勿瘦像姐样，
勿长勿短齐我肩。

爷说一句，儿子复一句，爷讲完了，儿子也背熟了。儿子并勿满足，又眨巴着眼问：“姆妈喜欢穿啥衣裳?”父亲又说：

冷天喜穿蓝布棉，
热天爱穿丝绸袍。

打这以后，小虎子日日背诵，直背到滚瓜烂熟。有时半夜梦里头还在朗朗背诵哩！

一日，他蹦蹦跳跳来到爷身旁，煞有介事地说：“爹爹，我想给姆妈画个像。”爹爹连连摇头说：“你没见过姆妈，又没学过画，勿要孩子脾气了！”

小虎子不灰心，他早晨迎着太阳画，晚上点着油盏画，画了一张又一张。半年过去了，小虎子拿着一张画给爷看，爷看了一眼便说：“就是小脚有点像。”

小虎子听爷说他画得有点像，浑身更来了劲，他仍像往常那样认真琢磨，刻苦习画。一转眼，半年过去了，小虎子拿着张画又给爷看。爷看了看，说：“手是画像了，身体也有点像了。”

小虎子心里像灌了蜜似的，更加用功了。

光阴真快，勿觉又是半年，小虎子再把自己画的拿给爷看，他爷看了连连点头说：“除眼睛的眼神外，其他都像了。”

开花要结果，造塔要结顶。小虎子狠下功夫，天天画睛，日日点睛。又过了半年，一日，小虎子拿着画像去见爷，爷仔细端详了一遍说：“像、像，全像了，特别是眼睛更加有神。”可是，小虎子并勿以此为满足，继续苦练。二十岁时光，他的艺术成就达到了一定高度。

那一年，南京建造一个大寺院，当家和尚请当时的高官大富捐款。可是，认捐没有一个超过十万两，勿料顾恺之认捐了百万两。有人说他吹牛，他却勿以为然，只是专心致志在寺院雪白的墙上画了一幅女神像，就是都不点睛。

初一那天，许多高官大富都来看他点睛了。只见顾恺之登上高台，挥笔一点，那画像眼睛里顿时发出灵光，满堂生辉。那班有钱人个个跪倒，人人叩头，抢着许愿认捐。不一会儿，认捐簿上已写了上百万两。

顾恺之从勿满足，越老越是严格认真。据说，他老年时画人物，从勿点睛。大家问他，他说："哪可点睛？要是点了，人像勿但要说话，而且会从画上走下来呐！"

朱海容　搜集整理

点　评

画家顾恺之，大名鼎鼎。本故事只讲他思母、画母、画眼睛的成就和由来。心中有真情，积年累月，坚持不辍，终成大器！这种无功利的真情和坚持都让人感动。画家少小失母是不幸的，有父亲的陪伴、不厌其烦的重复描述母亲的容颜和对小画家的鼓励，都令人动容，做一个好父亲最大的爱心是和孩子的心灵交流，故事中让孩子最终成为信心满满的画家，一个以画中眼睛传神发光的绝技画家，父亲的功劳和鼓励不可或缺，年轻的小爸爸，都体会一下吧！故事里有歌谣，有口语，很本色，好故事。

■ 原　野

ZHONGGUO CHUANTONG
GUSHI BAIPIAN

只这一点像羲之

一次，王羲之吃饭时，用筷子在桌上划字，把酒杯撞翻了。他就用手指头蘸着酒写字，饭都忘了吃啦。他的儿子王献之见到哈哈大笑，说爸是个“字疯子”。他妈听见了，说道：

“儿呵，只要功夫深，‘泰山顶，高不过脚面儿’。你爸苦苦下工夫，书法一定会胜过古人的呵。”

这时，王献之认为自己的字已经写得很好了，他快活地问道：

“我的字再写三年也够好了吧？”

王羲之听了没作声。

妈听了，摇摇头说：“远哩！”

王献之又问道：“五年行了吧？”

妈还摇摇头说：“远哩！”

王献之气得跳了起来，问道：“究竟写多久，才行呀？”

王羲之听到这里，站起来，走到窗口，用手指着院心的大水缸说道：“你呀，能写完这十八大缸水，字儿才有骨架子，才能站稳脚呢。”

王献之听了心里不服，下决心显点本领给爸看。他跑进书房，拿起笔来，决心打头重来，先练基本功。就天天照着爸爸的字练笔画，只练些横、竖、点、撇、捺。这样足足写有两年，捧来给他爸看。他爸望望又没作声。给妈看，妈说道：“唔，有点像铁划了。”

王献之这番回到书房，天天光练钩。又足足写了两年，捧来给爸看。爸望望，没声响。给妈看，妈点点头说道：“有点像银钩了。”

第五年，王献之这才开始天天练字，足足写了一两年，把字都捧出来给爸看。王羲之拿过来翻了一翻，仍然摇头叹气没声响。只是见到字里面有个“大”字，嫌架势上紧下松，于是在下面点了一点，成为“太”字了。

王献之又把所写的字捧给妈看。他妈把字放在桌子上，一张一张看了三天才看完，最后叹口气道：

“我儿写字两千日，只这一点像羲之。”

王献之走近一看，惊傻啦，原来妈妈指的那一点，就是爸爸加在“大”字下面的那一点呵！

王献之这才感到自己的字不行呵。于是烦闷闷地走出门外，低着头走在路上，心里有点不舒坦！不觉来到城门口，见到有位老婆婆在烙单饼卖。哈，怪呵！只见她烙好一张饼，就用竹筷挑起，从肩头往后面撂，一下子就撂进背后的竹匾里去了。匾里一张张单饼叠得齐齐整整，有尺把高哩！王献之看得惊讶极了，问道：“老婆婆老婆婆，你连头都没回过去望一望，这饼儿，怎么撂得这样准呵？”

老婆婆笑笑道：“没什么，也不过像王羲之写字，熟练罢了。”

王献之一想，对呀，可不是这样嘛！于是急急忙忙跑回家，一头栽进书房里，天天安心下苦功练字了。

有一次，王羲之来到书房，悄悄走到王献之身后，猛然间拔他手里的笔杆，没拔动。王羲之大喜，他知道王献之写字有了手劲啦，于是悉心教导他习字，写了一本《乐毅论》让他临摹。到后来，王献之完完全全写光了十八大缸水，也成为我国一个著名的书法家啦。人们把他与王羲之合称为“双王”，称王羲之为“大王”，叫王献之为“小王”。不过“大王”和“小王”写的字，功夫还是有差距的。

一次，王羲之到京城去，临走的时候，在墙上写了几个字。王献之等爸走了以后，连忙把墙上的字擦掉，自己照样写了几个字在原来的地方。自己左看右看，认为很不错了，像得很呢。等到王羲之从京城回来，又经过这儿，见到墙上的字，反复仔细端详了一会儿，叹道：“咳，我临走的时候，真喝得太醉了，竟然写出这样的字来！”

王献之在一旁听到，惊得说不出话来，这才不敢骄傲，更加努力地老老实实练字了。

陈玮君　搜集整理

点　评

刻苦和坚持是成才的必由之路，而坚持高标准，知道差距不自满更是要务。书圣父子不谬赞，不随意，坚持苦练十八缸水，“太”字小试，“城门”再试，母亲评价中肯，父亲评价求实，一年又一年，恒心伴日月。最终父子虽有小差距，但终于成就了两代书法名圣，给后人树立了榜样，也开启了一个行业。今天教育的普及，会写字的人多多，书法家就满天飞，不管有法无法，会写就称书家，有地位和权力就更是名家，换来润格惊人且是税后，于国无功于己大利。于是权利心重于书法心，提起自己信心满满，赞赞有加，提起他人满是不屑，点点挫挫！看看王羲之父子当知不足。

■ 原　野

ZHONGGUO CHUANTONG GUSHI BAIPIAN

林则徐巧布尿壶阵

传说林则徐奉命到广州禁烟，一举烧毁了英国鸦片数万箱，煞下洋人威风，大长中华民族志气。英国佬恼羞成怒，不甘罢休，不久即调集大批军舰炮船来围攻虎门，炮击沿海村庄，声言要我赔偿损失，否则要夷平粤海。当时英国皇家海军风靡五洲，洋枪洋炮更非清王朝所能匹敌。面对这样的局势，朝野和战两派众说纷纭。为了稳定军心，提高士气，回答主和派，林则徐决心要来个初战告捷，给英帝国皇家海军一个下马威。

话虽这么说，但真的要打败英国佬，谈何容易！林则徐深知要战胜兵力强大的英军，只宜智取，不可强攻。这天，他亲赴虎门高地观察英军阵容后，回到行辕立即吩咐手下准备八百个尿壶，八百顶斗笠，五百箱黄蜂，三百个灯笼。众人不知钦差大人搞的是什么名堂，但听说是为了大破英军，自然不敢怠慢。没有多久时间，尿壶、斗笠、黄蜂、灯笼等一应准备完毕。林则徐吩咐将黄蜂分装于尿壶内，在尿壶口再用瓜络（即“囊”）塞住，这样，壶内黄蜂既不会憋死，又不致飞掉。然后再将八百顶斗笠分别拴在尿壶耳上。接着林则徐又亲自到水军挑选三百骁勇善战军士，每人发一灯笼，嘱他们吃饱喝足，带上大刀长矛，分乘船只潜伏于海边英舰队炮船附近。一切布置完毕，八百个装满黄蜂、戴着斗笠的尿壶，三个一列，五个一组，晃晃荡荡地顺着水流淌向英船炮舰。

这时正是广东八月气候炎热的时候，傍晚时分，英军个个光着身子、穿着短裤在甲板上乘凉。忽见一列头戴斗笠的“清军”从岸边游将过来，由于海浪荡漾，队形时时变幻，忽似长蛇，忽若金龙，时像猛虎驱羊……英将急忙吹哨子，士兵如临大敌，顾不得穿衣戴帽，忙提起洋枪拼命朝海面斗笠“砰!”“砰!”乱打一通。那陶制尿壶个个登时开花，闷在壶里的黄蜂蜂拥而起，朝着有人的地方飞去……中国的黄蜂见惯汉人，这下乍见碧眼黄发赤毛的洋人觉得新鲜，更是倾力扑了过来，向着那光着身子的洋人猛刺死蜇，疼得英国佬哇哇直叫，有的自打嘴巴，有的就地翻滚，真是乱作一团。

林则徐在岸边炮台上从望远镜中看到英军的一副狼狈相，喜不可言，立即下令燃起烽火，潜伏于岸边的清兵将士，一见火光信号，舢板小船犹如万箭离弦，直往英舰炮船冲杀而去。这三百名军士背刀持矛，头套灯笼（以防蜂蜇），个个奋勇争先，跃上军舰，见了洋人，远的矛刺，近的刀劈，那英军更是叫爹喊娘，岸上军民看得拍手叫好，欢呼声声，胜似海啸长鸣。

| 点 评 |

广州“虎门销烟”是我国清朝时期为了国富民强、改变民族因吸食鸦片而羸弱不堪进行的对外反抗运动。继之而来的“鸦片战争”更是一次大规模的正当的对外反抗运动，林则徐具有强烈的爱国主义精神，作为这两次运动的领导者，不仅显示出其优秀的品质，更是成为了我国著名的民族英雄，他受百姓的尊敬、爱戴，他的故事广泛传播。《林则徐巧布尿壶阵》反映了林则徐的超群智慧和卓越的军事才能，他把常见的黄蜂、尿壶等作为战争武器，巧妙地击退了英军，使得英军狼狈不堪。同时，这个故事也反映了百姓对英国侵略者的痛恨以及对林则徐的赞美与热爱以及对这一历史复杂的感情，是历史的记忆。

■ 王锦强

林则徐作为正气凛然的一代名臣，有爱国的情操，也精于击敌的战术。中华民族的近现代史，有着屈辱的因子，更不乏救亡图存的力量。林则徐的故事在民间广为流传，其本质在于人们对民族英雄的敬仰，对民族精神的珍视，是民族情感的聚合。在任何的历史条件下，中华民族的志气可鼓而不可泄，在战争年代，它是面对强权时不屈不挠的民族自强，在和平年代，它是从一个胜利走向另一个胜利的民族自信。当追求幸福遭到干扰，珍视和平而终不可得时，需要我们拿出当机立断的气魄，拿出对敌对势力说“不”的胆识，拿出上下一心的击敌力量。故事是传播的载体，也是唤醒民众的利器，它不仅在文学史中闪烁着光华，更在人类社会的实践中发挥着凝心聚力的现实力量。

■ 张　朔

戚继光的故事

明朝嘉靖皇帝总希望自己千年不死，听信方士胡言乱语，一心想求个长生不老之药，终日不理朝政，弄得百姓叫苦连天。

那时，日本一部分浪人侵犯我海疆，烧杀淫掠，无恶不作，百姓们对其切齿痛恨，把他们叫作“倭寇”。明朝将领戚继光奉命追剿倭寇，戚家军所向披靡，倭寇闻风丧胆。

一天，倭寇偷偷地从闽江口进入福州，刚爬上林浦乡（南台岛东北），就被戚家军杀得落花流水，横尸遍野。后来，人们把这些尸体堆埋在附近的狮头山下，覆盖上细土，如馒头状，叫作“三十六墩”，至今遗址还在。

再说，老百姓听到戚家军抗倭的捷报，个个扬眉吐气，大为快慰。在林浦乡附近的下渡地方，有一个老人名字叫“下渡伯”。他人老威望高，对乡亲们说：“戚家军为我们打败了倭寇，我们要好好地慰劳慰劳他们！”下渡伯话音未落，众乡民一致拍掌叫好。于是，乡亲们就忙了起来。有的摆出了八仙桌，有的送来了米、肉、葱、虾米、木耳等，临时凑了个伙食团，准备热热闹闹地招待一下凯旋归来的戚家军。

一会儿，威武的戚家军来到了下渡，下渡伯等人赶紧招待他们歇息，递过毛巾，端上茶水，笑盈盈地问长问短。那边伙食团切的切，磨的磨，洗的洗，忙个不停。

忽然，下渡伯的小孙儿前来报告：前面三叉街还有倭寇的残部正在探头探脑，蠢蠢欲动。戚继光问清了这个消息，果然不差，马上命令集合队伍，要赶到三叉街去歼灭残敌。这下可急坏了下渡伯，他急中生智，索性把刚磨成的米浆和切好的菜、葱以及虾米等，一股脑儿地倒进了沸腾的大鼎（铁锅）里，再用铁铲在鼎内搅了几下，加上了虾油，装了好多碗，硬要战士们吃个饱。戚家军吃了美味的鼎边糊，长了劲，勇气倍增，赶到三叉街，一举歼灭了残留的倭寇。

后来，福州人民便把这样配料的锅煮叫作“鼎边糊”。它是福州特有的点心，不但制作简便，而且美味可口。为了纪念戚家军为民平寇，直到今天，福州的小吃店还在卖鼎边糊，十分受人欢迎哩！

点　评

戚继光抗倭，在东南沿海留下了很多传说和遗迹。这个故事里也解释了“三十六墩”等地名，是要后代子孙牢记先辈的英勇业绩，尤其不要淡忘了民族大义，因此，这一系列的故事，本身就具有浓烈的爱国主义精神。这个故事则更强调了军民鱼水情，虽然短小，但以下渡伯为代表的民众对戚家军的真挚爱戴和感恩之意溢于言表。而且，这样一个因为军情紧急而看似急迫草率的食物制作，却从此造就了福州著名点心“鼎边糊”，说明这个点心里充满了深厚的情意。

■ 陈泳超

戚继光是明朝著名的抗倭将领、民族英雄。他的一生极具传奇色彩。他从小就胸怀大志，练习武功。长大后，他成为抗倭将领，担负东南沿海的防务。那些年间，有一群日本的海盗，被称为倭寇，经常在沿海一带烧杀抢掠。戚继光率领他亲自训练的戚家军，大败倭寇多次，直到赶出国境为止。他坐镇边疆十六年，屡建奇功，还编写了《纪效新书》和《练兵纪实》这两部价值很高的书，成为我国古代军事学的宝贵遗产。戚继光的一生，是伟大的一生，他为了国家，一生驰骋疆场，他的英雄事迹被我们永远铭记在心。现在我们生活在和平的环境下，过着无忧无虑的幸福生活，这就是一代代的英雄为我们创造的，我们的国家只有永远民富国强，侵略者才不敢欺负我们。

■ 杨　涛

ZHONGGUO CHUANTONG GUSHI BAIPIAN

赵尚志的传说

1933 年冬，珠河县反日游击队成立后，队长赵尚志决定先拿当地汉奸走狗开刀，为民除害。山关警察所就是他们先要拔掉的一颗“钉子”。

山关警察所位于黑龙宫和长寿交界的牛心山后，山关屯西有一座四合院，上下屋全是砖墙草盖，四周是黄土围墙。所里的警察狗子，都是土豪劣绅花钱收罗的胡子、地痞之流。那帮家伙吃喝嫖赌，无恶不作。见了日本人叫皇军，见到财主称老爷，见了穷人伸巴掌。提起山关警察所，老百姓恨得咬牙跺脚，暗地里都骂他们是汉奸狗杂种。游击队决定除掉这帮祸害。

1933 年冬季的一天，天刚破晓，游击队里一个外号叫沙快腿的交通员，按照赵队长的密令，装扮成一个要饭花子，到了山关屯，对警察所里的人员和武器装备等情况，做了一番侦察。当天下午，沙快腿回到游击队的驻地，把探听到的一五一十地向赵队长做了汇报。赵队长听后，不言不语地思考着。此时屋外下起了大雪，又刮起了大风。晚饭后，赵队长突然命令通讯员，马上召集分散住在老乡家的战士们紧急集合。一袋烟工夫，十几个游击队员聚齐了。赵队长对战士们说：“今晚刮风又下雪，我们要利用这个机会，敲掉山关警察所，一会儿就出发!”战士们一听要打山关警察所，那股高兴劲就别提了，个个情绪高昂，分头去做准备。

夜幕刚刚降临，赵队长说服了两个患病的战士和通讯员小崔不参加这次行动，带领其余的九名队员，悄悄从五峰屯出发了。他们翻过牛心山，在丛林雪地里穿行了一阵子，很快就潜伏在山关屯后边的一片松树林里。

黑夜的风越刮越紧，雪越下越大。隐蔽在大树下的战士们的眉毛、胡须和贴在脸上的帽耳，早已挂满了冰霜。他们任凭风吹雪打，冒着寒冷，握紧枪支，一动不动地等待赵队长的命令。时间一分一秒地过去，午夜左右，赵队长又看了看怀表，说了声：“开始行动!”他的话音刚落，战士们就走出松树林，迅速摸到警察所的土围墙外。

此时的警察所里，上房还亮着灯光。在昏暗的油灯下，四五个警察狗子，围在一张桌子旁边，吆五喝六地掷骰子。东厢房北间的大炕上，所长杨大下巴正在灯影里过大烟瘾。大门口一个站岗的家伙，听到身旁有响动，刚想端枪起身，只见一团黑影飞来，将他按倒在地，随即一把雪团堵进他的嘴里。这家伙蒙蒙瞪瞪，不知咋回事，就被人架到围墙外，用绳子绑在一棵树上。岗哨摸掉以后，战士们进了院，悄悄向正房和东下屋摸去。就在这个当口，一个肥头大耳的家伙正在茅楼里解手。他听到脚步声，挣命似的喊起来：“不好了，游击队来啦!”只听“叭叭”两枪，胖家伙就倒下了。原来这家伙是个赌棍，靠杨大下巴的门子，混进警察所当了伙夫，成了杨大下巴的狗头军师。上房耍钱的敌人听见枪声，扔了骰子推了碗，没等摸起枪，就被一支支乌黑的枪口逼住，乖乖地当了俘虏。猫在后窗下的一个家伙，悄悄起身，抬脚踢开窗户，想要逃跑，沙快腿手起枪响，那家伙“吧唧”一下倒在炕上，抱着被打伤的大腿，“妈呀，妈呀”地喊起了娘。沙快腿和一个战士迅速缴了他们的枪。

再说下屋大炕上被枪声惊醒的几个家伙，黑灯瞎火摸不到自己的衣服，一个个急得吱哇乱叫，好像马蜂炸了窝。有个小子吓得围着一床大被，躲在炕梢旮旯里，一个劲地打哆嗦。刚抽完大烟，想要脱衣睡觉的所长杨大下巴，听到枪响和院子里杂乱的脚步声，知道情况不妙，慌忙从墙上抽出盒子枪，跑到北屋，逼着屋里的警察狗子：“妈的，快点往外冲！”炕上的几个家伙听到所长的骂声，心中更加慌张。一个家伙穿着裤衩，光脚下地点着灯，几个家伙全都下炕，跑到枪架跟前拿起了枪。

他们刚要出屋，“嘎吱”一声，房门被推开，赵队长和两名战士冲了进来，三支枪同时逼住了屋里的敌人。别看杨大下巴平时吃喝嫖赌抽大烟，因他早年当过土匪，打仗也学过几下子。只见他闪身蹲到炕沿下，躲在两个警察狗子的后边，举枪要向赵队长勾火。

就在这千钧一发的紧急关头，站在赵队长身后的一个战士，照准杨大下巴一勾扳机，只听“当”的一声，杨大下巴一声号叫，一颗子弹穿进他的手腕子，盒子枪“啪”的一声落在地上。杨大下巴痛得咧着大嘴，栽歪一下身子，又猛地蹿起来，发疯似的朝向他开枪的那个战士扑去。赵队长一个箭步蹿到杨大下巴身后，飞起一脚，一个扫堂腿，把他扫个趔趄。随后一伸手，把他摔倒在地上。那家伙被摔得像杀猪一样，“嗷嗷”直叫，一个战士立刻上去踩住他的屁股，把他捆上了。此时再看那几个警察狗子，一个个全都吓呆了，身子发颤，眼睛发直，双手发抖，跪在地上，像跳大神一样难看。

沙快腿和几个战士押着上屋的俘虏，汇集到下屋，两个战士收起枪支弹药，七手八脚地绑上了跪在地上的警察狗子，带着缴获的七支长枪，两支短枪，一箱半子弹，押着十一个警察狗子，离开了警察所。半路上，杨大下巴企图逃跑，被赵队长一枪击毙。第二天清晨，当地群众听说赵尚志带着游击队夜袭山关警察所，打死了杨大下巴，无不拍手叫好。

| 点　评 |

赵尚志的英名尽人皆知，其抗日英雄事迹在东北大地广为流传。民间有“南杨北赵”之称，是与杨靖宇齐名的民族英雄。日寇中有“小小的满洲国，大大的赵尚志”这样的感叹，赵尚志三个字让他们闻风丧胆。更让人钦佩景仰的是，虽两次被开除党籍受到不公正的待遇，仍能痴心不改，忍辱负重，坚持抗日斗争。尤为慷慨壮烈、令人扼腕叹息、感怀不已的是，负伤被俘后，他坚拒医治，怒斥敌人，宁死不屈，实现了他“我生是共产党的人，死也要死在东北抗日战场上”的铮铮誓言。其英雄故事每每读之，总能激起我们的家国情怀，一种身为中国人的责任感和自豪感油然而生。

■ 杨伟东

日月潭

古时候，大清溪边住着一对青年夫妇，男的叫大尖哥，女的叫水社姐。他们两口子专靠捕鱼过活。

他们织大网捕鱼，做浮筒钓鱼，钻进深潭里岩石底下摸鱼。小夫妻的日子过得挺甜。

有一天，中午时候，太阳在天空照耀着，他们钻进溪水里摸鱼。忽然，轰隆一声，大地震动了，河水也震动了，在水底下看不见东西了。他们急忙浮上水面，啊！太阳不见了，天上黑墨墨的，地下也是黑墨墨的。他们摸头不知脑，只好手拉着手爬上岸，高一脚低一脚慢慢地走回家。

到了晚上，月亮出来了，两夫妻在大门口月光下补渔网。又听得轰隆一声，地面上的石头和房子都跳动起来。月亮一闪就不见了。天黑墨墨的，地也是黑墨墨的。他们摸头不知脑，只好慢慢地推开大门，回家睡觉。

从这天起，天上没有太阳，也没有月亮，日夜黑墨墨的。大尖哥和水社姐只好烧起柴火在家里做事，点燃松蜡下溪捕鱼。

不久，田里的禾苗黄白黄白的，长不起来。山上的树木也低垂着黄白黄白的叶子。

花不开了，果子不结了，鸟不叫了。

虫在哭泣，家家户户在叹气。

大地上黑里墨悄的。

大尖哥坐在溪边瓮声瓮气地对水社姐说：“这种日子怎么过啊！”

水社姐顺手抓了一块石头扔到溪水里，叹一口长长的气，说：“不光我们俩的日子难过，所有人的日子都难过啊！”

大尖哥说：“太阳和月亮一定落到地上来了。可能在大山上，也可能在大森林里。我想去寻找它们，要回我们的光亮。”

水社姐说：“好啊！我们两个人去吧！”

小夫妻拿起大火把，往大山走去，往森林走去。

在路上看见一个小婶子，弓着背在锄甘蔗地，地边烧起一堆柴火。她无心懒意的，一锄一歇的。水社姐问道：“小婶子，你锄地为什么无心懒意的呢？”

小婶子回答的声音是凄凄凉凉的：“没有太阳、没有月亮，种起甘蔗来也长不大啊！我有什么心思锄地呢！”

大尖哥说：“你在这里好好锄地吧！我们去把太阳和月亮找回来。”

小婶子望一望黑墨墨的天上，说：“太阳月亮失掉了，能够找回来吗？”

小夫妻满有信心，打着火把向前走。

在路上看见一个小伙子，烧起柴火在牧牛。小伙子躺在地上尽叹气。

大尖哥问道：“小哥哥，你为什么叹气呀？”

小伙子回答的声音也是凄凄凉凉的："没有太阳、没有月亮，牛没有青草吃啊！"

水社姐说："小哥哥，你看好牛吧！我们去把太阳和月亮找回来。"

小伙子翻身爬起来，说："太阳月亮都失掉了，能够找回来吗？"

"我们相信能够找得回来的。"

小夫妻满怀信心地打着火把向前走。

他们走着，走着，走过了一座一座的高山大岭，走过了一条一条的大溪小溪，走过了一丛一丛的深树密林。

一支火把熄了，又点上一支，一支接一支地燃着。

可是，他们在大山上，在森林里，不见太阳的影子，也不见月亮的影子，天上黑墨墨的，地上黑墨墨的。

有一天，他们走到一座大山上，望见远远的地方亮一阵黑一阵，黑一阵又亮一阵。

小夫妻欢呼着说："太阳和月亮一定在那里了！"

他们拿着火把连跳带跑地朝着有光亮的地方走去。

在路上，他们看见一个老爹爹坐在草屋门口抱头唉声叹气。

大尖哥问道："老爹爹，前面那地方一亮一黑的，是太阳和月亮掉在那里吧？"

老爹爹抬起阴沉的脸，半天半天才说："是呀，太阳和月亮在那里呀！可是，那太阳和月亮不是我们的了。"

小夫妻心里奇怪，不由得走到老爹爹身旁，和他谈起来。

老爹爹说："前面不远，有个深深的潭。潭里有两条恶龙，一条公龙，一条母龙。有一天，太阳走过天空，公龙飞跃起来，一口吞食下肚。晚上月亮走过天空，母龙也飞跃起来，一口吞食下肚。这一对恶龙在潭里游来游去，把太阳和月亮一吐一吞，一碰一击的，像玩大珠球一样。你们看，潭里面不是一亮一黑的吗？那就是它们一吐一吞啊！它们只图自己好玩，却没想到千千万万的人没有太阳和月亮，日子过不下去啊！”

大尖哥说：“老爹爹，我们打起火把，爬山过水，就是专门来夺回我们的太阳和月亮，给千千万万的人过好日子的。”

老爹爹说：“孩子，恶龙凶猛啊！太阳和月亮，它们一口也能吞下肚，你们小夫妻能够和它们斗吗？”

水社姐说：“我们相信能夺得回来的。”

老爹爹眼瞪瞪望着他们，默默不出声。

小夫妻打起火把，向前走去。

走到大潭边了，看见两条大大的恶龙在潭里吞吐太阳和月亮。太阳和月亮碰得咚咚响，潭面上一亮一黑的。

大尖哥和水社姐伏在潭边的大石头上，轻轻商量着怎样杀死恶龙，怎样夺回太阳和月亮。

恶龙的嘴巴大大的，只要舌头轻轻一伸，就可以把一对小夫妻卷进嘴里。怎么办呢？他们谈来说去，也谈不出一个办法。忽然大岩石下面冒出烟来。他们低头下望，大岩石下有一个深深的岩洞，烟从深岩洞里飘出来。

大尖哥说：“这岩洞一定通到潭底恶龙住的地方，我们钻进去看看。”

水社姐说了一声“好”，跳下大岩石朝洞里钻去。大尖哥跟在后头。

洞里黑墨墨的，发出霉湿的泥土气味。

他们走了很久很久，越进去，洞越宽大。忽然看见前面发出火光，再走过去一看，啊！原来是一间厨房，一个白发老婆婆在灶边煮饭呢。

他们看到老婆婆慈眉善目的，断定绝不是坏人。

大尖哥走过去问道："老婆婆，你好。你在这里煮饭吗？"

老婆婆猛然听见人的声音，抬头见是两个青年男女，急忙放下锅铲，过去抓住他们的手说："啊！孩子，我许久没有见到我们的人了！你们叫什么名字啊？"

大尖哥说："我们是在溪里捉鱼的一对夫妻，她叫水社，我叫大尖。老婆婆，你为什么在这里呢？"

老婆婆摇着满头白发，流着眼泪，说出了她的遭遇：老婆婆年轻的时候，住在山腰上，一家人过着快快乐乐的日子。有一天，她在后山锄甘蔗地，忽然一阵猛风吹来，两条粗大的恶龙在半空中用尾巴向地上一卷，就把她卷到这个深深的岩洞里。她每天替恶龙煮饭菜。日子一天一天地过去，不晓得过了几十年，只晓得自己青青的头发变成了白白的头发，圆润润的脸孔变成皱巴巴的脸孔。

老婆婆又说："孩子，你们快出去吧！恶龙在潭里玩腻了，就会回来洞里吃饭的。它们见到你们，必然一口吞下去。"

大尖哥说："恶龙吞食了太阳和月亮，地上的人们很难生活。我们是特地来杀死恶龙，夺回我们的太阳和月亮的。"

老婆婆想了一想，说："孩子，你们两个人怎么能杀死恶龙呢？我曾经听见公龙和母龙在吃饭的时候谈话。母龙骄傲地说：

‘我们是天不怕地不怕的龙啊！’公龙说：‘我们就怕阿里山底的金斧头和金剪刀。若是有人把金斧头和金剪刀丢下潭里，金斧头就会自动地劈开我们的头壳，金剪刀会自动地剪断我们的喉咙，那我们就完蛋了。’母龙慌了起来，说：‘我们赶快去把它们毁掉吧！’公龙说：‘不要紧，它们埋在深深的山底，没有人晓得，就是晓得了，也没有本事挖得出来！’孩子，你们要想杀死恶龙，夺回太阳和月亮，只有到阿里山脚底下挖出金斧头和金剪刀才行。孩子，我恨死恶龙啦！我很想回家啊！”

大尖哥说：“老婆婆，我们想想我们一定能挖出金斧头和金剪刀。等我们杀死恶龙再来接你回去吧！”水社姐忽然想起，挖山没有锄头怎么行？她问道：“老婆婆，你有锄头吗？借两把给我们挖山啊！”

老婆婆给他们一把大锅铲，一把大火杈，说：“这是龙的东西，你们拿去挖山吧，大概会比锄头好用。”

大尖哥和水社姐接过锅铲、火杈，辞别了老婆婆，从洞里钻了出来，点起火把，一直朝阿里山跑去。

他们到了阿里山脚下，男的用火杈凿地，女的用锅铲掀土，凿呀凿，掀呀掀，不晓得过了多少日子，山脚底下挖出了一个深深的大洞。忽然深深的洞里轰隆一声放出了红光，金斧头和金剪刀出现了。

大尖哥捡起金斧头，水社姐捡起金剪刀，跑出洞来。

小夫妻好欢喜啊！他们大跑小跑，一直朝恶龙住的大潭跑去。恰好公龙和母龙又在潭里游来游去，把太阳和月亮吐出吞进，一碰一击的。

大尖哥站在潭边大岩石上，把金斧头丢下潭去。只听见“轰隆、轰隆”的声音，两条恶龙在潭底翻翻滚滚，浪花掀起几丈高。忽然，两条恶龙满头是血，伸了出来，要向天空飞去。

水社姐急忙把金剪刀丢下潭去。只听见“咔嚓、咔嚓”的声音，恶龙的头沉下潭水里。一会儿，潭水平静了，一对恶龙直挺挺地躺在潭底，脖颈上冒着鲜血，把潭水也染红了。

金斧头和金剪刀在潭里一晃，不见了。

太阳和月亮圆滚滚地从恶龙的口里滚出来，在潭里一浮一沉的，好光亮啊！大尖哥和水社姐站在潭边的大石头上拍手大笑。

大尖哥说：“恶龙是杀死了，可是太阳和月亮还是沉在潭里，也没有用呀，怎样使它们回到天上走呢？”

他们呆呆地望着潭水，想不出办法。

水社姐说：“我们还是去找老婆婆商量吧。”

他们两口子又钻进大岩石下深深的洞里，又见到老婆婆飘着白发在灶边煮饭。

大尖哥说：“老婆婆，恶龙杀死了，请你出去吧！”

老婆婆一听恶龙死了，笑得两眼冒出泪花。她颤声说：“孩子，好孩子，我们出去看看吧！”

老婆婆和一对青年夫妻出去，站在潭边的大岩石上。

太阳和月亮在潭里一浮一沉的。

大尖哥说：“老婆婆，怎样才能够把太阳和月亮送上天去呢？”

老婆婆想了一想，说：“我听过前辈说，人吃了龙的眼珠，会身长力大。你们去取来吃了，把太阳和月亮抛上天去吧。”

小两口都会游水，他们听这么一说，即刻扑通跳下潭去。

大尖哥摘下公龙的两颗眼珠，一口吞下肚。水社姐摘下母龙的两颗眼珠，也一口吞下肚。忽然，他们变成又高又大的人，站在深潭里像两座高山。

他们捧起太阳往天上就抛。太阳在半空飘了一会儿，又落到潭里。抛了三次，落了三次。

老婆婆站在潭边，大声说："孩子，潭边有两株高大的棕榈树，拔起来托太阳上天好了！"

两夫妻伸手到潭边，每人拔了一根几十丈高的大棕榈树。

两夫妻抬起太阳用劲抛上天空，他们急忙用棕榈树向上托着，一冲一冲的。这样整整冲了三天，把太阳冲上天空去了。

太阳红彤彤的，照旧在天上行走。

地上的花草树木活了，人们笑了。

两夫妻又抬起月亮用劲抛上天空，他们又用棕榈树向上托着，一冲一冲的，整整冲了三天。当太阳走往西边的时候，月亮上了天空。

晚上月亮明光光的，照旧在天上行走。

地上的人们在月光下，拍手、唱歌、欢舞。大尖哥和水社姐爬上大岩石的东边来，手拿着大棕榈树，笔挺挺地分站在潭的两边。大尖哥仰起头来望天上，水社姐低下头来望潭里。

老婆婆对大尖哥说："大尖哥，恶龙杀死了，太阳和月亮也到天上了。我们回家去吧！"

大尖哥说："我要守住太阳和月亮，不让它们再掉下潭里。我要使太阳和月亮永远在天上明明亮亮地照着，让人们过着美美的日子！"

老婆婆对水社姐说："水社姐，恶龙杀死了，太阳和月亮也已到天上了。我们回家去吧！"

水社姐说："我要守住恶龙，不让它们再活转过来。我要使太阳和月亮永远在空中明明亮亮地照着，让人们过着美美的日子！"

老婆婆说："你们都是好孩子啊！"她飘着白头发独自回她的老家去了。

大尖哥和水社姐笔挺挺地站在潭边守着，守着。一天一天过去了，一月一月过去了，一年一年过去了。大尖哥和水社姐变成两座雄伟的大山，这两座大山永远守在大潭的旁边。

后来的人们把这个大潭叫作"日月潭"，把这两座大山叫作大尖山和水社山。人们天天想念着大尖哥和水社姐。每年秋天，大家穿着美丽的服装，拿起竹竿和彩球，来到日月潭边。他们把球抛上天空，然后用竹竿向上冲击，不让球落下地来。他们学着大尖哥和水社姐托太阳、月亮上天的样子。高山族人们把这种玩法叫作"托球舞"。

肖甘牛、潘平允　搜集整理

点　评

这是一则风物传说故事，解释了台湾著名景点日月潭及高山族独特的舞蹈托球舞的由来。同时，这又是一则拯救太阳和月亮的神话故事。故事的主人公大尖哥和水社姐为了人间的光明，历经千辛万苦，与恶龙展开殊死搏斗，杀死了吞下太阳和月亮的恶龙，并且将太阳和月亮托上了天空。整个故事贯穿了光明与邪恶斗争的英雄主义的主题，反映了高山族祖先创世立业的伟大的民族精神。故事中的日月其实是中华民族文明的象征，说明中华民族文明的创建和发展经历的一个艰苦卓绝的过程。

■ 万建中

看完《日月潭》的故事，我在久久回味着，心情难以平静！这个故事给我最深的印象就是一个字：美！在祖国的宝岛台湾有一个美丽的地方日月潭，流传着一个美丽的神话；这就体现了两美。还有两美是指主人公的外在形象美和内在心灵美。说到形象，故事给读者留下了巨大的想象空间，这也是该故事魅力之一；主人公的形象，我很自然地想到广为传唱的歌曲《阿里山的姑娘》中的男女主人公，一个壮如山一个美如水。最能触动我心的就是主人公大尖哥和水社姐的精神世界。大美的精神，主要有两点，那就是崇高的理想和坚强的毅力。日月光辉不见了，他们立志让日月重现，使我想起了古希腊神话中的盗火英雄普罗米修斯。

■ 张为民

望娘滩

在金沙江上有段水势极险恶的江面，江面上终年有着九个又深又大的旋涡，这段江面的名字就叫“望娘滩”。

传说在很久很久以前，在江边山上的破草屋里，住着孤儿寡母——小宝和他娘。小宝娘勤劳善良，小宝听话懂事，母子俩相依为命，割草卖柴为生，日子过得很清苦。

一天母子俩来到一处山坡割草，这里的青草又绿又密，他们不停地割呀割。奇怪的事出现了，身后刚割过的草转眼就长得跟没割过的一样，母子俩又惊又喜。以后，天天到这里割草。有一天，小宝在这片草地里拾到一颗又圆又亮的珠子，这颗珠子通明透亮大如鸡蛋，在太阳下闪着银光，好看极了。小宝把这颗珠子带回家放在米缸里。第二天早上起来一看，小宝惊呆了，原来米缸里只有一小把米，现在满得都快溢出来了。那颗珠子在米堆上闪闪发光。小宝和娘高兴极了，喊来了穷乡亲观赏这颗宝珠，还把米分给了大家。没过多久，这件事让恶霸知道了，派来家丁打手要抢走宝珠。小宝怎么会让他们把宝珠抢走呢？小宝把宝珠放在手里恋恋不舍地看了又看，狠心一口把它吞到肚子里去了。财主打手们翻遍了小宝家的箱箱柜柜，打破了小宝家的坛坛罐罐，也没有找到宝珠，只好气咻咻地走了。

宝珠在小宝的肚子里发着光，烤得小宝的五脏六腑火烧火燎，他大声地喊着："娘啊，我渴呀！我渴呀！"小宝娘赶忙舀来一瓢水，小宝一口就喝干了。他还是渴，小宝娘又舀来一瓢水，小宝一口气又喝干了，可他还是渴。家里水缸里的水都喝完了，小宝还不解渴，小宝娘就把小宝背到江边上，把他的头浸到江里，小宝不停地喝呀喝。慢慢地，小宝变了，头上长出了两只角，嘴边长出了两条胡须，身上长出了许多鳞，两条手臂变成了两只长满鳞甲的爪子。小宝变成了一条龙。龙要到海里去了。小宝娘舍不得让他走啊，她追着哭着喊着，随着小宝娘的一声"我的儿啊"，小龙就从江底躬起身子，露出水面，回过龙头来望望他的娘，小龙就这样一步一回头地渐渐走远了。在小龙回头望娘的江面上，就留下了一个个深深的大旋涡。人们为了纪念听话懂事的小宝，就把这段江面取名为"望娘滩"。

李华飞　搜集整理

点　评

《望娘滩》是民间流传的神话故事，在长江流域、淮河流域的许多地方，以"望娘滩"命名的河道数不胜数，如岷江有"二十四个望娘滩"，大宁河有"四十八道望娘滩"，浙江嵊州有"九十九道望娘滩"。无论什么地方都说是这个神话发生在本地，所以产生了有水就有滩，有滩就有"望娘滩"的说法。这个传说之所以能够打动人心，除了因为小宝与母亲诀别的痛苦之情，还强调了农民与恶霸的阶级对立，表现了人民的强烈反抗精神。这个传说通过浪漫主义幻想，反映了一定的阶级内容。“望娘滩”的故事，各地编成多种戏剧，如《打草降孽》《拿孽龙》等，其中川剧《望娘滩》影响较大，使这一神话在人民性和艺术性、传奇性和历史性的统一上得到深化。

■ 牛亚慧

ZHONGGUO CHUANTONG GUSHI BAIPIAN

鸳鸯石

仫佬族

仫佬山乡有个村庄叫中寨，寨前有一峭壁深岩，岩洞中有一种石头，叫“鸳鸯石”。关于它，有这样一个传说——

从前，中寨有一个年轻姑娘，名叫勒耶，生得聪明、美丽，心地善良，是仫佬山乡有名的歌手，方圆十里八寨的后生谁不羡慕，他们常来和她对歌，向她求婚，可是，都被她拒绝了。

那年，农历八月十五到了，这是仫佬人的歌节。大清早，勒耶身穿靛蓝花边衣，下套彩色百褶裙，脚穿鸳鸯白线鞋，头插双龙白银簪，打扮得似仙女一般，便和同伴们一起去走坡①。后生们见了，蜂拥而来，纷纷要和她对歌。没等后生们开口，勒耶就大大方方地先开了腔：

大路不走走山崖，
干柴不烧烧生柴；
园中有花你不采，
为何寻花上山来？

① 走坡：仫佬族青年的对歌恋爱活动。

一阵喝彩过后，前面的后生互相推让，人群后面响起了清清亮亮的答唱：

妹是山中一枝梅，
哥是蜜蜂花上飞；
蜜蜂为花飞潜力，
妹上刀山我敢追。

勒耶唱：

山上飘来哥歌声，
歌声句句露真情；
出门远道要问路，
对歌先问哥姓名。

人们听了，给对歌人让出一条道来。只见一个二十来岁的后生走过来，笑着唱道：

石榴花开朵朵红，
辣椒结果吊灯笼；
我是东寨看牛仔，
只望阿妹莫嫌穷。

这时，勒耶瞄了那后生一眼，只见他长得身强体壮，英俊朴实，心中十分高兴。她接着唱：

棒槌吹火不通气，
有心交情山敢移；
无缘金山懒得看，
有缘白手做夫妻。

后来，勒耶打听到后生是东寨的放牛郎，名叫索卜。从此两人便经常一起走坡对歌，一起上山割柴草，互相帮助，相亲相爱。不久，俩人订下了婚约。

勒耶和索卜相爱的事，像春风一样传遍了村村寨寨，老人们都说，他们是天生一对、地配一双。可是，也有的人说，勒耶有福不会享，多少富家子弟她不爱，偏偏去爱一个放牛郎。这话很快传到了勒耶那贪财的阿妈耳里，她又气又急地说："女儿呀，你是妈心上的肉，俗话讲：'嫁给富汉，肉汤泡饭；嫁给穷汉，鼎锅刮烂。'婚姻大事由阿妈为你做主！"勒耶听了，羞羞答答地说："阿妈呀，强扭的瓜不甜。我心里有谁，谁就是我爱的人……"

阿妈拿她没办法，一气之下，便把她关在竹楼里，对她说："如果你不依阿妈，以后再也别想到外面去了！"这样，勒耶无法和索卜见面了。

日子一天天过去了，八月十五歌节又到了。勒耶天天想念索卜，但自己被关在竹楼里，整天打鞋、绣花，多想能见到索卜，倾吐心头的痛苦啊！她从窗口望去，仿佛看见了索卜消瘦的面容，不由得伏在窗前暗暗哭泣。

突然，远处传来了索卜的歌声：

混水看石石不清，
浓云遮树树不明；
好久不见妹踪影，
不知为何变了心？

这歌声多么亲切！她抬头向外望去，只见寨前的大榕树下坐着一个熟悉的身影。那不是可怜的索卜吗？想着想着，她亮开了嗓子唱道：

妹是林中金丝鸟，
哥是山中守林人；
如今铁笼锁住妹，
隔山隔水难传情。

索卜听到了勒耶清脆、动听的歌声，知道了勒耶的处境，又是高兴，又是发愁。他发誓要把勒耶救出来，便唱道：

金丝鸟儿你莫愁，
千般事儿哥应酬；
来日逃出铁丝笼，
双双飞上白云头。

勒耶听了，心里万分高兴。她想，只要逃出去，就由不得那心狠贪财的阿妈了。

但过了好几天，却不见索卜来，勒耶急得像热锅上的蚂蚁。莫非索卜遭了难？这天夜里，她正坐在竹楼上沉思，突然听到阿妈在堂屋里正和人在讲话：“做了东寨老爷的二房……嘻嘻！你们娘仔算是老鼠掉进了米缸喽！那老爷家里吃的是山珍海味，穿的是绫罗绸缎，你这做母亲的也有了靠山啦！……老爷说，明日就来接亲……”接着又听见阿妈正和那媒婆清点着彩礼。勒耶冒了一身冷汗，心里想道：索卜呵，今晚不来救我，阿妹便是阴间的鬼了！等到半夜，她正把一条彩带挂到屋梁上，突然，一个人从窗外纵身跳了进来，一把扯下了彩带。勒耶定神一看，来人正是索卜。索卜拉起了勒耶的手，两人便从窗口跳墙逃走了。

第二天，东寨寨佬的一帮家丁吹吹打打，抬着轿子，前呼后拥，到中寨来接亲，谁知新娘却不见了。寨佬又气又急，当即下令家丁四处查找。家丁们找遍了山山洞洞，查遍了村村寨寨，都不见勒耶的踪影。原来当晚勒耶和索卜逃出来以后，躲到了寨前山上的峭壁岩洞里。第二天寨佬的家丁入寨的情景，他们看得清清楚楚。他俩想：这山是寨佬的山，地是寨佬的地，哪有我们的活路可逃啊？两人紧紧相抱，坐在岩里发愁。勒耶说：“事到如今，我们生要生在一起，死也要死在一块。”就这样，他们一直紧紧地抱在一起坐着。

日子一天天地过去了，这对情人慢慢变成了两块石头。寨上的人对他们忠贞的爱情都十分敬佩。可是，狠毒的寨佬却咬牙切齿地说：“死了我也不让你们在一起！”他叫家丁带着火药，把岩洞里的两块石头炸得粉碎。石头虽碎了，但人们只要把一颗颗碎石头放到醋里，它们仍然会自己合拢起来，紧紧靠在一起，就像一对吻颈鸳鸯。于是，人们把它叫作“鸳鸯石”。

潘　琦、包玉堂　搜集整理

| 点　评 |

《鸳鸯石》是一个不老爱情神话传说，男女主人公对爱情誓死不渝，纵然化作顽石，仍是痴心不改，堪比梁祝坟前的彩蝶，比翼双飞，不离不弃，是千百年来男女青年爱情忠贞不渝的象征，催人泪下。《鸳鸯石》视天地为庭院，镌刻一卷无字的山盟海誓。它们携手并肩，它们静谧于红尘俗世，带给人们最神圣的情怀、最美好的向往、最浪漫的信仰，使人们不倦地创造幸福的生活。

■ 彭新结

勒耶和索卜的故事是又一曲壮丽的爱情颂歌！古今中外，无论是梁祝还是罗密欧朱丽叶，无论是“夫妻双双把家还”的幸福甜蜜还是“迢迢牵牛星，娇娇河汉女”的悲欢离合，爱情永恒的话题亘古不变，它不仅是甜蜜柔情的表象，而且是人性深处向往美好生活的沉淀，因而每个人都有自由追求幸福的权利，这是无法阻挡的。

■ 刘小凤

泼水节

傣　族

“年年有个泼水节，看得起谁就泼谁。”

这是傣族地方的古规。每年到了这一天，人们都要互相泼水，表示亲爱和敬重。这不是因为天气太热，也不是要扑灭灰尘。究竟为的什么呢？得从头讲起：

很早以前，有一个凶恶残暴的魔王，他的法术神妙，本领高强，水淹不死，火烧不亡，弓、剑、刀、矛……也休想把他刺伤。他独霸一方，万分猖狂，要杀谁就杀谁，想怎么样就怎么样。他常常出外抢掠金银财宝、奴隶、美女，人人受着祸害，可谁也不敢反抗。

他已经抢来了十一个妻子，一个比一个长得好看。可是他的妻子们恨死他了，都想把这万恶的魔王除掉，但又没有办法。

那天，他又抢来了一个最美丽的姑娘，做他的第十二个妻子。这个姑娘不但长得漂亮，而且非常聪明，因此，魔王特别喜欢她。她心里虽然同样痛恨着魔王，表面却不露声色，反与他十分相好。

一天夜里，她趁魔王高兴的时候，试探着问道：“大王，听说你本事大极了，水火刀剑一样也不能损伤，永远活在世上，多么幸福，多么好啊！”

“可是，我也有短处呢。”魔王听了姑娘的甜言蜜语，高兴得忘乎所以，无意中露出了这一句话。

“你有这么大的本事，还怕什么呢？”姑娘抓住时机，进一步试探。

“这——我只告诉你一个人，千万不准说出去呀！”魔王贴着她的耳朵，悄悄地说：“世界上只有一个办法能弄死我，就是拔下我的一根头发，勒我的脖子。”

姑娘心里暗暗欢喜，但还不十分相信。不久，魔王渐渐睡熟了，她轻轻地从他头上拔下一根头发，试着往他脖子上一勒，立刻，魔王的头便骨碌碌地滚下床去了，魔王就这样死了。

魔王先前抢来的十一个妻子和老百姓们，听说魔王死了，人人高兴得了不得——从此，不再受他的糟蹋和迫害，可以自由快乐地生活了。

十二个妻子想把魔王的头用火烧掉，但是火一触着头皮便到处飞起烈焰；她们又把它埋在地下，不料地面上却发出极其难闻的臭味；她们再把它抛到河里，河水马上滚沸成灾。不管怎么做都会造成世间的灾难，于是十二个妻子只好轮流着把魔王的头抱在自己的身上，虽然自己受一点苦，但世间就不会有灾难了。她们每天轮换一次，轮换时用水洗一次魔王的头。

傣族人民为了感谢这十二个姑娘除掉了世间的祸害，为了对她们表示敬爱，在每年清明节后的第七天，给她们泼一次水。因为天上的一天，就等于人间的一年。

泼水节就这样一代传一代，一直传到现在。

林　木　搜　　集

点　评

泼水节是傣族最为知名的节日，非常欢快喜庆。但它的背后却隐藏着这样一个美丽而勇敢的故事。在这个故事里，柔弱的女子凭借自身的智慧和勇气，将不可一世的魔王杀死，拯救了女性，也拯救了万民。最奇妙的是故事的结尾，被割下来的魔王的头依然可以四处为虐，十二个饱经蹂躏的女子，为了世间不受灾祸，只好轮流将它抱在怀里，并每天为之清洗。这种牺牲一己私利而造福天下苍生的品德，显然受到劳动人民的爱戴和尊敬，因而才逐渐衍生出泼水节的习俗，用全民的节日来歌颂和纪念这十二位高尚的女子。

■ 陈泳超

故事篇

ZHONGGUO CHUANTONG GUSHI BAIPIAN

西天问佛

从前有个小伙，自小失去父母，也无兄弟姐妹，他有一身力气，还有一副好心肠。他经常帮那些孤寡老人挑水、碾米、劈柴，自己的日子过得咋样呢，到了二十五岁还未成家。远门本家爷爷赵财东指着他说："赵家怎么出了你这个'囊子'，你要成家立业，得到西天问佛去哩！"

小伙子想，我这样的人难道就不能成家立业吗？我得去西天问问佛去。于是，他便带着干粮，一直朝西走去。

走呀走，走到一个村庄天已经黑了，他便到一户人家求宿。这是个富户人家，对他说："我们刚盖起一座新房，'不干净'（有鬼怪），你若不怕，就住在里面。"小伙子也不管这些，就住了进去。到了第二天，向主人告辞上路。主人很奇怪，怎么他住了一夜安然无事？当得知小伙子是到西天问佛时，便说："请你替我问一下佛，我这新房为什么每晚闹腾得不能住人？"小伙子说："好，我记下了。"

又走了几天，小伙子在一个村庄投宿时，主人听说他去西天问佛，便说："请你替我问一下佛，我院子里栽的这棵核桃树，已几十年了，不开花，不结果，是啥原因？"小伙子回道："好，我记下了。”

又走了多日，来到一个村子，干粮吃完了，到了一户人家求食。主人听说他去西天问佛，便说：“我有个女儿是哑巴，请你代问一下佛，她为啥不会说话？”小伙子又说：“好，我记下了。”

小伙子走呀，走呀，不知又走了多少日，来到了海边。茫茫大海，并无一个摆渡的。小伙子正在着急时，从对面游来了一只大乌龟，乌龟问道：“你要过海吗？”小伙子答道：“是，我要到西天去问佛。”乌龟说：“我可以驮你过去，请你代我问一下佛，我已修炼了一千多年，咋还成不了龙？”小伙子说：“好，我记下了。”乌龟便驮着小伙子过了海。

小伙子又走了多天，总算到了西天。见了如来佛，把代别人问的事一一问过，如来佛也一一作了回答。问过佛以后，便朝回返。走到海边一想，好像还有什么事情没问。噢！代别人问的事都问了，偏偏忘了问自己的事。忘了就忘了，反正总算为别人做了一些事。正想着，乌龟已到岸边等他过海了。乌龟问它的事佛是咋说的。小伙子说：“佛说你的甲下面有七颗明珠，取下明珠即可成龙了。”乌龟让小伙子取下了甲下的明珠，赠送给了小伙子，并驮他过了海。

走了几日，到了哑巴姑娘那个村庄。姑娘见小伙子进村，连忙跑回家去，向爹妈喊道：“问佛的人回来了！”她爹妈非常惊奇，连忙出门迎小伙子到家。问到问佛的事，小伙子说：“佛说，你的女儿见了她的丈夫就会说话了！”姑娘的父母说：“那你就是她的丈夫了。”小伙子在丈人家里住了几日，就领着姑娘继续上路了。

来到让代问核桃树不开花、不结果的那一家，小伙子对主人说："佛说，树下有一盆银子，核桃树不开花、不结果的原因是让银子坠住了。"主人在树下一挖，果然挖出一盆银子，便拿出一半给了小伙子。

小伙子带着妻子、背着银子又到了第一天借宿的村庄。主人问及问佛的事，小伙子说："佛说，你盖的那座新房，只要它的主人住在里边，就不会闹腾了。"主人说："你那天晚上住在里面不是平安无事吗？你一定是这房子真正的主人了。"于是便把房子送给了小伙子。

小伙子给主人付了些银子，又用剩下的银子买了些地，便和妻子住下来。夫妇二人男耕女织，过起了安居乐业的日子。

| 点　评 |

小伙子有一颗乐于助人的向善之心，这就是他的成人成才之本。他西天问佛的过程就是他修炼自己心性、培养助人之乐的"快乐之旅"，为他人排忧解难，自然自己得到欢乐。所谓"予人玫瑰，手留余香"。他必然会得到回报，这个回报是"佛"点拨他的，更是他自己顿悟的。有了这颗向善之心，不用求回报，他自己就会有克服苦难、追求幸福的能力和心气，结果自然美好。

■ 刘　杰

ZHONGGUO CHUANTONG GUSHI BAIPIAN

田螺姑娘

有个后生姓李，人们都叫他李生。父母双亡，单身一人。

一天，他收工回家烧火做饭，忽然闻到一股香味，打开锅盖一看，原来饭菜都做好了，喷香呐！李生觉得稀奇，正好肚子饿啦，就不管三七二十一把饭菜吃了。以后几天都这样子。

这天李生躲在外面看到茅草屋上冒烟，明明是有人烧火做饭嘛。李生毛手毛脚地把门打开，是咧，一个年轻妹仔正在做饭，那妹仔听到有人进来，慌忙捡起一样东西，往身上一笼，打个滚就不见了。

李生真是千不该万不该放那妹仔跑呐，对着桌上的饭菜想，要是能找个这样的娘子，那该多美！

又过了几天，李生装着去下地，早早地躲在门角落。不多时，那妹仔像往常一样来到李生家里，把身上的田螺壳脱在一边，洗锅刷灶，烧火做饭。李生看到她着迷了，悄悄把田螺壳收起，冷不防从那妹仔背后一把将她抱住。那妹仔挣脱不开，便正色问道："李生，你见到我一样东西吗？"李生心里明白，却装着不晓得，说："没见到，哪样东西呀？"妹仔说："你既识破了我的机关，那我就实讲了吧。我是西海的田螺女，与郎君有前世姻缘，只是求你千万别把我的身世讲出去。”李生听了大喜，哪有不答应的。两个就指天为证，结成夫妻。从此，男耕女织，生活得十分安稳。

时间一长，远近的人都晓得李生娶了聪明美丽的妻，在世上还很难找到第二个咧。一传十，十传百，很快传到一个财主那里。财主想到纵有三房四妾，哪有李生的好？计谋着要把田螺姑娘抢过来做小老婆。一天，财主打发几个奴才，以游山打猎为名，来到李生家里，田螺姑娘正在织布。奴才上前问道：“大嫂，李生呢？”

田螺姑娘见来人鬼头鬼脑，就说：“李生嘛，不在家，你有哪样事，快讲！”

“好吧，明人不干暗事。你李生的爷借我家老爷三百两银子，过去从不向李家提起这事。如今，李生交了运，这三百两银子也该了结呐。要是李生还不起，大嫂你……”

田螺姑娘早明白了来意，还没等奴才把话说完，她就抢先说了：“报你屋老爷，李生家穷，无力偿还，我愿以身抵债。不过，要限你三天，备足九九八十一匹绸缎、九九八十一个抬盒，用八人花轿迎接。”

奴才把田螺姑娘的话一一报告财主，财主听了喜得合不拢嘴，连声说：“行行行！老爷我有的是金银财宝，就依她的条件办。”

李生从地里回家，田螺姑娘把刚才的经过一五一十跟李生讲了，李生虽然明白是将计就计，但还是不放心。

三日期满，财主果真备了九九八十一匹绸缎、九九八十一个抬盒，八个人抬了一顶花轿，财主披红挂彩，骑一匹红马，吹吹打打，来到李生门前。这边，田螺姑娘早已梳洗完毕，只见她身着纱衣，脚穿罗袜，显得格外艳丽迷人。她特地烧了一缸瓮清茶，殷勤地给每个人敬了一杯。财主和奴才们正在喜滋滋喝茶，陡地天昏地暗，雷鸣电闪，飞沙走石，八十一个抬盒变作八十一座巍巍大山，八十一匹绸缎化作八十一条滚滚洪流，财主和奴才们被困在八十一座大山当中，分不清东西南北；八十一条洪水卷来，把财主和奴才都冲进了西海，一个个喂了鱼虾。

李生和田螺姑娘再也不受人欺负了。

十年以后，田螺姑娘生下三男两女，由于持家有方，家境慢慢富了起来。一天，李生抱着三岁的满崽，一时兴起，就轻轻地拍着满崽屁股，顺口哼着：

“丁丁丁，你妈是个田螺精！当当当，你妈是个田螺娘！丁丁丁，你妈是个……”

田螺姑娘正在灶前弄点心，听了很不是滋味，于是板起脸孔，走到李生面前问道：“李生！你说我是田螺精田螺娘，有什么证据？你拿出来。”

李生一来是心里高兴，二来也觉得他俩已生了几个孩子，自然不把田螺姑娘的话放在心上，就走进房里把收起的田螺壳亮了出来。哪晓得被田螺姑娘一手抢过去，就地一滚，不见了。只听到一个声音在空中说：“如今你不按照我的话去做，泄露了天机，这是我俩的缘分尽了。我不会伤害你，我会使你的子孙代代相传。”

李生后悔也来不及了，发誓不再续弦，把田螺姑娘丢下的子女抚养成人。据传，田螺姑娘的子孙代代繁衍，士农工商，各操其业，人财两旺，也从来没有哪样灾星降临。后世有人把李姓改成田姓，为的就是纪念他们的圣母——田螺姑娘。

点　评

这是一则流传广泛的著名的民间故事。丁乃通《中国民间故事类型索引》，将“田螺精”列为400C型，收入古今异文三十余例。此型故事早在魏晋时期即已成熟定型，这就是晋代文学家陶潜所撰《搜神后记》卷五中记述的《白水素女》，又名《谢端》。人与异类的结合永远都是暂时的，人与异类的冲突和对立才是历史的永恒。这是“田螺女”型故事的深刻寓意。然而，在民间故事中，人和异类毕竟可以和谐相处。为了纪念圣母——田螺姑娘，李生和田螺姑娘的子孙后代都改姓田。这是“天人合一”观念在民间故事中的体现。

■ 万建中

《田螺姑娘》原出《搜神后记》:“晋安帝时，侯官人谢端，少丧父母，无有亲属，为邻人所养。至年十七八，恭谨自守，不履非法。”后几经变迁，虽然《田螺姑娘》的男主角有农夫、渔夫之变，但善良、美丽的田螺姑娘始终是人们念念不忘的大众情人，而勤劳、能干、诚实守信的美好品质不仅能感动上天，还是获得幸福生活的源泉，大团圆的故事尽管老套，但说明一个亘古不变的哲学道理:劳动创造价值。劳动光荣是我们民族流传千年的圭臬，也是社会进步的原动力，这是传统故事《田螺姑娘》“古为今用”的教化意义所在。

■ 斯涵涵

ZHONGGUO CHUANTONG GUSHI BAIPIAN

达稼和达仑

壮　族

达稼① 两岁时就死了娘，三岁时父亲又讨了个后娘。

开头的日子，后娘对达稼照料还算周全，无论吃的穿的，一样也不短，处处关怀，就和亲生的女儿一样。

人常说，“戏台上的皇帝，总是当不长的。”自从后娘生了达仑以后，达稼就变成了肉中刺、眼中钉，成日里不是挨打就是受骂；达仑才那么点儿大，也仗着她娘的势，时时欺负达稼。

不久，达稼的父亲也死了。不用说，自此往后，达稼就更加受苦了，漫说好的吃穿摊不到达稼，就是连隔夜的豆子饭，也不许达稼挨边。

有一次，西庄有人办喜酒，后娘就马上给达仑缝了套新衣，把达仑装扮得漂漂亮亮的。达稼见了，便说：“娘呀，也让我和妹子一起去吧。”“唔，你也想去吗！”后娘板着脸说，“好吧，有本事，就让你办件事，办得好么你就去；办不好，饿狗休想吃天鹅肉，你没那福分！”说罢，就拿了五斗芝麻、六斗黄豆，一股脑儿搅得乱麻麻的，推到达稼跟前，说：“今天你能把这豆儿芝

① 达稼：壮语，孤儿的意思。

麻拣清，就让你去!”说着就走开了。

达稼看了这一大摊乱麻麻的黄豆芝麻，心全凉了。说实在的，莫说一天拣不完，就是十天也拣不清啊！达稼眼看这场喜酒是吃不成了，就伤心地哭了起来，哭得凄凉凄凉的。

达稼的死去了的娘，听见了达稼的哭声，就变成一只乌鸦，飞到屋顶上，唱道：

稼呀稼，稼呀稼，
你莫哭，你莫怕，
黄豆芝麻算不了啥!
粗筛子筛来簸箕儿簸啊，
芝麻黄豆自分家。

达稼听了，满心欢喜，就拿来个粗筛子，一筛筛地盛着筛。果然，不到一炷香的工夫，五斗芝麻，六斗黄豆，全都拣清了。

达稼高高兴兴地跑去对后娘说：“娘呀，芝麻拣好啦，让我去吧。”后娘一听说拣清了芝麻，不觉一愣，心想：这丫头也真灵巧！但立即又沉着脸，说：“唔，哪有那么容易，事情还多着呢!”说罢，就又拿出一对水桶来说：“能挑满后院里那三个缸的水，就让你去。”

达稼听说只挑满三缸水就能去了，这有什么难呢！于是把袖筒一卷，就高高兴兴地下河挑水去了。

谁知，后娘早就把桶底戳得稀巴烂，水还没挑进家，早就漏得精光了。

看看快到晌午了，水缸还是空空的，达稼急得“哇”的一声，哭了起来。

达稼的娘听到了哭声，又变成一只乌鸦飞到树上，唱道：

稼呀稼，稼呀稼，
你莫哭，你莫怕，
挑满三缸水呀也算不了啥！
先把桶底儿整一整啊，
青草儿堵来黄泥儿巴。

达稼听了，就照着乌鸦唱的，用青草把桶的窟窿堵住，然后又用黄泥糊好。果然，这一下一滴水也漏不掉了。

挑满了三缸水以后，达稼又高高兴兴地跑去和后娘说：“娘呀，水也挑满啦，让我去吧。”后娘听说三缸水都挑满了，眼珠子一转，就又沉着脸说：“哪能去，连件像样的衣服也没有！你看看达仑吧，红衣服来蓝裤子，绣花的鞋儿衬着白袜袜，哪一样不都是新的；你看你穿的，东一个补丁西一个疤，也配作客去吗？”

达稼见后娘要走了，就又放声痛哭起来。

达稼的娘听到了哭声，晓得达稼又一定是受什么委屈了，仍然变成一只乌鸦，飞到屋顶上，唱道：

稼呀稼，稼呀稼，
你莫哭，你莫怕，

花衣红裤和鞋袜，
全都埋在枇杷树下。

达稼听了，高兴地跳了起来，马上就拿把小锄头到枇杷树下去挖，才挖了三五锄，就挖上来一个小包包，打开一看，果然有件花衣服，一件红缎子滚边裤，一双凤嘴花鞋，还有一副金手镯，一副金耳环。裤子红鲜鲜的，耳环儿光灿灿的，达稼看了好不欢心，立刻就装扮起来。然后，又去对后娘说："娘呀，衣服也有了，让我去吧。"这一次，后娘没什么说的，只好答应了。

吃喜酒去嘛，怎能不高兴呢！达稼一路上蹦呀跳的，好不欢喜。走到桥上时，一不当心，绊着个石磴磴，一只凤嘴鞋掉到河里去了。

过了一会儿，一个年轻的秀才骑着匹高头大马从桥上经过，不料那马儿才走到桥头，就不走了，任你怎么鞭打，它也只是仰起头来不住地嘶叫，却一步也不肯移动。

秀才觉得奇怪，就下马来看个究竟。秀才往桥下一看，见一只红鲜鲜的凤嘴鞋搁在浅水里，一漂一荡的，秀才心想：我莫非和这掉了鞋子的姑娘有姻缘吗？想着，就把马儿拴在桥磴上，然后到河里把鞋子拾起来。

秀才拾到凤嘴鞋的事，马上就在村子里传开了，还说：谁认出鞋子来，就讨谁做老婆。

这消息也传到了达仑母亲的耳朵里，于是她就到桥上对那秀才说："秀才先生，那凤嘴鞋是我女儿达仑的啊！"秀才说："那就叫她来认认看吧！"达仑的娘说："快啦，她吃喜酒去就快要回来了。”正说着，远远看见达稼和达仑从那边桥上走过来，就指着达仑说：“看，那不是吗！秀才先生，那个穿花衣蓝裤的就是。”边说就边迎了过去，拉着达仑的手说：“仑呀，快去认认鞋子吧，那秀才先生拾到你的凤嘴鞋啦！”

达稼眼快，一看见秀才手里拿的凤嘴鞋正是自己的，便走过去说：“先生，还给我吧，鞋子是我的呀！”后母见达稼抢先过去认鞋，便骂道：“你这个死丫头，谁说鞋子是你的，分明是达仑的！”说罢，还狠狠地扭了达稼一把。

秀才见她们争着认鞋子，也觉得有些为难，于是就想出个办法，说：“别争吧，你说是你的，她又说是她的，这样争下去，争到明年也争不清。这样办吧，我拿根带刺的树儿搁在桥当间，谁走过时，刺儿扯着谁的衣尾，鞋子就算是谁的。”说完，就砍了根带刺的树儿搁在桥上。

第一个先走的是达仑，她尽力往带刺的树杈杈上摆着衣尾，可是任她怎么摆，衣尾还是轻轻地从刺儿边滑过去。

轮到达稼走了，她刚到树边，一阵风吹来就把她的衣尾牢牢地挂在刺上，于是秀才就把鞋子还给达稼。

不几天，一顶大红花轿停在达稼家门前，达稼成了秀才的夫人。

从此，达稼就和秀才一起过日子，恩恩爱爱，甜甜蜜蜜的，再也不受后娘的气了，不久还生了个白白胖胖的儿子。

有一年，达稼带着孩子回家走亲戚，一顶小轿直抬到家门前，后娘见了，就假仁假义地迎了出来说：“乖仔仔，里边歇吧。”随着又张罗着杀鸡宰羊的，整整忙了半天。

达仑见母亲对达稼这般殷勤，心里好不气愤，就独个儿跑到后院里哭骂起来。后娘见了就跑去偷偷地告诉她说："蠢孩子，你打量妈是笨的吗？"随后又附着耳朵，细声细气地讲了些什么，达仑才高高兴兴地出来和达稼一起吃饭。

吃罢饭，达仑对达稼说："稼呀，你几年不回来了，我们后院里那口井的水更清了。走吧，我们俩照照影子去！"达稼说："那就去吧。"就和达仑去照影子。

到了井边，达仑乘达稼不留意时，一把将她推进了水井。

达仑回到屋里，就照达稼的穿着打扮起来，然后出来对孩子说："仔呀，跟娘回家去吧。"孩子一看，不像自己的娘，便说："我不，我不！你不是我娘，我娘脸上没有麻点的。"达仑见孩子不肯认她作娘，便又说："蠢孩子，这是刚才外婆炸油团子，火太猛，给油星星溅了一脸，才有这些麻点点啊，走吧！"孩子听说是给油星溅的，也就相信了，就和达仑一起上轿回家去。

一上轿，两个抬轿的觉得轿子沉甸甸的，比来时重了几倍，就说："怪呀，轿子怎么比来时重了？"达仑在轿里答说："吃饭肚重，吃粽身沉；我吃了粽，轿子哪能不比来时重呀！"就这样，她又骗过了两个抬轿的。

回到了家里，起初秀才很疑惑，后来达仑又把被油星溅的事重复了一遍，秀才也就没说什么了，但心里总不很踏实。

一天，秀才从村学里回来，经过一个林子边，突然看见一只小斑鸠，在树上唱道：

呃呃呃，呃呃呃，

美妻换成个麻脸婆。

秀才听完了小斑鸠唱的，很是纳闷，心想：莫非这小斑鸠就是我的妻子？于是便对着小斑鸠说：“小斑鸠呀小斑鸠，你要真是我妻子，你就飞进我左边袖筒里来。”说完就张开了袖口，“噗”的一声，小斑鸠就飞进秀才的袖口里来了。

秀才把小斑鸠带回家，拿个笼子装了，放在堂屋里。

一天，达仑闷着没事，看见堂屋里搁着个织布机，就想学着织布。才坐上去，梭子还没动，“啪”的一声，织布机翻倒了。

小斑鸠见了，就唱道：

咕咕咕，咕咕咕，
谋人妻子霸人夫；
谋人钱财害人命啊，
织布的机子也不服。

达仑听了，气得满脸通红，就拿根鞭子狠狠地照着笼子打了几下，才一停手，小斑鸠又唱起来了：

咕咕咕，咕咕咕，
达仑是个九尾狐；
她的心比虎还狠啊，
她的心比蛇还毒。

达仑听了，更气得要命，就伸手到笼里把小斑鸠掏出来，使劲地攥死了。

晚上秀才回家时，看不见小斑鸠，便问："小斑鸠哪去了？"达仑说："杀了。"秀才说："杀它干什么？"达仑说："杀来炖黑豆。"说罢就舀了两碗斑鸠汤出来，一碗推到秀才面前，一碗自己吃了。吃着，吃着，达仑觉得这汤怎么越吃越苦，就问秀才："你觉得这汤苦不苦？"秀才说："哪里苦，我吃得鲜甜鲜甜的。"达仑说："那我们换着吃吧。"换了以后，达仑觉得更苦，就又问秀才："怎么我还觉得苦，你那碗怎样？"秀才不耐烦地说："还是鲜甜鲜甜的，一点也不苦！"

达仑气极了，就把一锅汤全都倒在后院里。

不久，后院里便长出一丛毛竹。夏天，竹根下总是阴凉阴凉的，秀才每一次到竹根下乘凉时，竹丛里总掉下一个黄澄澄的果子，秀才吃了甜美美的。

达仑知道了，就也到竹根下乘凉，坐了老半天，连个果子的影子也不见。突然，一棵毛竹"咿呀咿呀"地弯了下来，竹尾尾一把将达仑的头发钩住，把她挑上了竹顶顶。这一下，可把达仑吓坏了，嘴里呼救连天。

秀才听到了喊声，出来一看，见是达仑被竹子钩上了竹顶顶，心里又好笑，又好气，就到屋里拿把刀来，把毛竹砍断，达仑"噗"的一声从竹顶上掉了下来，跌得浑身酸疼酸疼的。

达仑从地上爬起后，就气呼呼地抢过秀才手里的刀，把一丛竹子都砍掉了。

村里人知道秀才家砍了竹丛，都争着来要。

村前有个老太婆知道了，也来要了根竹子，回去做布机子上绕线的筒筒。

自此以后，有件事使老太婆怎么想也想不通了。本来，老太婆每天都是白天下地，晚上才抽空织布的，因此每天也只能织个三尺五尺布。可是，自换了个绕线的筒筒以后，每天傍晚从地里回来时，布机上总搁着一大卷织好的布，这不能不使老太婆大大地惊讶了！漫说这些布，一架机子织不来，就是十架机子也织不了那么多呀！老太婆觉得奇怪，就问左邻右舍，看是谁帮着织的？但大家总说没有织，只说近来白天也听到屋里机子响。

第二天，老太婆一早起来就假装着说要下地去，然后就偷偷地到隔壁人家藏了起来，想看看究竟是谁来帮着织布的。

老太婆从篱笆缝缝望过去，突然从绕线的筒筒里慢慢地钻出来一个漂亮的姑娘，那姑娘出来以后，向四周望了望，见没什么动静，就安安稳稳地坐到布机子上，一梭快、一梭慢地织起布来。老太婆见了，心里高兴极了！就连忙跑过去，冲开了门，一把抓住了那姑娘，说："姑娘，你真好啊！你叫什么名字？"

那姑娘见被老太婆抓住了，想挣也挣不脱，就说："老太婆呀，我是个没娘没家的。"老太婆说："那你就认我做娘好了。"那姑娘说："那太好了！不过，我被人害得连骨头也没一根，你想要我做女儿，就请你先到街上买把筷子来，放在水里煮，拿筷子水给我喝了，我才能成为一个有骨头的人啊！"老太婆听了，就连忙买来一把新筷子，放到锅里去煮，然后舀碗筷子水让姑娘喝了。果然，姑娘喝了以后，人就更挺直、更漂亮了。

一天，姑娘对老太婆说："娘呀，今天这么好晴天，你给我请个人来好吗?”老太婆问:“请谁呀?”姑娘说:“请村里那年轻的秀才呀!”老太婆说:“唉，傻姑娘，人家是什么人，怎肯来我们穷人家啊!”姑娘又说:“娘呀，去吧！你说有个姑娘请他，还叫他把儿子也带来，他不会不来的。”老太婆拗不过，就只好去试一试。

不一会儿，秀才领着儿子和老太婆一起来了。到了家里，老太婆忙着弄吃的，但姑娘总不肯出来，老是待在帘后坐着。

老太婆拿了个鸡腿给孩子吃，孩子高兴极了，就大口大口地吃着。突然，一只大花猫喵呜喵呜地跑过来，一口把孩子的鸡腿抢走了，小孩子见抢走了鸡腿，“哇”的一声便哭起来，随着就跑进帘后去赶那大花猫。

小孩子赶到帘后，一见了那姑娘，就连忙扑了上去，喊着:“妈妈，妈妈，这才是我妈妈呀!”

秀才听到孩子“妈呀妈”地叫个不停，觉得奇怪，就走到帘后去看。这一看，可把秀才愣住了！只见孩子紧紧地抓住那姑娘的手，那姑娘也紧紧地把孩子搂在怀里，两行眼泪簌簌地流个不停。“哦，那不是我的达稼吗?”秀才惊叫起来，接着就跑过去抱住那姑娘，两下里都不知说什么好，秀才眼里也是湿润润的。

第二天，秀才就把达稼接回了家。

达仑见达稼回来了，心里又急又怕，就偷偷地问达稼:“稼呀，当年你不是已经掉到水井里去了，怎么现在你又回来啦?”达稼冷冷地笑了一下，说:“人是那么容易死的？告诉你，好心的人，怎么也害不死啊!”达仑听了，心里又气又羞。

一天，达仑又问达稼:“稼呀，你的肉怎么那么白呀?”达稼说："我母亲把我放在臼里舂白的呀！"达仑说："真能舂白吗？"达稼说："还能骗你！白米也是舂白的，人怎么就舂不白呢？"达仑说："好，那我明天回家叫我母亲也帮我舂一舂吧！"

第二天，达仑一早就回家去，冲着她娘就说："娘呀，你说达稼为什么那么白呀？告诉你，是她娘把她放在臼里舂白的啊！来吧，你也给我舂舂吧！"说罢，就蹲到臼里去了。

她妈见她说得那么认真，以为是真的，就把舂杈子挪开，使劲一蹬，舂棰就落下来，达仑只"呀"了一声，便不说话了。

达仑的妈，见舂死了女儿，伤心地哭了一场。不久，她也就闷闷地死去了。

从此，达稼和秀才仍然过着恩恩爱爱、香香甜甜的日子，而达仑母女却变成了两个秋焦鸟[①]，日日夜夜不停地喊着："害人害己，害人害己！"

徐　宏　搜集整理

点　评

这是一则著名的壮族民间神话传说，以民间故事为切入点，结合壮族活态的民俗事象，读起来通俗易懂，情节环环相扣，直到今天，类似的故事还代代口耳相传。故事中达稼是个孤女，为后娘所虐待。村里办喜事，只带自己亲生女儿达仑去参加，而处

① 壮语的译音。

处刁难达稼：五斗芝麻和六斗黄豆混合叫她分拣出来；挑满三缸水但桶却是漏底的。达稼为之哭泣时，总有一只乌鸦来告诉她解难的办法，这些写作手法反映出壮族民众对动物的崇拜心理。年轻的秀才和达嫁结婚后，其后娘及达仑非常妒忌，谋害达稼后，自己冒充姐姐，但因自己没有达稼漂亮而为难。最后还让母亲把她放到舂臼去舂臼，结果却舂死了。这个故事告诉我们：一个人为了自己的利益，总是想方设法地去算计别人，最终还是把自己给算计了。

■ 陈宝霞

ZHONGGUO CHUANTONG
GUSHI BAIPIAN

沙 姑

回 族

从前，宁夏沙河边上有个沙枣村，村里有个姑娘，既聪明又勤劳，名叫“沙里麦”。

沙里麦六岁的时候死了爹，七岁的时候死了娘，之后跟着奶奶长大。这沙里麦打小就特别喜欢沙枣树，经常在沙枣林里割草、放羊、放牛，一有空闲就放水浇那些小树。村里人见她如此喜爱沙枣树，都亲昵地叫她“沙姑”。

沙姑长到十七八岁时，已经出落成很漂亮的姑娘了。一年秋天，她正在沙枣林里放羊，忽然有颗顶大的沙枣“啪嗒”一声落在沙姑面前。她拾起来，正想送进嘴里，却听到一个清脆的声音：“沙姑，沙姑，别咬我，放了我吧。”

沙姑看看四周静悄悄的，一个人也没有。是谁在说话呢？她心里一惊，手一松，沙枣子落到了地上。说也奇怪，那沙枣子骨碌碌在地上一滚，就变成了一位天下少有的美女，站在了她面前。哟！原来是一位仙姑下凡啦。

仙姑从手上取下一枚金戒指，放在沙姑手里，笑眯眯地对她说：“勤劳好心的姐姐，这枚金戒指送给你吧。等你碰到危难的时候，只要闻一闻金戒指上的宝石，叫三声‘仙姑’，我就会来帮助你。”

说完，仙姑变成一颗顶大的沙枣，飞上了沙枣树。

第二年，沙姑嫁给了马大山的第七个儿子。婚后，沙姑对丈夫体贴入微，又孝敬公婆，日子过得和和睦睦。男人、公婆喜欢她，村里村外的人更是没有不夸她的。可是马家人多心不齐，六个嫂子以为公婆偏疼小婶子，都很忌恨，背地里嘀嘀咕咕，想要弄一下沙姑。

这天，马家一家人都在地里割麦子，轮到沙姑在家做饭烧茶。沙姑把水添到锅里，快要烧开的时候，大嫂子在厨房门口向她招招手，叫她帮着剪个鞋样，沙姑刚一出去，二嫂子就轻手轻脚走进厨房，往灶门里加了几块木柴，又往锅里放了几把盐。等沙姑回到厨房时水已经大开，咕嘟咕嘟翻着白沫。沙姑用勺子舀了点水一尝，咸得叫人恶心。她一猜度，心里全明白了。沙姑把盐水舀净，重新加了清水，放好茶叶，还特意放了些糖，很快又把水烧开了。

沙姑把茶挑到地头，喊一家人放下镰刀过来喝。六个嫂嫂站在一边，挤眉弄眼地等着看沙姑的笑话。这当儿，沙姑笑吟吟地舀好了糖茶，一一递到公婆、哥嫂跟前。

公公、婆婆、大伯子、小侄子、小侄女……一家人坐在一起，美美地喝了个够。

经过这一回，嫂子们真心服了沙姑，沙姑的名声也传得更远了。传来传去，传到了皇帝的耳朵里。一天，皇帝派大臣传沙姑进宫。大臣来到沙枣村，对马大山说：“皇上给你一千两黄金，给你儿子再娶一个媳妇，把你家沙姑送进宫吧！”

马大山和儿子说啥也不同意，并把大臣斥骂了一顿。大臣恼羞成怒地说：“你这老东西，敬酒不吃吃罚酒，我要叫你人财两空!”

大臣回到皇宫向皇上禀报了事情的经过。皇上听说后，就叫大臣带上三千人马，把沙姑抢进宫来。

皇帝的三千人马浩浩荡荡到了沙河边上的沙枣村。进村后，大臣便闯进马大山的家里宣旨。马大山一家人一时不知如何是好。沙姑的丈夫穆合买和几个哥哥说，干脆和他们拼了。

沙姑却不慌不忙地用双手拦住家里人，对大臣说：“请你们在门外边稍等一会儿，让我收拾收拾，换身衣服再随你们动身。”

沙姑进到里边房子，用鼻子闻了闻金戒指，叫了三声“仙姑”，眨眼工夫仙姑就站在了面前。沙姑问仙姑：“仙姑啊，现在我遇到大难了，你能帮我忙吗?”然后把皇帝派大臣来抢人的事说了一遍。

仙姑听了说道：“好啊，让我帮你们把家搬到天山里去。那儿有丰美的水草，你们去那里重建家园吧。”

仙姑把袖子轻轻一拂，就呼呼地刮起狂风来，把皇上的兵马刮得七零八落，狼狈逃窜。仙姑又把袖子一拂，马大山一家人连带房屋、牛羊、农具……统统随风飘上了天空。飘呀飘呀，飞过了无数座大山、无数条河流，又飞过了茫茫的大沙漠。仙姑第三次把袖子一拂，马大山一家在伊犁河边停落下来。这里的草滩大得一眼望不到边，牛啊羊啊一落地，就都扎进草里吃起来。

从此，马家在这里过上了好日子，并且一代一代传下去，建起了好多回民庄子。所以，这一带住的回民，十家有九家是姓马的。

直到今天，回族人家姑娘订婚、出嫁都要学沙姑戴金戒指。

金戒指成了吉祥的象征。

| 点　评 |

这是联系着宁夏沙河和新疆伊犁河两地的一则回民故事。沙姑原先住在沙河边，因为怜惜沙枣，结果获得了仙女赠予的戒指，体现了民间对万事万物都充满感情的美好想象。此后，沙姑嫁给了马大山的儿子，因其聪明而遭到妯娌们的嫉妒，这是“巧媳妇故事”的常见题材。沙姑依然可以凭其聪明化解妯娌的心结，以德报怨，维系了家庭的和睦。最后皇帝要来索取沙姑，其他人都准备武力反抗，只有沙姑，凭借其先前的功德，对着戒指呼唤仙姑，在神异力量的帮助下，他们迁往伊犁河边，从此过上无忧无虑的生活。这充分体现了巧媳妇的智慧和仁爱，也体现了善有善报的朴素哲理。

■ 陈泳超

ZHONGGUO CHUANTONG
GUSHI BAIPIAN

九斤姑娘

张箍桶有个女儿，名叫九斤。

九斤是一个绝顶聪明的姑娘。虽然她从小死了娘，没人管教，可是长到十七八岁，不论浆洗缝补还是描龙绣凤，没有一样不会，没有一样不精。邻近三村的人，都知道张箍桶的女儿是个很有才情①的姑娘。

张箍桶出门做生意去了。九斤在家替爹爹补衣裳。忽然来了一个七八十岁的老公公，见了九斤就问："九斤！你爹在家吗？"

九斤回答说："不在家。你找他有什么事吗？"

"当然有事啰！你爹回来，叫他马上到我家里去。有点要紧生意要请他做。"

"好！回来了就叫他去。老公公，你叫什么名字啊？"

"我的名字叫做：一斗半，两斗半，三斗五升，四斗半。你自己去算吧！"

九斤连想也没有想就说："噢，原来是石二公公！石二公公，你家住在哪里呀？"

---

① 才情即才能。

“就住在东头石家村。我家是有记号的：东边叮叮当，西边冷清清，门前两个管门人，一东一西两边分，胡须生在头颈里，笤帚插在头顶心。你爹来，就叫他找这一家好了。”

九斤想了一想说：“好，知道啦！你家东边是一家铁匠店，西边是一个祠堂，门前有两株棕榈树。对吗？”

“对，对，对！”石二公公笑眯眯地捋着胡子说，“九斤姑娘真有才情！我走啦。”

石二公公走后不久，张箍桶就回来了。

九斤一见就问：“爹爹，今天怎么回来得这样早？我中午饭还没有烧呢！”

张箍桶叹了一口气，说：“唉，生意不好！我在街上喊了半天，没有人要箍桶。”

“嘻，我坐在家里倒接了一票订货。爹爹！刚才石二公公来过了，他说有要紧生意叫你去做！”

“是哪个石二公公？”

“就是石家村那个石二公公。”

张箍桶皱着眉头说：“他家里我不去。阿囡[①]，你不知道，他这个人，讲出话来，就像茅山道士念咒一样。邻近三村，就是他家的生意难做。”

九斤想了一想，说：“爹爹！家里饭米也没有了，外头又没有生意做，我看你还是去吧！石二公公的言语不好懂，有阿囡给你想办法。”

① 闺女，女儿。

“你又不好跟着我去，有什么办法？”

“不跟去也有办法的。你把一张长推刨放在家里好啦。到石家，倘若叫你修旧家什，依样画葫芦，你总会画的。倘若叫你做新家什，说出话来不懂，你就说：‘做新家什要用长刨的。一张长推刨放在家里没有带来，要回去拿一拿。’你来拿长推刨，阿囡就替你出主意。”

张箍桶被女儿这么一劝，就答应了。

回头再说石二公公。

石二公公有三个儿子。大儿子和二儿子早已娶了老婆，小儿子却还是一条光棍。他听说张箍桶的女儿很有才情，就想把她娶来给小儿子做老婆。这天他叫张箍桶去做生意，就是想试试九斤的才情，准备和张箍桶结一门亲眷。

张箍桶挑着担子到了石二家里，石二待他非常客气。吃过点心，石二说啦：“张师傅！今朝请你来，想要你箍几样新家什。”

“要箍什么新家什？你说吧！”

“我要箍一只早早桶，一只中午桶，一只小儿桶，一只有底无盖桶，一只有盖无底桶……”

张箍桶一面听，一面咕哝着：“喔唷，喔唷，要箍这许多桶！”

石二说：“你不要急，还有呢：一只桶，两只耳朵高耸耸，中间直弄通，一眼望去到山东；一只桶，中间横着一根栋，尾巴翘起通天空，翻转身来‘扑龙通’。张师傅，这几样桶你会箍吗？”

张箍桶一想，这些稀奇古怪的桶，听也没有听见过，不知道怎么箍法，但是嘴里不好这样说，只得撒个谎，回答道：“会箍，会箍。”说着，假痴假呆地把箍桶担翻了一阵，搔搔头皮说：“石二伯伯，做新家什要用长推刨的，我一张长推刨没带来，还要回去拿哩！”

石二知道他要回去问女儿，随口答应说：“好好，你要快去快回呀！”

张箍桶回到家里，一见九斤，便埋怨说：“我说石家的生意难做，不能去，你偏要我去！他叫我箍几样桶，我一样也不知道。”

九斤连忙安慰他说：“爹爹，你不要着急，总会想出办法的。你说说看吧，到底是几样什么桶。”

张箍桶便把石二的话一五一十地说了一遍。九斤想了一阵，说：“爹爹，这几样桶我都晓得了！”

“啊？你晓得了？快点告诉我，我还要去做生意哩！”

“爹爹，你记清楚：早早桶是面桶，中午桶是饭桶，小儿桶是坐桶，有底无盖桶是脚桶，有盖无底桶是锅盖。‘两只耳朵高耸耸，中间直弄通，一眼望去到山东’，这是蒸饭的蒸桶。‘当中一根栋，尾巴翘起通天空，翻转身来扑龙通’，这是打水的吊桶。”

张箍桶一听，高兴得跳起来说：“我道是什么断命桶！这几样桶，我箍了半世了，还不会箍？”

张箍桶高高兴兴地回到石二家里。石二一见就问：“张师傅，长推刨拿来了吗？”

张箍桶因为肚里有气，没好声嗓地大声回答说：“拿来啦！”

石二笑了笑问：“那几样桶你都会箍吗？”

张箍桶神气活现地说："这个不是吹牛皮，面桶、饭桶、坐桶、脚桶、锅盖、蒸桶、吊桶，我闭着眼睛也箍得出来。"

"这是你阿囡教你的吧？"

"哼，我箍桶箍了半世了，难道这几样桶还不会箍，要我阿囡教？"

张箍桶要面子，撒了一个谎。石二听了，心中暗暗好笑。便说："唔，你张师傅肚才不错！今天这几样桶都不要箍了，你另外替我箍一只外国金丝桶吧！"

张箍桶心里想：本国桶箍得多，外国金丝桶倒没有箍过，不知道是个什么样子。管他三七二十一，叫他说出来看看再讲。便说：

"饭都是米煮的。本国桶、外国桶总是一样箍法。是什么样子，只要你说得出，我都会箍。"

"好，我说给你听。"石二摇头晃脑地念道，"上无盖来下无底，四面城墙不通风，三街六市闹盈盈，十字路口在当中，千军万马里面登，中间坐个赵子龙——这种桶，你会箍吗？"

张箍桶一想：别的不讲，单是这么大就箍不起来。要说会箍吧，实在箍不起来；要说不会箍吧，又怕被他小看。想来想去，没有别的办法，只好还是去问九斤，就撒个谎说："这种桶好箍，就是箍这种桶的家什放在家里没有带来，一定要去拿来才好动手。"

石二知道他又要去问女儿了，也就假痴假呆地说："半个工夫被你三跑两跑跑光了，你快去快来吧！"

张箍桶回到家里，一见九斤便气呼呼地说："石二这老家伙今天硬是要和我作对，他本国桶不箍了，要我箍什么外国金丝桶了。”

九斤一听觉得很奇怪。石二连一百里路以外的地方也没有去过，晓得什么外国金丝桶呢？便说：“爹爹，他告诉你了吗，这种桶是什么样子？”

“他说这种桶‘上无盖来下无底，四面城墙不通风，三街六市闹盈盈，十字路口在当中，千军万马里面登，中间坐个赵子龙’，你看叫我怎么箍法？”

九斤低头想了一下，笑起来说：“阿爹，你被他骗了。这明明是蜂桶，哪里是什么外国金丝桶！”

张箍桶细细一想，也笑起来说：“讲起来倒是有点像，阿囡你真聪明！”

张箍桶欢欢喜喜地回到石家，故意问石二：“石二伯伯，你家又不养蜂，蜂桶箍起来做啥？”

石二说：“你不要假痴假呆，这一定又是九斤教你的。张师傅，你家九斤真有才情，我蜂桶也不要箍了。”

张箍桶一听，吃了一惊，说：“蜂桶不要箍，又要箍什么新式外国桶了？”

石二说：“什么桶也不要箍了，我要和你攀亲。”

“喔唷，攀亲？我和你一点亲戚也没有呀！”

“没有老亲可以结新亲。把九斤许给我家老三吧！”

“喔唷，好倒是好，不过我这个阿囡是个宝，她的终身大事，要她自己愿意的。让我回去问问她吧。”

石二说：“好，我等你的回音。”

张箍桶出了石家门，在村子里打听了一阵，知道石二的小儿子人还不错，就回家和九斤商量这件事。九斤也愿意了。

过了几天，石二选了一个日子，用花轿把九斤抬过去，和他的小儿子成了亲。

成亲以后的第二天，九斤要下厨房烧饭。石二趁这个机会，还想试一试九斤的才情，就说："九斤！石家的规矩，新媳妇头次下厨房要烧一锅鸳鸯饭给公婆吃，你知道吗？"

"请公公说明白，什么叫鸳鸯饭？"

"鸳鸯饭就是半锅米，半锅水，一半烂，一半焦。这种饭，你煮得出来吗？"

九斤一想，这样的饭不管手段多高也煮不出来的，可是她还是满口答应了。她一面走，一面想主意。走到厨房里，主意也就想好了，她拿起菜刀，把一个锅盖箍斩断了，叫着从厨房里走出来："公公，锅盖箍爆断了，饭不能烧了。"

石二说："那就换上一个新箍吧，你爹爹是个箍桶匠，打个锅盖箍，你一定也会的。"

"箍我是会打的，就是没有打箍的竹子。"

"谁说没有竹子？我家样样竹子都有，就放在门口，要哪样竹，随你自己拣。"

"公公，打锅盖箍，早竹、毛竹、紫竹、雷竹都用不着，要用鸳鸯竹打的。"

"什么鸳鸯竹？我生来也没有听说过有这种竹！"

"鸳鸯竹它半株青、半株红。这种竹不出在高山，也不出在平地，是出在东洋大海里的。"

“喔唷，这种竹子天下少有，怎么办得到！”

“公公！倘使鸳鸯竹办不到，媳妇这鸳鸯饭也烧不出来。”

石二一想，这下子，只好打退堂鼓了，就笑呵呵地说：“九斤，鸳鸯饭不要烧了，还是烧一锅家常便饭吧！”

石二见九斤的才情比自己还高，十分欢喜。有心要叫她当家，只怕大房媳妇三快老和二房媳妇四快老不服。他想了一下，拿出一丈二尺青布，把三个媳妇叫到跟前说：“我这一丈二尺青布，要做四样东西，你们哪个会做，就拿去做，做好了，我让她当家。”

三快老外号“枣树拍板”，抢着说：“公公，要做哪四样东西？我来做！”

石二捋着胡子说：“你会做吗？四样东西是：一条汗巾，一个钱褡，一件长衫，一条被头。缺一不可。”

三快老一听呆住了，瞪着两眼说：“一丈二尺青布，哪能做出这四样东西！你叫二婶、三婶做吧。我情愿不要当家。”

石二说：“那日后你不要懊悔。”

三快老说：“只要别人会做，我不懊悔。”

石二就问四快老会不会做。四快老外号“乱弹笃鼓”，心想：只要有家好当，贴上几丈青布也是合算的。就说：“公公！话要讲明：做四样东西，一丈二尺布是无论如何不够的。我情愿贴上几丈，我来做好啦！”

石二说：“你要贴布不行，一定要用一丈二尺布做成四样东西。”

四快老一听这话，头颈一扭，嘴巴一撅，说：“那我也不会做。你叫三婶去做好啦！”

石二说：“不会做，家也不给你当。你去吧！——九斤，你会做吗？”

九斤想了一想说：“我拿去做做看。”

石二笑眯眯地说：“好，你拿去慢慢地做吧。做成了，就让你当家！”

九斤拿了布回到房里，裁裁剪剪，不到一天工夫，就做成了一件长衫。她拿了长衫去见石二。石二一穿，非常合身，高兴地说：“唔，这件长衫做得很好！还有汗巾呢？”

九斤说：“我们乡里人都是用小襟揩汗的，所以我想小襟就是汗巾。不知道对不对。”

石二连连点头说：“对，对！还有钱褡呢？”

九斤说：“钱褡就在袖筒里①，你看好不好？”

石二连声说：“好，好！还有被头呢？”

九斤说：“古话说‘日当衣衫夜当被’，这件长衫，到了夜里就是被头。”

石二听了这话，高兴得眉欢眼笑，连声说：“做得对，做得好！九斤，就让你当家吧！”

从这天起，九斤就成了石家的当家人。

九斤当了家以后，独有三快老心中妒忌，常常惹是生非，因此妯娌两个不大和睦。

一天，三快老正在灶头切菜，忽然来了一只黄猫，衔一块鱼鲞就跑。三快老一把没有抓住，慌了手脚，赶上去就是一菜刀，

① 旧时的服装，大衫的袖口缝上一段，可放东西。

把猫屁股劈成两半，当时就死了。

这一下就闯了祸了。原来这只猫是一个守寡的地主婆的。这地主婆刁钻古怪，又和官府有些来往，所以厉害得很，村里人没有一个不怕她、不恨她的。大家给她起了一个外号，叫作“奇怪刁”。

古话说，若要人不知，除非己莫为。三快老斩死黄猫的消息，很快传到奇怪刁的耳朵里去了。奇怪刁当然不肯甘休，她拿了一块砧板，一把菜刀，跑到石二门口，剁着砧板，大声咒骂起来。

石二听见门口有人咒骂，跑去打开大门一看，原来是奇怪刁，连忙赔笑说：“啊呀三弟妇，什么事情使你这样生气呀？”

“哼，你还要假痴假呆！”奇怪刁气呼呼地说，“你家三快老把我的大黄猫砍死了！”

“啊呀，三弟妇！三快老怎敢砍死你三叔婆的大黄猫？恐怕是人家传错了！”

“哼，有名有姓的，还会传错？你不要赖！”

石二连忙说：“三弟妇，你耐性点，让我先去问一声看。如果真是三快老砍死了你的大黄猫，我一定照样赔你一只！”

奇怪刁气鼓鼓地说：“好，你去问吧！是假真不了，是真也假不了！”

石二进去一问，果然是三快老把黄猫砍死了。石二又气又怕，把三快老狠狠地训了一顿说：“这种人，人家避她还来不及，你偏偏去寻着她，这下子要破财了！”

石二就去向奇怪刁赔不是说：“三弟妇，黄猫是三快老失手砍死的，只好请你原谅，我认赔。”

奇怪刁搭起架子说：“你认赔？哼，只怕你赔不起！我这只猫，不是普通的黄猫，是一只金丝猫！”

石二吃了一惊，说：“什么叫金丝猫？”

奇怪刁说：“金丝猫是一件宝，它身上的毛，一天会变三种颜色。这还不算，这只猫，日里会拖金条，夜里会拖元宝。我这份家私，就是靠它挣起来的。你要赔，就该照式照样地赔我一只金丝猫！”

石二一听，气得两眼发黑，忍不住说：“三弟妇，你也不要太做过头了。一只普通的黄猫，你说它是只金丝猫，世上哪有这样的金丝猫！”

奇怪刁一口咬定说：“一点儿没错，就是一只金丝猫，前年徽州朝奉来取宝，给过三千两银子，我还不肯卖呢！”

石二也冒火了，袖子一甩，说：“你要赔黄猫，有！你要赔金丝猫，休想！”说完，就走进里面，砰的一声把大门关上了。

奇怪刁在门口不停地咒骂，石二在屋里急得走投无路。这时，九斤从厨房里跑来了。

“公公，让她这样骂下去也不是个办法。县官和她是相好，她要到县里去告呢！”

“唉，九斤，这件事全靠你了。你有什么办法吗？”

“办法总有的，让我想想看。——噢，公公，她过去有没有借过我们什么东西？”

“怎么没有？她是这几年才发起来的。二三十年前她家里穷得没饭吃，就常常来向我们借东西，米呀、六谷[1]粉呀，借了

① 六谷就是玉蜀黍。

去，从来也没有还过。”

“除了米、六谷粉，她还借过别的东西吗?”

“零零碎碎的东西借去很多，也记不清了。只记得有一年年三十夜，来借去一把锅铲，过了年也没有还。”

“这就好办了，叫她还锅铲吧!”九斤高兴地说。

奇怪刁正在剁着砧板咒骂，忽听大门一响，出来了九斤。九斤很客气地拉着她说：“三叔婆呀，砍死你的金丝猫，不要说三千两银子，就是三万两，也总要赔你的。你放心！哪怕卖田卖屋，我们也要变出三千两银子来，不会少你的。你到里面坐坐歇歇吧!”

奇怪刁一听，真痛快。连忙说：“还是九斤懂道理，我也不坐了，只要赔我三千两银子，我就走。”

九斤说：“三叔婆，我公公说，过去你常常到我家借东西，借去了，从来也不还。有一年年三十夜，借去一把锅铲，也没有还我们。”

奇怪刁一心只想着要三千两银子，没有多考虑，就说：“有的，有的！你赔我三千两银子，我买一把新的锅铲还给你们!”

九斤说：“锅铲不要你赔了，你把那根锅铲柄还给我们吧!”

奇怪刁呆了一呆说：“那根锅铲柄早已给我烧火烧掉了。没有关系，赔你们一根新的好了。”

九斤冷笑一声说：“这根锅铲柄，只怕三叔婆赔不起了。这是月亮婆婆送给我公公的一根娑婆条。娑婆条做了锅铲柄，这个锅铲就成了宝。只要锅铲甩一甩，一锅清水就变饭；只要锅铲凿一凿，一锅萝卜就变肉；只要锅铲丢一丢，一缸清水就变酒。这根锅铲柄，当年徽州朝奉来取宝，给过六千两银子，我公公还舍不得卖呢!”

奇怪刁一听，慌了手脚，连忙说:“九斤，你不要耍胡赖，天下哪有这样的锅铲柄!”

九斤说:“天下既有那样的金丝猫，就有这样的锅铲柄。三叔婆，今天这笔账要算算清楚，你的金丝猫值三千两银子，我们的锅铲柄值六千两银子。赔了你金丝猫，你还要找给我们三千两银子。三叔婆，你是付现钱还是立欠约，随你方便!”

这时，奇怪刁已经占了下风，没有办法，只得讨饶说:“九斤，这件事情，还是我不好，我情愿认错。我的黄猫不是金丝猫，你的锅铲柄也不是娑婆条，大家不用赔，两下对销，好不好?”

九斤说:“你的黄猫你自己说不是金丝猫，我们的锅铲柄却是实实在在的一根娑婆条，这是不好对销的!”

这时在门里偷听的石二也踱出来了。他指着奇怪刁说:“今天是你自己寻上门来的，三千两银子，不怕你少一两。九斤！把她拖进去，叫她立了欠约再走!”

奇怪刁一见苗头不对，连忙丢下砧板菜刀，头也不回地逃走了。

从此，奇怪刁不敢再像以前那样放肆了。村里人知道了这件事，都称赞九斤能干。三快老也由妒忌变为佩服九斤了。

刘　金　搜集整理

点 评

中国封建社会重男轻女，说什么“女子无才便是德”，但劳动人民却不这么看。他们在民间故事中塑造了许多“有才”的“巧女”艺术形象。“巧女故事”往往通过巧妙的情节和夸张的艺术手法，充分表现劳动妇女的聪明智慧。许多看来无法解决的问题，一到她们手里就迎刃而解。《九斤姑娘》便是其中一个。故事说石二公公相中了张箍桶匠的女儿九斤姑娘做儿媳。石二公公没有看走眼，九斤姑娘在与妯娌比赛智慧及与地主婆的斗智斗勇中，都取得了胜利。该故事主题鲜明：歌颂劳动，反对歧视妇女。这在男尊女卑的封建礼教制度下，是具有深刻的人民性和教育意义的。

■ 杨亮才

ZHONGGUO CHUANTONG GUSHI BAIPIAN

狼外婆

从前，有个山村住着一个老嬷嬷，她有三个闺女，大闺女叫大门环儿，二闺女叫二门鼻儿，三闺女叫笤帚疙瘩儿。

有一天，老嬷嬷赶集买了点心、烧饼和香油馃子，装进一个篮子里头，去走娘家，临走时嘱咐孩子们说："今天我去看外婆，明天才能回来。晚上早吃饭早睡觉，不是娘回来，谁来叫门也别开。"娘叮嘱了一遍又一遍，才挎着篮子出门走了。

老嬷嬷走到半路上遇到一个蒙着灰头巾的老婆子，老婆子说："你上哪村去呀？"

老嬷嬷说："我到东村去走娘家。"

"走累了吧？咱坐在地头上歇歇吧！"

"歇歇就歇歇吧！"

两个人坐在地头上说起闲话来了。

"你家有几口人呀？"

"我家有四口人，我有三个闺女。"

"她们都叫什么名字呀？"

"大的叫大门环儿，二的叫二门鼻儿，三的叫笤帚疙瘩儿。"

"你住在哪个村呀？"

“我家住在西村庄南头，院子里有棵老枣树的就是。”

老婆子说：“哎，我看你头上有虱子，我给你捉捉吧！”

老嬷嬷说：“好吧！”

原来这个老婆子是个狼妖精变的，它说：“捉虱子，你别嫌疼。”说着就用指甲掐一块头皮放在嘴里嚼嚼吃了。

老嬷嬷说：“俺不让你捉了，疼死俺了！”

“哎，忍忍痛，捉得净！”说着又掐了一块头皮放在嘴里嚼吃了。

“俺可不叫你捉了，你怎么掐我的头皮吃呢？”

“好，不捉了，不捉了！”

“那你篮子里是什么东西呀？”

“是点心、烧饼和香油馃子。”

“你给我一个吃吧！”

“这是看俺娘的礼物，那可不能吃。”

“你不给我吃，我就把你吃了！”

老嬷嬷吓了一跳，抬头仔细一看，知道它是个狼妖精，就把篮子里的点心给它吃，那狼妖精“呱嗒”一个、“呱嗒”一个，狼吞虎咽地吃开了。

老嬷嬷心想，逃命要紧，撒腿就往回跑开了。

狼妖精吃完了篮子里的东西，就去撵老嬷嬷，一会儿的工夫，就撵上老嬷嬷了，它一下子把她扑倒，拉到高粱地里就吃了。

狼妖精等天黑了，就装扮成大门环儿的外婆，去准备吃她们姊妹仨。

狼外婆走到村头，看见一家院子里有棵老枣树，就敲门喊开了：

“大门环儿，二门鼻儿，笤帚疙瘩儿开屋门儿！”

姐妹仨听见叫门，便问道：

“你是谁呀？”

“我是你外婆呀！”

大门环儿说：“俺娘不是去看你了吗，你怎么来了呢？”

“你娘病倒了，头疼得天旋地转，叫我来和你们做伴。”

大门环儿一听声音不像外婆，就说：“你不是外婆，你怎么说话嗡嗡哝哝？”

狼外婆说：“昨儿伤风，鼻子不通，说起话来才嗡嗡哝哝。”

二门鼻儿借着月光从门缝里一瞧，瞧见手上有毛，就说：“你不是外婆，你手上怎么有毛？”

狼外婆说：“那不是毛，那是新做的皮手套。”

笤帚疙瘩儿从门缝里一瞧，瞧见腿上没有带子，就说：“你不像外婆，外婆扎腿带子，你腿上怎么没扎带子呢？”

狼外婆就赶紧念咒：“东风刮，西风刮，刮两个高粱叶来把腿扎。”

果然飞来两片高粱叶，狼外婆赶紧用高粱叶把腿扎上，就说：“你看腿上不是扎着腿带子吗？好孩子，赶快把门儿开开！”

笤帚疙瘩儿又从门缝里一看，真看见扎着腿带，就说：“外婆真有腿带，我来把门儿开开。”说着，“哗啦”就把门开了。

狼外婆赶紧进了家。

大门环儿说：“外婆，我点上灯吧！”

狼外婆说：“千万别点灯，点灯妨公公！”

二门鼻儿说:“我打着火吧!”

狼外婆说:“千万别打火，打火妨婆婆!”

笤帚疙瘩儿说:“摸黑睡觉吓得慌!”

狼外婆说:“摸黑睡觉睡得香，一觉睡到大天亮。外婆搂着你睡，还怕吓得慌!”

狼外婆真的搂着笤帚疙瘩儿睡，和大门环儿、二门鼻儿蹬腿睡。

刚刚睡下，大闺女和二闺女都觉着外婆有个毛瘆瘆的大尾巴，她们齐声问:“外婆，外婆，你怎么还有一条大尾巴呢?”

“别胡说，那不是大尾巴，那是我带来的一匹麻!”

这时，狼外婆就悄悄把三闺女笤帚疙瘩儿掐死吃了起来。

二闺女听见外婆“咯吱咯吱”地吃东西，就问:“外婆外婆，你吃的什么?”

“我不是伤风了吗?我吃个胡萝卜压压咳嗽。”

大闺女说:“给我一块吃吧!”

二闺女也说:“给我一块吃吧!”

狼外婆说:“死丫头片子，看把你们馋的，给你们一块!”说着扔给大闺女一块。

大闺女一摸黏糊糊的，仔细一摸，知道是小妹妹的脚趾头哩!她悄悄告诉二妹妹说:“不好了，她不是外婆，是个狼妖精!她把妹妹吃了，赶快逃到院子里去。”

大门环儿说:“外婆外婆，我拉屎。”

“到床底下拉去!”

“不行，床底下有床神。”

“到门后头拉去!”

“不行，门后头有门神。”

“你到院子里拉去吧!”

大门环儿急忙跑出去了。

二门鼻儿也说:“外婆外婆，我也拉屎。”

“床底下拉去!”

“床底下有床神。”

“门后头拉去!”

“门后头有门神。”

“那你也到院子里拉去吧!”

大门环儿对二门鼻儿悄悄地说:“这是个狼妖精，一定是它把咱娘吃了，又装扮成外婆来吃咱姊妹仨的。现在它先把小妹吃了，我们一定要为娘和小妹报仇，你别害怕。”

二门鼻儿哭着说:“我不怕，我要为娘和妹妹报仇。”

姊妹俩带着油桶和井绳，急忙爬到枣树上去，她俩坐在老枣树柯杈上，把一桶油倒在枣树下半身上，防备狼外婆爬树。

狼外婆在床上等啊、等啊，也没把姊妹俩等回来。它等急了，就喊开了:“大门环儿、二门鼻儿，你们两个死丫头片子，你们干什么呢，怎么还不回屋来?”

正巧，这时有一家娶媳妇的路过村头。大门环儿说:“我们在这里看娶媳妇的哪，你也快来瞧吧！你听，唢呐吹、锣鼓敲，呜哒呜哒好热闹。”

狼外婆听到了唢呐声和锣鼓声，又惦记着吃她姊妹俩，就来到院子里。它一看姊妹俩在枣树上，它就往树上爬，树干上倒了油，它一爬一出溜，一爬一出溜，树皮把爪子磨疼了，还是上不去。它说：“大门环儿、二门鼻儿，外婆怎么上不去呢？树为什么这样滑呀？”

大门环儿说：“你到针线笸篮里去拿裹针来，把针一根根地插在树上，树就不滑了。”

狼外婆到屋里摸着针线笸篮，拿出一裹针来，把针一根根地插在树上，然后它又往树上爬，爬来爬去，那针把它的脚掌也扎疼了。

二门鼻儿说：“外婆，我这里有井绳，我把绳子放下去，你用绳子捆住腰，我把你拔上来吧！”

狼外婆说：“好吧！”它用绳子捆住自己的腰，说：“捆好了，你拔吧！”

二门鼻儿用劲往上拔，拔到半空中，她猛一松绳子，“呱唧”，把狼外婆摔了个仰八叉，摔得它鬼哭狼嚎：“哎哟，摔死我了，你这个死丫头片子，我非吃了你不可！”

大门环儿说：“外婆外婆别生气，我比妹妹有力气。我来拔你，定能顺心合意。”

狼外婆说：“那好吧，你若是摔疼我，非吃了你不可！”

大门环儿抓紧绳子往上拔，快拔到树柯杈了，大门环儿猛地一松手，“扑通”一声，把狼妖精摔得七窍流血，死在地上了。

大门环儿和二门鼻儿凭着聪明和勇敢，终于为娘和小妹妹报了仇，雪了恨。

李伯洋 等　讲　　述

陶　阳　记录整理

点 评

这是一个著名的启发儿童认准善恶、勇斗恶人的故事。故事以狼妖精为主角，以它多变的骗术来构筑情节。但是万变不离其宗，是狼就要吃人，故事里的两姐妹通过各种考验识破了狼妖精的本来面目，并且以自己的方式打死了狼，是一个启发儿童智力、教育儿童不要上当的典型童话。有趣儿的是，故事极其贴近农村生活，语言朴实，很接地气，各种情节和对话生动有趣，很多对话都属于儿童愿意说的歌谣，比如“东风刮，西风刮，刮两个高粱叶来把腿扎”等等。虽然在当代居住环境改变的情况下，儿童会觉得陌生，但是其中有趣的情节和认识意义值得保留。

■ 刘晔原

ZHONGGUO CHUANTONG
GUSHI BAIPIAN

凤凰和麻雀

土　族

百鸟之中，凤凰最美。可也怪，它偷偷娶了个最丑的乌鸦做老婆，这还不要紧，那乌鸦还挺厉害，遇事凤凰不能做主，都得乖乖地听老婆的指示和吩咐。

这一天，吃罢早饭，乌鸦没事就飞到大树上观赏大自然的风景，忽然之间，它发现在蔚蓝辽阔的天幕下，衣着五光十色的群鸟，正展翅比翼翱翔在乌鸦的顶头上空，轻歌曼舞，自由自在。

乌鸦嫉妒得很，进而气愤不过，用眼轻蔑地向空中扫了一眼，然后一脑扎入洞中，恼羞成怒地冲着凤凰说：

“你还是个鸟王！哼！都把我气死了，成天只知道待在洞里，也不出去看看，那些比你丑的鸟都能腾空飞翔，看它们多神气！”

乌鸦见凤凰不吭声，就伸出长长的黑嘴，在凤凰耳边嘀咕了一阵。凤凰像往常一样，照老婆的话行事。

第二天，凤凰下了一道命令：召集天下群鸟，要一个个把翅膀剪掉，省得它们再在鸟王头上耀武扬威！

众鸟听说鸟王有令，不到一顿饭的工夫，先后都来了。鸠刚落地，孔雀又来了。那边，百灵鸟、鸽子、猫头鹰，还有家鸡……一个接一个地来了。这时乌鸦拖着肥胖的身子，代替凤凰点名查到。结果，众鸟都在，就是麻雀没来，大伙举目四望，就是不见麻雀踪影。乌鸦在凤凰耳边嘟哝了几句，然后高声说："不等它了，我们开会吧！"

凤凰照着乌鸦的吩咐向大家训了话，然后动手剪翅膀。众鸟一听要剪翅膀，都吓得心惊肉跳，尽管一股劲地向后挤，挤来挤去，凤凰一手抓住家鸡，只听"咔嚓"一声，一对翅膀落了地。正在这时，只听见天那边，传来了"叽叽喳喳"的叫声，大伙一哄嚷起来："呵！麻雀来了，麻雀来了！"

凤凰一见麻雀，大发雷霆，冲着就问："你这小东西，竟敢违抗鸟王之令，为什么迟到了？"

"我……"麻雀低着头慢慢地回答，"禀告鸟王，我在路上有事，耽误了时间！"

"什么事？"乌鸦抢先追问，那气势汹汹的样子简直要把麻雀一口吞下去似的。

麻雀说："路上有两个人在争嘴，后来越吵越凶，争得不可开交，就打起架来了。一问，原来是这么回事：一个说'晴天比阴天多，白天比晚上多'，可另一个偏说不是，非认定'阴天比晴天多，晚上比白天多'不可。"

"那你怎么回答的呢？"凤凰问。

"我回答说：'晚上比白天多。'"

"那为什么呢？"众鸟插嘴问起来。

"白天，就是出太阳的时间，如果把阴天加上夜晚，岂不是晚上比白天多！"

"就这事，也不该迟到！"乌鸦还是不肯饶恕麻雀，马上又追问了一句。

“不，还有!”麻雀赶忙申述，“走不多远，又遇见一件事：一大堆人，看小两口子在吵嘴，只听那男的说：‘世界上男的比女的多’，‘不!’，女的马上反驳：‘世界上女的比男的多’，男的不依，女的更不让，公说公有理，婆说婆有理，谁也说服不了谁，争得脸红脖子粗，差点扭打起来!”

“那么，你是怎样解释的呢?”这回，凤凰好奇地追问。

“我对他们说：‘世界上女的多，男的少!’”

“那为什么呢?”凤凰十分不明，奇怪地问。

“这个嘛——”麻雀瞟了凤凰一眼，意味深长地说，“本来世界上，有一男就有一女，可是，现在有很多男人光听女人的话，自己没有主意，受女人的摆布，分派惯了，结果，也就成了女的，所以我说世界上，女人比男人多!”

凤凰一怔，禁不住脸上一阵发热，半天说不出话来，两眼瞪得圆圆的，它恍然大悟，自己遇事失了主意，只受乌鸦老婆的吩咐，干了许多蠢事，当即就叫众鸟回去，自己一气也钻进了洞，空场上只剩下剪了翅膀的家鸡，拖着肥胖的屁股，来回不安地走着，它恼恨凤凰，可更讨厌乌鸦！从此，鸡就飞不上天了。

点　评

这是一则寓言故事。故事讲述百鸟之王美丽的凤凰娶了丑陋的乌鸦做老婆。乌鸦妒忌百鸟的美丽，命凤凰召开百鸟大会，要百鸟剪去翅膀。唯独麻雀没有到会。麻雀用自己的智慧教育了凤凰，也说明众鸟中，只有鸡剪去翅膀，从此飞不上天。

这则故事有启发人们智慧的作用。

■ 陶立播

俗话说得好：“绣花枕头一包草。”外表再美的鸟王凤凰，如果缺乏必要的判断力、鉴赏力，凡事没有主见，则难免会沦为丑乌鸦支配的傀儡、小麻雀嘲讽的对象，而家鸡则成了凤凰胡乱决策的受害者，“鸟王”的称谓也成了虚有其表、浪得虚名。我们无论做人做事，都应该具备敏锐的洞察力、精确的判断力，实事求是，凡事应当力求透过现象看本质，不被表面现象所迷惑，增强本领才是立身之本。

■ 赵绍香

ZHONGGUO CHUANTONG GUSHI BAIPIAN

孝顺媳妇

有一个孝顺媳妇，每天都要给公公暖被窝。人家都说她的闲话："哼！那个烧包头么，还不知是咋回事呢！"

一天，她敬神去了。这个敬神的地方很特别，只有一个龙头。敬神的人拿着一把香撂过去，看能不能插在龙头里。人都说："只有心好才能插进去。"看见她也去，人家就说："哼！那个烧包头，还烧龙头香！她一插就要掉到河里，叫大蟒大蛇吃掉。"

她拿着香撂过去，一下子就插在了龙头里。可是一回脚的时候，人掉到了坑里。道长说："你们快回去，叫人来捞尸。"

"叫几个人来呀？"

"一个两个不行，起码十个八个，再带三匹白布来。"

有人就赶紧跑到她家去报信，带着人来捞尸了。道长说："你们在路上不能看她，回去后放在堂屋里，还要烧香磕头才能打开看。"几个人抬着就回去了，再过一个弯就要到了。谁知一转弯，只见她迎着说："你们回来了？"

"嗳！我们去给你捞尸去了，你怎么在家里呢？"

"我也不知道，我就迷迷糊糊地觉得好像有人说，要我做好饭等着你们，一睁眼，已在家里了。"

进去一看，她把饭都做好了，摆在堂屋里，几个人就吃起来。吃罢，想起道长说的要烧香磕头。赶紧上香、上供，又是磕头又是作揖的。完了把那“尸体”打开一看哪，金晃晃的一块匾上写着：孝顺媳妇。

| 点 评 |

这是一个具有传奇色彩的故事。作为晚辈，理应孝敬老人，这是中华民族的传统美德，是当代核心价值观的具体表现。故事中的媳妇，每天都要给公公暖被窝，的确难能可贵、可敬可爱。当然，她的孝心最终也换来了社会对她的赞扬和认可。看完这个故事，我有感而发，一首藏头诗与大家共勉：（孝）行中华享天伦，（亲）情奉献老年人。（敬）老爱老是美德，（老）吾老要重在行。（感）激前辈历沧桑，（恩）重如山不了情。（父）母之邦我最爱，（母）子情深天下吟！

■ 裴 平

这个故事很让人感慨，孝顺媳妇给公公暖被窝，招来流言蜚语，但她依然坚持照顾老人。正如孔子曰：“人不知而不愠，不亦君子乎？”当别人不了解她，委屈了她，她不生气，一如既往地照顾公公，难道这不就是最大的孝顺和贤德吗？为了保佑家人平安，她不顾安危将香插到龙头上，自己却掉到河沟里。当人将她的“尸体”抬到家里时，她却有如神助般在家做饭招待“客人”，尸体变成“孝顺媳妇”的牌匾，让人大声叫好。现在的媳妇们得好好学习她善良孝顺的美德，丈夫的父母亲也是自己的父母亲，孝敬老人是我们义不容辞的责任。

■ 彭新结

ZHONGGUO CHUANTONG
GUSHI BAIPIAN

孝顺女智斗不孝子

古时，有一个老人，夫人早亡，膝下有两男一女。女儿出嫁了，儿子儿媳也孝顺。老人手头尚积有些金银财宝，安享晚年，丰衣足食。

一日，两个儿子要求父亲将金银细软分给他俩，作为经商的本钱。老人经不起苦苦哀求，便同意了。想不到儿子分得金银即变了卦，不但不孝顺老父亲，而且让媳妇每日咒骂老人。为赡养老人之事，弟兄也争执不休，最后才勉强决定轮流赡养老人，每人养一个月。从此，老人过着被虐待的日子！

二月廿八日，老大对父亲说："今天满一个月了，明天即是三月份，你该上老二家了。"而老二却说："今天才廿八日，还差三天才是三月一日，老大该再养你三天。"于是，老人像个皮球似的被踢来踢去，没奈何来到女儿家。好在女儿孝顺，老人才得安生。

孝顺女对兄长不孝敬父亲之事义愤填膺，便施一计教训两个兄长。恰好这时侄儿来作客，她买了好多食物和一套新衣服送给侄儿说："姑姑现在阔气多了。因为，你爷爷带来一批珠宝。"侄儿回家后，把情形讲给家人听。这一来，兄弟俩坐立不安了，商议了一回，老着脸皮将老人接了回来。每日好鱼好肉，说不尽满嘴献媚奉承话。

直到老人仙逝后，搜遍家园的四面八方，也不见一点儿珠宝之影。此时此刻，妹妹才悲愤地泄露“天机”，羞得两位厚颜无耻的兄长恨不能钻入地缝里！

| 点　评 |

此故事是一个中华传统美德孝心的故事。俗话说，百善孝为先，这是民族历史的佳话。生命是父母给的，孝顺父母是我们每个人的事情，而故事中的兄弟俩，把老父亲的金银细软瓜分完后，不但不孝顺老父亲，而且轮流赡养老人还像踢皮球似的踢来踢去。在当今社会也不乏兄弟俩这种“六亲不认”的不孝现象，而这种现象已构成社会问题，影响了人际关系、家庭和谐、社会和谐建设的进程与质量。孝道贯百代，上下五千年，已跨越了时间与空间，成为永恒的命题。它是中国古代社会的基本道德规范，是中国人品德形成的基础，我们应该将中华民族的传统美德发扬下去。还好故事中老父亲还有一个伶俐的孝顺女，利用巧妙的计谋将两兄长修理一番。这个故事以老人仙逝结尾告诉我们：树欲静而风不止，子欲养而亲不待。

■ 陈宝霞

孝顺兄弟和忤逆哥哥

羌　族

从前，有两弟兄，弟弟老实、孝顺，哥哥则狡猾忤逆。哥哥分家时，各方面都占得好，弟弟就贫寒。他们妈死后，就给弟弟托梦说："你某天某天在我坟前拜三拜，然后在坟旁树边挖，会挖出一个石狮子来。你把石狮子拿回去，供在神龛子上，早晚烧香换水。你若没钱使，就用香棍敲三下，它会给你吐出来。"

弟弟第二天就按照他妈托的梦去做了，确实挖出一个石狮子来。他拿回家，每天烧香换水。有一天，他烧过了香，就用香棍在石狮子头上敲了三下，用杯子接着，果然，给他吐了一杯金子。这下他就有钱用了。只要没钱使用，就去敲石狮，石狮就会给他吐金子。

他哥哥知道了这件事，问道："弟弟，你那么多的钱，是从哪里来的？"弟弟老实，就把妈妈托梦挖石狮子的经过说了一遍。哥哥说："你把狮子借给我去敲点金子吧。"

"对嘛，你要给我保管好啊！"

哥哥拿回去，敲了几下，石狮子吐的不是金子，竟是一坯马屎。哥哥气极了，就把石狮子给打作两半。过了几天，弟弟来问："哥哥，金子吐够了吧？该还给我用了。"

哥哥说:“吐啥金子啊,给我吐的尽是马粪。”

“还我吧!”

“打烂了。”

弟弟责备说:“我好心好意借给你,你给我打烂了。烂了,我也要。”弟弟拿着烂狮子回去了。

晚上,他妈又给弟弟托梦,说:“你把石狮子埋了,埋在我坟前头。”弟弟就去埋了。不久,埋石狮子的地方长棵竹子出来。他砍了,划出篾条编了个筒笆,拿去捕鱼。弟弟捕了很多鱼,卖了很多钱。

这事又给他哥哥晓得了,哥哥又问:“你为啥又有钱使呢?”弟弟说:“你把石狮子给打烂了,我把它拿去埋在妈的坟前了,后来那里就长出一根竹子,我砍了竹子,编了个筒笆捕鱼,每天吃不完,还卖钱。”

“弟弟,借给我去用一下,我也去卖点鱼。”

“你不要再给我整烂了啊!”哥哥拿到河里去捕鱼,进去的尽是些石头,没得一条鱼。哥哥气了,把筒笆收起来,几刀就砍烂,甩在角角上了。

弟弟跑来问哥哥要筒笆,哥哥生气地说:“哪有鱼,尽是石头。”

弟弟把砍烂的筒笆拿回去,编了个鸡笼笼,喂些鸡,天天生蛋,吃不完又拿去卖蛋。他哥哥又眼红了,哥哥问:“弟弟,你咋这么多鸡蛋?”

“你砍烂的筒笆,我拿去编了个鸡笼,里头关的鸡,每天下两三个蛋,吃不完又拿去卖的钱。”

“我借一下鸡笼笼嘛。”

“你借我两回了，这回可不许你给我整烂啊。”

“对吧!”

哥哥借去鸡笼，不但没有下蛋，反而尽屙些鸡屎，整得一屋子臭。哥哥气昏了，一把火就把鸡笼给烧了。过几天，弟弟来拿鸡笼，见哥哥给烧了，就把灰拿回去了。晚上，他妈又托梦。他又照着做了，把灰撒在后园头，种了些白瓜，白瓜长得好得很，后来，弟弟把瓜切开，哈，里头尽是瓜子金，弟弟从此就不愁吃穿了。

| 点　评 |

兄弟分家是过去农耕社会家庭生活中常有的事情。由分家，便出现矛盾纠纷。于是，民间流传大量的“兄弟分家型”故事。这类故事往往采取道德反差的叙事模式，凸显一方的善良，另一方的贪婪或狡猾忤逆。这则故事中，弟弟善良本分，而做哥哥的则贪得无厌，处处刁难弟弟，霸占弟弟的财宝。只要弟弟有了财宝，就被哥哥掠夺。不仅如此，每次，哥哥都将弟弟的财宝损坏。在故事中，哥哥三次侵占弟弟，这是民间故事中典型的“三段式”结构形式，即同样性质的事件反复三次，以使人物的形象更为鲜明，正反人物品德的反差更为突出。

■ 黄清喜

谁最孝顺

有这么弟兄俩：哥哥在城里开着门头做买卖，是方圆百里数一数二的富豪人家，弟弟在家下庄户，一年到头靠耕种那点山岭薄地，不用说吃大米、白面，就连地瓜、饼子也填不饱肚子！

这弟兄俩的娘早已下世，留下个老爹轮流着养活。上半年，爹到老大家吃住；下半年就到老二家吃住。

老爹每当轮到老大家时，住的是高楼大厦，吃的是大米、白面、鱼、肉、禽、蛋。可是到了老二家里，住的是茅草小屋，连地瓜、饼子也难吃到尽头。弟弟的两个孩子，每逢看见那黄灿灿的饼子，馋得干咽唾沫，儿子和媳妇也不舍得掰给孩子一点吃！

这年除夕，哥哥来到弟弟家，和老爹凑在一起过团圆年。吃饭时，哥哥见弟弟家这粗茶淡饭，触景生情地对他爹说："爹，你说俺弟兄俩哪一个最孝顺？"

爹听后笑了笑，说："都孝顺。"

哥哥又问："爹啊，两个都孝顺，还有个最孝顺的呢？"

老爹听老大说到这里，便抬起头来，先看了看大儿，又瞅了瞅二儿，然后不急不忙地说："你让我怎么说呢？"

老大说："这还不好说，您在谁家住得最好，吃得最好，谁就最孝顺！”

老爹叹了口气，说：“是啊，我在你家住得好，吃得好，男女老少都一样，难分长辈、小辈，在你弟弟家，住得孬，吃得孬，可有口像样的饭菜，全家都不舍得吃，只留给我一个人吃。就连那两个不懂事的孩子，都知道把顺口的留给爷爷吃呢！你说，谁最孝顺？”

老大听后，只见他那白净净的脸上红一阵、白一阵，一句话也说不出来。

你说这两个儿子，哪个最孝顺？

点 评

故事读后，令人深思。孝顺，是子女的本分，不是用来炫耀的。孝顺，没有“最好”，只有“更好”。做子女的，无论如何孝顺，都不为过。做长辈的，只要子女有心，就很知足。孝顺，是个统一体。既要“孝”，“全家都不舍得吃，只留给老人一个吃”。又要“顺”，顺着长辈的心思和意愿，去做孝的事、让老人开心的事。不强制，不添堵，不冷落，不急躁，不疏忽，不遗忘。顺者为孝，孝者顺意。最关键的：孝顺，要记在心，常行动。不在于提供多么好的条件，其实平常的关爱更重要，比如常通电话，常回家看看，认真工作，让老人放心等等。

■ 庄永明

ZHONGGUO CHUANTONG GUSHI BAIPIAN

教子胡同

回　族

北京牛街有一条教子胡同。听老辈人说，早年间这条胡同叫“轿子胡同”，为什么后来改成“教子胡同”呢？原来有一段很凄惨的故事。

轿子胡同对过儿有一条胡同，原先叫“罐儿胡同”。相传罐儿胡同有一家人是回民，只有母子两人。母亲三十多岁上死了男人，孤儿寡母，一无金二无银，生活十分清苦，全靠母亲帮人缝缝补补、洗洗涮涮挣点钱过日子。母亲舍不得吃，舍不得穿，挣来一点儿钱就给儿子买好吃的、买好穿的。

哪知道，母亲娇惯儿子，却养成了儿子的坏习惯。孩子才四五岁，想要什么就得给什么，稍不如意就大哭大闹。饭不可口他扔碗筷，衣不合适他扔在地上用脚踩。母亲总是顺着儿子，把他扔下的东西又捡起来，再慢慢地央求他。邻居大妈几次劝母亲：“他婶儿呀，可不能太惯着这孩子呀。”母亲嘴上答应着心里却想：敢情你们孩子多，不把他们当回事儿。我只有这一棵独苗苗，怎么能不娇点！

孩子十多岁了，一不学徒作艺，二不上学读书，整天跟胡同里的孩子串街走巷惹是生非。街坊大爷几次劝母亲：“他婶子，这孩子可要好好管教啊。”母亲嘴上答应，心里却想：我养的孩子我心疼。树大自然直，准没错儿。

孩子长大成人了，从小养得又馋又懒，什么事都干不了。要学问他斗大的字不识几个，要力气他肩不能担，手不能提。母亲挣的钱不够他花，他便学赌钱和偷盗。凡是好吃的他就去吃，凡是好穿的他就穿，有时竟几天几夜不回家。

一天，母亲正病在床上，突然闯进几个衙门里的当差人，他们进门就说：“老太婆，你养了一个好儿子，昨天他拦路抢劫，行凶杀人，衙门已经把他捉拿归案了。”

母亲听后一下子昏了过去。街坊们送水熬药，她才苏醒过来。原来，她儿子伙同一帮人昨天清晨到广安门外拦路抢劫，被劫的人抓住他的衣角死死不放。那帮人见势不妙，拔腿就跑，儿子急了，拔出匕首照着被劫人心窝刺了下去，那人当场就死了。

行刑那天，儿子被五花大绑押到菜市口，看热闹的真是人山人海，母亲也挤在人群里。

就要行刑了，执事官问儿子：“你还有什么话要说的？”儿子回答道：“只求你让我同母亲说一句话。”

人们让开了一条道，母亲来到了儿子身边。儿子看了看娘，叫她把耳朵凑过来，怨恨地说：“娘呀娘，我好悔！可谁叫你长着耳朵，不听好话！是因为你养子不教，我才落得这个下场！”说完一口将母亲的耳朵咬了下来，转身上了断头台。母亲看着儿子受刑，又悔又恨，只见路旁有一块大青石，便一头撞了过去。待人们围过去拉她，她已经咽了气。

大家知道了这件事，心里都很沉痛。为了记住这个教训，就把“罐儿胡同”改成了“惯儿胡同”。对面轿子胡同的人们为了警戒后人，也把“轿子胡同”改成了“教子胡同”。

王梦玉 讲 述
马 捷 记录整理

点 评

教育孩子是科学也是道德。中国传统文化讲究敬老爱幼，讲究让孩子健康成长，但是绝对反对一味地骄纵子女。民间谚语说“惯子如杀子”，就是这个道理。

本故事第一有北京教子胡同为依据，具有真实性。第二它以夸张和反讽的方式，反复强调故事中的母亲的溺爱，结果害了她也害了儿子，被溺爱的儿子最后也恨这样的母亲。

故事采用民间故事的典型手法，采取反复三段式，最后把情节推向极致，用最大的冲击力强调母亲教育孩子是严肃的责任，既要养又要教，不然就害了孩子。

本故事具有很强的现实性，在具有重养不重教倾向的当下，尤其有意义。

■ 刘晔原

北京地方风物传说。北京牛街有两条胡同：一是轿子胡同，一是罐儿胡同。民间为两条胡同赋予有趣的故事，而且都和教育孩子相联系。通过娇惯儿女的惨痛教训，警戒人们对子女不可娇惯。于是将胡同改名为教子胡同、惯儿胡同。

这则传说故事很具警示意义。

■ 陶立璠

ZHONGGUO CHUANTONG GUSHI BAIPIAN

人无情、鸟有义

侗 族

有一嘎老[①]，忠厚善良，长年修行培德。一天，庵堂香姥告诉他：“某月某日，本地涨大水，你去修造一条船，然后叫你的崽每天都到石象坳去看，石象的眼睛出血，洪水就要暴发。寨子被淹没，你们一家人就躲进船里去。”嘎老一听，心里发慌，急忙问香姥：“隔现在还有多久？”

“不久了。”香姥回答说。

于是嘎老赶急修造了一条船，并叫他的崽每天一大早就去石象坳去观察石象和河水。

一天早上，两个屠夫路过石象坳，见个娃崽赶早在那儿坐着，其中一个屠夫就问：“娃崽，这么早你来这里等谁？”

小娃崽对两个屠夫说：“我不是等人，我来看这石象，我爹叫我每天都来，他说如果石象眼睛出血，这地方就要涨大水，要我一旦发现就立即告诉他。”

两个屠夫一听，觉得荒唐可笑。次日凌晨，他俩就用竹筒盛了一筒新鲜的猪血，赶早经过石象坳，在那个娃崽未到之前用猪

---

① 嘎老，意为老爷爷。

血点红了石象的眼睛，企图戏弄那个小娃崽。

待那个娃崽随后来到石象坳，石象的眼睛还在滴血。小娃崽信以为真，急急忙忙跑回家来报告他的父亲。

说来也怪，事后真的涨了大水，还淹没了他们的村庄。那嘎老一家人坐进船舱里，安然无事。

忽听上游有人喊救命，嘎老仔细一看，只见有个小孩伏着一块木板朝他们这边漂来，那求救声惨得可怜。嘎老急忙划船过去，把小孩救了起来。这孩子姓曾，是个孤儿。

接着，有只猴子也哀叫着被水冲下来，嘎老和他的儿子也救了它，还救了一只来不及躲闪被巨浪冲落水面的喜鹊。

水退以后，嘎老劝姓曾的小孩回家，小孩伤心地对嘎老说，他父母已经去世，家里只剩他一个人，无依无靠，要求嘎老收留他。嘎老心善，收养了他，并叫自己的亲生儿子称他为大哥。

八九年后的一天，京都皇帝失落了玉印，派了许多官员到处寻找。

这时候，庵堂的香姥又告诉这善良的嘎老：“皇帝的玉印在吊井里。”

嘎老知情，就叫自己的孩子下吊井[①]去找玉印。香姥讲的无假，玉印真的在吊井里。嘎老把玉印交给了一位下乡来寻找玉印的官员。

皇帝得到玉印后，转忧为喜，为了答谢这个善良的乡下人，

---

① 吊井，方言，指井口正上方架有水桶的井，类似辘轳井。用绳索将水桶吊在架子上，故称吊井，可以避免水桶和绳子脱手落入井中的情况，方便人们从井中提水。

皇帝就把嘎老的儿子接去当驸马。

嘎老接到诏书以后，左思右想，不知让谁去为好。这时，他的亲生儿子老二就说：“我年纪还小，让哥哥去吧！”

姓曾的这孩子即老大则说：“爹，我好也是弟好，弟好也是我好，弟去也好，我去也行，不过为了不使弟弟劳累，我先去看一看，回来弟弟再去。”

听两个孩子这么说，嘎老就让收养的儿子老大去了。

谁知老大编了一套假话，到京城蒙骗君主，当上驸马以后，忘恩背义，连信都不来一封。

老二想哥哥，跟父亲要了点盘缠赴京去看看究竟。没料到，找到哥哥以后，哥哥当面不认他，并狠心地打了他几十大板，把他关进了牢房。

几个月过去了，不见老二回家，嘎老在家干着急。无奈，只好对猴子说：“老三，你能不能去看看，看到底是怎么回事，怎么老二去这么久还没回来！”

猴子老三点了点头，次日就日夜兼程地跑去看老二去了。

到京城四五天，一直没找着老二，后来它爬上牢房的窗格上去瞅，看见老二蹲在里面，两眼正盯着它，不讲它也知道了三分。

“莫非你是我救的那猴子吧？”老二问。

猴子老三点了点头。

“我被那没良心的关在这里，饭都不给我吃，他想让我活活饿死。”老二对猴子说。

猴子老三于是就去东街偷块油饼、西街偷个发糕来给老二吃。日复一日，天天如此，总是脱不开身回到嘎老身边来。

嘎老忧心忡忡，不放心又对喜鹊说："喜鹊，念我救你之情，你能不能帮我去看一看？"

喜鹊喳喳叫了两声，就向远空飞驰而去。来到宫里，喜鹊累得不得了。恰巧牢房边有棵银杏树，它便在上面暂时栖身。忽见猴子在下面爬窗子，它也飞到窗前去瞅。

老二看见喜鹊，不禁试问："你莫非是我救的那只喜鹊吧？"

喜鹊喳喳叫了两声，知道是自己的小主人落难在里头，便穿过窗格，落到小主人面前。

老二急忙撕下一块衣角，咬破食指将自己的遇难经过写了一份血书，套在喜鹊的翅膀下，催喜鹊赶紧带回家里给他的父亲。

喜鹊日夜兼程回到家里，解下血书给了主人。嘎老看见血书后，知道那忘恩负义的养子关了他自己的亲生儿子，气得他差点昏了过去。这是一个大冤案，岂能任人糟蹋！嘎老于是写了状子，直接控告到皇帝老爷那里。

皇帝老爷知道以后，公正执法，将姓曾的小子施以酷刑，即用铜桶让那小子抱住，而后烧火烙死。与此同时，老二被释放出来，当上了他原来就应该当的驸马。

老二长得英俊，公主见了更是喜欢。所谓"救人无义，救鸟有恩"讲的就是这个故事。

点　评

这个侗族故事其实是一则神话，而且是广泛传播于亚欧大陆的洪水神话，大约经历了很长时间的流传，它又带上了明显的后世传说故事的色彩。其洪水的发生，是用传统的“陆沉故事”类型，在洪水暴发后，善良的主人公分别救了一个人和一只猴子、一只喜鹊，但在洪水退却之后，那个被救的人却伤天害理地陷害主人公的亲生儿子，而猴子和喜鹊则帮助主人公营救其子。这一鲜明的对比，辛辣地讽刺了人世间不道德之人还不如畜生。当然，按照民间故事的一贯原则，最后恩将仇报的坏人终究要遭到惩罚，善良的人们最后还是赢得了皇帝和公主的喜欢，过上了幸福的生活。故事最后终结的“救人无义，救鸟有恩”的简单话语，道尽故事主题。

■ 陈泳超

ZHONGGUO CHUANTONG
GUSHI BAIPIAN

善良的老三

在古时候有一家五口人，有父母和三个儿子。父亲是个木匠，母亲干家务，三个儿子很小。父亲辛辛苦苦一年到头，却餬不上一家人的口。家里贫寒得吃穿不上。不久，父亲害了一场大病去世了。母亲拖着三个小儿子，一边犁田打耙，一边负担着繁重的家务事。由于母亲劳累过度，也病倒卧床不起，在病危中语重心长地给三个儿子讲："你们三兄弟已长大成人喽，我和你爹苦了一辈子，家里没有什么东西，仅有一件蓑衣、一顶斗笠、一把锄头，还有你爹留下的一套木匠工具和喂养的一只狗。依我说，老大是个老实人，给他一件蓑衣、一顶斗笠、一把锄头；老二要滑头一点儿，就给他一套木匠工具；老三善良，喜欢玩狗，给他那条狗，你们三兄弟有什么意见没有？"三个儿子点头答应。刚吩咐完，母亲就死了。母亲死后，三兄弟没有办法，只好把房子卖掉，这样才勉强把母亲的后事安排了。

第二天，三兄弟都离开了家。

忠厚老实的大哥背着蓑衣、斗笠，扛着锄头天天到地里干活。每天他到地里干活，都把蓑衣、斗笠搁在地中间的那个大岩石煲煲[1] 上。一两年过去了，他艰苦的劳动怎么也维持不了自己的生活，仍然很穷。

一天，他在地里劳动，仍把蓑衣、斗笠搁在那个大岩石煲煲上，突然大岩石煲煲变成一个白胡子老人，对老大说："小伙子，我天天帮你背蓑衣、斗笠，你知道不？你休息一会儿后，来把这块大岩石下的这罐银子背回去吧。"讲完老大把这罐银子背回了家。

到家后，老二睡觉刚起床来后园解小便，看见老大背回这么一大罐银子，老二急忙走来："大哥，你在什么地方得这么一大罐银子？给我也讲一讲，哪天帮我也去找一些嘛。"老大就把分家后他到地里干活，得到白胡子老头指点，得到一罐银子的事详细说了一遍。

第二天，老二去借了老大的蓑衣、斗笠、锄头，也到地里劳动，仍照着老大讲的去办。老二劳动到中午，太阳火辣辣的，晒得老二头昏眼花、四肢无力。于是他就到那个大岩石煲煲上躺下，一倒下便睡着了。突然下了一阵暴雨，不到一袋烟的工夫，山洪暴发，这个大岩石煲煲的石缝里冒出一股如桶大的水来，把老二冲出两丈远，泥巴浆浆把老二敷得满头满脸，他爬起来火冒三丈。于是提锄头走到大岩石煲煲旁，用力猛砸这大岩石煲煲，还狠狠地骂："真倒霉，第一天出来搞劳动，连干巴巴的大岩石煲煲也跟我过不去，竟敢也会冒出水来，明天找炸药把它炸了，看它还冒不冒鬼水!"正在这时候，大岩石煲煲钻出一个大白胡

---

① 大岩石煲煲，即为体积较大的岩石。

子老人，对他说：“小伙子，你哪来这么大的火，像你这样年轻轻的小伙子还想发财？恐怕连饭都吃不上！”老二说：“哦！你这白毛老头和我差不多。”一瞬间白胡子老人不见了。老二气冲冲地爬上大岩石煲煲拿蓑衣、斗笠，刚伸手拿没有了，只见一只老豹蹲着，吓得老二什么也不要了，一气儿跑回家。

老二到家后，老大去问：“你借我的蓑衣、斗笠、锄头呢？”老二冒火地说：“我差点儿被老豹吃掉，你还问我要鬼啊！”老大不吭声地走开了。

老三是个善良勤劳的人，不爱多讲话，很诚实、有头脑、会打算。成年累月起早摸黑天天拉狗到田里干活，一两年过去了，他的日子也渐渐好起来了。

有一天，老三扛起犁耙吆着狗下田，有一个商人过路，正看见老三吆着狗准备犁田，商人高兴地问：“小伙子，我长这把年纪，从来没有见过狗犁田，现在你能把狗吆犁三转给我看看，行，我给你一百两银子；输了，我拉你的这条狗去做汤锅。”老三笑着说：“好，我这里犁给您看。”于是老三吆着狗来回犁了三转。商人输了，打开大竹箱数一百两银子给老三，商人动身走时，伸出大拇指说：“真了不起！”商人走了，老三很高兴地提着银子回到家。

老三到家后，把一百两银子倒在斗里，老二跑来找水喝正巧看见，老二问：“你从哪里弄得这些银子来？”老三说：“我吆着狗到田里犁田，有一个商人过路，他对我说：‘小伙子，我长这把年纪，从来没有见过狗犁田，现在你能把狗吆来犁三转给我看，给你一百两银子。’就这样，我犁了三转，商人输了。”

第二天，老二来与老三借了狗和犁耙又到田里，老二把犁架好就犁，可是怎么吼，狗也不向前走半步。老二发起火来把狗打了一顿。后来又去诓诓狗，狗仍摇头不走。这时，老二火冒三丈高，跑到田边砍得一小棵荆竹来打狗，狗看见老二的凶恶样子，一下扑过来把老二咬伤。老二哎哟哎哟哼了几大声，把狗拴在田埂的树桩桩上，捡一块石头把狗打死了，犁耙也砸烂了。老二一边偏着头一边哎哟哎哟地哼着回到家。

老二偏三倒四地坐在草坪上休息，老三走来问："二哥，我的狗呢？"老二唉声叹气地说："老三，你的狗差点儿把我咬死在田里，太冒火我把它打死了！"老三听后，眼泪唰地往下流，跑到田里一看，被老二打死的狗搁在田埂上，老三一下子给狗跪下，放声大哭，喊叫三声："可怜的狗！可怜的狗！可怜的好狗！"老三慢慢地起来伸手去抱狗，突然地下冒出一罐金子来，老三擦了眼泪又脱衣服给狗穿好，把狗和一罐金子背回家。

老二从门内出来，一边走一边伸着懒腰去解小便，又看老三得一罐金子，跑来问："老三，你运气真好，又从哪里弄来的一罐金子啦？"老三说："二哥，你把我的狗打死搁在田埂上，我一看狗真死了，给狗下跪，伤心哭了一阵，擦干泪起来，狗平时与我有感情，于是脱我穿的衣服给狗穿，才把狗抱起来时，搁狗的地方突然冒出一罐金子。"老二听完后，第二天去邻居家借得一条狗，仍照老三讲的去办，什么也没有，只见田埂冒出一堆牛屎来。老二二话没说，气冲冲地回了家。

过几天后，老三选择了好日子，把狗热热闹闹地抬上山安葬，这座坟砌得高大漂亮。过了三天，老三到狗的坟上看，坟墓不见了，只见长出一棵青枝绿叶的树来，树长得像一把伞。这时老三仍不相信自己的眼睛，又一次跪下喊着："狗——我的好狗!"老三伤心地站起来，擦干泪水抬起头来，伸手去摸了这棵树三下，又拍了三下，只见树叶劈里啪啦往下落了三堆，突然变成白花花的三堆白银。老三独自一人把两堆白银一捧一捧地捧起，堆放在树脚一圈；另一堆捧进背箩背回家来。

老二抽着旱烟又来问："老三，你又去哪里背白银来?"老三说："二哥，你把我的狗打死后，择好日子把狗抬上山去热热闹闹地埋在三龙山的凹凹那点，我过三天去看，不见坟了，只见坟上生出一棵青枝绿叶的树，树长得像一把伞，于是怀疑自己眼睛看错，就伸手去摸三下，又拍树三下，树叶落下有三堆，突然三堆树叶变成白银，然后我就一个人用手一捧一捧地捧放在树脚，圆圆堆了一圈。另一堆捧进背箩背回家来。"这样一五一十地讲给老二听。

第二天，老二全照着老三讲的办，摸了树三下又拍了三下，一片树叶都不见落下来。于是他又乱摇起树来，树连动都不动。这时老二气足火冒地跑回家拿来斧头，用斧头狠狠把树砍了十下，突然树上落下石块，把老二打昏倒地，老二爬起来更冒火了，就举起斧头把树砍了。老二一声连一声地哼痛回到家。老三看老二回来就走上前问，老二讲了好多难听话，老三忍气回家。

一天，有三个木匠上门来问老三："兄弟，天助你，我们三人帮你起一厢走马转角楼的大房子。"老三说："师傅们，建这厢房子需要占多少地面积?"三个木匠说："要占三亩三分地的面积才够。"

几天后，三个木匠经过三天三夜把房子起好了。老三高高兴兴地住进新房，特意留下三个木匠玩了三天三夜。夜里间间房内、房外、房前屋后，方园亮三里三路的地方。

不久，老三家来了一名仙女，主动与老三求婚，不几天就结婚，后来生了三个儿子。老三和他的老婆又一起去把大哥二哥接来合为一家团聚。老大、老二说："还是老三好。"

从此，老三成了大富翁。

| 点 评 |

这是典型的"狗耕田"故事类型和"两兄弟"故事类型的嫁接故事，却反映了同样的一个主题：善有善报、恶有恶报。这个主题是民间文学最基本的道德判断，经常出现在各类故事里。而这个故事所拼接的两个类型，恰恰是用最简单的对比法，讲述同样的行为过程，如果内心怀着不同的心思，则将获得截然相反的结果。它的拼接使得这一对比过程更加漫长，像使用排比句似的在重复中加强了主题的鲜明和力度，使之更加深入人心。这一故事从类型拼接中拉长了讲述时间，也使得两相对比的两个类型在拼接后又符合了民间文学三叠式的传统审美惯性，充分显示了民间故事灵活的组构功能。

■ 陈泳超

这是著名的"狗耕田"故事类型（又叫"兄弟分家"型）。

它的最早记录见唐代段成式《酉阳杂俎》续集《支诺皋上》中的“旁迤”。20世纪30年代以后，它陆续刊登在《民间》《艺风》等杂志上。至今在群众中还流传有许多异文。故事的情节是：有兄弟三人，老二贪心，弟弟忠厚、勤快。分家时，老二得到大部分家产，弟弟只得到一只狗和一点儿贫瘠的土地。分家后，狗给弟弟拉犁耕田；死后变成金子；后来又变成树，叶落为白银。弟弟一再得到好处，当贪心的老二依样去做时，却屡次得到相反的结果。一方面，对弱小、诚实、勤劳的弟弟进行协助，使其获得幸福；另一方面，却让贪心、狠毒的老二得到惩处。

■ 万建中

一甏金子

从前，杭州湾边上住着两兄弟。

一天，弟弟上山去砍柴，路过一个坟堆，只见那里金光闪闪，耀人眼睛。走过去仔细一看，原来坟堆里有一只甏，原先是埋在地底下的，时间一长，泥土被洪水冲走，甏就露出地面。弟弟朝甏口一张望，只见里面都是金光四射的金条，他想：这是别人的东西，不好随便拿的，就在附近找来几块乱砖碎瓦，把甏重新埋好，自顾自上山砍柴去了。

晚上睡觉的时候，弟弟对妻子阿香说："阿香，今天我在坟堆里看见一甏金子，真多。"

"啊哟哟，你为啥不搬到家里来呢？"

"这怎么可以？别人的东西不好拿的。"

"为啥不好拿？又不是去偷，又不是去抢，野地里的东西，大家都好拿的。"

"不对不对，野地里的东西，也总是有人埋下去的，怎么可以昧着良心去拿呢？"

"照你这么说，天上落下来的金子你也不能要喽？"

"咳，你又说错了，要是天上真的落下金子来，我为啥不要呢？要的，要的。”

小夫妻俩说说笑笑，不当一回事，就睡觉了。谁知道隔壁的哥哥正好从窗下经过，竟听得发了呆，心想：天底下竟也有这样的大傻瓜，到手的金子都不要。他不要，我要。于是，哥哥深更半夜出了门，急匆匆来到那个坟堆边。东寻寻，西寻寻，扒开乱砖碎瓦，果然看见一只甏，哥哥急忙伸长头颈朝甏里看。这一看，可不得了，吓得哥哥毛骨悚然，不由得倒退三步。为啥？原来甏里竟是几十条火辣辣的赤练蛇，在月光下格外阴森可怕。

哥哥气死了。心想：弟弟真正是个坏东西，竟说起谎来了，明明是赤练蛇，却说是什么金子，害得我半夜起来白跑一趟。好！你害我白跑，我也要你吃点儿苦头。想到这里，就脱下一件布衫，把甏口紧紧包牢，抱住甏就朝家里跑。到了家，搬来一张梯子，爬上弟弟的屋顶，轻轻掀开几片瓦，就将一甏火辣辣的赤练蛇朝弟弟的房间里倒下去。

这时，弟弟在床上睡得正香，迷迷糊糊听见丁零当啷的声音，睁开眼来一看，哈哈，真的天上掉下金子来啦！连忙喊醒妻子，说：“阿香，阿香，老天爷真的给我们送金子来啦，快起来捡吧！”阿香醒来，一见满地金光闪闪的金条，笑得咯咯响，连忙起床，丁零当啷地在地上捡起金条来了。

正在屋顶上捧着甏往屋里倒蛇的哥哥一听，又呆住了：怎么搞的？一会儿蛇，一会儿金子，到底是什么东西？探出头朝屋里一看，嘿！果然全是蜡蜡黄、闪闪亮的金条，哥哥气啊，连忙堵住甏口，想留下一点儿给自己，正要伸手到甏里去摸金子，一个眼花，只见甏里又蹿出一条火赤练蛇，吓了一跳，骨碌碌从屋顶上滚了下来，那只甏也跌了个粉碎。

第二天，哥哥生了一场重病，足足躺了七七四十九天。

赵 锋 讲 述

王梓林 记录整理

点 评

一甏金子，是诱人的财富，围绕一甏金子，却是两种泾渭分明的态度。弟弟认为别人的东西不能占有，哥哥却是大喜过望，想据为己有。奇怪的是，同样“一甏金子”在贪婪的哥哥那里就是凶猛的毒蛇，到善良的弟弟那里就是金光闪闪的金子。不是“一甏金子”真的会变化，而是隐藏在故事后边的道理告诉我们：不为钱财所动的人，一定伴随好运，黑心贪财的人，随时与危险共存。

■ 常祥霖

和睦邻里

这天，陆公到慈峪镇赶集，是初五、初十，说不准了，总是个逢五排十的集上。他到西门外龙王堂北面阴凉里坐下和赶集的人们说闲话。有一人凑过去向他说："老爷，俺村的白三毛和杨三旦要找你打官司，说不定今天就来了集上。"陆公问："打什么官司？"那人坐在地上，两手抱住膝盖说："乡下人还有什么大事情！常言道人争一口气，佛争一炷香，不过是争一口气呗！"陆公说："乡亲们祖祖辈辈住在一起，有什么气可争呢？"坐在边上的人们都说："可不是吗。乡下人都是为鸡毛蒜皮的事闹成了大事，打官司动武的，弄得倾家荡产。"陆公问："你说他们为什么事儿呢？"那人叹了口气说起来："说来话长，简短地说一句话，争口气。他们两家是邻家，中间有个院墙塌了个豁口。谁家的家伙都是串换着使，大事小情也相互照顾，几辈儿的交情挺不赖。真是十年维持不下一个人儿，一句话得罪一个人。两家挺好，就因为白三毛家的鸡跑到杨三旦家，从杨三旦的孩子手里叼去了块饼子。杨三旦的孩子拾起一块石头砸鸡，把鸡腿砸拐了，鸡拐着腿飞回墙那边。正好白三毛家的孩子看见杨三旦家的鸡在他家找食儿，便一棍打过去，那鸡被打倒在地，扑棱着啼叫，两家的孩子就骂将起来，打开架了。白三毛和杨三旦家的媳妇们听了孩子的话，各自跟男人学说，男人们还好，因为孩子都没吃亏，都忍下气没有吭声，孩子们可相互不说话了。两家菜园子挨着，今天这家菜被踩了一脚，怀疑是那家。那家少了一个瓜，怀疑是这家。先是孩子们互相骂，接着是孩子们的娘出头骂。后来，伏天下雨，这家的房上的水滴到那家墙头上了，那家说，因从前两家老人相好，这家盖房时占了那家二寸地基才盖成满丈的，无凭无据，各自都说自己有理。就因这个，从孩子到大人，多少辈的交情变成了仇气，吵闹起来没完没了。就为这，非打官司不可。为什么呢？还不就是一口气？”

说闲话的人越来越多，你学学你村的谁谁为鸡毛打官司。他学学他村谁谁为蒜皮打官司。这家为打官司卖了地那家为打官司卖了房，弄得两败俱伤，都是为个虱子烧个袄。本来不打官司就能办的事，却硬是“宁输堂上不输堂下”。一打起官司来，不由己了，不打也得打，一趟两趟不行，一拖就是半年一年下去了，耽误种地，还得花盘缠。“衙门口朝南开，有理没钱别进来。”托人写状子，托人递状子，低声下气求人，花钱上下买通，钱多的赢，钱少的输，真是为争一口气，要受更大的气。为找一文钱，却花十文钱，输赢都不合算。本来是好乡亲，却变成了仇人。本可安安生生过光景，却弄得全家不安宁。

陆公和大伙说闲话间，给大伙讲了不要打官司，要和睦相处，互相帮助，和为贵。己所不欲，勿施于人。设身处地，要相互谅解，才能安居乐业的道理。

陆公问明白了三毛是石坎村的人，他就绕到石坎村。打听到有个叫尹秋忙的老头儿，为人正直，在村里很有威望，陆公就找到尹秋忙托他给村里办办不和睦打架吵嘴的纠纷事儿，使大事化小，小事化了，要劝导乡亲，千万不要打官司，家务事儿，地边地沿纠纷事儿，不要出村解决。劝说那些不占理的人自动向人家道歉赔情，开导有理吃了亏的人让人一步路自宽，看远点儿，还得揭露一些心地不善，挑唆别人打官司，从中取利，或背后看笑话，幸灾乐祸的人，劝大家不要上这些人的当。陆公又召集乡亲到一起讲了讲，以后有大事小情的纠纷就找尹秋忙给评断评断，商量着和办了结。

尹秋忙本是个爱管闲事的人，也乐得给乡亲们办点好事儿，满口答应了。后来，这村里便几乎没了打官司的人了。

陆公回到县衙，连夜写了个劝说老百姓不要轻易打官司的告示，张贴在城关和各乡镇上。

| 点　评 |

山西人爱吃醋，不怕酸；山东人爱吃大葱蘸酱，不怕辣。各地习俗不尽相同，可是邻里和睦，天涯海角人所公认。邻里之间少不了马勺碰锅沿的事儿，只要互相包容、谅解，大事化小小事化了，就能和睦相处，文明和谐邻里两赢。

■ 师继忠

父与三子

ZHONGGUO CHUANTONG GUSHI BAIPIAN

从前，一位老汉有三个儿子。晚年的时候，三个儿子都不肯赡养老汉，老大往老二那送，老二往老三那推，老三就往老大那撵。

一天，老汉有一远方侄子前来看望老汉，正碰上老大送老汉。老汉的侄子说："你先别送了，先让大叔到我家住几天吧！"老大一听这话，真是求之不得，就高高兴兴地回家去了。

老汉到了侄子家后，一日三餐，把老汉照顾得非常周到。住了一些日子，老汉的侄子和了一些黄土泥，用泥做了很多"元宝"，大小不一，又把自家的一个锡壶化了，把锡涂在"元宝"上，晾干了以后，装了两箱子，并上了锁，办好后，他告诉老汉："如此如此……"接着雇了两个人抬着箱子，一起把老汉送了回来。

首先来到老大家，老汉的侄子把他们哥仨召集在一起，说："大叔年轻的时候攒了点儿钱放在我那儿，现在他老了，把钱拿回来好养老。"哥仨一听父亲有钱，便争先恐后地抢着要赡养。最后达成协议：三个儿子轮流管饭；箱子的钥匙先由老汉拿着；等老汉老了[1]以后，两箱子的钱哥仨平分。

---

① 意指过世、去世。

几年后，老汉死了。哥仨便争着打开箱子分钱，谁知抢翻了箱子，这些“元宝”全都摔碎了，已变成了黄土块，哥仨惊呆了。然而，他们却终于明白了，都跪在老汉的灵前痛哭流涕……

这时，老汉的侄子又来了，他望着这哥仨，叹道：“人不孝心金变土，人要孝心土变金。”当时在场的人都说：这才是，世养三子不如无，吃喝全靠大锡壶。

| 点　评 |

中国有句俗话，叫“养儿防老”。在这则故事中，一位老汉有三个儿子，本来完全可以安度晚年。可这三个儿子嫌弃老人，不愿意尽孝。他们互相推诿，把老汉撵来撵去。后来，老汉的侄子想出了一个对策，声称老汉积攒了很多财富，为了得到这笔财富，三个儿子争先恐后地侍奉老汉。当老汉过世后，三个儿子知道了财富是假的，便都醒悟过来：孝敬老人本身就是财富，是在积攒精神财富，也是在为自己能够安度晚年进行道德投资。如今，不孝之子大量存在，很多有儿女的老人生活在孤独之中，得不到儿女的照顾。这则故事具有很强的现实意义。

■ 邓　苗

ZHONGGUO CHUANTONG GUSHI BAIPIAN

子学父样

从前，有个人名叫刘槐，上有古稀老父，下有年幼孩儿，与妻子共管家计，日子尚且过得去。但刘槐夫妇总觉得老父是个累赘，能吃不能做。老人多活一天，他们夫妇便多苦一天。一年冬天，刘槐和妻子计谋，趁隆冬腊月，将老的抬上山，像抛破旧物一样丢出去，免得办后事。

刘槐找来了一个箩筐，老人被安置在箩筐里，由刘槐和儿子抬出去。老人问："要把我抬到哪里去呢？"

儿子说："让你上山看看风景。"

老人被抬到山上，刘槐把老父丢在山洞里，便叫儿子赶快下山。儿子说要把箩筐抬回去。刘槐说："一起丢了，还要箩筐做什么？"

儿子说："还有用呢！我把箩筐抬回家保存起来，以后等你老了，能吃不能做时，我还要和我的儿子——你的孙子，将你抬到这山洞里来似丢破旧物一样丢哩。"

刘槐听了，好似五雷轰顶，既震惊又羞愧，对儿子说："不丢了，不丢了，我们抬爷爷回家去吧！"

| 点 评 |

故事说，古时候有一个叫刘槐的人，感觉年老的父亲是他们生活的累赘，便与儿子一起用大筐把老人抬到山洞里遗弃。他们的做法影响了幼小的孩子，临走时，孩子坚持要拿回来那个大筐，说等到他们老的时候也用这个大筐抬他们扔到山里。孩子的话惊醒了这一对糊涂的夫妻，于是悔恨交加，改变了主意。父母是孩子的榜样，上梁不正下梁歪，就是这个意思。所以为人处世要时时注意自己的言行，在不知不觉中给孩子树立榜样，善待老人，就是善待未来的自己，虐待老人，很可能就是给自己种下恶根。

■ 常祥霖

刘槐夫妇觉得老父是个累赘，只能吃喝不能劳做。老人多活一天，他们夫妇便多苦一天，因此将老父抬上山，像抛废物一样丢出去，免得办后事。这样残酷对待自己的老父，简直是大逆不道，丧失人性。孝老爱亲是中华民族的传统美德，也是做人的根本。父母含辛茹苦把孩子养大，孩子孝敬父母是天经地义。羊有跪乳之恩，乌鸦有反哺之情。孩子不回报父母还能回报谁？刘槐如果不是后来因为“子学父样”猛醒过来，抬老父回家，将会酿出人间悲剧。刘槐夫妇从这次事件中吸取教训，好好孝敬老父，同时教育引导孩子孝敬老人，使老父安度晚年。老人不是负担，孝敬老人是必须承担的责任，也是必须坚守的品德。

■ 李上池

郎傻子和扇子参

满　族

辽宁新宾县的满族有八个大户——佟、关、马、索、齐、傅、那、郎。这个故事就出在老郎家。

早年间，老郎家有过这么爷俩，专靠放山度日。在长白山的老林里有个戗子，刨点儿荒，种点儿地。一到山参亮红朵子的时候，就去挖棒槌。

这天爷俩放山，走到一家霍洛跟前，就见里面红光闪闪，老头高兴了："傻子!"——其实他儿子一点儿不傻，只是憨厚老实，叫他说句话可费劲儿了，所以村里人都叫他傻子。老头说："傻子，这条霍洛里有一苗大棒槌，你站这道上堵着，我去那头赶，记住，不管跳出啥东西，管它是活物还是死物，你给我一把抱住，不兴撒手。听见没有?"

郎傻子答应一声："哎!"

老头拎起梭拨拉棍绕过山梁走了。郎傻子不错眼珠地盯住山道。觉着过了半个时辰，就见霍洛里慌慌张张跑出一个红衣红裤的大姑娘。到跟前儿冲傻子一乐，把个傻子臊得心也跳了，脸也红了，赶紧扭过脸去，连头都不敢回。姑娘从他身后跑了!

过一会儿老头子呼哧带喘地跑过来问："傻子，堵着没有?"

“没!”

“没见有什么跑过来?”

“嗯……有!”

“什么?”

“一个姑娘!”

“你怎么没抱住她?”

“这……哪行?”

老头子气得一跺脚:“你这个废物! 过年再说吧。”

第二年爷俩又到了霍洛口上，老头嘱咐说:“这回你可得堵住，千万别放她跑了! 记住了没有?”

“记住了!”

老头又到霍洛那头轰去了。郎傻子就横在道上等着。果不其然，红衣红裤的大姑娘又跑出来了。这回小伙子才敢正眼看看她，嗬，这姑娘细高挑，杨柳腰，毛嘟噜水灵灵的大眼睛，苹果脸儿，不搽胭脂自来色儿，长得没那么再好看的了。傻子像老鹰抓小鸡似的，伸开长胳膊岔开粗腿，拦住了去路。左一扑、右一扑，可刚把手碰到姑娘的身上，就像被烫了一下似的又缩回来了。脸又红，心又跳，耷拉个脑袋闷声闷气地说:“你走吧!”说罢，闪开道蹲在一边抱个脑袋，不起来了。

过一会儿老头上气不接下气地追上来问:“棒槌过来没有?”

“过来了!”

“你怎么没抱住她?”

“我……不好意思!”

老头子“啪”地给了他一个嘴巴:“你好意思受穷? 你好意

思挨饿?”一赌气回了戗子。

到了第三年，老头在霍洛道边跟儿子分手时说：“傻子，阿玛老了，在山里转了大半辈子，时气不好，总也没挖着大货。穷得将能餬口，你都二十好几了，连个媳妇也说不起。霍洛里的这苗参是个宝，捉住她，咱们苦日子就熬出头了，回家乡给你娶个媳妇，我死了也就能闭上眼了！冲这，你这回说啥也不能再把那参姑娘放跑了！明白吗?”

“嗯!”傻子答应一声，憋足了劲儿守住了道口。过一会儿，果然那个姑娘又跑来了。他不由分说一把将她抱住了。姑娘挣了几挣，傻子力气大，她哪里挣得动?眼看跑不了啦，这才对傻子说：

“这位大哥，你放了我吧，我是九百九十九年的人参，再有一年就能成仙了！你就忍心让我白修行这么多年吗?我知道你心眼儿好，你就可怜可怜我吧!”说着说着，眼泪一对一双地直往下流。傻子一下子心软了，他长这么大没干过一件损人利己的事儿，行啊，宁可一辈子穷死，也不能害了这姑娘！于是松开手说:“你逃命去吧!”姑娘感恩不尽地冲他点点头跑了。

等老头子赶到，一看儿子两手空空，火可大了:“你、你怎么又把她放跑了?!”

“我……不忍心!”

老头子看了看儿子，打了个唉声，回到戗子就病倒了。他把儿子叫到跟前，眼泪汪汪地说:“阿玛不行了，啥也没给你挣下，对不住你呀!”

傻子难过地说:“这，都怪我!”

老头子摇摇头说:“不，你心好，阿玛挺高兴，就是这年月好心没好报，往后学机灵点儿吧！”说完就咽气了。

傻子哭了一会儿，砍了些干柴把老人家火化了，捡起骨头放到火匣子里，心想，一个人在山里可怎么活？坐在树墩子上又哭开了。一直哭到日头落，才回身进戗子。一迈进门傻子愣住了：戗子里已经点上了明子，热气腾腾的饭菜也摆到桌上了，那个红衣红裤的大姑娘就站在他面前。

“是你？”

“是我。”

“你没处住了？”小伙子心想，既然人家有难处，自己找个山洞也能睡一觉，转身就要往外走。

“傻哥哥！”姑娘叫住他说，“你连放了我三年，自己竟落到这个地步，我虽说是个人参，可跟人一样能分出善恶，能知道冷热，你这会儿啥亲人都没有了，要不嫌弃，就收我做媳妇儿吧！”

“那……”傻子要能得这么个媳妇儿还能不愿意？可是，一想到自己穷得叮当乱响，怎忍心连累这么好的姑娘?！连连往后退着说：“那……那不苦了你？”

姑娘一把拉住他说：“我不怕，你的心比啥都贵重，我乐意跟你一辈子！”

郎傻子感动得哭了，过一会儿高兴得又笑了。小俩口就在这天晚上成了亲。

转眼之间又快到山参亮红朵子的时候了。郎傻子想，眼看阿玛故去快一周年了，就跟媳妇儿商量：“我想回家！”

姑娘一愣：“回家，干什么？”

“送阿玛骨殖！”

姑娘这才明白:“对，这是正理，你可早去早回来!”

“可我……”傻子低下头不吭声了。

姑娘直纳闷:“怎么，你有什么心事吗?”

傻子吭哧半天说:“我舍不得你!”

姑娘笑了，拿出一把扇子说:“你把它带上，想我的时候一打开扇子就能看见我。不过，一定得在没人的时候。记住了吗?”

“记住了!”

傻子背上骨殖匣子刚要下山，姑娘又递给他一个小包，说:“这有几苗山参，山口有一家山货庄，你把它卖了换点儿盘费。有一件事你千万记住，不要在山货庄寻宿，不要给掌柜的看扇子!”

“哎!”傻子答应一声，一步三回头地顺龙岗下山了。

这一天刚出山口，就碰着山货庄的几个伙计拦住了去路:“老客，我们掌柜的等你好几天了，快到柜上吧!”几个人不由分说，连拉带扯地把郎傻子拽进了山货庄。一进门，四碟子八碗早就摆上了，掌柜的笑嘻嘻地说:“老客，先吃饭吧!”

傻子摆摆手说:“不，看货吧!”把布包递了过去。掌柜的打开包一看，桦树皮里边只有几苗四、五品叶的中溜货，于是又笑着说:“老客，你还有一苗大棒槌，拿出来吧!”

“没有，就这!”

“那——你把扇子打开让我看看!”

“不!”傻子净说实话，“我媳妇儿不让!”

“好，先上炕吃饭!”掌柜的硬把傻子让上炕，接着，硬灌了他几盅烧酒。这才又开了口:“老客，你这把扇子里有棵千年的山参，那可是无价之宝，你若卖给我，我绝不少给钱，从今往后，你就能买下一望无边的地，盖上比皇宫还阔的宅院，使唤成百上千的奴婢，存上几辈子花不完的金银财宝啊！”

傻子有傻主意：“那我也不卖！”转身下地就要走。

掌柜的一把拉住说：“不卖也行，让我们看看怎么样？”

傻子甩开掌柜的说：“有外人在，扇子不能打开！嗯……这是我媳妇儿说的！”说着就往门外走。“咣当”，碰在门框上了。他根本不会喝酒，两杯酒下肚就驾了云似的。

掌柜的眼珠一转说：“买卖不成仁义在嘛，天快黑了，就住这吧！”对伙计一使眼色：“快把老客扶到上房。”傻子已经身不由己了，被伙计拖到上房南炕上，倒头便睡了。掌柜的一看，是时候了，从傻子怀里一把抽出扇子，傻子这时睁眼一看，扇子已经到了掌柜的手里，忙上去就抢，掌柜的“刷”地一下把扇子打开了。只见红光一闪，红衣红裤的姑娘跳出来了，掌柜的伸手就抓，傻子急了，一把将掌柜的推了个倒仰，姑娘趁机从窗户跳了出去，“吧嗒”一声，一个人参娃娃掉了下来。等伙计们赶到，捡起人参娃娃的时候，姑娘早就无影无踪了。

掌柜的接过人参娃娃惋惜地说：“唉，千年的山参没捞着！还算可以，这娃娃虽说还不够月，也算是个宝！”

傻子早就气坏了：“你，你坑人！”扑过去就抢孩子，三扯两拽，“嘎巴”，人参娃娃一掰两半儿，掌柜的和傻子都闹个腚蹲儿。掌柜的爬起来把半拉人参娃娃摔给傻子说：“你这个土鳖，天生受穷的命！生把这么贵重的山货踢蹬了！走，你给我走！”

傻子一跺脚，挟起掰两半儿的孩子，背上阿玛的骨殖匣子连夜上了路，一边走一边掉眼泪，又心疼孩子又恨自己，恨自己没听媳妇儿的话。

赶到了家乡，连村子都没进就奔了祖坟，放下背架子，用手刨了个坑，埋上了阿玛的火匣子，在旁边又掏了个小坑埋了人参娃娃。心里难受，话也多了。一边哭一边叨咕："阿玛呀，不孝儿子把你老人家送回家乡熟土了！你老说得对，这年月好心没好报，我刚过上几天舒心日子，就叫山货庄的老板给坑害了！你那媳妇不知哪去了；你那孙子也死了。我把他埋在你跟前，给你老人家做个伴儿吧！"叨咕完了，趴地下磕了三个头，刚站起身来一看，埋孩子的地方长出一苗参来，眼瞅着从"二甲子"变"灯台子"、四品叶……长到"六品叶"，[①]"吧嗒"，蹦出个娃娃来，张嘴就叫阿玛。郎傻子乐得搂着孩子就亲，忽听背后有人嘻嘻一笑，他转过身，愣住了，原来正是红衣红裤的人参姑娘！

一家人团圆了，又回到没有坏人的深山老林。至于那家山货庄，在郎傻子走后的当天半夜，就起了大火，那个黑心的掌柜被活活烧死了。

---

① "二甲子""灯台子""四品叶""六品叶"，都是挖参行业的行话，指人参的不同生长阶段。"品叶"是识别人参年份的最简单方法。野生山参1—5年可以长出一枚三片复叶，称为"三花子"；5—10年能长出一枚完整的五片掌状复叶，称为"巴掌"或"马掌子"；10—20年可以长出两个杈、共两组掌状复叶，称为"二甲子"；30年以后才能长出三个杈，共三组掌状复叶，称为"灯台子"；50年以后的人参就能长出四个杈、共四组掌状复叶，称为"四品叶"。四品叶的野山参往往年龄都能达到50—80年，长有五组掌状复叶的野山参（五品叶）年龄都在百年以上，也偶有生六组掌状复叶的，俗称"六品叶"。人工种植的人参，生长周期则更快。

齐　一　讲　述

金天一、俞智先　记录整理

点　评

辽宁省新宾县是满族自治县，本故事具有很强烈的满族特点，语言是地道的当地话。在东北，有很多人参的故事，其中，本故事的爱情型是一大类别。故事突出了儿子善良、害羞、尊重女性的特点，十分可爱。他宁可自己受穷也能体谅他人的素质也很难得。故事的后半部分，矛盾冲突激烈，突出了善恶之间的斗争，有很强的惩恶扬善的意义。突出的善良、含蓄、不贪非分之财的主题，在当下很有意义。

本故事以人参为主人公，对于突出东北人参的仙力也就是它的药力有拟人化的表达，符合民间故事的幻想特点。

■ 刘晔原

这是一则满族故事，属于东北人参传说的一种，也是地方风俗人物传说。故事情节曲折动人，妙趣横生，讲述具有东北地方方言特色。故事将人参拟人化，将采参习俗神秘化，读后，增加许多采参信仰习俗和知识，可谓传说中的精品。

■ 陶立播

ZHONGGUO CHUANTONG GUSHI BAIPIAN

远亲不如近邻

从前，有一个女人，养着一只猪猡。她与丈夫合计，到冬天，猪猡一定长得很壮，可以卖得好价钱，可以添置衣裳，买年货，过年开销全有了。

有一天，猪猡逃出猪棚，吃掉了隔壁邻居家种的一个南瓜。邻居家的男人脾气很躁，看见猪猡吃掉了南瓜，拿起铁搭，一铁搭就把这头猪砸死了。养猪的女人发现后，心想，这件事如果被自己的男人知道了，非大吵大闹不可，甚至会大打一通。打架可是不坏衣衫便坏肉的呀，有时还会有意想不到的恶果，还不如瞒了男人。

她把死猪猡拖进猪棚，那猪棚的二道梁上搁着几根木头，她把这几根木头拿了下来，压在死猪身上，就像这只猪猡被上面的木头掉下来压死的。男人回来了，她不声不响。吃饭前，她拎着桶去喂猪，推开猪棚门，马上惊叫起来，男人闻声跑来一看，以为是二道梁上的木头掉下来把猪压死了。女的说："你快去烧水，等一会儿煺好毛，杀一杀，腌一腌，过年还可以吃的。"男的信以为真，就去烧水了。

就在这天晚上，隔壁那户人家传来了哭声。养猪的男人和女人跑去一问，那家的男人得了急病，发热抽筋，眼看活不到天亮了，他的女人急得手足无措，只是哭。养猪的男人和女人二话没说，就摇来一条船，把病人送到镇上去请郎中先生看病。

一路上，隔壁的那个女人，难为情地说："我家男人不好，白天把你们家的猪猡打死了，我们赔……"

养猪的男人一听，原来自己的猪是被他们打死的，他不愿摇船了。养猪的女人埋怨道："你呀，真糊涂！我们与他们是近邻，难免有时候牙齿咬舌头，假如为了一点儿小事斤斤计较，闹得不可开交，值得吗？近邻比远亲好，谁都有需要照顾的时候，还是不要计较吃亏便宜，互相友爱为好。"

一句话，说得她的男人连连点头，说得邻居夫妻又羞又愧。从此，两家邻居和睦相处。

俞叙兴　讲　　述
金天麟　记录整理

| 点　评 |

远亲不如近邻，近邻不如对门，是中国人生活中邻里相处的民风民俗，也是中国人"敦亲睦族"思想的基本体现。故事里的女主人，秉承了"远亲不如近邻，近邻不如对门"的传统道德，掩盖了事情的真相，以维护长期的邻里关系。当邻居说出真相的时候，女主人劝说了暴怒的丈夫，避免了争斗，缓和了两家的关系，还让丈夫懂得了不要因为一只猪，伤害了多年的来之不易的邻里情。这位女主人深知物质利益是有限的，而邻里情感是无价的道理。

■ 常祥霖

这是一句俗语，却含义深远。这是个好传统，应当发扬光大。它见证了“无私、礼让、友爱、互助”人间真情。近邻，谁也离不开，少不了，就像我们的“影子”。善待邻居，就是善待自己。有个好邻居，生活无忧虑。邻里不和非“小事”。小者，伤和气，伤感情。大者，就像那家的男人一样，会得急病，危及生命。当今，要大力弘扬无私友爱的优良传统。美好生活，离不开邻里和谐。美丽中国，需要一家家的“小和谐”，更需要中华大家庭的“一家亲”。

■ 庄永明

ZHONGGUO CHUANTONG
GUSHI BAIPIAN

三邻舍

保安族

九曲黄河盘银线，大河家正靠黄河岸。水环山，山包水，大河家地方青山绿水风景美。

天上三朵云，大河家居住着三家人。风来三家挡，雨来三家顶。同甘共苦，互帮互助，勤勤恳恳过日子，谁也不敢把他们来欺负。

三邻舍有三个当家的，这三个人，各有一套神奇的本领，东家大哥是个“风里耳”，风吹草动，远远近近的声音，只要顺风一听，都瞒不过他的耳朵；西家二哥，是个“穿山眼”，不管眼前隔着万重山，只要定睛一瞅，山背后梅花鹿怎样喝水，都看得一清二楚；北家三哥是个“万能手”，心灵手巧，会做各种各样稀罕物件，就是要摘星星，他也能造出一架登天梯……这三邻舍，和和睦睦相处。可是，南山有个魔王，心里非常嫉妒。他千方百计，总想害这三家人。只是因为三邻舍很要好，任魔王想出什么诡计，都被三兄弟齐心合力破除了。这一来，南山的魔王，越加气恼。

这一天，魔王想出了一条毒计。他召来黄河神，命令河神发三天洪水，把三家淹死冲掉。魔王和河神刚在南山里咕咕唧唧地商量，话还没落哩，早被风里耳大哥听到了。

“弟兄们!”大哥风里耳说，“魔王叫河神发洪水淹咱们呢，快想办法吧。”

万能手三哥想了想说：“如果要有两只牛皮胎，我们就不怕了。”

“让我看一看。”二哥穿山眼说着，向四面八方扫了一眼，又说：“哈，正好，雪山背后的古寺里，一帮脚户在宰牛呢。你瞧，牛肉已挂到梁上了，两只牛皮胎在地下扔着哩。”

三哥万能手说：“我马上去把它买回来。”说罢，骑上他自造的木头马，不大一会儿工夫，就跑到雪山背后，用一两银子，把两只牛皮胎买来了。他又用三升雪花盐，三斤好清油，把皮胎涂擦了几遍，吹饱了气。气鼓鼓的皮胎，拴绑在桦木排子上，连夜做成了一种水上工具——“双牛”。这种“双牛”放到水面上漂荡起来，又轻便，又平稳。据说，后世黄河上使用的皮筏子，就是从这里流传下来的。第二天，黄河里果然发了洪水。水淹树，水爬山，洪水吞掉大河家的绿草滩。水盖地，水连天，洪水的浪头卷上太子山。可是，住在大河家的三邻舍，平平安安坐在“双牛”筏子上，桨板拨开千层浪，游游荡荡，还把山歌唱。

魔王和河神，干瞪着眼，没有办法，只好把洪水收了。风息了，浪静了，洪水退了，三邻舍仍回到大河家，平安过日子。

魔王的诡计又失败了，但是，他还不甘心。这一年夏天，他又召来了瘟神。命令瘟神打开瘟疫葫芦盖子，放出疫病，吞掉大河家。他们的话刚出口，风里耳就听到了。

“弟兄们!”大哥风里耳说，“魔王叫瘟神散布疫病，要害死咱们呢，快想办法吧！”

万能手想了想，说：“不要紧，如果咱们能找到一种艾叶草，就不怕瘟疫了。”

“让我来看看，哪里有这种草？”穿山眼向四面八方一瞅，看见高高的太子山顶上满山满坡都长着银白色的艾叶草。于是，三兄弟便划起“双牛”皮筏子，渡过黄河，登上太子山，采来了几大捆艾叶草；又各自在自己的菜园里，挖了很多红皮大蒜。当瘟神打开瘟疫葫芦盖子，把疫病散布到大河家的时候，三家门口早燃起了避瘟草。艾叶草的香烟升起来，逼住了瘟气，三邻舍怀里揣着红皮蒜，嘴里噙着红皮蒜，鼻子里塞着红皮蒜。各人都提着大汤瓶，又洗手脸又洗澡，浑身上下，洗得干干净净，疫病一点儿也沾不着他们。从此，人们都知道，艾叶草和红皮大蒜，是避瘟免疫的宝物，一直流传到现在，人们还在利用这种东西祛病除疫哩。

三邻舍就这样同心同德，共同战胜了南山魔王一次又一次的阴谋诡计，团结得更亲密了。

魔王见硬碰硬自己占不到便宜，便挖空心思，想出了一个软办法，他叫来了当地山中的一种弄舌鸟儿，名叫“嗤叫子”。

“去吧，”魔王吩咐说，“用你的花言巧语，去挑拨住在大河家的三邻舍；只要能离间破坏他们三家的团结，我便一家一家收拾他们！”

这天晚上，嗤叫子落到风里耳的房檐上，放开嗓门怪声怪气地唱：

咕咕登，咕咕登！
顺风耳阿哥你听呀，
你的本领比天大；
没有阿哥的一对耳，
你的两家邻舍早就淹死了！

风里耳正在捆柴，听着嗤叫子的话不顺耳，便顺手抄起一根柴火棒，把这捣弄是非的鸟儿撵飞了。

第二天夜里，嗤叫子飞到穿山眼院里的桃树上，提高了嗓门怪声怪气地又唱：

咕咕登，咕咕登！
穿山眼阿哥你听呀，
你的本领比天大；
没有阿哥的一双眼，
你的两家邻舍早就病死了！

穿山眼正要做礼拜，听着嗤叫子唱得心里烦，便骂道："滚！别在我耳跟前说坏话！"说着，拾了个石头把这编白道黑的鸟儿撵走了。

第三天夜里，嗤叫子又飞到万能手门前，尖着嗓门怪声怪气地唱起来：

咕咕登，咕咕登！

万能手阿哥你听呀，
你的本领比天大；
没有阿哥的一双手，
你的两家邻舍早都完蛋啦！

万能手正提着汤瓶洗脚，听着嗤叫子这么唱，不觉暗暗点起头来，嗤叫子看万能手动了心，乘机又唱道：

咕咕登，咕咕登！
万能手阿哥你听呀，
你用好心对待两邻舍，
他们在背后说坏话；
说你是个大草包，
耳朵聋，眼睛瞎，
没有他两家，
你能顶个啥！

万能手听着听着，把手里的汤瓶一摔，生气地说："哼！想不到我的两家邻舍这么坏——我离开你们，难道就不能活下去了！"

从此，万能手怀恨在心，再也不理两家邻舍了。东家种田想请他帮帮忙，他不去。西家要借他的斧头用一用，他推说没有，不借给。这么一来，三邻舍经不住嗤叫子夜里天天飞来叫唤，搬是弄非，都渐渐失了和气。万能手划着"双牛"皮筏子，搬到太子山下去住了。穿山眼赶上尕驴，到三二家地方落了户。只丢下风里耳一家留在大河家。

魔王见到这个情况，心里很高兴。便接连施用风、旱、雨、涝各种灾害，折磨这三个家。因为三个老兄弟失去了互相帮助的力量，吃了不少苦头，终于受不住各种灾害，都先后死了。临死的时候，他们才觉悟了，便都嘱咐他们各自的后代儿孙，一定要和睦团结，齐心合力，只有这样，才能战胜恶魔降下的灾难。儿孙们接受了祖先这个遗训，终于生活下来，成为三个繁盛的民族——住在大河家的是“保安族”，住在太子山下的是“东乡族”，住在三二家的便是“土族”。直到现在，这三个民族的人民，都认为嗤叫子是不祥之鸟。谁听见嗤叫子叫唤，都厌恶地啐口唾沫，把它赶走。

乔维森、野　枫　搜集整理

| 点　评 |

这是一个充满教育意义的故事。本来三家邻舍一个“风里耳”、一个“穿山眼”、一个“万能手”，配合默契，抵挡了魔王发动的洪水、瘟疫等灾祸，过着幸福的生活。但是魔王忽然改换策略，派“嗤叫子”用花言巧语去挑拨三家邻舍，结果得逞，三邻舍反目，再不合作，从此吃尽了魔王的苦头。最后他们终于悔悟，告诉子孙要永远和睦团结，齐心合力。这样的教育故事本身就很生动，更有意义的是，这里神奇的三邻舍，还对应着现实中的三个民族，即保安族、东乡族和土族，老百姓用简单的语言故事，生动地演绎了民族团结的伟大意义。

■ 陈泳超

故事中有三个人物：东家大哥是个“风里耳”，西家二哥是个“穿山眼”，北家三哥是个“万能手”，他们各怀绝技。故事中，嗤叫子这种鸟是邪恶的象征，它专门挑拨三兄弟之间的关系。三兄弟同心同德，共同战胜了南山魔王一次又一次的兴风作浪。说明只有和睦团结、齐心协力，才能消除恶魔降下的灾难。这三个人物的后代为保安族、东乡族和土族。说明民族之间的关系需要和谐，需要互相帮助，这样才能战胜一切艰难险阻。故事解释了三个民族把“嗤叫子”视为不祥之鸟习俗的由来，民族风味浓郁。

■ 万建中

黑马张三哥

土　族

从前，有一个姓张的老阿奶。本来有儿有女，日子过得蛮好。可是，这地方有个九头妖怪，吸人血，吃人肉，害得人们无法生活。老阿奶的丈夫和儿女们，先后都被九头妖怪吃掉了，抛下她一个人，过着孤苦伶仃的穷日子。

老阿奶家里有一匹黑骒马，黑骒马成年累月伴着老阿奶。老阿奶哭时它也流泪，老阿奶高兴时它也跳蹦起来。一天，老阿奶发现黑骒马的肚子大了，还以为马吃多了。可是肚子一天一天大起来，她一摸，好像有一个东西在蠕动，又惊又喜，盼望能早点儿生马驹子。天天盼，夜夜盼，末了，骒马却生了个衣胞胎。老阿奶想：怎么会生个怪物呀？叹了口气，说："真是运气不好，该受一辈子孽障！"老人也没敢向外传，悄悄把衣胞埋到马槽旁边。

过了三天，老阿奶去喂马，看见埋衣胞的地方有东西在动。阿奶觉得奇怪，就挖了出来，用刀慢慢割开，原来是一个白胖胖的尕男娃。

阿奶高兴极了，给孩子起了个小名，叫"黑马"。老阿奶可爱黑马娃娃啦。有好吃的让他吃，有好穿的让他穿。黑马也很聪明，四五岁上什么都懂啦！

一天阿奶哭了，孩子问："阿奶，你为啥哭？"老阿奶说："孩子，你不知道啊！你的阿哥、阿姐，都被九头妖怪吃了，怎叫人不伤心……"老阿奶原原本本把过去的事告诉了孩子，要孩子记在心上。

黑马娃娃知道后，要阿奶给他副弓箭，阿奶照着做了。一天，黑马背起弓箭，给阿奶说："阿奶，阿奶，你把我养大了，我要到外面找几个兄弟去……"老阿奶觉得孩子小，放不下心。又想，还是让孩子出去吧，在外边学到些本领，也好为亲人报仇啊！心一横就忍着泪，把孩子送走了。

黑马走了一天，到了深山，碰见一块大石头，像房子一样。他向大石头射了一箭，一箭把大石头射翻了。石头底下，一个人说话了："喂！往上走的往上走，往下走的往下走，哪位大哥射翻了我的房子？想干什么呀？"黑马说："我不往上走，也不往下走，我要请你出来结拜个兄弟哩。"这时石头底下出来了一个又高又大的人，说："我当哥哥，还是当弟弟？"黑马说："你是石头底下出来的，就叫你石头大哥吧。"

两人上路，石头大哥问："咱们往哪里去？"黑马说："先上山打猎去。"

走了一阵，遇见一棵又大又粗的树，黑马向大树射了一箭，一箭把大树射倒了，树底下有人说："往上走的往上走，往下走的往下走，哪位大哥射倒了我的房子？想要干什么呀？"黑马说："我不往上走，也不往下走，我要请你出来拜个兄弟哩。"这时大树底下出来一个身材高大的人，说："我当哥哥，还是当弟弟？"黑马说："这位是石头大哥，你从木头底下出来就当木头二哥，我小，就叫我黑马张三哥吧！”从此，三人成了同甘共苦、生死与共的兄弟。

兄弟三人上了山。走呀，走呀，走到一个空山沟里。没有人烟，只有一间破房子，他们就在这儿住了下来。白天上山打猎，晚上在房里歇息，这样过了很久很久。有一天，兄弟三人打猎回来，房子里有一锅热腾腾的饭，香气扑鼻。黑马张三哥说：“奇怪，这空山沟里，有谁来给咱做饭呢？”石头大哥、木头二哥端起碗来就要吃。黑马张三哥拦住了：“慢着。甭着急，让我先尝尝，吃了没事，咱们再吃也不晚。”黑马张三哥尝了尝，嘿！好吃极了。兄弟三人放开肚子吃了个饱。饭也做得不多不少，正好。

第二天，打猎回来，又是一锅热饭，兄弟三人吃了个饱。这样天天有人做饭，黑马张三哥说：“咱们兄弟三个天天出去，也不知饭是谁做的。明天咱们得有个人看家呀！”石头大哥说：“明日我守家，把住门口，看谁能进来。”黑马张三哥说：“好，好。明天你守门吧！”

这天，石头大哥在大门口等着，等到下午还不见人影，天黑了，回去一看，又是一锅热饭。石头大哥很扫兴，觉得凭自己这样结实高大的身材，还没看到人进来，真气人。兄弟二人回来，看见石头大哥丧气的样子，也没说什么。末了，木头二哥说：“明天我看门，看看是谁进来。”

第二天，木头二哥躺在炕上，不知不觉睡着了，到天黑，又是一锅热饭。兄弟二人回来，都埋怨木头二哥粗心大意。黑马张三哥说：“昨天石头大哥守门，今天木头二哥守门，都没守好，明天，你们打猎去，我看家。”

第三天，黑马张三哥躺在床上，装着睡觉。等到后晌，从窗口飞进三只鸽子，一到房里就变成了三个美丽的姑娘。她们一个烧火，一个担水，一个做饭，很快饭就做好了。三个姑娘说说笑笑，收拾停当，正要飞走，黑马张三哥猛然“嘿”了一声，三个姑娘吓得愣住了。黑马张三哥说：“三位姑娘，不要怕，你们是从哪里来的，告诉我。”姑娘又羞又怕，只有一个年龄最小的说话了：“我们是天上的仙女，看到你们兄弟三个天天打猎，很辛苦，就来给你们做一下饭。”黑马张三哥说：“天上那样好，你们下来干啥哩？”大姐、二姐都羞得不敢答话，还是三姐大胆：“天上再好，也不如和你们在一块儿好呀！”黑马张三哥说：“那你们不要回去了，和我们兄弟们结亲好不好？”三个姑娘羞红了脸，点了点头，背过脸笑得抿不住嘴。大姑娘、二姑娘都长得像粉桃花似的，唯有三姑娘脸黑了些，但像一朵腊梅花。两位大哥还没到大门就问：“老三，你今日守得怎样？”黑马张三哥说：“今天我守家，等来了三位姑娘给咱们兄弟做媳妇哩。你们看，她们多好呀！”二位大哥看了，乐开了，说：“三弟真行！真行！”

三个姑娘盛好饭，大姑娘给大哥端，二姑娘给二哥端，留下三姑娘，把饭端给黑马张三哥。他们就这样结成了甜蜜的夫妻。

男子们打猎，媳妇们管家，兄弟们的日子，过得很快活。有一天，黑马张三哥忽然懊丧着脸，像有什么心事一样，大哥、二哥、大嫂、二嫂都很纳闷：“老三哪，为什么那么愁眉苦脸的呀？”

黑马张三哥说：“我要是能回家去，把阿奶接来才好呢。”木头二哥说："老三，上回我没守好门，这事交给我办吧！用我这两条长腿一天打个来回，保管把阿奶背来。"石头大哥和三个媳妇都说可以，黑马张三哥也只好依从了。

木头二哥两条长腿走得真快，一天真打了个来回，把阿奶背来了。阿奶抱住黑马张三，乐得流出了眼泪。看看儿子，有吃有穿，有这么个好媳妇，还找到了这么几个好心弟兄，心里真像开了花一样。

没过多久，一天，九头妖怪来了。碰巧兄弟三人上山打猎去了。九头妖怪进来说："老婆婆，哈哈，肉这么多，还有三个漂亮的阿姐。好啊！今天吃你们的肉，还要喝你们的血呀！"大家都吓得说不出话来。唯有三姑娘不怕，她想了想说："这里肉多得很，你先吃吧，吃完了再吃我们也不迟。"九头妖怪说："好，那也可以，反正你们跑不了。"兄弟三个回来，老阿奶把九头妖怪来的事说了一遍。石头大哥生气了："嘿！真是岂有此理，明天我守门，一刀砍它两截。"黑马张三哥说："也好，只是明天阿奶和媳妇们都不要待在家里了。"

第二天，石头大哥，像一块大石头，挡在大门口，站了一天，不见九头妖怪的影儿。原来，九头妖怪从后门进来，吃了肉，背了油走了。晚上大家回来问石头大哥："见到妖怪没有？""哎！门口站了一天，没有见到。"媳妇看肉少了，都说："没看见，肉咋会少了这么多？"木头二哥说："明天我守门，九头妖怪跑得再快，也要抓它回来。"黑马张三哥再三叮咛二哥，千万不要睡着。

第二天，木头二哥等了一上午，不见来。等着等着就睡着了。九头妖怪又吃了肉，背了油走了。大家回来一看，木头二哥在睡觉，说了他一顿，他自知没理，害羞得脸都红了。

黑马张三哥说："明天我守门。"

第三天，黑马张三哥拿了一把刀子，藏在门背后。九头妖怪来了，嘴里说："三个漂亮的阿姐哪儿去了？"话没落音，黑马张三哥一刀砍去，把九头妖怪的一个脑袋砍掉了。九头妖怪急转身就跑，喊着："不得了，这房里有厉害人哩！"黑马张三也没追，便把妖怪的头挂了起来。

晚上阿奶阿嫂们回来了，问："老三，你今天守得怎样？"黑马张三说："看，我砍下来了妖怪的一个头。"二位哥哥说："三弟真行，真行！"老阿奶说："孩子们，要斩草除根，妖怪还有八个头哩！"黑马张三哥说："阿奶放心，我们兄弟三人，一定要把妖怪除掉！"晚上黑马张三哥，和两个哥哥商量好了办法。第二天，他们背上刀找妖怪去了。

下得山来，望见一个村庄。遇到一个尕娃在山坡上放羊，黑马张三哥问道："尕娃，请告诉我，九头妖怪在什么地方住？"尕娃说："我就是给九头妖怪放羊的，它可凶啦！自把我捉来，每天伺候它，还要打我。"黑马张三哥说："那好，今晚你引我们到九头妖怪家里去，我们一起把它杀死。"尕娃很高兴地答应了，并说："这两天九头妖怪在养病，每晚叫我给它送茶，舔伤疤，晚上我把你们带进去，乘它不防就下手。"

到了晚上，三个人夹在羊群里混进九头妖怪的住宅。尕娃把他们引进九头妖怪的房子里，石头大哥和木头二哥藏在门背后，黑马张三哥藏在柜子后面。九头妖怪叫放羊尕娃给它倒了茶，又叫舔伤疤。舔得舒服，妖怪渐渐睡着了，黑马张三哥上去一刀，砍下了妖怪的四个头。妖怪大叫一声："不好!"爬起来就往外跑。刚到门口，石头大哥和木头二哥一齐从门背后跳出来，一人一刀，把九头妖怪的头砍完了。兄弟三人上去又砍了几刀，九头妖怪才断了气。

兄弟三人带上放羊尕娃，一起又回到山里，见了阿奶和媳妇们。告知杀了九头妖怪，大家又唱又跳。从此，他们在这里过着幸福的生活。

王　殿、许可权、李桂兰、王　漠　搜集整理

点　评

这是一则著名的土族故事。故事的开头，讲述的是一个怪孩子出世，接着讲述怪孩子降服九头妖怪的故事。这类故事在各民族中都有流传，情节变异很大。

这是一篇复合故事，曲折生动，极具童话色彩。

■ 陶立播

结义三兄弟

清朝年间，东北地方有这么三个拜把兄弟，都是富家子弟，同在一个学校念书。大哥叫李彦，二哥叫江侠，三弟叫王恩。在学校时，哥仨好得简直就跟一个人似的。

天有不测风云，人有旦夕祸福。这年春天，江侠的父亲突然病故，他自己也得了重病，只得休学在家疗养。王恩的家遭了天火，把家产烧了个精光，穷得连学费都交不起，只得在家种地。唯有李彦还在学校念书。

人到难处方求人。转眼间，秋风凉了，江侠的病一天比一天见好了，就是心里觉得馋得慌，可家里又没有一点儿好吃的东西。他想：弟兄当中，属李彦家最富裕了，我何不去他家里寻点儿好吃的呢？这么想着，跟妻子说了一声，就病病恙恙地拄着棍子走了。

再说李彦，自打江侠和王恩遭难以后，吓得连面都不敢照了，生怕他们两个沾上了他。这时，李彦正在家趴在桌子上看书，见江侠来了，满心不乐意地站了起来，冷冷地问了一句："你有事么？"江侠心里馋得实在难受，就红着脸，如实说明了来意。李彦的妻子见李彦不答理江侠，觉得面子上怪下不来的，就朝李彦递了个眼色，装模作样地说："既然二兄弟有病，你就把咱家树上的鸭梨，摘下几个给他尝尝吧！"李彦听了妻子的话，拿根竹竿，提着篮筐出去了。

李彦走到梨树底下，往上一瞅，只见那水光溜滑的大鸭梨，绿一半黄一半的挂满了枝头，心里一动：梨还没熟透呢，摘了多可惜呀！他空着手回到了家里。妻子问："梨呢？"李彦知道妻子是在和他演双簧，就说："老人古语不是说了吗：过了午时不摘梨呀！"

妻子马上顺水推舟地说："对呀，我倒忘了呢。梨不能摘，你就去后花园养鱼池里捞条鲤鱼给二兄弟做个下酒菜吧！"

李彦又拿着渔网去了。见鲤鱼在池塘里活蹦乱跳地要着欢儿，李彦的心也跟着跳了：这么好的鱼，给二兄弟吃了，划不来呀。他顺手抓起把沙子扬到水里，鲤鱼听到动静，"唰"地钻进了水底。他回去就对妻子说："二兄弟的鱼也吃不成了。""为啥？""鲤鱼都湿汤了！"妻子装出无可奈何的样子说："咳，那你去鸡窝抓只鸡杀了，给二兄弟补补身子吧。"

李彦慢腾腾地走到鸡窝旁，看那一群群五颜六色的小鸡个个都是花花丽丽的，长得怪逗人的，杀了哪只都心疼呀！李彦又空着手进了屋，装作不好意思的样子说："可真是的，二兄弟来的就是不相应，鸡也不能杀了。"妻子又问："怎么啦？"李彦回答说："那该死的鸡都下了架，一只也抓不着了。"

江侠听说这也不相应，那也不合适，心里早就明白了：李彦大哥看我这阵子不中用了，舍不得给我吃呀！起身便说："大哥，对不起，我给你添麻烦了！"说完，就头也不回地走了。

江侠在回家的道上，正好路过王恩的家门口，心里不免一阵酸痛：唉，三弟家的日子不知过得怎么样了，我顺便去看看他吧。

王恩一见江侠来了，乐得不得了。江侠进屋一看，王恩家穷得不能再穷了：一领破炕席中间铺碎了，就剪成了两半，再把两边对在当央铺在炕上。小俩口见二哥来了，没有好吃的做，急得在地上直打转转。妻子为难地一摇头，一绺秀发碰到脸上。她灵机一动：有了！找了把剪子，心一狠，牙一咬，“咔嚓”一声剪下一绺头发递给王恩说：“把这青丝拿到集市上卖了，买点儿酒肉招待招待二哥吧！”王恩接过青丝走了。江侠见王恩家穷到这个地步，不忍心在这儿吃顿饭，起身就要往回走。王恩的妻子赶紧闩住门框，怎么也不让他走，江侠只得坐下。

不一会儿，王恩提着酒肉回来了。妻子一顿八火地剁起馅子，包好了饺子。饺子才煮了八分熟，柴草就烧光了。妻子慌了，房前屋后捡个遍，也没捡回一把烧草。她愁得没法子了，猛然间想起炕上的破席子，就走到炕前，一把扯起了半拉炕席，怕江侠见笑，红着脸解释道：“二哥别见笑，锅底不好烧了。”说罢，把席子捅进了锅底，才凑合煮熟了饺子。江侠看到这种情景，心头一酸，两行热泪滚了下来。

江侠病好以后，继续用功读书。到底是功夫不负有心人哪，最后，江侠科试中榜，竟当上了两广总督。王恩的妻子见江侠升了大官，就对她男人说：“二哥是你的同窗好友，你就不能去求求他，找个活儿干，挣点糊口钱吗？”王恩听了妻子的话，望望天，瞅瞅地，寻思了好半天，觉得实在是无路可走了，只好点头答应。

王恩背着行李卷，拐着要饭筐，昼行夜宿，不知走了多少天，这天晚上，终于到了广州城。王恩人生地不熟的，不敢贸然去总督府找江侠，又没钱住宿，就在一家客店的房檐下面坐了下来。不巧，被出来解手的店主看见了，听说王恩是总督大人的义弟，就殷勤地把他请到店里住下。第二天一早，他带着王恩的书信，亲自去了总督府。江侠见了书信，立刻召见了店主，当下赏给他纹银四十两，并再三嘱咐道："王恩乃是我的拜把子弟兄，你定要好好侍候，不可怠慢！待我料理完公事，就去你店见他。"

这天早晨，江侠办完了公务，就随差役亲自来到客店，把王恩请到总督府，亲亲热热地与王恩同吃同睡了三天三夜，然后又陪着王恩在广州城里里外外、前前后后逛了个遍。王恩整天地除了吃喝玩乐，就是看光景，总也不好意思提起求二哥找活儿干的事。江侠呢，也像没事似的，关于王恩家的情况，连一个字都没问。

就这样，王恩在总督府里一气住了半年，心里十分想念妻子。这一天，他对江侠说："二哥，我在这里住的时间不短了，该回家了。"江侠笑呵呵地说："哎呀，你哪能空着手回家去见弟妹呢，广州城这么大，总得捡两个钱回去才对呀！"

王恩听了江侠的话，信以为真，心想：这地方的百姓生活富裕，大街上不知能捡多少钱哩，他就上了街。可他眼睛盯着地皮瞅了好几天，也没捡到一文钱。

这天，江侠问王恩："三弟，这几天你捡了多少钱哪？"王恩哭丧着脸说："没人掉钱，上哪儿捡去！"江侠开导他说："咳，捡钱得找人多的地方才行呢！"王恩见江侠说得一本正经，就又上街去寻找人多的地方去了。就在王恩去捡钱的当儿，江侠在府中下了一道指令：让掌管工部的官员，在半月之内整修好广州大街，违者统统革职还乡。

这一天，王恩见大街上围了一群人，便凑上前去。原来，这群人中，大多是府中掌管工部的差役。只见他们一个个耷拉着眼皮，哭丧着脸，议论着什么。这个说：“大街好好的，干吗要整修呢？就是修好了，也得半年。总督大人限期半个月，是成心要我们的命啊。”那个说：“我上任还不到三天，就得罢官革职，真他妈的倒霉。”

这时，一个年岁大些的老者开口说：“以老朽之见，总督大人并非糊涂之辈，整修大街并非他的本意，我看这里必有文章，不如这么办吧：总督大人的义弟，在这住了多时，我等何不求他向总督说个情，看看如何？”众人听了，纷纷点头赞成。

大伙正要去找王恩，却见王恩就在眼前，便一齐跪了下来，异口同声地恳求道：“在下有一事相求于你，总督大人令我等半月之内修好大街，这事就是割掉脑袋也做不到的！请恩人高抬贵手，跟大人说个情，给我等留条活路吧。”

王恩听了大伙的话，心里着实埋怨起二哥为政也太苛刻了。他满口答应着，就去府中找江侠暗地里把此事说了一遍。谁知江侠听罢，哈哈大笑着说：“既然三弟说话了，二哥哪能驳你的面子呢！你去告诉他们，就说，大街不修了！”

掌管工部的大小官员们听到这个消息，乐得手舞足蹈，奔走相告。一个个都慷慨解囊，纷纷拿出银子，赏给了王恩。半天工夫，王恩就得了两大箱子的赏钱。江侠这才对王恩说：“三弟，你这不是捡了大钱么，该回家了。”

听了江侠的话，王恩不解地问江侠：“两广的人都说二哥为政一向廉洁奉公，光明磊落，此事却是为何？”江侠笑了笑说：“三弟不知，自我上任以来，发现这工部的大小喽啰，个个财迷心窍，无官不贪；每每修路建宅，都大肆搜刮民脂民膏，我早就想治他们一治。如今，我敲了他们这一竹杠子，得些银钱，让你带回去，除供你一家享用外，多多赈济一些村里的平民百姓，岂不天经地义？再则，也好让他们知道知道我的厉害，杀一杀贪官污吏的嚣张气焰。”王恩听罢，恍然大悟，方知江侠下令修街一事，实是用心良苦。

接着，江侠又赠给王恩一副对联，并嘱咐他说：“这一副对联，如有看不懂的地方，就请教请教李彦大哥吧！”王恩点头答应着，回头上了马车，兄弟洒泪而别。

王恩回到了家乡，站在村头一撒目，愣住了：他家原先住的破窝棚不见了，拔地而起的是一栋漂亮的官宅。他正纳闷儿，忽见一个身穿绸衫缎裤的阔太太从屋里走出来，嘴里喊着：“你还愣在那里干啥呀，赶快进家吧！”王恩定神一看：阔太太竟是他的妻子。

王恩进了官宅一看：天哪！家里家外摆弄得跟天堂似的，从家走时那个寒酸样连个影子都不见了。经妻子一说，王恩才明白了一切：原来，王恩到了江南以后，江侠就偷偷地派人为他家盖上了官宅，添置了家产。

再说李彦，听说王恩去江南回来，还带回许多银子，心里羡慕极了，赶忙跑来看望王恩。王恩见李彦来了，就把那副对联打开让李彦看看。只见上联写着：“鲤鱼湿汤下架鸡，过了午时不摘梨”；下联写着：“剪铰青丝唱街外，做饭烧了半拉席”。李彦看完对联，低下头寻思了老半天。

后来，李彦连年应试都名落孙山，家产也让他折腾得溜溜光。穷得没招了，李彦也学着王恩的样子，拐着要饭筐下了江南。

江侠见李彦来了，并不错待，照样让他在那儿住了半年。临走时，李彦可怜巴巴地对江侠说：“二弟，让我也去大街捡点儿银子吧！”江侠听了，哈哈一笑说：“大哥怎么糊涂了，这街岂能治二回呢！”

李彦听了，羞得无地自容，只好拐着要饭筐，灰溜溜地回家了。

点 评

在这则故事中，江侠、李彦和王恩三人原本是好兄弟，好得就跟一个人似的。后来，江侠家里落难，变得一贫如洗。百般无奈，他只好去家境富裕的李彦家求助。李彦夫妻百般刁难江侠，不给一口饭吃。他又到了王恩家，哪知王恩家更穷。王恩妻子为了招待江侠，剪下自己的长发，拿到市场上换钱，好好让江侠美餐了一顿。后来，江侠发奋读书，科试中榜，竟当上了两广总督。王恩家自然得到江侠的帮助，而李彦只有后悔当初的所作所为。故事告诉我们，境遇好的时候不要得意忘形，要善待朋友，要与人为善，因为风水是轮流转的，善待别人，最终还是善待自己。

■ 叶建辉

ZHONGGUO CHUANTONG GUSHI BAIPIAN

梁上君子

梁民，住在太行山东麓的山村，家道殷实，老俩口儿孙满堂。梁民为人善良，常急人之急，周济乡邻，人们叫他“老好子”。

大年三十晚上，人们吃饺子，要过年了，门上贴上鲜红的春联，屋里挂上了多彩的年画，孩子们燃放花炮，全家恭恭敬敬地在堂前摆上了供品，农家小院里非常热闹！

梁民发现自家屋的房梁上有一条黑影，细看原来是一个人趴在上边。他警觉地知道是来偷供的，心想：必是过不去年的穷乡亲，如捉住他怪难为情，不如趁此机会救济他一下，彼此都好。他让全家人都去睡觉，自己负责看供，等到夜深人静的时候，他对着梁上说：“梁上君子，我早就发现你啦，我们全家都睡了，下来吧，我不难为你！”那位梁上君子听了梁民这亲切的语言，心里热乎乎的，他硬着头皮从房梁上出溜下来，跪在地上悲切地说：“过年了，全家老小没吃的，我被迫走了这条路……”说到这儿，哽咽不成声，又接下去说：“难为你老这好心人，不然的话……”梁民忙搀起那人说：“老弟，有困难，你怎么不早说，来，大冷的天，先坐在炕上说话！”

梁民马上把儿女们叫来吩咐：“你大叔来啦，快准备酒菜，我俩喝杯守岁酒！”待酒足饭饱之后，那人拜谢要走，梁民对儿子们说：“把咱过年的东西样样都让你大叔带着点儿。”于是生的、熟的，米、面、鱼、肉装了满满一袋子，临走又塞给他十吊钱。

第二年大年初一，梁民一开大门，门上吊了一条大鲤鱼，不知何人所为，奇怪！从此，每年大年初一早上大门上都吊一条鱼。

又一年大年初一，本村某土豪家的大门口，吊着一个死人，地方上不敢隐瞒，报到县衙，传土豪家到案，土豪家怕吃官司，贿赂县衙白银一百两，才放了土豪回家，买棺材把死人装殓埋葬了事。

过了些日子，当年偷供的梁上君子登门拜访，梁民热情招待，谈话间，谈到每年大年初一门口吊鱼的事，那人笑了：“不瞒老兄，自那年腊月三十你赠我许多东西和十吊钱，可救活我们一家啦，你的高尚行为感化了我，立志做一个正人君子。为了报答你的恩情，每年大年三十我给你门上吊上一条鱼，取个‘连年有余’的吉利，今年我提着鱼来到你家门口，见门口躺着一具死尸，这是有人想讹诈你。我马上把死尸背到欺压乡里、无恶不做的土豪家的大门口吊上，返回来才把鱼悬在你的门上。这事情，你千万保密，倘被土豪家知道，还能和我善罢甘休？”

梁民听完那人的详细叙述，如梦初醒，恍然大悟，便亲亲热热地握住那人的手感激地说：“太谢谢你啦，难为老弟一片苦心，救了我，你要不说，我还蒙在鼓里呢！”

从此，两家成了要好的朋友，代代相传，往来不断。

| 点 评 |

梁民的善举不仅给足了“梁上君子”的面子，而且雪中送炭周济了他。让他大为感动，不仅每年大年三十给梁民送鱼，而且把要栽赃他的“死人”移到土豪门口，让他避免了官司，过了一个好年，这个恩恩相报的故事让人觉得非常温暖，非常有“正能量”。这个故事给我的启示是：第一，帮人要注意方式方法，有的人帮了人，便满世界说，生怕别人不知道，这会使受帮助的人的自尊心受到伤害，正所谓“赠人玫瑰，手留余香”，帮助别人也是快乐之事；第二，要像这位“梁上君子”一样知恩图报，知道感恩回馈社会，做一个道德高尚之人。

■ 彭新结

以德报怨

很早以前，有一个武状元，自以为功高官大，常常欺侮邻居。

邻居是个白胡老汉。这天，白胡老汉将三个儿子喊到面前，说："我当了一辈子家，常常受人家欺负，惹得你们也怄了许多闲气。现在我老了，轮到你们当家了，今天我给你们每人十两银子，出门做一件功德事回来，谁有美德，谁就当家。"

过了几个月，三个儿子都回来了。

大儿子说："我走到河边，看见一个妇女跳河自杀，我赶紧跳进河里把她救上岸来。她身怀有孕，我救了两人性命。"

老头点点头，没有言语。

二儿子说："我走过村庄，看见一户人家失火，这天刮大风，全村人都很危险，我只身跳进火里，将火扑灭，保住许多人家的生命财产。"

老汉笑眯眯地，没有说话。

三儿子说："爹，对不起你老人家，我做了一件蠢事，救了一个仇人。那天，我路过大山，看见邻居武状元出征胜利归来，高兴地喝醉了酒，倒在悬崖边睡着了，一翻身就要摔到崖下，粉身碎骨。我本来想把他掀下崖去，可是又一想，边疆正需要他去防守，沙场需要他去征战，最后我还是把他喊醒了。他羞愧满面，深深给我作了一个揖，上马去了。”

白胡老汉听罢，哈哈大笑，便要小儿子当家。大儿子和二儿子都不服气。

白胡老头说：“救命保住一人，救火保住一家；只有国家富强，老百姓才能安居乐业。你弟弟丢弃个人怨恨，先为国后为家，这是最高的美德。”

第三个儿子当家了。武状元非常感激他，承认了自己以前的过错，从此两家和睦相处，变成了很好的朋友。

王二爷　讲　述

李征康　记录整理

| 点　评 |

一位老汉带领三个儿子，多年受到邻居武状元的欺负，在他晚年时候想选一个儿子当家。于是让三个儿子出门每人做一件有功德的事，以便从中考察他们。大儿子在水边救助了一个孕妇，二儿子救火，保住了一家，三儿子救了长期欺负他们的武状元。老汉选择了三儿子当家。他认为，三儿子之所以救武状元，是考虑武状元可以为国家征战，而国家安定了，百姓才可以安居乐业。他没有计较家庭与个人的恩怨。这样的人当家才会顾全大局，分清轻重缓急，同时也会感化武状元。不能不说这位老人是胸怀宽广、着眼未来的智者。

■ 常祥霖

ZHONGGUO CHUANTONG
GUSHI BAIPIAN

害人害己

狮为万兽之王。

有一次，狮王病了，百兽都来拜候。狮王得的是心病，众兽们都拿不出什么好药方。有心计的狐狸等大家走后，上前向狮王“献方”。

“大王得的是心病，俗语说，心病要用心药医啊!”

“你有什么好药方吗?”狮王问道。

“我想……”狐狸偷偷地看了狮王一眼说，“要是能用我们同类中一颗心来入药，这叫作以心补心，一定很有效果的。”

“那么，你想用谁的心好呢?”

“猴子!”狐狸立即答道，“猴子机灵，心计很好。”

在回家的路上，狐狸看到大树上的猴子正玩得痛快，心里骂道：哼，还神气呢，死期就要到了！他想起在一次斗智比赛中，猴子夺了第一名，狐狸早就想伺机报复了。他心里狠狠地说：等明天打开你的胸膛，再看看是你聪明还是我聪明!

第二天早晨，百兽又来朝拜了。狮王把昨天狐狸献方的事说了，大家无不惊讶。狐狸正在得意之时，猴子不慌不忙地向前跪拜着对狮王说：“要是我的心能治好大王的病，就请快点儿剖取吧，为了大王的健康，我万死不辞！”

众兽被猴子忠诚的品格和献身的精神感动得掉下眼泪。这时候狮王的心病又突然发作，猴子又一次要求狮王快点儿动手取他的心。手里拿着刀的狐狸站在一边，只要狮王一声令下，他就立即劈开猴子的胸膛。

过了一会儿，狮王苏醒过来了。他对众兽们说：“我看猴子的心绝不能治好我的病，不然刚才听猴子说要献心的时候，我为什么心里更加难受？可见猴子是傻瓜，否则就是心太直。这样的心对我有什么益处?!”停了一会儿，狮王又说：“看来只有狐狸的心能治好我的病，因为他心计好，他的心一定能补益我心上的不足。”

最后，狮王下令杀了狐狸，取出了他的心。

| 点　评 |

这是一则寓言故事。讲述狮王得了心病，狐狸献药方，心病要用心来治。并建议狮王用猴子的心，猴子表示只要能治好大王的病，就请快快动手，没想到大王的心病犯了，当大王醒过来时，觉得一提到猴子献心，病就犯了，可见猴子的心不能用，就用了狐狸的心。

故事说明害人之心不可有，害人终害己。

■ 陶立璠

ZHONGGUO CHUANTONG
GUSHI BAIPIAN

巧媳妇作对

很早以前，有一个老实巴交的农夫，娶了一个巧媳妇。两口人过日子，男的种附近财主家的佃田，女的帮财主纺纱织布，一年到头累死累活。这家财主，两代都是秀才。这天中午，老实巴交的农夫耕完田，回去吃中饭，就把耕牛拴在坡里。谁知吃过中饭回来一看，耕牛不见了，急得他四处寻找。最后，在小财主掌管的私塾门前，才把耕牛找到。但是，小财主不让牵走，说耕牛是自己的。于是，两下就争执起来。

老财主假意上来评理，推说："黑毛猪儿家家有。这头耕牛你说是你的，他说是他的，谁也扯不清白。我来出个对子，谁对上了，耕牛就归谁。"

小财主一听，满口答应。老财主就说，这个对子里要有"尖尖，圆圆，千千万,万万千"，最后还要回答别人的问话，说一句"那还消说"。

小财主十分神气地抢先说道："我的笔苞儿尖尖，笔杆圆圆；写出的大字是千千万，写出的小字是万万千——"老财主接口问道："那你一手字肯定写得不错吧？"小财主回答道："那还消说！"

常言道：急中能生智。老实巴交的农夫先是气急得没法，听了小财主的应对，立刻说："呸！分明是我的鞭头儿尖尖，鞭杆儿圆圆，耕出的大田是千千万，耕出的小田是万万千。要是哪个问我：'那你一手田肯定耕得不错吧？'我就会回答他：'那还消说！'"

老、小财主一听，连声说："不行，不行，第五句要别人问，你回答。"小财主当即宣布自己"赢"了，准备牵牛回家。

"慢着！"随着声音，赶来一位衣着朴素、品貌端庄的女子，这就是农夫的"巧媳妇"。她向老实巴交的丈夫说："他们这是故意刁难，也不过是篾穿豆腐——不值得一提。你放心，我现在就让他俩争着来问我！"巧媳妇说完，便转向财主，叫他们听着："我的脚趾儿尖尖，手指儿圆圆，养活的大浑蛋是千千万，养活的小浑蛋是万万千——"老、小财主一听气坏了，忙争相着问："你这是在骂我们吗？"巧媳妇气愤地回答道："那还消说！"人们望着巧媳妇同丈夫牵牛回家了。

| 点　评 |

这个故事属于"巧媳妇"型。农夫给财主耕田，小财主掌管的私塾门前，小财主硬说耕田的牛是他家的。老财主假意上来评理，推说："黑毛猪儿家家有。这头耕牛你说是你的，他说是他的，谁也扯不清白。我来出个对子，谁对上了，耕牛就归谁。"这种评判显然是不公平的，因为对对子需要有学问，小财主是秀才，农夫只是"文盲"。结果农夫的媳妇巧对对子，通过对对子，痛斥老财主和小财主是大小浑蛋，很是解气。弱势的一方取得了胜利，这是故事喜剧效果产生的动机。被注入了讽刺意味的故事，会给传播者带来颠覆权威（社会的特殊人物）和正统的喜悦。这种故事属于“长工和地主”型，反映了农民的机智和地主的愚蠢。

■ 漆凌云

凿壁偷光

汉代名相匡衡，精通经史子集，博学多才，忠君爱民，为官清廉，刚正不阿，幼年凿壁偷光、青年勤奋用功读书的事传为千古佳话，也是常用语“借光”一词的来源。

据说匡衡家住邹县境内的阳下村，后来迁居匪庄。幼年家贫，没有钱买油灯看书。邻居家常常点着灯纺织到深夜。匡衡于是请求杨母同意，在自家墙上开了一个洞，借着邻居家的灯光读书。后来听说邻村有一姓文的财主藏书甚丰，他就到文府帮佣，与文家讲好，不讨报酬，只求能够阅览藏书。他一面做工，一面读书，学习十分刻苦，终成大器，学富五车，才高八斗，德高望重，被乡里举为孝廉，荐到朝廷做官，功绩卓著，晋升到汉朝右丞相的高位。

郭　煜　讲　　述
张福金　记录整理

点　评

这是中国人口口相传的美谈之一，也是历史人物真实生活写照。说明了汉代匡衡渊博的知识，过人的才华来自幼年勤奋的努力。贫穷的孩子，没有优越的环境，他能够想到凿穿墙壁从邻居家里借光读书，已经令人惊叹。后来因为读书又到别人家帮工，不要报酬，这无异于为读书而卖身。由于他刻苦努力，终成国家栋梁。今天虽然已经没有凿壁偷光的可能，但是匡衡勤奋好学的精神，却是应当好好学习，发扬光大的。

■ 常祥霖

勤俭二字不可分

从前，一家有两个儿子。大的名叫勤，二的名叫俭。这两个虽是一对双生儿，但性格截然不同。大儿子勤，舍得出力，肯流汗，样样庄稼活拿得起，放得下，可就是生活不知道节约，花钱如流水。二儿子俭呢，懒得出奇，整天只想歇，不想干，样样农活不在行。可他生活俭朴会计算，一个钱恨不得掰成八瓣花。

弟兄两个性格不同，少不了磨牙斗嘴，在父亲的训教下，坏事却成了好事。他们都能以自己的长处去要求别人。勤反对俭懒惰、惜力、不吃不动。俭自然也反对勤的奢侈、浪费、挥金如土，这样他们互相制约，互相勉励，各人缺点都不敢轻易抬头。兄怕弟反对，不敢轻易花钱，事事检点；弟怕兄嫌弃，也乖乖地起早贪黑地干活。所以，一家人的日子过得红红火火，十分富裕。不久就远近闻名了。县太爷知道了这事儿，就亲笔为他家题了“勤俭”的金字大匾。从此，这家更是名扬全县，无人不晓了。

后来，勤和俭的父亲不幸去世，弟兄二人的矛盾也就越来越激化，终于达到了不分家不能生活的地步。在他舅舅的主持下，为使财产分得公平，连县太爷题的大匾也一分两半，各人占有自己的半拉。

分了家，弟兄二人谁也不再怕谁反对，都毫不顾忌地按自己的脾气行事。勤虽然努力耕种，挣得不少收入，但生活铺张，挣一个花两个，日子自然很穷。俭尽管处处精打细算，省吃俭用，但由于天天睡觉不干活儿，家里没进项，日子也过不上来。没几年，分家时分得的东西都花光了。弟兄二人一个比一个寒酸。

弟兄俩无法生活下去，只得又去找他舅舅。舅舅想想过去弟兄两个的日子，再看看眼下这个穷酸样儿，想出了一个道理，于是对两个外甥说："自古至今，勤俭不分，如果分开，会变穷酸。只勤不俭，财产再多，也不够折腾；只俭不勤，挣不来家业，能守个啥？我看你们二人还是伙在一起。"弟兄二人听了这番话，都认识到了自己的缺点和别人的长处，对舅舅的话表示同意。从此，弟兄二人又在一起生活，县太爷题的大匾又合并在一起挂在门头上。不久，便又成了远近闻名的小康人家。

| 点　评 |

《勤俭二字不可分》说的是，兄弟俩一个叫勤，一个叫俭。哥勤而不俭，虽一年下来收获甚多，但平常大手大脚，最后还是难以为继。弟俭而不勤，虽平时省吃少用，但很少辛勤劳动，所以日子也过得苦巴巴。最后，哥俩团结一起，既勤又俭，日子终于过得红红火火。这个故事告诉人们，勤俭是不能分家的。我们既要勤劳致富，还要节俭聚财，这样才能留足后劲儿，继续发展。如今重温这个故事，具有极其深远的现实意义。小到一个家庭，大到一个国家，都应如此。勤俭作风不能丢，只有既勤又俭，这才能使我们的国家越来越强大，人民生活越来越幸福。

■ 袁　表

“勤由俭，败由奢”。勤俭不可分开，勤俭结合才能生活富足，这是老百姓从生活中得出来的结论，用故事的形式表述出来，不只家庭如此，国家也是一样。胡锦涛同志提出来的“八荣八耻”就有两句话是“以辛勤劳动为荣，以好逸恶劳为耻。以艰苦奋斗为荣，以骄奢淫逸为耻”。从这则故事中，我也领悟到，既要节俭生活，也要艰苦奋斗：只勤劳不能富足幸福，只节俭也不能快乐小康，只有一个都不能少，才会生活富足小康。

■ 张本舟

ZHONGGUO CHUANTONG
GUSHI BAIPIAN

灯 花

苗 族

从前，有个单身汉名叫都林。他在山坡上开梯田种稻谷，太阳热乎乎地射在他的身上，黄豆大的汗珠从身上一颗颗地滚下地来，再从地上滚到一个石窝窝里。

不久，石窝窝里长出一株百合花，柔软软的梗子，绿油油的叶子，开着一朵白玉一样的喇叭花。在红太阳下，光芒闪闪。一阵清风吹来，百合花摇摇摆摆地发出“咿咿呀呀”的歌声。都林靠着锄头，呆呆地望着：咦！石头上长出百合花，百合花会唱歌，真奇了！

都林天天上山挖地，百合花天天在石窝上唱歌。都林挖得越起劲，百合花唱得越好听。

有一天早上，都林又到山上挖地，看见百合花被野兽碰倒了。他急忙扶起百合花，说：“百合花呀！这山上野猪多，我带你回家去吧！”都林用双手把百合花捧回家，种在舂米的石臼里，放在屋里窗子上面。

白天，都林到山上种地；晚上，他在房里茶油灯下编竹箩筐。他鼻子闻着百合花香，耳朵听着百合花咿咿呀呀的歌声，脸上挂着笑容。

在一个中秋节的晚上，窗外的月光明亮，窗里的灯光红堂堂，都林在灯光下编竹箩筐。突然，灯芯开了一朵大红花，红花里面有个穿白衣裙的美丽姑娘在唱歌，声音嘹亮：

百合花开得呀芬芬香，
灯花开得呀红堂堂。
后生家深夜赶工呀，
灯花里来了个白姑娘。

灯花忽地闪耀一下，姑娘从灯花里跳了下来，笑眯眯地站在都林身边。窗下百合花不见了。

此后，白天，夫妻二人欢欢喜喜地上山种梯田；晚上，夫妻二人欢欢喜喜地在灯下，一个编竹箩筐，一个绣花。

每逢圩日，都林将粮食、竹箩、绣花手帕送到圩上去卖，然后买回许多东西。两人的日子过得像蜜一样甜。

两年以后，都林的茅草房变成了砖瓦大房，粮食满腾腾地堆在仓里，牛羊一大群关在栏里。这时都林满足起来了：他不肯耕种梯田了，也不肯编竹箩筐了，他衔起烟杆，拿起鸟笼，东寨逛逛西寨遛遛。

姑娘叫都林拿粮食和绣花手帕到圩上去卖，叫他买锄头、镰刀和丝线，可是他却买鸡买肉买酒回来大吃大喝。

姑娘要和他去山上挖地，他推说脚痛；姑娘要和他在灯下做工，他推说眼疼。姑娘劝说：“我们的生活不够好呀，我们还要下劲干啊！”

都林翻着一双白眼，鼻子哼了一声，他衔着烟杆，拿着鸟笼到别的寨子玩去了。

一天晚上，姑娘一个人在灯下绣花。忽然，灯芯开了一朵大大的红花，一个五彩孔雀在灯花里展开美丽的尾巴唱歌：

百合花开得呀芬芬香，
灯花开得呀红堂堂。
后生家呀成了懒家伙，
姑娘随我呀到天上。

灯花忽地一闪，孔雀从灯花里跳出，钻到姑娘的胯下，飞了起来，扑扑地从窗口飞出去。

都林忙从床上爬起来，追到窗口，只拉得了一根孔雀尾巴毛，眼巴巴地看着孔雀背起姑娘飞进月亮里去了。

都林没有姑娘劝导，更加懒惰了。他大吃大喝，吃饱喝足后就衔着烟杆，拿起鸟笼，到处溜达。

都林把粮食卖光了，牛羊卖光了，衣服卖光了，又准备把床上仅有的一张席子卖掉。他揭开席子，看见下面摆着两幅绣花：一幅上面绣着都林和姑娘白天在梯田里笑眯眯地收获稻谷，稻谷满山满岭，像黄金一样发出闪闪的金光；又一幅上面绣着都林和姑娘晚上在灯下笑眯眯的，一个编竹箩筐，一个绣花，仓里堆满了粮食，栏里关满了牛羊。

都林眼睛看着看着，心里想着想着，忽然泪水像泉水一样涌了下来，滴在绣花手帕上。他用手锤敲自己的脑壳，说："都林，都林，你自讨苦吃呀！"

他转过身来，咬着牙，抓住烟杆，用力折断，撂进灶里。他把鸟笼打开，让画眉鸟飞出去，再用脚踏碎鸟笼，又撂进灶里。他即刻扛起锄头上山挖起地来。

从此以后，都林白天都在梯田里耕种，晚上在灯光下编竹箩筐，没日没夜地干着。

有一天，都林在窗下拾得一根孔雀羽毛，顺手丢在窗下舂米的石臼里。他望着石臼，想起百合花，想起白姑娘，眼泪又扑嗒扑嗒落在石臼里。

不久，石臼里的孔雀羽毛不见了，却长出一株香喷喷的百合花来，发出咿咿呀呀的歌声。

在一个中秋节的晚上，窗外的月光明亮亮，窗里的灯光红堂堂。都林正在灯光下编竹箩筐。突然，灯芯开了一朵大红花，红花里面的姑娘穿着白衣裙在唱歌：

百合花开得呀芬芬香，
灯花开得呀红堂堂。
后生家没日没夜地做工呀，
灯光里跳出来白姑娘。

灯花闪耀一下，姑娘从灯花里跳下来，笑眯眯地站在都林身边。窗下的百合花不见了。

从此以后，夫妻二人白天上山种梯田，晚上在灯下编竹箩筐、绣花，生活过得比花还要香，比蜜还要甜。

肖甘牛　搜集整理

| 点 评 |

一篇中国民间故事《灯花》，挽救了日本妇女北岛岁枝母女三人的生命。这个动人的故事虽时隔多年，但至今人们还津津乐道。

《灯花》是我国苗族民间故事，由日本友人君岛久子译为日文在日本出版后，深受日本读者欢迎。这个故事告诉人们：勤奋劳动带来幸福，好逸恶劳招致不幸。北岛岁枝读后深受感动，因而放弃了轻生念头，重新开始新的生活。1980 年 7 月 30 日，《人民日报》以《〈灯花〉点亮了北岛的心》为题做了报道，后日本《读卖新闻》等多家报刊进行了转载，在读者中引起了强烈的反响。灯花很美，让我们共同努力，使中日两国人民之间的友谊之花开得更加美丽。

■ 杨亮才

ZHONGGUO CHUANTONG GUSHI BAIPIAN

放牛娃传奇

不晓得在哪个年代，反正是一辈一辈传下来的故事。传说有一个张员外，屋里家财万贯，其他什么事都不着急，就是有一件事老是放心不下。俩口子大半辈子还没得儿子，只有一个女儿，他那女儿长得如花似玉，十分标致。父亲把她当作掌上明珠，母亲更把她当作心肝上的一坨肉。

一天，张员外屋里来了一个岁数、身材、长相都和张小姐差不多的姑娘。自称姓王，叫王小姐，是专门来拜访张小姐的。张员外见这姑娘长得还不错，又有礼节，就把她留下来给张小姐作伴儿，两个小姐一见面十分亲热。

一日三、三日九，一晃就是几个月。一天，王小姐接张小姐到她家去玩，张员外见她俩那个亲热，也就同意了。出门没走多远，王小姐就说："张小姐，这一带路程不好走，你不熟悉路径，你把眼睛闭着，我背你一截。"张小姐把眼睛一闭，听到耳边一阵风响，不晓得到了什么地方。原来，这个王小姐是个白蛇精。

张小姐一去就是好几个月没有回来，张员外俩口子有点儿想女儿，就叫家人去把小姐接回来。

家人到处找都没找到张小姐，只好空手转来向员外禀报。员外一听吓慌了，赶紧派了三个胆子又大又细心的人去打听小姐下落。这三个人一个叫风调，一个叫雨顺，还有一个是放牛娃儿。走的时候，张员外把他们三个叫来仔仔细细嘱咐了一番，给了些银子作盘缠，还对他们三个说："哪个找回了我的女儿，我就把女儿许配给他。"还把张小姐平时最喜欢戴的玉圈子带了一对，好作凭证。

三个人到处打听小姐下落，一直找了好久，连小姐的影子也没看见一个。一天，他们走到一个深山老林里，听到一些老人在讲，几个月以前，不晓得从什么地方刮来一股大风，看见一条白蛇卷着一个漂亮女子到东边去了。风调他们三人一听，心想张小姐一定是被白蛇精弄去了，就朝老人说的那个地方找去。

三个人又找了好久好久，才在一座悬岩上找到一个大黑洞。三个人一商量就到街上请铁匠打了几把尖刀，买了一个竹篓篓、一只公鸡和一根长绳子。他们就把刀夹在洞门上，把公鸡放在竹篓篓里，再用绳子把篓篓吊在洞前头。到了吃头遍烟的时候，公鸡就叫了起来。那条白蛇这阵肚子正饿了，听到洞外头有鸡子叫，赶紧跑到洞门上一看，见笼子里装着一只活鲜鲜的鸡子。蛇猛地一下把头伸过去。一伸不打紧，鸡子没吃到，几把刀把蛇脑壳划破了。

过了一会儿，洞里没得动静，他们就安置下去救小姐。那么高的岩，哪个也不愿下去，你推我我推你，推了半天还是放牛娃心肠好，胆子大，愿意下去。风调、雨顺两人就用竹篓篓把放牛娃放下去。放牛娃到洞里一看，吓了一跳，那条白蛇在床上死了，张小姐正在旁边哭。放牛娃对张小姐说明了来意，又拿出那对玉圈子。小姐一见，抱着放牛娃就是一场哭，小姐很感激放牛娃的救命之恩，就把玉圈子送了一只给放牛娃，作为他俩订婚的证物。

这时，风调、雨顺在上头喊，叫他们快点儿上去。那个竹篓篓小，一回只装得下一个人。哪个先上去呢？放牛娃和小姐推了半天，小姐还是拗不过放牛娃，就先上去了。风调、雨顺两个早就起了黑心。小姐上来后，就先把小姐打发走，把竹篓篓甩到岩里去，想把放牛娃饿死在岩洞里。

回到府里，张员外问："放牛娃怎么还没回来？"雨顺忙说："放牛娃在救小姐时掉到岩里去了。"张员外是个守信用的人，就把女儿许给了雨顺。风调也不争，雨顺早就给风调塞了很多金银。

放牛娃先让小姐上去了，一等也不见放下绳子，两等也不见放下绳子，料定风调、雨顺两人已起了歹心，没得救哒，反倒在洞里不着急。饿了就把那个鸡子捉来，把毛一扯就生吃，吃饱了就待在洞里玩。他想反正是死，不如先在洞里转一转，说不定还会多活几天呢。他爬呀爬，不晓得爬了多久，突然看见前头有一丝光，他就又朝有光的地方摸去，原来这里是一个洞口。放牛娃一出洞，趁着月亮，打量了一下山势，就朝前走去。他走了一阵碰到一户人家，这户人家很有钱，就是不晓得家里出了什么事，屋里的那些人个个号啕大哭。放牛娃饿得忍不住了，也就不管是哭是笑，走过去就"咚咚"直敲门。也怪得很，他这一敲，屋里的人就不哭了，一个个欢欢喜喜地把放牛娃接到了屋里，还大碗大席地款待他，连称救命恩人。放牛娃不晓得是怎么一回事。这家主人才说："我家有个儿子，他妈怀他时不晓得犯了哪条规矩，今天半夜子时处斩。如果不斩，就要在今天晚上来一百个生人，才能保住他的性命，先前已经来了九十九个，眼看子时快到，这荒山野地的哪里还有人来呢？多亏恩人到来，救了我儿子一命，恩人恩重如山，我们怎敢怠慢呢？"

放牛娃在这家歇了一夜，第二天一早就要走。这家人哪里准走，拼命留住，要他多玩几天，放牛娃心里想着小姐，哪有心思再玩？一定要走。这家没办法，就搬出一些东西要送给放牛娃，放牛娃一样东西都不要。那家主人就说："恩人，你看得起哪样就拿哪样。"原来在昨天黑夜那个被救活的娃儿对放牛娃说："我爹爹给你送东西，你什么都莫要，单独要屋梁上那个冬瓜。"放牛娃就说："你硬是要送的话，就把屋梁上那个冬瓜送给我吧。"这家主人万没想到他会要那宝贝，硬是有些舍不得，但还是硬着头皮说："你自己叫吧，如果它掉下来你就拿去。"放牛娃喊了一声："冬瓜、冬瓜跟我走。"说也奇怪，冬瓜"呼啦"一下就掉到他面前了。这老头告诉他："冬瓜是个宝贝，我家就是靠它发财的，你如果饿了，累了，差什么东西，只要叫一声'冬瓜'，自然就有你所需要的东西。"放牛娃谢了主人，没走上一段路就饿了，他就试着叫了声："冬瓜，我饿了。"冬瓜"呼啦"一下就开了，酒肉摆了一满桌，刚一吃完又"呼啦"一下不见了。走累了，他又说："冬瓜，我累了。"冬瓜又变成一匹好马，驮着放牛娃飞跑。

放牛娃来到员外门外，见员外家张灯结彩，正在办喜事，原来是雨顺和小姐结婚。放牛娃一气之下，想好好惩治一下风调、雨顺，但又不能错怪小姐，就把那只玉圈子从窗子里丢进了小姐房屋里，还给了小姐。他走到员外大门对面的地坝里，把冬瓜往地上一放说道："冬瓜，我今黑要结婚，请你给我修一座四十八间金砖玉柱的大房屋。"说完，就倒下去睡着了。他一觉睡醒来，果然建起了一座金砖玉柱的大房屋，一下把员外家里那些吃酒的人全引过来了。放牛娃一见，热情地招呼他们，还说他也要办喜事。这事一传开，风调、雨顺、小姐、员外也跟着跑来看稀奇。这一看不打紧，事情真相全露出来了。风调、雨顺吓得转身就跑。放牛娃叫了一声："冬瓜、冬瓜，你去把风调、雨顺给我捉来，我要抽他们的筋，剥他们的皮。"冬瓜听叫，"呼"地一声飞出去，压住了风调、雨顺。放牛娃还把风调、雨顺两人害他的情形对那些吃酒的亲朋好友说了，这些人一听，都说该杀。放牛娃就把风调、雨顺杀了。

后来，放牛娃就和小姐结成了一对美满夫妻。

点 评

这是一则比较典型的幻想性故事。此类故事在民间广为传承，主题是劝善惩恶。《放牛娃传奇》故事情节生动曲折，故事的主人公放牛娃，出身虽然穷苦，但心地却很善良。在寻找被白蛇精掠去的员外的女儿时，和风调、雨顺结伴而行，但当救出员外家的女儿时，风调、雨顺起了歹心，将勇敢、善良的放牛娃困在洞中，幸好在落难时，放牛娃表现出乐观精神，终于逃出魔窟，最后赢宝获福。故事表达了民间向来信奉的"善有善报，恶有恶报”观念，特别是故事的结尾，放牛娃利用手中的宝物，惩治了恶人，获得幸福。故事表达的思想是健康向上的，很有教育意义。

■ 陶立璠

梅氏发家

ZHONGGUO CHUANTONG GUSHI BAIPIAN

我们这里每逢春节时，常常看到有些人家在门框上贴着“父子协力山成玉，兄弟同心土变金”这样一副对联。这副对联是怎么产生和流传下来的呢?

那是在道光年间，复州城东六十里有个叫大龙口的村庄，庄南有方圆五里的平原，南端横着一座两头高中间凹的山叫马鞍山，山下居住着一户姓梅的，老少十口人，上有高堂老母，下有儿孙满堂。一家人靠梅延令、梅芳令兄弟二人协力谋生，人丁虽很旺盛，只是家贫，终日难得温饱。为了养家餬口，有一年正月初一，老大梅延令发誓，要上长白山一带去挖参，不发财绝不回家。老二梅芳令也表决心，要在家里出钱买一匹骡子去熊岳城德盛隆驮货回来摆摊卖，维持一家生活。

一次，梅芳令从熊岳返回龙口的途中，发现路旁草丛中有个鼓鼓的粗布钱褡子，打开看时里面装着沉甸甸、满当当的金条和元宝，失主是谁?仔细看来，发现钱褡子上有德盛隆的标记。他心里豁然一亮，拉回驮骡，要返回熊岳找失主。偏赶上这骡子犯了怪病，看天色黑了，生拖硬拉、鞭打棒敲，死也不肯往回返。梅芳令担心失主轻生，便撂下骡驮子，趁夜深人静把钱送给了失主。

老板一点失物，分毫不缺，非常佩服这个平日常见的小贩，并以盛宴招待了他。临走时，老板将金银的一半酬谢给他，梅芳令婉言谢绝说：“君子不恋外财，我还急着返回！”说完欠身告辞。老板心里过意不去，就说：“既然要走，我也不强留，只求你稍等片刻。”说着，就把柜上所有的人叫到柜前，指着芳令，称赞他拾金不昧、赏金又不收的高尚品格。告诉柜上的人，今后他再来办货，一律赊账，不收现款。

从此，老梅家就把这个无本生息的买卖开起来了。芳令把远在长白山挖参的哥哥也找回来了。兄弟二人齐心协力，文明经商，信誉第一，名声大振，商店起名叫“德信隆”，没几年工夫就家财万贯了。

复州县太爷知道了梅氏的发家史，专程前来为他贺喜。盛宴之上，县太爷观赏着门前马鞍山的风景，即景生情，挥笔便把“德信隆”改名为“山成玉”，接着又写了“父子协力山成玉，兄弟同心土变金”的对联，这副对联一直保存下来，成为梅氏家族的传家宝。

点　评

这个故事讲梅氏兄弟二人协力发家。首先他们充满孝心，有所担当，为了家庭活计，各自寻找生路。最重要的是老二拾金不昧的优良品德，他这样一个穷苦货贩，对于那么多金银财宝不动声色，并且急人所急，在骡子都不愿赶夜路的情况下，硬是步行连夜将钱财交回失主，以免失主轻生；而失主也感恩戴德，从此梅氏发货一律赊账。最后，故事还交代了老大挖参回来后兄弟二人同心协力文明经商，终于发家致富，创立了“德信隆”的响亮字号。“父子协力山成玉，兄弟同心土变金”的对联，要言不繁、画龙点睛。

■ 陈泳超

梅氏发家，靠的不是金钱，也不是权力，而是美德。梅氏一家虽然生活条件艰苦，终日难得温饱，但是这也不能改变他们一家人高尚的道德品质。梅芳令从外面返家的途中捡到了一个里面装满沉甸甸、满当当的金条和元宝的粗布钱褡子。但是他没有被利益冲昏头脑，而是拾金不昧，急匆匆地去找寻失主，将钱袋子送还给他。后来梅氏兄弟二人齐心协力，共创了名叫“德信隆”的远近闻名的大商店，“父子协力山成玉，兄弟同心土变金”这一对联也是当地县太爷亲手所赐。梅氏一家人本来就是拥有诚信美德的一家人，所以他们在做生意的时候也能够发家致富。

■ 姚良正

ZHONGGUO CHUANTONG
GUSHI BAIPIAN

接财神

清末，我县上村乡东崔村有个财主叫王二则，此人胡须半个黑、半个白，家豪大富，土地方圆数顷，骡马成群，但是他却很信鬼神。清明烧纸，过年烧香，大小庙宇更是三、六、九必到，出门先看是黑虎拦路，还是黄道吉日。

一天，从东阳关来了三个人，自称能接财神，会使法术，可使人家日进斗金。财主王二则一听大喜，对三个人更是殷勤招待。三个东阳关人心中暗喜，如今遇着一个老财迷，可要发财了。

从此，王二则全家不理其他杂务，每晚都到村外十字路口烧香，从路口一直烧到家里。又是祭猪，又是祭羊，更是祭财神像，听从三个骗子的摆布。再说财主王二则家最小的女儿芝兰聪明、伶俐，每逢跪下磕头时总要观看怎样接财神。三个骗子生怕露了马脚，便说她不真心，财神爷就接不来。财主王二则发财心急，就把她送到姥姥家。三个骗子一看时机成熟，搬来一个水缸倒上水，再将带的假元宝放进去，就对王二则说："你在烧香前放进水缸里一个元宝，就可来一对，放进一对，可得两双。"财主王二则放进一试果然灵验，对三个骗子的骗术信服得五体投地。

三个骗子见王二则对真假元宝都分不出来，还三叩九拜，虔诚得很。就对王二则说："财神爷已经接回来了，只要你能把元宝放得越多，得到的也就越多，能成倍增长，保你大发财。"王二则就将家中元宝全部取出放入缸内，低头闭目等待财神送元宝。三个骗子见王二则迷了心窍，就把缸中的元宝悄悄取出，又换上砖头瓦块，从马厩牵出三匹骡马，驮着元宝，从赵云台向东阳关扬长而去。

王二则跪得实在忍不住了，睁眼一看，屋里三个接财神爷的人不在财神爷的像前坐着了。再一看水缸里，全成了砖头瓦块，才知上了大当。到马厩去牵马，又少了三匹，急命长工去追，哪里还能追得上？过了一会儿，长工们回来说："东家，财神爷跑得太快，没截回来。"老财主听罢，一屁股坐在廊檐下只是长叹气。

点 评

这是一则讽刺故事。故事通过财主王二则爱财如命，迷信鬼神，却被三个骗子骗去所有财宝的故事，表达了受骗、防骗的思想。故事情节虽然简单，解释的道理却很明确。因为社会上类似王二则的人大有人在，正是由于财迷心窍，才容易上当受骗。故事的结尾很有意思，财主让长工去追三个骗子，却没有追上，长工回来对财主王二则说："东家，财神爷跑得太快，没截回来。"把骗子比作"财神爷"，表现了故事讲述者的机智和幽默。这则故事的内容，很有现实意义，教育人们不可迷信，迷信就容易受骗。

■ 陶立璠

ZHONGGUO CHUANTONG
GUSHI BAIPIAN

穷人和法官

从前，有个穷人，很聪明。他看到有些坏人犯了法，只要送些钱财和马匹，贿赂法官，就被宣布无罪释放。为此，他很生气，就想找个机会捉弄捉弄法官。

有一次，他夜里路过一个地方，正巧碰上那里有一家被盗。那些闻讯赶到的公差，不问青红皂白，就把他当贼抓走了，任他怎样分辩，也无济于事。他想：也好，干脆借机整治一下法官。

在去公堂的路上，他趁解手的机会拾了一块石头，用手帕包好，掖在袖子里。

到了公堂，见了法官，穷人跪在法官面前喊道："冤枉啊！我的青天大老爷。请你秉公明断，分清黑白。我是路过那里，根本就没偷东西。"

法官一拍惊堂木，喝道："大胆刁贼，竟敢在本官面前胡说八道！"

穷人又往法官桌前跪了跪，说："小的委实冤枉，还望大老爷明断。"边说边将袖子里的手帕包掏出来，悄悄塞进公案桌下，放在法官的脚背上，接着又说道："我父亲也是个有名望的人，他说和你很熟悉，还跟你拜过把兄弟。你不记得了吗？他的脸上有雀斑，两个大耳朵，举止稳重，待人诚恳。如果你好好想一想，肯定会记起他来的……”

就在穷人说话时，法官觉察到脚背上有一个沉甸甸的包，心想，可能是送给他的金元宝，估计至少也有五十两重。不由地心里一阵高兴，趁人不注意，把脚背上的那个小包挪到脚后，然后接过穷人的话头，满面堆笑地说：“对！你父亲我清楚，是个大好人。像那样的大好人教出的儿子怎么会做贼呢？不可能！肯定是有人诬告或误抓的。实在对不起，委屈你了。贤侄，快起来，回去吧！”

说完，就下令将穷人放了。

放走穷人后，法官喝令退堂。等公差们退下堂去，法官迫不及待地拿起脚下用手帕包的东西，高高兴兴地打开一看，发现是一块臭石头，才知道上了当，受了捉弄，他又气又恼，两眼一翻，口吐白沫，往后一仰就昏过去了。

点 评

看过《穷人和法官》这个讽刺小故事，不禁让人一笑，那个受贿法官最终得到了应有的报应。反思这个小故事，是那个聪明的穷人捉弄了一把受贿法官，然而仅靠个人的聪明，无法对抗一个腐败的司法环境，更无力净化一时一地的“政治生态”。现如今，十八届四中全会提出，建设社会主义法治国家的总目标，司法公正是法治国家的重要体现，是公民触摸“法治国家”的一个最为直接的“现场”，如何在法治国家建设中保障司法公正？这则小故事提示我们，不能只有捉弄受贿法官的“小聪明”，在建设法治国家的新形势下，还要有建立一个法官不敢、不能受贿的制度环境的“大聪明”。

■ 李艳龙

县官断案

从前有个县官很会断案，靠他的机智，很多无凭无据的案子都断得一清二楚。

一次有两个人扯着一块白布来告状，异口同声地说："我拿着白布到集上去卖，半路遇了雨。正好走到前不靠村、后不靠店的漫洼里，只好把白布展开遮雨。这个人，央求我也让他遮遮雨。我看他淋得可怜，就答应了。雨过天晴之后，这个人硬说这块白布是他的。没办法，只好来衙门请县官审断。"

县官一听两人说的都一样，又无第三人在场，怎好判断。想了一下，心生一计，就说："老爷无法断这无证人的案子，你们一人一半把布分开回家去吧！"随即叫人把布一截两半，叫他俩下堂去了。

二人走后，县官立即吩咐差人："分别跟上他俩，把面带喜色的人给我抓来。"果然两个人中，有一个满脸带笑，另一个却是愁眉苦脸。公差把那个笑的带回公堂，稍加审问，就招认了。果然是他骗了人家的布。

又一次，有个卖锅的，拉着一个瘸子来告状。他说："近几天一连少了几个锅。为了查看究竟，就在放着几摞锅的院子里，藏在暗处看着。不大一会儿来了个瘸子，一看没人，掂起一个大锅就走。我出来将他一把抓住，问他为啥偷锅，瘸子硬是不承认。只好拉着瘸子，带着锅，来衙门请老爷公断。”

县官听了事情的经过，问瘸子道：“你为啥偷人家的锅？”瘸子苦着脸说：“老爷明断，我是个瘸子，咋能拿得动这样大个锅，是他诬赖小人。”县官眉头一皱，计上心来，说道：“既然不是你偷的，是他诬赖了你，老爷就把这锅断给你，拿回去吧！”瘸子觉得自己得了便宜，满心欢喜，把锅抄起来顶到头上抬腿就走。只听后边县官一声断喝：“站住！你不是说你瘸，拿不动大锅吗，怎么拿得这么利索？纯粹是胡言狡辩，如不招认，难免皮肉受苦！”瘸子大惊，暗想，这回我咋忘了装样子了，只得承认这锅是他偷的。

点　评

故事说的是一位县官，面对种种疑案，利用他出众的智慧，个个断得清楚公平。故事中的“断白布”“断大锅”都是采取欲擒故纵的计策，给人造成错觉，在嫌疑人自鸣得意的时候，从中发现案件的蛛丝马迹，掌握了犯罪的证据，用人之常情加以推理，从而收到意想不到的结果。故事意义在于判断一个事情的真伪，要认真调查，仔细观察，跟踪事件的发展，才可以分清是非曲直。

■ 常祥霖

[illegible]

点评

[illegible]

笑话篇

ZHONGGUO CHUANTONG GUSHI BAIPIAN

阿凡提的故事

维吾尔族

寻找智慧

国王听说自己的百姓中有位名叫阿凡提的，这人富于智慧，学问渊博。于是，有一天，便带了左右丞相，去访问阿凡提。

"阿凡提，你脑子里的智慧，是打哪儿学来的呀？"国王问。

"是我不辞劳苦地寻找来的。"阿凡提说。

"智慧还能寻找得到吗？"

"是呀，我的陛下！"

"告诉我，你打哪儿寻找来的？"

"容易极啦，陛下去扛一把坎土曼[①]来，跟我走就行啦。"

这可把国王高兴死了，他暗暗想：自从我当了国王，百姓们都说我昏庸无能，说我是个糊涂国王，说真的，我的智慧是有限的，这回，我要是找到智慧，一定把脑袋装得满满的，还要带两

---

① 新疆地区少数民族的一种铁制农具，用于锄地、挖土等。由木柄和铁头两部分构成。木柄长约100—120厘米，铁头呈盾形。铁头的大小不等，大的长约30厘米，宽约25厘米，重约3—3.5千克，小的长约25厘米，宽约20厘米，重约2—2.5千克。

箱子回去，藏在宫里，等我的儿子长大了使用。想着，立命丞相从宫里带一把坎土曼来，随着阿凡提去寻找智慧。

阿凡提领着国王，走着，走着，来到了一块荒滩上。阿凡提脱掉袷袢，瞅着国王说：

“尊敬的国王，请脱下王袍，抡起来吧。”

国王一挖不见智慧，二挖不见智慧，三挖还不见智慧，手上已经打起血泡，激怒得胡子如同乱草，眼睛瞪得有茶杯大，问：

“怎么不见智慧呢，阿凡提？”

“急躁不得，我的国王。挖呀，挖呀！今秋把这块荒地开开，明春种上智慧，夏天就得收获了啊。”阿凡提漫不经心地说，一面又抡起坎土镘来。

“你说的智慧莫非是粮食吗？”国王又问。

“不假，不假。”阿凡提回答说，“倘若陛下宫里没有老百姓用血汗换来的粮食，陛下今天怎么会有这种毛病，会来跟我寻找智慧呢。”

金钱与正义

一天，国王问阿凡提：“阿凡提，要是你面前一边是金钱，一边是正义，你选择哪一样呢？”

“我愿意选择金钱。”阿凡提回答。

“你怎么了，阿凡提？”国王说，“要是我呀，一定要正义，绝不要金钱。金钱有什么稀奇，正义可是不容易找到的啊！”

“谁缺什么就想要什么，我的陛下。”阿凡提说，“您想要的东西正是您缺少的呀!”

赵世杰　译

点　评

《阿凡提的故事》在我国新疆地区广为流传，尤其是在维吾尔、乌兹别克、哈萨克等民族中几乎家喻户晓，深受人们喜爱。“阿凡提”是维吾尔语，但不是人名，汉语可译为“老师”或“先生”。他的本名是“纳斯列丁”(一译为“纳斯尔丁”)，即“宗教的胜利”之意。阿凡提是人民群众创作的艺术形象，他勤劳、勇敢、乐观、幽默，富有智慧和正义感。人们根据需要，让他在不同时代、不同场合，以不同身份出现，代表着人们的意愿，向一切邪恶势力和不良现象进行针锋相对的斗争，并且总是取得胜利。阿凡提是永远活在人们生活中的活生生的人物。

■ 杨亮才

对于似乎有些“智障”和“脑残”而昏庸无能的国王，所提出的“智慧从何而来”这样一个令人“啼笑皆非”的“低智商”问题，维吾尔族“智多星”阿凡提之回答，的确充满了智慧，无疑充溢着地气。陛下的“坎土镘”没有挖到智慧的根基，就在于他对自己的国情民情熟视无睹、陌生无比。实际上，寻找智慧，就是寻找客观真理，就是寻找普遍民意，就是寻找传世秘籍。必须牢记，智慧之树始终扎根于劳动者的土地，智慧之花始终开放在思考者的心里，智慧之果始终伴随着奋斗者的足迹。人同此心，心同此理，足智多谋是一致希冀，智略过人乃共同话题。官不要高高在上，忘乎所以；民不能碌碌无为，垂头丧气。“智者千虑必有一失”这是真谛，“吃一堑长一智”颇有哲理！

■ 郝凤年

巴拉根仓的故事

ZHONGGUO CHUANTONG GUSHI BAIPIAN

蒙古族

摔 锅

一个巴音[1]，新买了一口锅，骑着马，正往回赶路，在半山腰遇见了巴拉根仓。他心里思谋着说：都说这穷小子有智慧，看我要笑要笑他。于是赶上去跟巴拉根仓说：“巴拉根仓，人们都说你有智慧，你如果能让我把自己新买的这口锅摔碎，你要什么我给什么！要是办不到，我只让你当众人面给我磕一百个响头，说一声：‘富人爷爷，我巴拉根仓认输啦！’我就饶你。”

巴拉根仓说：“别说一口锅，就是让你把自己的脑袋摔碎也不难，就是今天没有工夫！”说完继续走他的路。

巴音很生气，上去拦住巴拉根仓，说：“你既然能吹牛，就得当场试验。”

“你没有听见我说今天没有工夫吗？”巴拉根仓说完又走。

“不行，你不摔了这口锅，就砸碎你的脑袋。”

“哎呀，你这个人怎么像魔鬼一样缠住我不放啊！”巴拉根仓

① 巴音：财主、牧主。

也生气地说，“你不知道北山草甸子上起了荒火了吗？把天都烧红了半边，已经死了好几千只牛羊，我正要赶紧救火去哩！”说完催马加鞭就跑。

那块草甸子上放的都是这个巴音的牛羊，巴音一听说牛羊烧死了好几千，心里一惊，手腕一松，“当啷”一声把锅掉在石头上摔碎了。巴音气呼呼地骂道：“这些该死的牧人！”说着也催马跟在巴拉根仓后边跑去。

“巴拉根仓，等一等，你听——谁——说——的……”

巴拉根仓勒住马缰，回头一看牧主手里那口锅没有了，脸色也变得发了青，不慌不忙地说：“你那口新买的锅呢？”

“去它的锅吧！我得赶快去救自己的牛羊。”

巴拉根仓拦住了巴音说：“你不是说让你摔碎了自己的锅，要什么给什么吗？我不要别的，你就拿出一半牛羊来，分给咱们穷苦的牧人吧！”

巴音知道自己受了骗，窘得一句话也说不出，憋了半天才吐出几个字：“你真是巴拉根仓！”说完，狠狠抽了马一鞭子，很快地溜走了。

“小心着点儿，”巴拉根仓在后边大声说，“你要是说话不算数，我还要让你摔碎自己的脑袋哩！”

从此，有钱的富人都轻易不敢惹巴拉根仓了，因为他们都害怕巴拉根仓真的会让他们摔碎自己的脑袋。

借　锅

从前有个吝啬又爱占便宜的富人，名叫巴音。有一天，机智而幽默的牧人巴拉根仓因不慎将自家煮肉的大锅打烂了，所以就借了巴音的锅煮了手抓羊肉。但巴音为敲诈勒索，肉还没有熟，就派管家索要自己的锅。这时巴拉根仓边加火边对管家说："你们的锅在我家生了孩子，满月后才能还给你们。"

管家回来给巴音汇报了巴拉根仓的话，巴音听了高兴地说："好哇，那就把母子俩一起拿回来吧。"当管家第二次来巴拉根仓家时，巴拉根仓已把肉煮好了，所以在巴音的大锅上又搭配了自家的小锅一并还给了管家。巴音见了高兴地想：借给了一口锅，还回来两口锅，真是便宜买卖。

几天之后，巴拉根仓又来借锅。巴音根据上次经验，痛快地借给了全家最精制的一口大锅。

两天后，巴音又派管家索要自己的锅。但巴拉根仓却说："你们的锅在我家逝世了。"

巴音听了管家的汇报，立刻火冒三丈，暴跳如雷，大声吼道："有生命的人类或动物才会死，没有生命的锅怎么能死呢？真是天大的笑话！"说完他亲自跑来找巴拉根仓。

巴拉根仓还是那句话："你们的锅在我家逝世了。"巴音吹胡子瞪眼睛："你何时见过没有生命的锅还会死？"

巴拉根仓不慌不忙地说："有生就有死，这是众所周知的普遍道理。你的锅既然可以生，为什么不能死呢？"

巴音无言答对，只好灰溜溜地回家去了。

陈清漳、塞　西、许　力　译

| 点 评 |

《巴拉根仓的故事》是庞大的讽刺笑话体系。它除广泛流传在我国内蒙古和新疆蒙古族地区之外，在蒙古人民共和国也有流传。巴拉根仓是个虚构的人物，是蒙古族农牧民创造的光辉形象。他是典型的贫苦牧民，“穷得连根牛毛都没有”，又不断遭到僧俗封建统治者的压迫和摧残，但他始终不屈服、不低头，反而激起了他对统治阶级的强烈憎恨和蔑视。他讽刺和奚落的对象，主要是国王、贵族、诺彦（官吏）、巴音（财主）、奸商等。然而，他对受苦受难的同胞兄弟则寄予了深刻的同情。他爱憎分明。《巴拉根仓的故事》继承和发展了蒙古族讽刺文学的传统特点：风趣、幽默，在风趣中露出机智，在幽默里含有深刻寓意，具有鲜明的民族特色。

■ 杨亮才

《摔锅》的故事，是蒙古族机智人物巴拉根仓众多传奇故事中的一个代表作品。故事生动耐看，它就像一个相声段子，先把包袱埋好，让人非得一口气看下去，好知道包袱里藏着什么东西。看到最后，包袱抖了出来，就像猜谜猜了很久终于知道了谜底，人一下子畅快了，同时还有美的享受。巴拉根仓像新疆维吾尔族智慧大王阿凡提一样，是蒙古族劳动人民的杰出代表。这个故事，没有冗长的情节，仅通过简短的表述，就将一位蒙古族汉子聪明能干、机智勇敢和幽默风趣的形象活灵活现地勾勒出来了。他与巴音有理有节斗智斗勇的过程，让人们看到了真善美和假恶丑。巴拉根仓的故事丰富了成年人的业余生活，对未成年人树立正确的人生观和价值观有一定的帮助。

■ 裴　平

ZHONGGUO CHUANTONG
GUSHI BAIPIAN

阿古登巴的故事

藏　族

领主挨揍

诺卓代瓦满身都是泥土和马毛……他左扫右扫，都弄不干净，急得要命。阿古登巴见机会来了，便说："老爷，这样好不好，我拿根棍儿来给您拍打拍打，几下就干净了。""唔，好吧！"阿古登巴很快就把早已准备好的棍子提来，起初故意轻轻地在诺卓代瓦身上拍，好大一会儿也拍不干净，诺卓代瓦不耐烦了，大吼起来："你没有吃饭吗？笨蛋，用劲儿！""老爷，我是怕把您老人家打伤了。您若不怕，我用劲儿就是了。"……于是，阿古登巴抡起棍子，狠狠地在诺卓代瓦身上打起来了。"哎哟！傻瓜，轻点儿吧！""呵，还轻啦？我就再重一点儿吧！"阿古登巴假装听错了，又狠狠揍了他几棍子。

国王的座位

阿古登巴对国王说："人死了都有自己的座位，有的人在天堂，有的人在地狱。"国王问："什么人在天堂？"阿古登巴说：

“好人在天堂。”国王又问：“什么人在地狱啊？”阿古登巴说：“当然是坏人在地狱了。”国王忙问：“我的座位在哪里？”阿古登巴笑了一笑，说：“您的座位应该在天堂，可是天堂的座位已经满了。”国王着急了，问：“那怎么办？”阿古登巴想了一想，对国王说：“那你就到地狱去吧！那儿和你一样的人还不少呢！”

格 龙 等 讲 述

佟锦华、卓 如、祁连休 译

| 点 评 |

《阿古登巴的故事》是广泛流传在西藏、四川、青海、甘肃、云南藏族地区的机智人物型故事。“阿古登巴”是藏语译音，“阿古”是尊称，含有“叔叔”、“导师”之意，“登巴”（又叫顿巴）是“滑稽”的意思，全称可译为“滑稽叔叔”。《阿古登巴的故事》内容丰富，其特点是：一，富有战斗精神，不信邪，不相信命运，不管站在自己面前的敌人如何强大，他总是开动脑筋，想出巧妙的办法，把敌人一一击败；二，篇幅一般都不长，短小精悍，语言风趣，富有戏剧性，常常能抓住对方的弱点，采取讽刺、调侃、幽默、诙谐等手法，加以揭露、批判、嘲笑、鞭笞和痛击，令人在笑声中获得教育和精神享受。

■ 杨亮才

ZHONGGUO CHUANTONG
GUSHI BAIPIAN

宋定伯捉鬼

河南南阳有个人，名叫宋定伯，他在少年的时候，有一回夜间出门，在路上遇着一个鬼。定伯问："谁？"

那鬼回答道："我是鬼啊！"接着问宋定伯："您又是谁呀？"

定伯有心欺骗那个鬼，便撒谎说："我也是鬼。"

鬼问："您要去哪儿？"

定伯回答："我要到宛市去。"

鬼说："我也要去宛市。"

他们结伴走了几里路。鬼说："这样走太累了，我们何不替换着背着走呢？"

定伯说："这倒是好主意。"

于是，鬼先背起定伯走了好几里路，累得上气不接下气，便对定伯说："您怎么这样重，别不是鬼吧？"

定伯说："我刚死，便显得重一些罢了。"

接着，轮到定伯来背鬼，那鬼背在身上轻飘飘的，一点儿重量也没有。

他们这样互相替换着背了好几次。定伯问："我刚死，不知道鬼害怕什么，有何忌讳？"

鬼说:“就是怕人家吐唾沫。”

他们边说边走，前面有一条河拦住了路。定伯让鬼先趟水过河，听不到一点儿声音，后来定伯自己走下河，河水在脚下哗哗作响。

这时，鬼有些怀疑，便又问:“你过河为什么会发出声响?”

定伯回答到:“我刚死，还没学会趟水，请不要见怪。”

快要到宛市时，定伯便把鬼顶在头上，双手把鬼的身子紧紧抓住。鬼大叫，要定伯把它放下，定伯不理睬，一直把它背到宛市大街上，然后才放下地，鬼立刻变成了一只羊。定伯怕它再变，就在它身上吐了一口唾沫。最后，他把羊卖掉，得了一千五百钱。

这件事后来流传开来，便产生了一则民谣:“定伯卖鬼，得钱‘千五’。”

刘守华

(原载于《列异传》)

点 评

应当说世界上并没有民间故事里讲的那种“鬼”，但是世界上又确实存在着许多类似“鬼”的东西。大至帝国主义和一切反动派，小至一般工作中遇到的困难和挫折等，都可以把它视为“鬼”。出自《列异传》的《宋定伯捉鬼》，写得很有兴味，很有意义。这个宋定伯从小就不怕鬼，他不但胆大，而且心细。他夜行遇鬼，毫不畏惧，精神上完全处于主动地位，而且善于根据具体情况采取适当的办法，使他遇到的鬼从头到尾都在他的掌控之中。这个故事告诉我们，鬼乍一看似乎很可怕，其实并不可怕，只要我们解放思想，破除迷信，“在战略上藐视它们，在战术上重视它们”（毛主席语），就没有克服不了的困难，就最终能够取得胜利。

■ 刘　青

艾　子

ZHONGGUO CHUANTONG
GUSHI BAIPIAN

艾子出外巡视水道，路上瞧见了一座庙，庙很矮小，但是装饰得整齐庄严。庙前面有一条小沟。

有个行人，走到这里，跨不过那条沟。回过头来，瞧见庙里的神像，这就把它搬出来，搭在沟上，踩着过去了。

随后又来了一个人，瞧那神像搭在沟上，叹了口气道：“对神像怎么能这么不恭敬呢?”说着就扶起了神像，用自己的衣服把它上上下下揩抹干净，捧着送进庙里，放到宝座上，恭恭敬敬磕了几个头，这才走开。

隔了一会儿，艾子听见庙里的小鬼开言道：“大王在这儿做神，受着一方香火，如今却被人侮辱，为什么不给他一些惩罚去显显报应呢?”

神说：“如果要显报应，就该把祸事行在那个后来的人身上。”

小鬼说：“先前那个人踩了大王，对大王有莫大的侮辱，不对他显报应；后来那个人恭敬大王，反而要给他祸事。这是什么缘故?”

神说：“先前那个人，已经不信神了，又怎么能给他祸事哩！”

——艾子说：“真是鬼怕恶人啊！”

张友鸾　译

（原载于宋人托名苏轼《艾子杂说》）

| 点　评 |

《艾子》选自宋人苏轼《艾子杂说》。它原为文人创作，后流传民间，成为人们口耳相传的民间故事。1961 年，为反对霸权主义，此故事被收入由何其芳编选、经毛主席审定的《不怕鬼的故事》，因而声名远播，《艾子》的确是一篇优美的民间讽刺笑话。它至少表明两点：其一，鬼不可怕，世界上本没有鬼神，鬼神都是人制造的，祭拜鬼神是一种迷信，应该破除；其二，鬼怕恶人，好人难当，恶人吃香，是世俗社会的普遍现象。难怪艾子感叹：“真是鬼怕恶人啊！”艾子说的虽是宋人社会，但现在何尝不是如此，值得警惕。

■ 杨亮才

ZHONGGUO CHUANTONG GUSHI BAIPIAN

金老鼠

一官生日，下属们知道他属鼠，就凑钱用黄金铸了一个老鼠，送去给他祝寿。

这个官见了大喜，对手下们说："你们可知道，过几天就是大奶奶的生日了，别忘了大奶奶是属牛的。"

（原载于冯梦龙《广笑府》，选自《古笑话今译》）

点 评

在旧社会，官吏是骑在人民头上的。他们依仗权势，无休止地欺压、搜刮劳动人民。对于这些贪官，民间笑话给予了无情的揭露。《金老鼠》这则笑话，揭露了两类人：一是贪得无厌的上司，一是逢迎拍马的下属。鲁迅先生在谈到这个笑话时说："其实，如果大家先不送金老鼠，他绝不敢想金牛。一送开手，可就难于收拾了，无论金牛无力致送，即便送了，怕他的姨太太也会属象。"又说："中国人自讨苦吃的根苗在于捧。"真是一针见血。这则笑话对于当今社会来说，也具有深刻的现实意义。

■ 杨亮才

ZHONGGUO CHUANTONG
GUSHI BAIPIAN

三个媳妇

从前，有一个员外爷，有三个儿媳妇，个个伶牙俐齿、谈笑风生，旁若无人。员外爷见了，心里感到很不是滋味，有伤风化，有失检点，坏了家风，便想整治一下三个媳妇。

一天，员外叫三个媳妇到地里去薅草。三个媳妇知道是公公在整治她们，便一齐在树荫下歇凉。

员外爷悄悄跟着去探看，被三个媳妇看在眼里。

大媳妇说："天上一朵云。"

二媳妇说："地下雾沉沉。"

三媳妇说："老爷快下雨，草都薅不成。"

员外爷气得吹胡子，这样下去成何体统，还有什么家教可言。他写了一张诉状，告到县衙里。县太老爷一看，公公告媳妇，有趣。便差人把媳妇带到县衙。

县太爷说："庭前有一棵杏树，以此为题，作一首打油诗来，便放你们回去。"

大媳妇说："庭前一棵杏，"

二媳妇说："珍珠亮晶晶；"

三媳妇说："黄的稀溜溜，青的梆梆硬。"

县太爷大笑："说得好，各自回家去吧。"

员外坐在家门口，等着媳妇们回来，他想老爷一定会打她们一人四十大板的。

三个媳妇嘻嘻哈哈地走到家门口。

大媳妇说："大门一把叉，"

二媳妇说："告状就是他；"

三媳妇说："四十个大板，各家打各家。"

员外爷当即怄昏了过去。

| 点　评 |

《三个媳妇》是一个典型的生活故事，它在一定程度上是过去生活的写真。在旧社会，妇女，尤其是年轻的媳妇，她们的生活并不自由，不仅受到各种各样封建礼教的限制，遵守所谓的妇道，对丈夫、公婆毕恭毕敬，还要受到苛刻公婆的刁难，忍受身心的摧残。此故事中三个媳妇聪明伶俐、活泼好动、充满才情，在受到公公的刁难时作打油诗来排遣心中的不满。故事中的公公就是恶势力的代表，是压迫的执行者。故事生动有趣，使这三个人物形象跃然于纸上，它表达了一种对礼教的反抗，以此来达到身心的愉悦。反映了劳动人民的智慧、百姓对和睦生活的向往以及对生活情趣的追求。

■ 王锦强

"以礼为教"是中国文化的重要组成部分，圣贤教民，是为了让人们懂得“自别于禽兽”。它是社会稳定的基础，也是华夏文明中有益的部分。但坚守传统礼法，并不等同于僵化桎梏，上述故事，就是一个让人忍俊不禁的反例。群众的新生智慧往往鲜活而有趣，对此，盲目地给予压制往往无益，以进步的意识与开放的心胸，予以适度接纳，进行更新常常更有益于推动文明的整体发展。文明的进步，需要我们在坚守传统的同时，摆脱迂腐的沉沉死气，找到生机，褪去“道德先生”的装腔作势，回归真实。我们倡导一个和谐的社会，这样的一个社会是对立事物之间在一定条件下具体的、动态的、相对的、辩证的统一社会，是不同事物之间相辅相成、互助合作、互促互补，谋求共同发展的社会。多元共生，才更贴近“和谐”的本质含义。

■ 张　朔

ZHONGGUO CHUANTONG GUSHI BAIPIAN

解缙应对

明朝的时候，有个著名的才子，叫解缙，从小就十分聪明。

解缙的父亲是个教书先生，解缙五岁便入了学，在他父亲的指点下，学业进步很快。

解缙七八岁的时候，有一天，他到镇上去割肉，走到屠坊前，屠夫刚杀好一只猪在过秤，称好后向账房先生报数："小猪连头一百。"

解缙信口答道："大鹏展翅三千。"

屠夫听到一个小孩答话，很觉奇怪。便问道："小孩，几岁了？"

"七岁。"

"叫什么名字？"

"解缙。"

"你是来称肉的？"

"嗯。"

"称几斤？"

"三斤。"

"我出半边对子，你对上了，这三斤肉不要钱，算我送你的。

行吗？”

“你说吧。”

屠夫说：“双手操着生死路。”

解缙说：“一心专读圣贤书。”

屠夫大喜，当即砍了三斤好瘦肉给了解缙。

这年冬天，解缙身着绿缎子棉袄，从外婆家回来，路上遇到附近一个员外。这员外早就听说解缙聪明善对，心里不信，今日在路上碰到了，便想故意为难为难他，便拦住解缙，讪笑道：“出水蛤蟆穿绿袄。”

解缙见这员外身穿皮袍，外罩大红长衫，随口应道：“落汤螃蟹着红袍。”

员外一听，暗暗吃惊，“果然名不虚传。”这一回活吃了亏，心里不服气，还想捞回面子来，便道：“小犬无知嫌路窄。”

解缙应道：“大鹏展翅恨天低。”

员外听了，觉得解缙出口不凡，将来必成大器。看来一般的对子已难他不倒，得出副气魄大的对子。他搔了搔后颈窝，说：“我再出一对，你能对上，便放你走。天作棋盘星作子，谁人敢动？”

解缙四面望了望，应道：“地作琵琶路作弦，哪个能弹？”

员外虽然没有占到上风，心里却彻底的信服了。只得站在一旁，给解缙让开了路。

解缙九岁那年，随父亲到了南京。一日，父亲带他到江里洗澡。父子将衣服脱下，挂在江边的一株老树上。他父亲道：“我有一上联，‘千年古树为衣架’。你可对得上？”

解缙看了看从眼前流过的长江，答道："万里长江作浴盆。"

他父亲见解缙聪明敏捷，心里非常高兴。第二天，父子二人去游览南京名胜。来到金水河畔，手扶玉石栏杆。放眼望去，岸上垂柳依依，玉簪花盛开，河里，数不清的金鱼游来游去。只见一个人捉了条金鱼，折了根柳枝，穿着金鱼，提走了。旁边一个秀才模样的人念道："金水河畔金线柳，金线柳穿金鱼口。"

解缙听了，不假思索，对道："玉栏杆外玉簪花，玉簪花插玉人头。"

那秀才大吃一惊，想不到这孩子小小年纪，才思如此敏捷。佩服得不得了，喜欢得不得了。

过了五年，解缙十四岁了，到京城参加会考。主考官见这考生年纪幼小，能有什么学问，便要把他赶出考场。谁知解缙一点儿都不怕事，他道："太公八十展抱负，甘罗十二为上卿，学识岂因年岁限，我比甘罗长两春。"

主考官见他出口成章，而且说得很在理，不觉喜欢起来，便出一上联："油菜开花，好似黄金铺地。"

解缙对道："葛蒲出水，犹如利剑冲天。"

主考更加欢喜，道："解相公，你对对子的本事不错，但不知诗才如何？今以'骆驼'为题，命你作诗一首。但诗中不得有'骆驼'二字。"

解缙答应了，吟道："头似绵羊颈似鹅，不是驴马不是骡，背负二峰战沙阵，此物北地漠川多。"

经过考试，他果然金榜题名，中了进士，被皇帝选为翰林。深得皇帝信任。那些惯于溜须拍马的奸臣，也赶着逢迎。一日，一个奸臣请他为一幅画题诗。解缙展开画一看，见一堵矮墙，墙旁长着竹笋，墙上生着芦苇。便提笔写道："墙上芦苇，头重脚轻根底浅；山间竹笋，嘴尖皮厚腹中空。"把这奸臣气了个半死。

一天，皇帝举行宴会，朝中大臣全都参加了。那奸臣因为怄了解缙的气，总想寻机报复。有个朝臣觉得喝闷酒乏味，便要和解缙对句。那奸臣乘机插嘴说："二猿断木深山中，小猴子焉敢对锯（句）。"

解缙知他不怀好意，立即反唇相讥："一马陷足污泥里，老畜生怎能出蹄（题）。"满座文武大臣，听了哄堂大笑，把那奸臣羞了个面红耳赤。

| 点　评 |

解缙是明代著名文人，他幼年的才思敏捷，对于恶势力敢于反抗，对于爱护自己的人和开玩笑的人又有分寸。本故事以对对子的方式展现了解缙少年的才情，内容高雅又有情趣，读起来上口好记又增长做对联的能力，属于文人故事的典型之作。

本故事先后以屠夫、员外、父亲、秀才、主考官、奸臣等多个人物考验解缙为主线，从解缙五岁一直到成为朝廷臣子，反复讲了他敏捷的才思。其中涉及小猪、大鹏、螃蟹、蛤蟆、小犬、绵羊、骆驼、驴马、骡子、小猴等动物，充满情趣，适合儿童接受和传播。同时，又有天地、棋盘、星月、长江、芦苇等天地万物，知识性强。在当前重视儿童歌谣教育的语境下，很有价值。

■ 刘晔原

“墙上芦苇，头重脚轻根底浅”；“山间竹笋，嘴尖皮厚腹中空”。关于解缙应对的故事，以上对联可以说是其中典范。解缙是我国明代著名学者，曾任翰林院大学士，并主持编纂《永乐大典》；其性情刚直不阿，为人幽默风趣，才华横溢，铁骨铮铮。令人遗憾的是终因恃才放旷，得罪权臣，被害入狱，死于狱中。其在应对方面，更有诸多传说。比如，从“门对千棵竹；家藏万卷书”到“门对千棵竹短；家藏万卷书长”再到“门对千棵竹短无；家藏万卷书长有”，就是其与一老乡绅的比对，其文思敏捷由此可见一斑。

■ 余　达

ZHONGGUO CHUANTONG
GUSHI BAIPIAN

郑板桥审石头

早先，咱这潍县赶大集，是在东门外的沙滩上。一到大集，人山人海，十分热闹；做买做卖的，干什么的都有。

这天又是大集。县太爷郑板桥正在东门城墙上看着百姓来来往往地做买卖，忽听得城墙下有人号哭。板桥低头细看，只见一堆人围着看一个老妇人哭诉。板桥大人差人去问，原来一个卖蛋的，挎着一篮子鸡蛋去集上卖，没想到走到这里被一块石头绊倒，一篮子鸡蛋摔了个碎。老妇人一见，守着淌了黄的碎鸡蛋皮哭号不休。

板桥大人听了，略作沉吟，发话道："大胆顽石，竟敢绊倒老人，摔碎鸡蛋，让老人如何过活？来人，立即将顽石锁上大堂，待本官审问！"

衙役们一听，心里好笑，竟有这等怪事，老爷要审石头！但又不敢违命，只好立即下城来，用铁索锁上石头，领着老妇人，一起回县大堂来。

这一下惊动了满集的人，听说县大老爷要审石头，这事可是头一遭，看看大老爷怎么个审法！看热闹的人踢里踏拉跟了一大串。越走看热闹的越多，越传越远，县大堂前是黑压压的一片人。板桥大人端坐堂上，两边衙役侍立，喝令带上顽石来。原告老妇人也跪在一边，又大开衙门，放看热闹的进来。看热闹的开始不敢往里进，后来有几个大胆的先进来了，众人一看没事，一下子涌进大门，满满站了一院子。板桥大人喝令关门。众人又有点儿提心吊胆，猜不透他葫芦里卖的什么药。

板桥大人问清了老妇人摔倒的经过，开言道："恻隐之心，人皆有之。一人帮百人难，百人帮一人易。现在院内诸位，每人助老人一钱，可救老妇人一难。现将老人竹篮放于门口，各位出门时放一文钱于篮内即可，诸位请便！"看热闹的人恍然大悟，这才明白桥板大人审石头的用意。人们依次退出，出门时或三文，或五文，放在老妇篮内。人走完了，竹篮内钱也不少了。

板桥大人见人走完了，喝声"退堂"。老妇人千恩万谢，挎起篮子走了。郑板桥审石头的佳话，流传至今。

| 点　评 |

故事说明了郑板桥为官之道，称颂他把心思融合进民生民瘼之中。境界之高难能可贵！他特别看重"一善可以消十恶"的正能量，在任时禁赌查烟，打击匪患，为官厚道，尽自己最大能力当个好官。好官员一般由民意测定而出，官员的政绩不仅让制度考评，还应当由良心考证。他认为，"积钱以遗子孙，不若积德以遗子孙，钱有尽时，德无穷期"。他不为亲属谋取工作岗位，因自家宅基地修路而引发纠纷时，他曾坚持让家人作出让步，可见他胸襟宽阔、不因权谋私。若没有贴心的情感，难以体恤民生。“为政不在多言”正是他不尚空谈的真实写照。这样的人，为人长久，立世深远，口碑载道，众生赞誉！

（引号内引自《郑板桥文集》）

■ 季洪琪

犹如《一个美丽的传说》中所唱的“精美的石头会唱歌，它能给勇敢者以智慧，也能给善良者以欢乐”，郑板桥审石头，展现了他过人的智慧和以人为本的从政理念，让人拍案叫绝！“一个篱笆三个桩，一个好汉三个帮”“锦上添花不如雪中送炭”，互敬互爱、互帮互助、与人为善、和睦相处，也是我们构建社会主义和谐社会的重要因素。在从严治党、依法治国的今天，引导公民自觉践行社会主义核心价值观，培育公民的道德自律同样重要，“赠人玫瑰，手留余香”也是一种良好的道德行为。

■ 赵绍香

徐文长难倒窦太师

徐文长从小就很聪明，十多岁时学问已经相当渊博。

有一年秋试，皇帝派了一个叫窦光鼐的老太师到绍兴来主试，他为了筹备考务，提前来到绍兴。

窦太师每次游街过市，总是有一块“天下无书不读”的御赐金牌扛在前面，鸣锣喝道，耀武扬威，自以为文章压倒天下，目空一切，傲慢非常。

这天，正是盛暑季节，炎热非常。徐文长听说窦光鼐要来了，心想：把他的御赐金牌除下，给他一个下马威。主意既定，就赤膊袒腹，睡在东郭门内的官道当中。

“噹噹……”鸣锣喝道的声音越来越近。头牌执事看见一个小孩睡在官道当中，就禀告老太师：“有个小孩挡官拦道！”窦光鼐听说挡道的是小孩，他不以为意，吩咐停轿，自己出来看看。只见那拦道的小孩睡得很熟，连忙把他叫醒。徐文长故作恭敬地站在一旁，等候发落。窦太师开言问道：“你睡在石板上做什么？难道不怕皮肤烫焦？”徐文长大大方方地回答说：“不做什么，晒晒肚皮里的万卷书。”窦太师听他口气很大，就说：“既然你喜欢读书，一定还会对课。我有个课要你对，对不出，你应该让道回避。”徐文长立刻提出反问：“如果对得准，那怎么办？”窦太师心想：一个小孩有什么了不起。就随口说：“如果对得好，把全副执事停在这里，老夫步行进学宫！”

窦太师想起绍兴南街有三个阁老台门，便随口出题：“南街三学士”，徐文长不假思索，回对：“东郭两军门”。窦太师一听，觉得南街对东郭，文官对武将，而且这五个台门都是绍兴城内有名气的，不由得点头称赞：“奇才！”这时徐文长故意问窦太师：“你那块金牌上的六个大金字，作何解释？”窦太师听他问起金牌，马上得意地说：“皇上晓得我天下无书不读，因此御赐这块金牌！”徐文长接着又问：“那么，太师爷，你对《时宪书》总该熟读吧？”窦太师被问得目瞪口呆，暗想：不要说熟读，就连书名也没有听到过。徐文长见时机已到，把早已准备好的《时宪书》拿出来，递给窦太师说：“太师没读过，学生倒会背。”说着，就朗朗地径自背诵起来，背得又流利，又纯熟。

窦太师果然也聪颖，真是过目不忘，名不虚传，等徐文长背完，他也会背了，但徐文长还能倒背，窦太师却不会。徐文长理直气壮地问：“太师爷既有书未读，那么这块金牌将做何处理？”窦太师尴尬地说：“那当然对我不适用了！”

窦太师只好实践自己的诺言。刚想举步朝学宫走去，徐文长却叫住他：“启禀太师，自古中国才子算浙江，浙江才子算绍兴，绍兴处处出才子，太师要小心提防！”窦太师冷笑一声，愤然而去。

等到开考的时候，大家写好文章，收毕文卷，窦太师吩咐暂勿退场，一面抽卷阅读，好的果然很多，特别是徐文长的考卷写得更好，但是卷后却画上了徐氏祖先的灵位，窦太师借此提笔落批：“父亲虽好，祭祖太早。”

为了想试试绍兴才子的本领，窦太师念了一个课：“宝塔圆圆，六角八面四方。”叫大家对来。全场默然无声，大家都想不出好句。窦太师连声催促，全场只好举起一只手来摇摇。窦太师一看，没有不摇的人，连徐文长也在内。

这时候，窦太师扬扬得意，禁不住冷言相嘲：“绍兴果然多才子，对起课来变呆痴！”窦太师正想返场，徐文长突然高声喊道：“太师你弄错了，我们都已对出，而且对得很好。”窦太师一下愣住了！徐文长接下去说：“这个课我们人人从小会对，因为考场规矩森严，不能你言我语，闹成一片，只好用手摇摇做个暗号，就是对：‘玉手尖尖，五指三长两短。’不是很好吗？”窦太师经他一说，惊讶得呆若木鸡。

从此，窦太师进出府门，只听到鸣锣喝道的声音，再也看不到“天下无书不读”的御赐金牌了。

车久珩　搜集整理

点　评

这是一则文人传说。徐文长名徐渭，文长是他的字。明代嘉靖年间著名画家、文学家。与解缙、杨慎并称“明代三大才子”。清代郑板桥对徐文长非常敬服，曾刻一印，自称“青藤门下走狗”（徐文长曾以“青藤老人”“青藤道人”“青藤居士”自称）。徐文长浙江绍兴人，出身官僚世家，少年时天才超逸，“六岁受《大学》，日诵千余言”读书过目不忘。一生坎坷，性格豪放，书画、文学成就早已闻名。关于他的传说，自成一类——徐文长传说。是民间传说研究中的必选课题。这则故事即充分表现徐文长才思敏捷和倜傥、桀骜不驯的性格。文人传说一般都是文人演绎的，此类故事只有在封建时代有才华，又生不逢时的人才可以讲述出来，所以比之一般的民间故事，显得很有逻辑性和流畅的笔墨。这是一则好故事。

■ 陶立璠

ZHONGGUO CHUANTONG GUSHI BAIPIAN

刘罗锅弹劾乾隆

刘墉跟和珅虽然同朝为官，而且都是大学士，但刘墉对这个只知弄权和贪赃的奸相却非常看不起。和珅对刘墉也是恨得牙根儿痒痒，常想找茬儿把他除掉。但两人表面上还保持着官场的派头，见面时彼此打躬问安。

这一天他两位同在朝房候旨听宣，和珅又起了陷害刘墉的歹心，于是他就当着大臣们的面激刘墉说："刘中堂，兄弟听说您为官清正，什么样的人都敢参奏!"刘墉见他又来挑衅，就说："这都是当今皇上的洪福和先父的教诲。"和珅接着说："我说一位你就不敢参。"刘墉说："只要你说出名字来我就敢参。"和珅说："你要敢参这一位，我当着大家的面磕头拜你为师。"刘墉说："你说话算数吗?"和珅伸出右手说："击掌为定。"刘墉也伸出右手两人击了掌。刘墉说："但不知和中堂说的是哪一位?"这时和珅向金銮殿的方向望了一眼，同时伸出右手，跷起大拇指说："就是这一位。"刘墉和在场的大臣们听后都惊呆了。

按照封建时代的法律，参奏皇帝是要治罪的，就是像刘墉这样的重臣，也要冒流放甚至杀头的危险。但刘墉没怕，他整了整红顶花翎，理一理蟒袍，大摇大摆地直奔太和殿走去。

乾隆正伏在龙书案上专心批阅奏章，猛听得阶下传来一声“吾皇万岁万万岁！臣刘墉见驾”的声音，他隔着龙书案往下一看，见刘墉正跪在地上。他放下笔问道：“刘爱卿，朕没传旨宣你，上殿何事？”刘墉一本正经地说：“臣有一事不明，请圣上赐教。”乾隆说：“爱卿请讲。”刘墉说：“臣不知偷坟掘墓者该当何罪？”乾隆心里一动，心说：你那罗锅里不知又转什么坏主意呢？于是他一本正经地说：“大清律上规定得明明白白，偷坟掘墓者处死刑。”刘墉说：“大清律是只管百姓呢，还是连皇上也管？”乾隆说：“卿不闻，王子犯法与庶民同罪吗？”刘墉一看乾隆上了套，就接着说：“万岁重修明陵是怎么回事啊？”乾隆这时才明白。心说：好你个罗锅子，你绕了这么大圈子原来是冲我来的。但还是强词夺理地说：“朕修明陵，是看到前朝陵寝风吹雨打，梁塌柱倒，荒芜寥落，不堪目睹。恻隐之心，人皆有之。于是才为他们重修的呀。怎么能和偷坟掘墓连在一起呢？”刘墉隔着龙书案向乾隆诡秘地一笑说：“我主名为重修明陵，实则是用小木料偷换人家的大木料，为你自己修陵寝，这点儿小把戏瞒得了别人还瞒得了为臣吗？”乾隆一看戏法被拆穿了，也就软下来了，用商量的口气说：“就算你说得对，难道天底下还有杀寡人的刀吗？”刘墉也有点儿为难地说：“我主自己拿个主意吧。”乾隆说：“这样吧，明年春暖花开之后，我去江南打一次围，各处巡幸，实则是充军流放一次，你看好吗？”刘墉说：“就依我主旨意吧。”这时，乾隆却板起面孔说：“刘爱卿，你一本参倒了当今皇上，难道你就没罪吗？”刘墉早有准备，于是双手摘下翎顶捧在手里说：“臣摘掉顶戴，丢官罢职，以谢参君之罪。”说完把翎顶恭恭敬敬放到龙书案上，退到原来的位置，转身下殿而去。

这时和珅和许多大臣都在朝房等着结果。和珅自是兴高采烈，心想这一着非把罗锅子置于死地不可，其他大臣都替刘墉捏着一把汗。没料到刘墉大摇大摆地回来了。和珅抢上前去急忙地问："参了么？"刘墉说："当然参了！"于是把过程述说一遍。和珅有点儿怀疑地说："你说参了，以何为证？"刘墉指指自己的头说："你没看见顶戴都丢了吗？"和珅这才信了。

他刚要转身溜走，被刘墉一把拉住说："和中堂，你说当场磕头拜师还想食言吗？"这时别的大臣也都过来嘲弄和珅说："和中堂是言而有信的人，哪能说了不算数呢？"这时和珅真像一只落水狗，被大家团团围住，想溜也溜不掉，只好趴在地上给刘墉磕头叫了一声："师父！"

刘墉临回山东之前，去向乾隆辞行。乾隆本无心罢刘墉的官，正在懊悔，见了刘墉，心里有点儿凄然地说："刘墉呀刘墉，凭你的身份地位，如果不是参到寡人头上，你就不是铁帽子刘墉了吗？"刘墉一听，忙跪伏在地说："谢主隆恩。"乾隆一愣："朕何恩之有？"刘墉说："陛下不是封臣为铁帽子刘墉吗？"说着站起来，自己从龙书案上把翎顶取下来，戴在了脑袋上。乾隆听了，哈哈一笑："你这罗锅子鬼主意多着哩！"从此以后，大家都说和珅是刘墉的徒弟，是在朝房磕头拜的师。

点　评

按照封建时代的法律，参劾皇帝是要治罪的。可是刘墉却不怕，直接当面指陈了乾隆皇帝的过失，参劾了他。乾隆在与刘墉对话的过程中说了这样一句话：“卿不闻，王子犯法与庶民同罪吗?”这个故事一方面表现了刘墉不畏强权、敢于直言进谏，乾隆不惧错误、勇于担当的人格品质；另一方面也表现了“天子犯法与庶民同罪”的依法办事、依法治国的精神。这个故事对于在不断强调依法治国的今日中国无疑有着重要的意义。

■ 姚良正

刘墉将生死、官职置之度外，冒着杀头之罪弹劾乾隆皇帝，其勇气可嘉，其智慧让人钦佩。如今一些官员阿谀奉承、溜须拍马，尽唱“赞美诗”，不说真话，是非面前不开口，遇到矛盾绕开走，当“老好人”，对领导歌功颂德，对部属蛮横打压。在改革开放进入深水期的今天，更是需要像刘墉这样大义凛然、心底无私、胸怀国家的好干部，不畏缩、不惧怕，敢于向上级领导“挑刺”建言，只要是有利于江山社稷、有利于广大百姓，哪怕再难入耳也是好言。上级领导也要学习乾隆皇帝那种心胸坦荡、虚怀若谷的胸怀，主动接受监督，上下一心，齐心协力，阔步前进。

■ 彭新结

ZHONGGUO CHUANTONG GUSHI BAIPIAN

后　记

2014年7月，中国民间文艺家协会参加了由中共中央宣传部发起的“聚焦社会主义核心价值观——中国传统名诗词、名故事、名折子戏推荐活动”。按照中宣部的要求，中国民间文艺家协会组织专家从中国口头文学遗产数据库中挑选出三百余篇民间故事，提供给广大网友在人民网、新华网和光明网开展评选活动，并为最终选定的一百篇“名故事”撰写了评语。活动结束后，中国民间文艺家协会启动了百篇名故事集的编辑工作。目前，故事集已进入出版流程，不久就会与读者见面。

在此，中国民间文艺家协会向自始至终参加名故事推荐评选和编辑本书的数据库专家组致以诚挚的谢意。他们是：中国民间文艺出版社原社长杨亮才，中央民族大学民俗文化研究中心主任陶立璠，中国传媒大学影视艺术学院教授刘晔原，中国文联国内联络部原副主任常祥霖，北京师范大学文学院教授万建中，北京大学中文系民间文学教研室教授陈泳超。本书由杨亮才、刘晔原根据中国口头文学遗产数据库选编。多位专家和网友参加了点评，在此一并感谢！中国民协干部徐岫鹃、张礼敏等参与了相关活动的组织和本书的编务工作。

由于本书付梓仓促，难免有错漏谬误之处，望读者不吝指正！

吕 军

2014 年 12 月

封面题字：冯骥才
责任编辑：吴炤东
封面设计：肖　辉
版式设计：周方亚

图书在版编目（CIP）数据

中国传统故事百篇 / 中国民间文艺家协会 编.
－北京：人民出版社，2015.1（2022.1 重印）
ISBN 978－7－01－014494－8

I. ①中…　II. ①中…　III. ①故事－作品集－中国－当代　IV. ① I247.8

中国版本图书馆 CIP 数据核字（2015）第 025300 号

中国传统故事百篇
ZHONGGUO CHUANTONG GUSHI BAIPIAN

中国民间文艺家协会　编

人民出版社 出版发行
（100706　北京市东城区隆福寺街 99 号）

北京汇林印务有限公司印刷　新华书店经销

2015 年 1 月第 1 版　2022 年 1 月北京第 3 次印刷
开本：880 毫米 ×1230 毫米 1/32　印张：13.875
字数：300 千字　印数：10,001－10,500 册

ISBN 978－7－01－014494－8　定价：36.00 元

邮购地址 100706　北京市东城区隆福寺街 99 号
人民东方图书销售中心　电话（010）65250042　65289539

